KB166656

앙상블 스타즈
Ensemble ★ Stars

노 랫 소 리 여
하 늘 까 지 닿 아 라

캐릭터 소개

신카이 카나타
3학년 부활동/해양생물부(부장)

모리사와 치아키
3학년 부활동/농구부(부장)

타ㅋ
1학

나구모 테토라
1학년 부활동/가라테부

센고쿠 시노부
1학년 부활동/닌자 동호

사가미 진
교사 / 양호 선생님

쿠누기 아키오미
교사 / 성악, 댄스

Valkyrie

미네 미도리
년 부활동/농구부

이츠키 슈
3학년 부활동/수예부

카게히라 미카
2학년 부활동/수예부

앙상블 스타즈
Ensemble ★ Stars
스타즈

노 랫 소 리 여
하 늘 까 지 닿 아 라

아키라 지음
Happy Elements 주식회사 일러스트

앙상블 스타즈
Ensemble ★ Stars

노 랫 소 리 여
하 늘 까 지 닿 아 라

CONTENTS

Daybreak

"자~ 자, 안녕하세요."

눈부시게 빛나는 아이돌들의 전장.

사립 유메노사키 학원 '강당'. 그 무대에 어울리지 않을 만큼 촌스러운 남성이 '느긋하게' 모습을 보인다. 정돈할 마음이 없는 듯 헝클어진 머리카락과 다박수염. 술기운으로 흐려진 눈동자와 여기저기 지저분한 흰색 가운.

예전에는 톱 아이돌, 지금은 우리 2학년 A반 담임이자 양호교사, 왠지 항상 의욕이 없어 보이는 사가미 진 선생님이다.

"오늘은 학교를 방문해 주셔서 진심으로 감사합니다."

무대의 어중간한 위치에 나서고, 사가미 선생님은 나른하게 머리를 숙인다.

"오오, 손님이 제법 많이 모였는데?"

혼잣말처럼 중얼거리고는 전혀 긴장하는 기색 없이 익숙한 태도로 행동하고 있다.

"우리 학원에서, 이번 드림페스……【DDD】는 처음 하는 형식이자 실험적인 행사입니다. 죄송하지만 부족한 점도 있습니다. 그리고 젊고 귀여운 아이돌을 보러 오셨을 텐데 이런 아저씨가 나와서 죄송합니다.”

자학 개그인지 본심인지 뭐라 반응하기 힘든 소리를 한다.

하지만 열기를 띤 관객석은 사가미 선생님의 발언에도 일일이 기뻐 날뛰며 흥분하고 있다. 옛날부터 팬이었던 사람들도 있는지 선생님을 향한 환성까지 들려왔다.

조금 의외라는 듯 그쪽을 향해 손을 흔들어 답하며 사가미 선생님은 투덜거리고 있다.

“평소엔 니토라는 귀여운 녀석이 사회를 맡는데 말이죠~. 녀석도 아이돌이라 ‘유닛’으로 참가하다 보니 바쁜 것 같네요.”

잡담하는 말투면서도 필요한 정보는 제대로 넣고 있다. 전직 아이돌이라서 그런 건지 교사라서 그런 건지, 많은 사람을 상대로 이야기하는 데 익숙한 모양이다.

“이번 드림페스……【DDD】에는 유메노사키 학원의 거의 모든 학생이 참여합니다. 그렇기에 일손이 모자라요, 솔직히.”

눈 아래, 기묘하게 섹시한 점이 난 주변을 손가락으로 어루만지고, 사가미 선생님은 탄식한다.

“투표 집계도 공정성을 기하기 위해 교사들이 맡습니다. …… 이런 설명을 하기 전에 자기소개를 해두는 게 좋았으려나? 음~. 오랜만에 무대에 올라서 그런지 타이밍을 잘 모르겠네. 감이 죽었나 봐. 이래서 나이는 먹고 싶지 않아.”

상당히 당당해 보이는데, 자신의 행동거지에 불만이 있는 걸까……. 아니면 사회자 일을 다 떠넘기고 싶은 걸까. 사가미 선생님은 옆에 선 또 다른 인물에게 갑자기 화살을 돌렸다.

“그렇게 생각하지 않아요? 쿠누기 선생님.”

“진. 아니, 사가미 선생님……. 잡담은 말고 빨리 진행하세요.”

갑작스러운 기습에도 동요하지 않고 태연하게 대응한 학생회 고문이자 성악 교사── 쿠누기 아키오미 선생님. 음악가 같은 곱슬머리와 단정한 양복 차림. 사가미 선생님과는 대조적인 고지식해 보이며 위엄마저 느껴지는 풍모.

“이런 드림페스는 무의미합니다, 어차피 『fine』가 우승할 테니까요. 실력, 지명도, 재능, 모두 나무랄 데가 없습니다. 그들이야말로 우리 학원의 정점입니다.”

눈매를 날카롭게 보이게 하는 안경을 빛내며, 쿠누기 선생님은 답답한 듯 팔짱을 낀다.

“애초에 공평한 심사로, 교사진의 만장일치로 그들을 『SS』 대표로 뽑아 놓지 않았습니까? 그걸 거부하고 이런 드림페스를 개최하다니 말이 안 되는 일입니다.”

꺼림칙하다는 듯 관객석을 돌아보지만 그래도 쿠누기 선생님은 자신을 알고 있을 관객에게 시선이나 목소리를 받으면 성실하게 답한다. 그 또한 전직 아이돌이다.

“우리의 심사능력을 낮게 보고 있다는 거라 판단해도 되겠습니까? 학생들의 신뢰를 받지 못하는 건 슬프군요, 이렇게 시간을 허비하는 것도 현명하다곤 할 수 없습니다.”

불평하는 와중에도 관객들에게 잘 대응해 나가면서, 쿠누기 선생님은 분노를 담아 말했다.

“텐쇼인 군도 대체 무슨 생각인지……. 이런 억지는 두 번 다시

용납하지 않을 겁니다."

"그래, 그래. 투덜거리지 말고 일하자~ 어른이니까. 아키양은 옛날부터 너무 신경질적이란 말이야. 머리 까진다?"

사가미 선생님이 그런 쿠누기 선생님의 뒤통수를 스스럼없이 '탁탁' 두들기자, 죽일 듯한 눈빛이 돌아왔다. 항상 무서울 정도로 인상을 쓰는 쿠누기 선생님이 그 순간만큼은 마치 순진한 고등학생처럼── 얼굴을 새빨갛게 붉히며 몸부림친다.

두 선생님의 안내 아래 치열한 최종결전의 막이 시원스레 오르려 하고 있다.

헛기침을 하며 쿠누기 선생님은 성가신 동료에게 몰래 속삭이고 있다.

"'아키양'이라 부르지 말아주세요. 사가미 선생님."

"평소보다 더 기분이 나빠 보이네. 난 좀 두근두근한걸. 나잇값도 못하게 말이야. 거참, 젊다는 건 좋지. 앞만 보고 말이야, 앞뒤 생각 없이 뭐든 하잖아~ ♪"

지금 이 자리에는 선생님들과 관객밖에 없지만 '강당' 밖에선 지금도 고교생 아이돌들이 뛰어다니고 있다. 그 활기차고 사랑스러운 청춘의 태동을 느끼고 있는지 사가미 선생님의 표정은 다정하며 온화하면서, 조금 부러운 눈치였다.

"진. 적어도 무대 위에선 담배는 피우지 마세요. 관객이 보고 있잖습니까. 당신은 술과 담배와 여자로 아이돌 인생을 망쳤으면서 반성도 없는 겁니까?"

깨달음을 얻은 성인 같은 동료의 옆구리를 쿠누기 선생님이 가차 없이 팔꿈치로 찔렀다. 그 충격으로 사가미 선생님이 아무렇지도 않게 꺼내려던 담뱃갑이 바닥으로 떨어졌다.

사가미 선생님은 발끝으로 능숙하게 담뱃갑을 걷어차 공중에서 캐치했다. 자연스럽지만 보통 사람의 범주를 벗어난 움직임이다.

"난 반면교사야. 엄하게 가르치고 좋은 것만 주는 게 교육은 아니잖아? 그건 그렇고—— 이젠 아이돌도 아니니 괜찮잖아. 애들이 '이런 걸' 모방하게 하진 않고 말이지~? 가끔은 스트레스를 풀어줘야지. 그러다 대머리 된다?"

"안 됩니다! 식생활엔 신경을 쓰고 있어요. 모발 관리도 철저하게 하고 있습니다!"

"하하하. 여전히 아키양은 어딘가 상식이 어긋났다고 할지, 도련님 같다고 할지……. 뭐, 상관없지만?"

선생님들은 온화하게 잡담하고 있지만 그사이에도 '강당' 무대 한복판에 떡 자리를 잡은 거대 스크린에는 【DDD】에 참가하는 아이돌들의 소개 영상 등이 나오고 있다. 딱히 그들도 직무를 잊고 대화를 즐기고 있는 건 아니다. 아마도.

때때로 영상에 보충 설명을 하면서 사가미 선생님은 차분히 이야기하고 있다.

"아이돌의 '좋은 점'은 숫자로 표현할 수 없잖아. 우리 교사진이 우수하다고 판단한 녀석들이 막상 무대에 오르면 쓸모가 없다……는 일도 '비일비재' 하잖아?"

전직 아이돌 선생님들이 하는 말에는 함축성과 무게와 실감이 담겨 있다.

"그래서 진정한 의미로 아이돌의 가치를 비교하는 이런 행사도 나쁘지 않아. 더욱 공평하고 실제적이야. 아키양은 이론파지만 —— 연예계가 이론이 통하지 않는 곳이라는 건 몸에 사무칠 정도로 잘 알고 있잖아?"

"…………."

"아이돌의 가치란 무얼까. 나는 관객을 얼마나 기쁘게 할 수 있는가가 '전부'라고 생각해. 노래나 춤의 수준, 잘생긴 얼굴, 의상이나 노래의 센스……. 그런 건 관계없어. 전혀 도움이 되지 않아."

항상 술기운 때문인지 탁해 보이는 사가미 선생님의 눈동자에 한순간 온 세상 사람들을 매료했었던 톱 아이돌의 빛이 돌아온다. 그것은 어떤 충격을 받아도 흠집 하나 나지 않을 정성껏 다듬어진 보석의 광채다.

"시험에서 만점을 받는다고 만점 아이돌은 아니야. 더 막연하고, 종합적이고, 고귀한 무언가가 아이돌의 가치인 법이라고."

그립고 반가운 듯 일곱 빛깔 조명을 온몸에 받으며 사가미 선생님은 눈부신 듯 눈을 가늘게 뜬다.

"나도 오랫동안 아이돌로 활동하고 이 학원에서 아이돌을 많이 키웠지만……. 아직 그 고귀한 것의 정체가 뭔지는 몰라. 어렵고 이론적인 걸 생각하는 건 성미에 맞지 않기도 하고."

진지하게 말하는 게 쑥스러운지 잔뜩 헝클어진 머리를 마구 긁으며.

"하지만 아이돌에게 가장 큰 기쁨과 행복은 관객의 웃는 얼굴이야. 박수이자, 환성이자, 열렬한 반응이고. 그걸 얻었을 때 아이돌은 가장 빛나는 거야. 그 반짝임은 세상을 비추고, 그 빛을 접한 사람의 인생을 조금 더 행복하게 해 주지."

사가미 선생님은 "아이돌은 그런 거잖아?" 하고 웃으며 말했다.

"우리 학원 꼬맹이들 중에서 가장 많은 반짝임을 가진 게 어느 '유닛'일지 수많은 관객 앞에서 비교해 확인하는 거지."

어디까지나 방관자로서, 선생님들은 우리의 결전을 지켜봐 주고 있다.

"그런【DDD】는『SS』의 대표를……. 우리 학원에서 제일가는 아이돌을 결정하기엔 최적의 행사 아니겠어?"

"그런고로. 관객 여러분, 오래 기다리셨습니다."

등 뒤의 스크린에서 나오던 영상이 한차례 끝나는 타이밍에 맞춰── 뒤돌아보지도 않고 사가미 선생님은 완벽한 타이밍으로 입을 열었다.

"유메노사키 학원 아이돌과 교사, 사가미 진이【DDD】의 개막을 선포합니다."

(윽, 선수를 쳤어! 내가【DDD】개막 선언을 하고 싶었는데! 진은 항상 내가 활약할 곳을 빼앗아……!)

"우왓, 왜 그래? 째려보지 말라고~."

어째서인지 날아온 쿠누기 선생님의 적의 담긴 시선에, 사가미 선생님은 귀찮다는 듯 몇 발짝 뒤로 물러섰다.

"뭐, 아무튼. 어~. 으흠!"

어디까지나 무대 중앙에는 서지 않고 사회자── 안내인의 자리를 고수하고 있다. 【DDD】의 주역은 선생님들이 아니라 고교생 아이돌들이다.

"여러분도 아시다시피 【DDD】는 연말에 개최되는 일본 제일의 아이돌을 결정하는 제전……. 『SS』에 출전할 우리 학원 대표를 결정하기 위한 행사입니다."

팸플릿이나 사전고지로도 알려져 있겠지만── 다시금 사가미 선생님은 알기 쉽게 말해 준다. 교사답게 전달되기 쉬운 평이한 표현으로.

"아무쪼록 순수한 마음으로 그들의 퍼포먼스를 감상하시고 '좋았다!' 고 생각한 녀석들을 응원해 주세요."

그것은 말할 필요도 없이 당연하겠지만. 불과 얼마 전까지 유메노사키 학원은 그 당연함을 잃었었다. 고작 네 명의 혁명아와 그들에게 힘을 보태 준 모든 학생들의 분투로──혁명은 이루어져 지금은 변했을 터였다.

하지만 동화가 아니기에 그대로 해피 엔드로는 끝나지 않았다. 더욱 절망적이고 무자비한 상황 속에서── 우리는 지금도 발버둥치고 있다.

"여러분의 성원이 그들의 힘이 될 겁니다. 연말에 있을 『SS』에선 오늘보다 더욱 성장해 멋진 퍼포먼스를 보여줄 겁니다."

미래가 어떻게 될지는 아직 알 수 없다.

모든 것은 이제부터 시작될 【DDD】의 전개에 달렸다.

"그것을 기대하며 젊은 재능의 싹들이 꽃피는 것을 목격해 주세요. 결코 시간이 아깝지 않을 겁니다."

사가미 선생님은 그렇게 말하고서 누구나 포로가 될 것 같은 상냥한 미소를 짓는다.

"오늘이 여러분께 행복한 하루가 되기를."

가볍게 인사하며, 속으로는 조금 더 냉정한 의견을 냈다.

(귀중한 휴일에 보러 와 주신 관객들이 지루하면 죄송하지. 분발하라고 꼬맹이들. 모두를 즐겁게 해 줘.)

경험이 풍부한 전직 아이돌은 이 현실이 깨끗한 일로만 성립되지 않음을 알고 있다. 하지만 결코 포기하거나 절망하거나 하진 않았다.

가슴속에 희망을 품고 이제부터 시작될 야단법석에 진심으로 기대하고 있다.

(그리고 언젠가 우리가 보지 못했던 정상의 경치를 보길 바랄게. 『SS』로 가는 멀고도 험한 길을 될 수 있으면 즐기면서 올라가라고.)

자신의 청춘을 되새기고 있는지 잠시 먼 곳을 바라보며——.

씁쓸한 것을 입에 넣은 것처럼 한순간 떨떠름한 표정을 짓고는 다시 눈을 깜빡이며 관객들을 향해 똑바로 자세를 잡는다. 위풍당당하게, 경험을 쌓은 노장군처럼.

(동료들과 어깨를 맞대고 격려하며 고난을 넘어가라. 길을 잃었을 때는 우리가 갈 길을 알려줄 테니까.)

"진. 감상에 빠져 있지 말고 끝까지 제대로 설명하세요. 항상 하고 싶은 말만 하고 뒤는 방치해 버리니……."

불평을 늘어뜨리면서도 쿠누기 선생님이 절묘한 타이밍에 사회를 넘겨받았다.

"뭐, 됐습니다. 이제부턴 제가 설명하죠."

가볍게 인사를 하고 앞으로 한 발짝 나아가──기분 좋게 들리는 미성으로 말한다.

"관객 여러분. 【DDD】의 규칙은 받으신 팸플릿 등에 실려 있겠지만 다시 한번 자세하게 설명 드리겠습니다."

자신에게 주어진 일을 제대로 하지 않으면 불안한 건지 하나부터 열까지 친절하게── 쿠누기 선생님은 설명해 준다.

"【DDD】는 『SS』에 출전할 우리 학원 대표를 결정하기 위한 행사입니다. 따라서 기본 규칙은 『SS』에 준거합니다."

쿠누기 선생님이 담당하는 수업도 시종일관 이런 느낌인데, 일부러 길게 이야기하는 건 아니다. 오히려 친절한 마음에서 정중히 이야기해 주고 있는 거겠지.

"『SS』와 같은 형식으로 경쟁함으로써 어느 '유닛' 이 『SS』에서 가장 힘을 발휘할지 확인할 수 있다고 생각한 까닭입니다."

사가미 선생님과는 정반대의 방향성이지만 그 역시 학교 선생님다운 느낌이다.

예전엔 모두에게 꿈을 주었던 톱 아이돌들은 마이크를 교편으로 바꿔 쥐고 아이돌의 새싹을 매일—— 사랑을 담아 열심히 키워 주고 있다.

"현재 유메노사키 학원 부지 안에는 여러 야외 무대를 설치해 두었습니다."

쿠누기 선생님이 지휘자처럼 손가락을 흔들자 스크린에 유메노사키 학원 지도가 표시된다. 쿠누기 선생님은 방송위원회의 총괄자 같은 일을 하는 모양이라(방송위원인 마코토 군에게 들은 적이 있다.) 이런 일에 굉장히 익숙하다.

유메노사키 학원에서 방송위원회는 무대 음향이나 영상 관련의 일을 맡고 있다. 물론 외부의 전문 제작진에게 부탁하기도 하지만.

유메노사키 학원 졸업생 모두가 아이돌이 될 수 있는 것도 아니겠지만, 연예계나 관련 직종에서 일하는 경우가 많은 듯하여……. 그런 기술을 익힐 수 있는 방송위원회는 동호인이 느긋하게 모이는 부활동과는 분위기가 다른 전문가 집단이라고 할 수 있다.

어폐가 있을지도 모르겠지만 부활동은 놀이, 위원회는 일——이라는 인상이다. 물론 아이돌 활동을 위한 모임인 '유닛'과 비교하면 사소한 분야이긴 하지만, 일반 학교의 위원회와는 또 다른 느낌이라 상당히 흥미롭다.

아무튼 그것도 지금은 관계없다.

"그 야외 무대에서 우리 학원이 자랑하는 아이돌 '유닛'들이 퍼포먼스를 선보일 겁니다. 여러분은 공연을 관람하시고 '좋았 다!'고 생각한 '유닛' 앞에서 야광봉을 켜 주시기 바랍니다."

적확하고 담담하게, 쿠누기 선생님은 필요사항을 설명하고 있 다. 유메노사키 학원 학생이라면 반드시 갖고 있는 중요 아이템, 드림페스 투표 등에 사용되는 야광봉이──모든 관객에게 있다. 성급한 누군가가 이미 다양한 색으로 야광봉을 빛내고 있어 어둑 어둑한 '강당' 안에서 일등성 같은 빛을 내뿜고 있다.

"팸플릿과 함께 여러분께는 야광봉도 지급됐을 겁니다. 받지 못 하신 분은 접수처에 담당자가 있으므로……. 거기서 절차를 밟으 신 후 받아주십시오. 【DDD】에서는 그 야광봉이 바로 여러분의 '투표권'입니다."

유메노사키 학원의 신비한 세계관을 잘 모르는 사람은 '유닛' 과 같은 단어의 의미도 모르겠지만. 거기까지 설명하고 있으면 시간이 아무리 있어도 모자라다. 전문용어의 간단한 해설은 팸플 릿이나 공식 HP등에 있고, 아이돌 유닛──이란 단어는 TV 등 에서도 자주 들을 수 있는 말이기에 전달에 문제는 없겠지.

어느 정도는 생략하면서도 쿠누기 선생님은 관객들이 알고 싶 어 하는 정보를 골라 제공해 준다.

"각 무대에서는 반드시 두 '유닛'이 합동 공연 형식으로 퍼포 먼스를 하고 있습니다. 일대일로 퍼포먼스의 우열을 겨루고 있는 겁니다."

관객들의 역할을, 해야 할 일을 명확히 표현해 준다.

"여러분께서는 두 '유닛' 중 하나에 투표해 주시면 됩니다. 또한 야광봉 색에 따라 어느 '유닛'에 몇 점을 투표할지 정할 수 있습니다."

역시 유메노사키 학원 학생에게는 친숙한 드림페스의 기본 시스템이다. 나도 처음에 들었을 땐 이상한 시스템이라 생각했지만 지금은 완전히 익숙해졌다.

"야광봉 색으로 구별할 수 있습니다. 어느 색이 몇 점을 나타내는지 등의 투표 시스템은 팸플릿에 상세하게 나와 있습니다. 나중에 시간이 있을 때 확인해 주십시오."

그런 잡다한 정보까지 완전히 망라되어 있기에 팸플릿은 상당히 두껍다. 그걸 무료로 배포하고 있으니 통이 크다고 할 수 있다.

【DDD】는 학생회장—— 대재벌의 자제인 그가 주최자고 전체적으로 상당한 자금이 투입된 것 같다. 동원된 관객과 공연장 규모, 호화로움도 전례가 없다.

"투표 집계는 1시간마다 합니다. 그 결과에 따라——각 무대에서 대결한 두 '유닛' 중 하나가 승리하고 하나는 패배합니다."

무자비한 토너먼트 전이다.

"즉 첫 대결이 시작되고 1시간 후 【DDD】에 참가한 '유닛' 중 절반은 퇴장한다는 겁니다."

패자부활전 등의 구제 조치조차 없어 패배하면 끝인 데스 게임이다. 정말로 목숨을 건 결투 같다. 아이돌들은 사력을 다해—— 서로의 숨통에 이빨을 박는 듯한 생존 투쟁에 임한다.

"승리해 살아남는 '유닛'은 점점 반씩 줄어들겠지요. 이 과정은 최후의 '유닛'이 남을 때까지 반복됩니다."

그 경쟁에 눈물 나는 값싼 구제는 없다. 지면 끝. 냉혹하고 너무나도 현실적이다. 누구도 자비를 베풀거나 동정하지 않는다.

"그렇게 해서 마지막까지 살아남은 '유닛'이 우승합니다."

승리하지 않으면, 계속 승리하지 않으면 그 자리에 서 있는 것조차 허락받지 못한다. 시체의 산을 쌓아 정점에 서는 것으로만——승리를 얻을 수 있다. 그것이 살아가는 것의 본질이겠지만, 너무나도 가혹하다.

"그리고 우리 학원 대표가 되어 『SS』의 출전권을 획득하는 것이지요."

"단순명쾌하지 않습니까?"

쿠누기 선생님은 슬쩍 가슴에 손을 얹거나 하며 매혹적인 몸짓으로 자신에게 주목을 모은다. 하지만 그것 때문에 설명이 머리에 들어오지 않는 건 아니다.

간결하고 알기 쉬우며 최적의 타이밍으로 관객들을 이끌고 지도한다.

"한마디로 토너먼트 대회입니다. 일대일로 '유닛'이 대결하고 이긴 팀끼리 다시 대결……. 마지막까지 살아남으면 우승."

그야말로 옛날 소년 만화 같다.

"덤으로 1시간마다 야외 무대는 절반씩 철거될 겁니다. 출전 '유닛' 수에 맞춰 무대도 준비되어 있기에……. 대결하지 않고 버티는 등의 '꼼수'는 통하지 않습니다."

만화대국이라 칭송받는 이 나라의 문화기반 아래에서 자라면 모르는 새 그런 이야기의 문법에 몸이 적응된다. 이해하기 쉽고 소화하기 쉬워—— 피와 땀과 눈물로 가득한 소년들의 비희극이 간략하게 제공된다.

"모든 '유닛'은 반드시 다른 '유닛'과 대결하고 1시간마다 절반씩 탈락합니다. 무자비하고 가혹한, 한 번 지면 그대로 끝나는 장렬한 토너먼트 대회이지요."

학생회장이 준비한 결전의 무대는 한없이 픽션 같다.

기분이 나쁠 정도로.

"결승전 만을 '강당'에서 합니다. 그리고 모든 관객이 지켜보는 앞에서 학원 최고의 '유닛'이 결정될 겁니다."

"음~. 처음엔 무대가 많으니 어디로 가야 할까 고민되실지도 모르겠지만. 마음 가는 대로 적당히 돌아보시면 될 거예요."

사가미 선생님이 은근슬쩍 궁금한 정보를 제공해 주었다. 유창하게 설명하는데 참견을 받은 쿠누기 선생님이 얼굴을 찌푸렸지만—— 사가미 선생님은 신경 쓰지 않는다.

온화한 어조를 유지하며 아주 조금 진지하게 덧붙여 말한다.

"투표 집계가 시작되기 전까진 이동도 자유입니다. 마음에 든 '유닛'을 발견할 때까지 학원 안을 어슬렁어슬렁 돌아다니는 것도 좋겠죠. 여러분의 마음에 와 닿는 '유닛'과 만날 수 있기를 저희도 진심으로 바라고 있습니다."

라이브를 보고 즐겁게 놀고 싶은 관객에게 복잡한 설명을 계속하는 것도 좋지 않겠다고 생각한 거겠지. 사가미 선생님은 깨끗하게 이야기를 정리하고자 나선다.

"설명은 이 정도면 충분하려나. 첫 대결은 30분 후에 시작됩니다. 이미 아이돌들은 준비를 시작했어요. 관객 여러분도 이동해 주시면 되겠습니다. 성급한 녀석들은 이미 연주를 시작하고 있을 테니까요."

멀리서 들려오는 파도 소리 같은 노랫소리와 멜로디에 역시 어딘가 그립다는 듯 눈으로만 웃고서—— 사가미 선생님은 칠칠치 못한 외견에 어울리지 않는 우아한 인사를 했다.

"노랫소리나 음색에 이끌려 마음 가는 대로 교내를 산책해 주세요. 아이돌들도 여러분의 성원을 기다리고 있을 겁니다."

그런 '강당'의 【DDD】 개회식 모습을 스마트폰으로 확인하면서 나는 유메노사키 학원 구석에 있는 방음 연습실에서 한숨을 쉬었다.

굉장히 지쳤다.

드디어 시작되는 중요한 승부가 다가오는 게 두려워 잠도 그다지 자지 못해서 수면부족으로 머리가 빙빙 돈다. 온몸을 만족스럽게 움직일 수 없다.

우리는『S1』때 했던 지옥의 특훈 수준의, 아니 그 이상의 연습을 하고 있었던 것이다. 한 주간 거의 휴식 없이 숙식하며 선의로 협력해 준『유성대(流星隊)』멤버들과 함께. 이제부터 본 무대인데 마음을 놓으면 의식이 날아갈 것 같다.

　이번엔『S1』때와 다르게 나도 일시적으로 아이돌로서 무대에 서야 한다. 물론 나는 그 방면으로도 완전히 풋내기다. 어디까지나 임시방편에 지나지 않는다. 관객이 의심하지 않을 정도의 최소한의 기술을 서둘러 익힌 것뿐이다.

　그것만으로도 죽는 줄 알았다. 무대에 서 있는 것만으로도 수많은 배려와 기술, 경험과 실력이 필요했고—— 내게는 모든 것이 부족했다. 나처럼 거의 무대에 선 경험이 없는 듯한『유성대』의 1학년들이 공감해 주며 이것저것 조언해 주거나 특훈에 함께해 주었기에 그들을 위해서도 꼴사나운 모습은 보일 수 없지만.

　자신감은 전혀 없고 긴장감으로 이가 떨린다. 피로와 졸음에 시달리고, 온갖 스트레스나 압박감에 갈려서 가루가 될 것 같다.

　스바루 군은 잘도 아무렇지 않구나 하고 진심으로 존경하면서 그를 바라봤다.

　"좋았어. 의상 착용 완료☆"

　오히려 기운이 넘쳐흐르는 것 같은 스바루 군은『Trickstar』전용의상을 입고 기쁜 듯 빙글빙글 돌고 있다. 보고 있는 것만으로도 눈이 핑글핑글 돌 것 같다.

　"전학생도 준비 OK~?"

　나와 마주 보는 상태로 완벽하게 정지하고 평소처럼 활짝 웃는다.

실내에선 더 진하게 보이는 블러드 오렌지 같은 색깔의 머리칼. 항상 자유분방하게 뻗친 헤어스타일에는 그 나름의 철학이 있는지 손끝으로 쓰다듬거나 해서 형태를 다듬고 있다. 몸가짐에 별로 신경을 쓰지 않는 아이인가 생각했기에 조금 뜻밖이다.

"오오, 잘 어울리는걸~♪"

천진난만하게 다가와 스바루 군은 똑바로 나를 바라본다. 칭찬받는데 그다지 익숙하지 않아 제대로 반응하지 못하고 우물우물 입속으로 감사를 전했다.

여전히 말주변이 없기에 정말 한심하다. 이제부터 무대 위에 서야 하는데——이런 상태로 괜찮을까. 불안해진다.

어두운 표정을 짓는 내게 기운을 불어넣기 위해서인지 스바루 군이 내 등을 '팍팍!' 하고 상당히 가차 없이 때렸다. 하마터면 심장이 멈추는 줄 알았다.

"아하하, 저번에 봤던 '귀여운 의상' 이어도 좋았겠지만. 전학생의 정체가 들키면 곤란하니까……. 그렇지만 남자 옷도 정말 잘 어울려~!"

그렇다. 난 지금——있는 그대로 말하자면 남장을 하고 있다. 이제부터 시작될【DDD】첫 시합에서 내가 짠 작전이라고도 부를 수 없는 기책을 쓰기 위해.

지금부터 난 『Trickstar』 멤버로서 무대에 선다.

"아하하, 바느질도 완전히 익숙해졌네. 완성도도 끝내줘~.【DDD】까지 시간도 며칠밖에 없었는데, 대단해 전학생!"

입고 있는 건 내가 개인적으로 기워 만든 의상을 고친 것이다.

원래 내가 사용할 것이었기에 여자용으로 만들었지만, 여긴 남자 아이돌을 육성하는 학교다──여자 아이돌은 존재할 수 없다.

별난 여장 아이돌(?)이라 의심받는 정도면 좋겠지만 그걸 이유로 무대에서 쫓겨날 순 없다. 특히 하반신 부분은 일단 의상을 뜯어서 새로 바느질을 해야 할 필요가 있었다. 수고는 들었지만 처음부터 만드는 것보다는 편하다.

아무튼 나는 남자용 의상을 입고, 머리는 묶어 올려서 모자로 감춘 상태로(만일을 대비해 머리를 자를까 이야기했더니 모두 굉장히 당황해 하며 말렸다.) 남자애를 연기하게 된다.

"이제 복면을 쓰면…… ♪ 전학생은 정체 모를 『수수께끼의 아이돌X』로 다시 태어나는 거야!"

이젠 완전히 재미로 하는 게 아닐까 의심스러운 밝은 태도로 스바루 군이 내게 복면을 씌워준다. 사실 입장은 복면 아이돌이긴 하지만── 정말 복면을 쓰는 의미가 있을까. 프로 레슬링 선수도 아니고.

뭐, 관객 중에는 학생도 다수 있다. 『S1』이후 본의 아니게 내 이름이 어느 정도 퍼지고 말았기에……. 맨얼굴을 보이면 정체가 들켜 불필요한 소동을 부를지도 모른다. 복면을 쓰는 건 이치에 맞다. 답답하고 부끄럽긴 하지만.

이 복면도 내가 직접 만들었는데, 괜히 눈에 띄는 것도 그래서 간단한 눈과 입이 붙은 이모티콘 같은 조형이 됐다. 손거울로 확인하니 내가 보기에도 굉장히 수상한 느낌이었다. 인원수 맞추기를 위한 임시 요원이기도 하니 이 정도면 훌륭하긴 하다.

"정체가 들키지 않게 되도록 목소리는 내지 마. 즉, 절대로 노래하면 안 돼. 전학생이 '아이돌'이 아니라 '프로듀서'라는 게 들키면 여러모로 곤란해지니까."

스바루 군이 이전의 그라면 생각할 수 없는 점을 세세하게 배려해 준다.

왠지 요즘 스바루 군이 굉장히 다정한 것 같다……. 내가 너무 불안해하고 있어서 걱정해 준 거겠지. 그 마음이 고맙다.

내가 목소리를 내면 여자라고 들킬 수 있어 노래도 할 수 없다.

원래 말수가 적기도 하고 가창력도 아이돌에 비하면 말 그대로 아마추어 수준일 수밖에 없기에……. 눈에 띄지 않도록 구석에서 춤추거나 하면서 있을 예정이다.

"퍼포먼스 연습도 함께해 줬지만 임시방편이니까. 전학생은 인원만 맞춰 줘. 무대는 내가 어떻게든 할게!"

든든하게 자기 가슴팍을 두드리고는 스바루 군이 내 손을 잡아 끌어 출입구로 향한다. 평소처럼 낙천적인 빛을 퍼뜨리며 이끌어 준다.

문밖은 전장이지만.

이젠 괜찮다. 전혀 무섭지 않았다.

어쩌다 보니 우리는 손을 잡고 유메노사키 학원 복도를 걸었다.

바깥은 이미 관객들로 넘쳐흐르고 있어 이동이 곤란하니 이럴 땐 교내 건물을 통하는 게 간단하다.

머지않아 교내 각 장소도 일반인에게 개방되기에(판매 부스 등이 설치되고【DDD】에서 패배하거나 참가하지 않는 아이돌들과 교류하거나 소규모 퍼포먼스를 볼 수 있는 원형 무대가 설치되거나 한다.) 대성황이 되어버리겠지만.

학생들이 식당으로 갈 때 이용하는 간이 출입구를 통해 바깥으로 나간다. 이 출입구는 학생은 빈번히 이용하지만 외부 손님은 존재를 모르기에 인기척이 없다.

미리 준비한 신발로 갈아 신고, 둘이서 함께. 라이브에 필요한 물건들—— 무대용 신발 등은 트렁크에 넣고 덜커덩 소리를 내며 끌고 있다.

지도에 표기된 야외 무대 위치를 확인하며 가까운 곳부터 순서대로 돌아본다. 대체로 미리 도착한 '유닛' 이 있어 우리는 환영받지 못하는 분위기. 꽃놀이 자리 쟁탈전 같지만 우리는 일손이 부족하다. ——먼저 사람을 보내 무대를 확보하는 방책도 세울 수 없었다.

이것도 내 어설픈 일처리가 부른 실책이다. 어떡할까 하는 생각에 스마트폰으로 비어 있는 무대 정보를 알아본다. 이런 정보 수집은 마코토 군이 있었다면 금방 해 주었겠지만—— 지금은 나와 스바루 군밖에 없다.

손에 있는 카드로 승부할 수밖에 없다.

"내가 어떻게든 시간을 끄는 사이에 모두가…… 홋케~ 웃키~ 사리~가 돌아와 줄지도 모른다는 건 희망적 관측일까."

어떻게든 빈 무대를 찾고 스바루 군과 함께 빠른 발걸음으로 그곳으로 향한다. 이제부터 본 무대인데도 듬직하게 느껴질 정도로 태평한 그는 느긋하게 산책하는 것 같은 발걸음이다.

"일단은 무대에 설 수 있어. 전학생 덕분에."

괜찮으니 진정하라고 말하는 것처럼 스바루 군이 상냥하게 웃어 보인다. 왠지 아까부터 기분이 좋아 보인다. ——한때는 깊은 절망에 빠져 있었기에, 웃어 주는 모습에 안도한다. 그가 재미있어 해 준다면 나는 복면을 쓰고 피에로라도 될 거다.

"그것만으로도 기뻐. 전부 포기하고 좌절했던 내게 전학생이 희망을 줬어. 고마워~☆"

내 손을 잡아 위아래로 크게 흔들고 나서 스바루 군은 돌진한다.

"이기고 남을 수 있을지는 신만이 알겠지. 최선을 다하자. 아자 아자 파이팅☆"

그 손이 평소보다 차가운 느낌이 들어 나는 양손으로 그 손을 끌어안듯 잡았다. 밝은 스바루 군이라고 해도 불안하지 않을 리 없다. 동료들은 뿔뿔이 흩어졌고 마음은 납작해질 때까지 짓밟혔지만—— 그래도 도망치지 않고 싸우려는 것이다.

"【DDD】 1회전……첫 시합이 곧 시작돼. 지금이 중요한데~. 아 정말! 무대에 서는 게 두렵다니 태어나서 처음이야!"

두려운 거다. 그도 역시……. 당연하다. 그는 아무것도 느끼지 못하는 기계나 마음이 없는 야수가 아니다. 인간이고, 아직 고등학생인 남자애다. 나는 그걸 알고 있을 터였다.

곁에 있는 나만이라도 힘이 되어야 해.

웃으며 강한 척하는 이 얼굴을 지켜야 해.

"우리 『Trickstar』와 대결할 '유닛'은……아직 안 온 건가?"

어떻게든 비어 있는 무대를 발견하고 우리는 그곳에서 대기한다.

세세한 준비를 하며 스트레칭 등을 하고 있다.

그러는 사이에도 확실히 시간은 흐르고 있지만── 상대는커녕 지나가는 사람조차 보이지 않아 불안해진다.

"상대가 불참해 부전승이 되면 편하겠지만. 야외 무대는 참가 '유닛' 수에 맞춰 설치됐을 거고."

강아지 같은 자세로 앉은 스바루 군이 어찌할 바를 모르겠다는 표정을 지었다.

"우리는 아슬아슬한 시간까지 방음 연습실에서 특훈하고 있었고 말이지~? 허둥지둥 비어 있는 야외 무대를 찾다 보니 이렇게 구석진 곳까지 와버렸어!"

침착하지 못하게 주변을 둘러보고 갑자기 위로 뛰어오르고는 먼 곳으로 시선을 향한다.

"여기까지 손님이 와 줄까? 그보다 우리 여기 있어도 괜찮은 걸까? 설마 여기 폐기된 무대는 아니지?"

낙천적인 그도 역시 걱정되기 시작했는지 내 등을 콕콕 찌르며 질문 공세를 한다. 이럴 때 항상 자신만만하게 대답해── 우리의 불안을 날려주는 믿음직한 반장은, 호쿠토 군은 곁에 없다.

나도 왠지 눈물이 날 것 같으면서도 스마트폰으로 정보를 모으고 있지만 확실한 것은 아무것도 없다. 큰 이벤트 당일엔 방대한 정보가 오가고 애초에 인터넷 연결이 잘되지 않는다. 마코토 군의 고마움을 실감한다.

동시에 나의 한심함도.

(규정 시간까지 야외 무대에 도착하지 못하면 실격. 부전패라고 해서 서둘러 온 건데⋯⋯?)

그런 내 옆에 다시 앉으며 스바루 군이 생각하고 있다.

(좋은 자리는 거의 다른 '유닛'이 차지해버렸고~. 빈자리를 찾는 것만으로도 시간을 많이 써버렸어!)

나처럼 지금은 뿔뿔이 흩어지고 만 동료들을 떠올리고 있다.

(이럴 때 웃키~가 있었다면⋯⋯. 인터넷에서 이것저것 조사해 줘서 수고를 덜었을 텐데. 척척 잘 진행하는 홋케~나 사리~가 있었다면⋯⋯. 이렇게 허둥대지 않아도 됐겠지~?)

무대에는 설 수 있지만―― 우리는 싸우기 전부터 만신창이다. 사지는 뜯기고, 구멍투성이가 되어서, 겨우겨우 마지막 기력으로 이 자리에 자리 잡았을 뿐.

(나 혼자⋯⋯아니, 나와 전학생 둘만으로 정말【DDD】에서 살아남을 수 있을까? 혼자가 되고 나서 다시금 실감했어. 모두에게 얼마나 도움을 받아 왔는지.)

목에 건 TS――『Trickstar』의 이니셜을 딴 목걸이를 스바루 군은 슬픈 표정으로 쓰다듬고 있다. 소중한 사람이 맡긴 아기를 애지중지 아끼듯.

 (내가 걱정 없이 마음껏 퍼포먼스를 할 수 있었던 건 모두가 있었던 덕이었구나.)

 다시금 그 사실을 되새기면서도 그렇기에 스바루 군은 꺾이지 않는다. 가슴속에 열을 품고 무대에—— 전장에 선다. 동료들과 자아냈던 인연의 잔재와 나만을 옆에 데리고, 무기로서 가혹한 현실과 마주하고 있다.

 (하지만. 모두에게 부담을 주고 피해만 준 게 아니라고 증명하기 위해……. 내가 『Trickstar』를 지킬 거야. 모두가 언제든 돌아올 수 있을 장소를!)

 아주 잠깐 어두운 표정을 지으며 약한 소리를 흘린다.

 (모두가 돌아올 거란 보장은 없지만.)

 하지만 곧바로 고개를 저어 어두운 감정을 떨쳐내고—— 앞을 바라본다.

 힘차게 일어서 당당하게 가슴을 편다. 두 번 다시는 어둠 속에 웅크리지 않는다. 외톨이가 아니다. 그러니 싸울 수 있다. 이제 스바루 군은 그 사실을 알고 있다.

 동료들로부터 받은 빛이 아직 그 안에서 반짝이고 있다.

 (【DDD】에서 승리해서 더 높은 곳에서 빛나면! 분명 모두도 우릴 봐 줄 거야! 상냥한 그 녀석들이라면 분명 '내버려 둘 수 없네.' 하고 생각해서 돌아와 줄 거야!)

 올 테면 와 보라고 말하는 것처럼—— 스바루 군은 무언가에 도전하는 듯 하늘을 노려봤다.

(그러기 위해 우리는 여기에 있는 거야! 희망의 빛을 꺼트리지 않기 위해, 전학생과 둘이서! 침울해져서 웅크려 있기만 하면 아무것도 바뀌지 않으니까!)

기다리기만 하는 시간은 길고 힘들다.

필사적으로 자기 자신을 북돋던 스바루 군이었지만. 이윽고 기운이 다했는지 무대 위에 대자로 누워버리고 말았다.

"으으, 불안해~! 큰일이야. 긴장했나 봐!"

나는 의상이 더러워지지 않을까 아무래도 걱정되지만, 이 무대를── 전장을 자신의 영역으로 삼아 안심하고 싶다는 마음이 담겨 있는 것 같아 그냥 내버려 두었다. 나도 할 수 있다면 울적함을 발산하기 위해 소리라도 크게 지르며 뛰어다니고 싶을 정도다.

쨍쨍 내리쬐는 초조감을 맞고 있으니 갑자기── 그런 우리를 폭 감싸는 것 같은 그림자가 드리워졌다.

"크크크 ♪ 웬일로 초조해하고 있는 것 같구먼. 뭐 무리도 아니겠네만?"

놀라 얼굴을 드니 어느새 우리 뒤에 '삼기인' 사쿠마 레이 씨가 서 있었다. 항상 그렇기에 이미 익숙해졌지만 여전히 전혀 기척이 없다. 발소리와 체취가 없는 그림자를 의인화시켜 놓은 것 같은 사람이다.

"자네들은 이미 전장에 있다네. 그렇게 당황해선 못 싸울걸?"

그도 【DDD】에 참가하려는 걸까. 야만스러운 느낌마저 드는 칠흑의 『UNDEAD』전용의상을 입고 있다. 건물 뒤에 위치한 이 야외 무대는 이 시간엔 어렴풋이 그림자가 져 있지만. 그가 등장함과 동시에 밤이 된 것처럼 모든 것이 검게 물드는 것 같았다.

　빛을 억눌러 지워버리는 흉악함은 없는 별들을 더욱 반짝이게 하는 따뜻함과 다정함이 있는 검은색.

　"앗, 사쿠마 선배!"

　역시 움찔 놀라면서도 스바루 군이 재빠르게 몸을 일으켰다.

　"여전히 신출귀몰하네. 무슨 일 있어?"

　주인을 기다리던 귀여운 강아지처럼 레이 씨를 바라보며 작게 고개를 갸웃거린다.

　"서, 설마…… 『Trickstar』의 첫 상대가 『UNDEAD』인 거야? 으아앙, 큰일이야! 이길 수 있을지 모르겠어~!"

　"크크크. 칭찬으로 받아두겠네. 자네는 솔직해서 기분이 좋아지는구먼…… ♪"

　흐뭇해하면서 레이 씨는 우리의 머리를 쓰다듬어 준다.

　"아무튼 안심하게나. 본인은 저기, 저 건물 뒤편에 있는 야외 무대에서…… 이미 다른 '유닛'과의 대결이 성립되어 있다네."

　아마 여러 의미를 담아 힘차게 단언해 주었다.

　"본인은 자네들의 적이 아닐세."

　"아, 진짜다! 건물 뒤에서 가미 씨 같은 일렉 기타 소리가 들려!"

　쓰다듬어 주는 걸 좋아하는지 가만히 있으면서 스바루 군이 먼 곳에 시선을 향한다. 지금 유메노사키 학원 전역은 관객들이 북적대는 소리나 항상 들려오는 파도 소리. 그리고【DDD】리허설 중인 아이돌들이 내는 노랫소리 등으로 귀가 아플 지경인데, 떠들썩함 속에서도 스바루 군은 정확히 소리를 들은 모양이다.

"다행이야. 사쿠마 선배네와는 싸우고 싶지 않은걸~♪"

"【DDD】는 장렬한 토너먼트 대회일세. 살아남다 보면 맞붙게 될 일도 있겠지……. 그때는 살살 부탁하겠네."

그야 레이 씨의 말이 맞지만, 신기하게도 공포는 느껴지지 않는다. 『UNDEAD』는 나쁜 척하며 과격한 언동을 보이지만 학생회장처럼 사람의 마음을 짓밟는 일은 하지 않을 거라 믿을 수 있다. 정정당당하게, 진지하게 상대해 주겠지.

"뭐, 자네들 경우엔 첫 시합을 돌파할 수 있을지가 문제겠구먼. 상태는 어떤가? 역시 걱정이 되어 보러 왔네만……. 일단은 부전패는 면했다고 봐도 되겠구먼?"

"응! 전학생 덕분이야~☆"

"흠흠, 아슬아슬했구먼……♪"

말이 부족한 스바루 군의 설명과 내가 입고 있는 의상 등을 보고 사정을 바로 파악한 거겠지── 레이 씨는 조금 안심한 듯 활짝 웃어 보인다.

"허나 『Trickstar』는 빈사 상태일세. 죽을 각오로 임하지 않으면 이 전장에서 살아남는 건 불가능할걸세."

충고한 후, 레이 씨는 의외일 정도로 가볍게 뛰어오른다.

『UNDEAD』는 다른 무대에서 싸우는 것 같고 자신이 여기에 계속 서 있으면 안 되겠다고 생각한 거겠지. 여기는 레이 씨의 전장이 아니다. 그런 점은 엄격하다고 해야 할지, 미신을 완고하게 엄수하는 옛날 사람 같은 느낌이다.

레이 씨는 무대 아래로 내려가 흥미롭다는 듯 우리를 바라보고 있다. 그는 키가 커서 아래에 있어도 앉아 있는 나와 눈높이가 거의 같다. 마음속 깊은 곳까지 들여다보는 것 같은 그 진홍색 눈동자에 빨려들 것 같아 나는 어쩔 줄을 몰랐다.

멋대로 초조해하는 나와는 대조적으로 스바루 군은 아무것도 신경 쓰지 않고 이야기하고 있다.

"음~. 그건 그렇지만. 대전 상대에 달렸어……. 실질적으로 전력은 나밖에 없는걸. 혼자서 여럿을 상대해야 하니까 처음부터 불리한 싸움이야."

"약한 소리를 하다니 드문 일이군……. 상당히 초췌해졌어. 텐쇼인 군도 여전히 잔인한 짓을 하는구면."

평소 깔끔한 것을 좋아하는 노인이 개념 없는 낙서를 발견한 것처럼, 레이 씨는 눈썹을 찌푸린다.

"그렇지 않아도 강력한 '유닛'이자 개인인 『fine』가, 텐쇼인 군이 수단과 방법을 가리지 않고 몰아치고 있네. 과연 버틸 수 있을지 걱정이구면. 일단 기대는 하고 있네만."

"기대만 말고 실제로 도와줘~! 진짜 위기란 말이야~!"

스바루 군은 전혀 거리낌 없이 레이 씨의 어깨를 잡고 앞뒤로 흔든다.

"사쿠마 선배. 멤버 몇 명만이라도 잠깐 빌려주면 안 돼?"

"그럴 수도 없다네. 도와주고 싶은 마음은 '가득' 하지만⋯⋯. 드림페스에선 원칙적으로 다른 '유닛'을 도우는 것이 금지되어 있다네."

오히려 즐거운 듯하면서도 레이 씨는 날카로운 눈빛으로 못을 박았다.

"멤버를 빼앗겨 분한 경험을 한 자네가 다른 '유닛'에서 멤버를 빼오는 것도 도리가 아니지 않은가?"

스바루 군의 손과 어리광과 의존을 간단히 물리치고, 레이 씨는 조금 뒤로 물러섰다. 친하게 지내는 걸 허락하지 않고 선을 긋는 것처럼.

하지만 완전히는 거절하지 않고 허공에 뻗은 스바루 군의 손을 살짝 잡는다. 소중한 듯, 열을 공유하는 것처럼. 진지하게 그는 언제라도 소중한 것을 가르쳐 준다.

"비열한 짓을 당했다고 같은 짓을 해도 된다는 건 아닐세. 긍지를 버려서는 안 되네. 그건 '최선을 다하는 것'과는 달라."

"으~⋯⋯? 나 어려운 말은 잘 모르는데~?"

시무룩해지는 스바루 군을 달래는 것처럼 레이 씨는 자신의 사정을 이야기해 준다.

"애초에 『UNDEAD』도 주력 중 한 명인 카오루 군이 『초반은 맡길게~☆』라며 옥상에서 땡땡이를 치고 있어서 말일세. 다른 '유닛'에 멤버를 빌려줄 수 있을 정도로 여유는 없다네."

그라면 정말 그렇게 말할 것 같다. 『UNDEAD』의 멤버 하카제 카오루 씨가 진지하게 라이브나 연습을 하고 있는 모습을 본 건 손에 꼽을 정도다. 어째서 그렇게 의욕이 없는 걸까?

"게다가 지난 『B1』에서 『fine』에게 참패를 당한 탓인지 아무래도 평가가 떨어진 모양이라 말일세. 첫 시합에서 만난 '유닛'도 완전히 우릴 낮게 보고 있어."

표정은 변하지 않은 채 레이 씨의 전신에 무시무시한 기운이 감돌기 시작한다. 긍지 높은 흡혈귀는 자신의 성에 들어온 버릇없는 자에게 벌을 내리기 위해 바쁜 것이다.

"'이름 높은 유닛인데 『fine』에게 털린 걸 보니 의외로 별것 아닐지도……. 만만한 상대네!'라며 착각하고 있는 것 같더구먼?"

쿡쿡 하고 목 깊은 곳에서 웃음소리를 흘리고 있지만, 레이 씨는 유쾌한 심경이 아닐 것이다. 얼굴을 붉히며 화를 내는 게 오히려 안심할 수 있는 어디까지나 차갑고 무서운 미소다.

평소엔 결코 우리에게 보이지 않는 밤에 사는 마물의 면모다.

"이쯤에서 오명을 씻어야지. 이건 우리 『UNDEAD』의 명예가 걸린 문제일세. 절대로 허투루 넘어갈 수 없지. 서로 각자의 전장에서 최선을 다하세나."

아하. 나는 이해했다. 어째서 레이 씨가 우리 앞에 나타났는지 알 수 없었지만 아마 괴로운 상황에 처한 우리를 걱정해서—— 기운을 북돋아 주려고 굳이 와 준 것이다. 함께 격전을 넘어 혁명을 달성한 동지로서.

언제나 그렇듯, 무서워 보이면서도 무척 자상한 선배는 건투를 빌고 용기를 주기 위해 왔다. 고마움에 눈물이 나올 것 같다.

"다행히 본인의 야외 무대는 이 시간대는 건물 그늘에 들어가 어두우니 말일세. 밝은 햇빛을 싫어하는 본인도 최대의 퍼포먼스를 발휘할 수 있지."

햇빛에 약하다는 알기 쉬운 약점이 있지만—— 공개 처형 같았던 『B1』과 달리 이번에는 자신이 설 무대를 고를 수 있는 것이다.

인지가 미치지 못하는 어둠 속에서 그들은—— 『UNDEAD』는 무적이다.

"솔직히 질 것 같지 않다네…… ♪"

전의에 불타는 흡혈귀를 앞에 두고 스바루 군은 역시 조금 두려움에 떨면서——오히려 기쁘다는 듯 활짝 웃는다.

"무서운데~. 될 수 있으면 『UNDEAD』와는 마지막까지 싸우고 싶지 않아. 그래도 뒷일을 생각하기 전에 눈앞의 시합을 잘 넘어서야겠지?"

"바로 그 마음가짐일세. 응원하고 있겠네."

악수를 나누고 서로의 승리를 기원한다. 왠지 레이 씨, 평소보다 스킨십이 격한 것 같다. 마치 생기를 빠는 흡혈귀의 전설처럼, 스바루 군으로부터 무언가 긍정적인 에너지를 흡수하고 있는 것 같아도 보였다.

그래도 스바루 군은 쇠약해지거나 기운을 잃지 않지만. 그런 그를 이상한 생물처럼 바라본 후 레이 씨가 다른 방향으로 시선을 돌린다.

"잡담하고 있을 때가 아니구먼. 아무래도 자네들을 상대할 '유닛'이 도착한 모양일세."

"음……?"

오히려 기합이 충전된 스바루 군이 일어서서 레이 씨의 시선을 좇았다.

"드디어 나타나셨네. 우리 첫 상대는 어떤 '유닛'일까?"

나도 뒤늦게 같은 움직임으로, 우리가 맞서야 할 상대를—— 눈에 담는다.

✦✦·✦·✦✦✦

그 집단의 인상을 한 단어로 표현하자면—— 화려함, 이다.

그들이 모습을 나타낸 순간, 어둑한 건물 뒤에 무수히 빛나는 꽃들이 흐드러지게 핀 것 같았다. 나는 숨을 삼키며 그저 넋을 잃고 바라본다. 시선을 끌어당기고, 호사스럽고, 몹시도 매력적이다.

전원이 군복처럼 맞춘 아이돌 의상을 입고 있다. 흰색을 기조로 한 천에 감청색이나 황금색으로 우아하게 색채를 더하고 있다. 더러움 하나 없이 아름다운 의상.

하지만 통일감 있는 스타일임에도 한 치의 움직임도 흐트러지지 않는 군대식 행군과는 완전히 다른 움직임을 보이고 있다. 모습을 보인 건 세 명이지만 각자 미묘하게 거리를 벌린 채 따로따로 가고 있다. 이제부터 전투를 시작할 것처럼 보이지 않게, 들뜬 관광객처럼.

가장 앞선 사람과 가장 뒤처진 사람 사이에서, 두 사람을 사랑스

러운 눈길로 바라보며—— 유유히 걷고 있는 사람이 있다. 그가
이 집단의 중심인 걸까.

키가 크고 여분의 살이나 불필요한 장식이 한계까지 제거되어
압박감마저 드는 칼날 같은 육체. 다리도 팔도 가늘고 탄력이 넘
쳐 마치 야생 표범 같다. 더 없을 정도로 꼼꼼하고 완벽하게 정돈
된 머리칼은 희귀 금속의 광택이 있어 약간의 빛을 반사해 눈부시
게 빛나고 있다.

명화에 그려진 귀부인처럼 어딘가 고풍스러운 미형이다. 옛날
순정 만화를 떠올리게끔 하는 긴 속눈썹, 눈동자 속에서 무수히
빛나는 빛줄기. 윤곽이 뚜렷한 이목구비.

무심코 움츠러들 듯한 미형이지만, 그가 입을 연 순간—— 여자
의 이상형 같은 인상이 산산조각 났다.

"꺄앙 ♪"

정체불명의 미청년은—— 갑자기 달콤하고 간드러진 목소리를
내더니 몸을 배배 꼬았다.

"저기 봐봐 츠카사 쨩. 우리와 대결할 저 아이들 아주 의욕이 넘
쳐 보여! 귀여워라~. 노력하는 남자애는 세상의 보물이지☆"

"네! 저희도 방심할 수 없겠군요…… ♪"

갑자기 여성스러운 말투로 흥분한 듯 말하는 기묘한 인물에게
대답한 건 츠카사라 불린 몸집이 작은 소년이다. 물론 세 사람 모
두 유메노사키 학원 학생이고 연령으로는 소년이겠지만—— 츠
카사 군이라는 아이는 한층 더 어려 보였다.

다른 두 사람에 비해 긴장한 표정이다. 무대 경험이 익숙하지 않

다. 느긋하게 걷는 다른 두 사람을 때때로 걱정스러운, 불안한 눈길로 돌아보며 주뼛주뼛 걷고 있다. 순진해서 사랑스러울 지경이지만── 그도 또한 그 집단의 일원이겠지.

군복 스타일 의상을 깔끔하게 갖춰 입고 등을 곧게 펴 활보하고 있다. 지는 석양을 굳혀 만든 듯 황혼색을 띤 붉은 머리칼. 역시 어딘가 죽음이나 장례식을 연상시키는 보라색 눈동자. 하지만 얼굴은 어리고 귀여우며 앳되면서도 성숙한 분위기를 갖고 있다. 불안정하고, 모순된 아름다움.

그는 쓸데없이 돌아다니지 않고 곧바로 무대로 다가와 신사적으로 인사했다.

"사자는 토끼를 사냥할 때도 전력을 다한다고 하지요. 저도 최대한 Excite하도록 하겠습니다 ♪"

"아~⋯⋯아무래도 상관없지만 셋쨩은?"

굉장히 유창한 발음으로 영단어를 입에 담은 츠카사 군의 말에 답한 건 가장 뒤에서 느릿느릿 걷던 인물이다. 굉장히 졸려 보이는 늘어진 목소리다.

거리도 멀고 다른 두 사람의 그림자에 가려 내게는 잘 보이지 않는다. 왠지 한순간 기시감이── 누군가와 닮은 느낌이 들었지만.

"땡땡이쳐도 되는 거면 나도 쉬고 싶은데."

건물 뒤에 소용돌이치는 어슴푸레한 어둠에 녹아들며 그 인물은 내뱉듯 이야기했다.

"우리 『Knights』가 처음부터 질 리도 없고."

"우후후. 이즈미 쨩은 그 신입 멤버에게 푹 빠져있거든~ 지금은 그쪽에 '전념' 하고 있으니 말이야?"

우리가 끼어들기는커녕 생각할 틈도 없을 정도로 빠른 대화가 이뤄지고 있다. 완전히 우리는 방치되고 말았다. 유아독존──주변이나 자신들 외의 일은 안중에도 없이 자기 길을 가고 있다.

중간에 있는 사람이 말투 때문인지 여자 집단 같은 인상을 받았다. 분위기를 포함한 자신들의 세계를 구축하고 누구도 들어오지 못하게 한다. 그리고 자신들이 정한 유행이나 상식, 격식에 따라 행동하며──그걸 누구보다도 자랑스러워하며 사랑하고 있다.

통일감 있는 패션과 함께, 여학교에서 온 내게는 친숙한── 그리움마저 느껴지는 분위기다. 간단히는 파고들 수 없는 우뚝 솟은 개성의 덩어리다.

"첫 시합은 우리끼리 어떻게든 해 보자 ♪"

여유가 없는 츠카사 군과 의욕이 없는 가장 뒷줄의 인물을 중재하는 것처럼 중앙에 있는 인물이 밝게 이야기하고 있다. 한 걸음 한 걸음 착실하게 우리 쪽으로 다가온다.

그저 어안이 벙벙해 그들을 바라볼 수밖에 없는 우리에게 드디어 시선을 향하고는 중앙에 있는 사람이 '어머나!'라고 말하는 듯 여성적 제스처를 취한다.

"어머, 어머? 봐봐, 리츠 쨩. 네 형님이 계신걸?"

"아~……?"

가장 뒤에 있는 인물—— 이름이 '리츠'인 듯한 사람이 멍하니 얼굴을 든다. 거리가 가까워졌기에 드디어 나는 그 모습을 확실히 볼 수 있었다.

밤의 어둠을 굳힌 듯 윤기가 흐르는 흑발. 피 같은 진홍색 눈동자. 머리 길이나 신장은 다르지만—— 레이 씨와 쏙 닮았다. 어딘가 인간과는 동떨어진 레이 씨에 비해 어린 모습이 남은 얼굴만 보자면 친숙함도 들 법하건만.

오히려 이해를 거부하는 듯 독특한 분위기를 뿜고 있다. 인간계에 물든 적 없이 지금 바로 마계나 지옥에서 소환된 것 같은 비현실적인 미모. 정리를 안 한 건지 머리에서 쑥 솟아오른 한 떨기 머리카락도 마물의 꼬리 같다.

상당히 가까이에 있는데도 눈을 떼면 사라질 것만 같다.

옛날이야기 속 주민 같은 리츠 군에게, 역시 혈연인 걸까—— 레이 씨가 그를 보고 기쁜 듯 양손을 흔들었다.

"음? 오오, 리츠! 형이라네~♪"

"……아니, 모르는 사람인데."

"무슨 소린가 리츠?! 형이라네. 자네 형이란 말일세~!"

"널 부르는데 리츠 짱?"

"귀찮네. 확 신고해버릴까?"

필사적으로 뛰어서 자기주장 하는 레이 씨를 리츠 군은 수상하다는 눈길로 바라볼 뿐. 중간에 있는 사람의 재촉에도 눈을 맞추려고도 하지 않는다.

외견으로 보아 형제인 건 틀림없겠지만 어째서 이렇게 쌀쌀맞은 태도일까. 나는 웬일로 어깨를 떨구고 시무룩해진 레이 씨에게 어떻게 말을 걸어야 좋을지 몰라 그저 당황하며 닮은 분위기를 내는 두 사람을 번갈아 바라본다.

어떤 상황에서도 전혀 태도가 변하지 않는 어떤 의미로는 듬직한 스바루 군이—— 다가오는 집단을 흥미롭게 바라보고 있다.

"쟤는 B반의 사쿠마 리츠……. 사쿠마 선배 동생이었구나~. 그러고 보니 성이 같네! 별로 사이좋지 않은 느낌이야?"

"으으, 본인은 눈에 넣어도 아프지 않을 정도로 사랑하고 있네만……? 아무래도 우리 동생은 반항기인 모양일세."

거리낌 없는 질문에 레이 씨는 울먹이며 수긍하고 있다. 스바루 군이 말하는 걸 보아 리츠 군은 우리와 같은 2학년인 것 같다. A반에서도 『Trickstar』 말고 다른 아이들과는 별로 교류하지 못해서, 다른 반 아이는 아직 수수께끼 같다.

A반에는 차분한 우등생이 모여 있고 B반에는 통제가 안 돼 문제아들이 모여 있다—— 같은 소문은 들은 적 있지만. A반 아이들도 상당한데(검을 휘두르는 아이도 있고), 그 이상으로 성가시다면 대체 어떤 수준인지 상상도 할 수 없다.

"하지만 그렇군. 『Trickstar』의 대전 상대는 『Knights』인가."

동생을 몇 번이고 불렀는데도 완벽하게 무시당하기에, 레이 씨는 쓸쓸해 하면서도 다소 묘하다는 듯 이야기한다.

"유메노사키 학원에서도 손에 꼽히는 강호일세. 이건 낌새가 심상치 않구먼……. 평범한 '유닛'이 상대여도 인원이 부족한 지금의 『Trickstar』로는 선전하는 것도 어렵겠지."

『Knights』——.

유명한 '유닛'이고 지금까지 몇 번이고 들었던 이름이기에 나도 대략적인 정보는 알고 있다. 학생회 세력에 속하지 않은 '유닛' 중 유력한 팀을 거론할 때 반드시 이름이 나오는 강호다.

그 『유성대』와 함께 역사 있는 집단인 듯, 전통의 강호나 오래된 강자 같은 평가를 받는 일이 많다. 최근에는 눈에 띈 활동이 없는 것 같고 우리의 혁명과 학생회의 수법에도 불간섭—— 한발 물러나서 관여하려 하지 않았기에 내실은 알 수 없지만.

결코 방심할 수 있는 상대는 아니겠지. 오히려 방관자를 자처하던 유력 '유닛'이 지금에 와 적으로 나타난 것은 불행일 수밖에 없다. 머리를 붙잡고 싶어진다. ——애초에 우리는 멤버가 뿔뿔이 흩어져 완전한 상태라 할 수 없다.

『Knights』에게는 전장으로 향한다는 긴박감이 별로 없지만. 【DDD】 첫 시합이 곧 시작될 이런 시간에 의상으로 갈아입고 느긋하게 산책하고 있는 것도 아닐 거다.

이 자리에서, 이 무대에서—— 그들은 우리와 대결할 심산인 것이다.

"상대가 『Knights』라면, 승산은 거의 없겠구먼? 명복을 빌 수밖에 없어 보이네만……. 흠흠, 어떻게 할 텐가 『Trickstar』?"

레이 씨가 남 일이지만 걱정스러운 듯 이야기하고 나서—— 문득 당혹스러워했다.

"음? 왜 그러는 겐가 자네. 뭘 그리 두리번거리나?"

"그게, 상대가 『Knights』인 건 크게 상관없어. 이 정도까지 '밑바닥' 상황이라면…… 더 나빠질 것도 없잖아?"

독특한 논리로 긍정적인 발언을 하고 스바루 군이 "너무 절망적이라 반대로 각오가 생겼어." 라고 어딘가 즐거운 듯 웃었다.

하지만 그 안색이 아주 조금 흐려진다.

그래 『Knights』라고 하면── 신경 쓰이는 점이 있다.

"하지만 『Knights』라면…… 『Trickstar』에서 빠진 웃키~가 이적한 '유닛'이니까. 근처에 있지 않을까 싶어서."

학생회장의 모략으로 이미 『Trickstar』는 갈가리 찢겼다. 결전이 시작되기 전 싸울 힘을 모조리 빼앗길 뻔해── 지금은 겨우겨우 살아 있을 뿐. 흩어지고 난 후 멤버들의 행방은 묘연하다.

호쿠토 군은 『fine』로, 마오 군은 『홍월(紅月)』로, 마코토 군은 『Knights』로── 해체당하고 말았다. 그랬을 텐데 이 자리에 마코토 군은 없다.

아니다. 마코토 군은 요즘 한 번도 우리 앞에 나타난 적이 없다. 그 성격으로 미루어 보아 동료를 배신한 형태로 이적한 데 마음이 괴로워── 우릴 피하고 있는 게 아닐까 싶지만.

참고로 우리는 특훈을 하면서, 한편으로 동료였던 멤버들과 몇 번이고 접촉하려 했었다.

나처럼 도움이 안 되는 사람을 무대에 올리는 것보단 그들 중 누군가가 돌아와 주는 게 몇 배는 더 좋으니까. 교섭하고 설득해서 돌아와 줄 마음이 생기게 하려고 노력했다.

그러나 호쿠토 군은 제대로 등교는 했지만 나나 스바루 군이 말을 걸어도 완고하게 무시하거나 재빨리 그 자리를 떠나기만 했고, 마오 군은 말을 걸면 대답은 해 주지만 요령 좋게 얼버무리는 데다가 학생회 멤버들이 주변을 단단히 둘러싸고 있어 접근하기가 어려웠다(【DDD】는 학생회 주관이라서, 그는 단순히 무척 바쁜 모양이었다.).

마코토 군은 스마트폰 등으로 연락하면 상당히 밝은 문장으로 답장이 왔지만 컨디션 저하가 오래가고 있는지 등교도 안 하는 것 같았다. 그것을 더 의심하고 추궁했어야 했다고── 나중에 우리는 후회하게 되지만.

소중한 동료들에게 쌀쌀맞게 거절당하면서 우리의 끈기도 점점 닳아 없어지고 있었다. 싸울 기력도 잃을 것처럼 마음이 꺾이고 말았다.

그렇게 노력도 허무하게 나와 스바루 군만 무대에 서게 되고 말았다. 이제는 틀린 게 아닐까. 『Trickstar』가 이전의 반짝임을 되찾을 일은 두 번 다시 없는 건 아닐까⋯⋯. 나는 포기하기 일보 직전이었지만.

스바루 군은 꿋꿋하게 동료들을 믿고 있다. 그 행복을 바라고 있다. 그렇기에 그 말에는 무게와 열의가 있다. 상대가 인간이라면 반드시 심금을 울릴 것이다.

부모를 찾는 미아처럼 스바루 군은 비통하게 이야기하고 있다.

"걔가 이적한 곳에 잘 적응해서 행복한 보금자리를 손에 넣었다면……. 뭐라 할 생각은 없어. '서로 힘내자.'고 격려할 수 있는 걸?"

스바루 군은 불꽃이 깃든 눈동자로 『Knights』와── 미지의 강적과 마주한다.

"하지만 불행해졌다면……. 상처받고 괴롭힘당하고 있다면. 난 절대로 가만두지 않을 거야."

당당하게 서고 정면에서 『Knights』를 향해 외친다.

"야, 『Knights』!"

강호 '유닛'을 상대로 혁명을 이루긴 했지만 아직 거의 아무것도 아닌 소년이── 그렇기에 순진하게 친구를 걱정하는 한 인간으로서 외쳤다.

"웃키~는 어딨어. 함부로 대하고 있는 거라면 가만두지 않을 거야!"

그런 스바루 군을 보고 아직 이름도 모르는 장신의 미청년이 오히려 기쁜 듯 몸부림쳤다. 긴장되던 공기를 쉽게 파괴하듯 농담조로 답하고 있다.

"어머머 귀여워라! 저 아이 강아지처럼 멍멍 짖고 있어 ♪ 무서워라~. 지켜줘! 츠카사 쨩~ ♪"

"하아, 명령이라면 최선을 다하겠습니다만……. 나루카미 선배는 저보다 체격도 좋고 싸움도 잘하시지 않습니까. 솔직히 제가 지켜야 할 필요성이 느껴지지 않는데요?"

츠카사 군이 이름을 불러 주었기에 드디어 성이 판명됐다. 저 절세미남이라 할 수 있을 외모와 여성적 말투를 동시에 가진 신비한 인물은―― 나루카미라고 하는 것 같다.

들었던 이름이다. 학생회장이 『Trickstar』를 조각냈던 회담에서 그 이름을 입에 담았었다. 『Knights』의 이즈미 씨처럼 모델 경험자――라고 했던가.

이즈미 씨처럼 악의의 화신 같은 인물을 상상했는데 나루카미 씨는 의외로 친근감이 있다. 밝은 언동에 교란되어 마음속 깊은 곳까지는 볼 수 없지만.

나쁜 사람은 아닌 것 같다……. 과연 어떨까. 해체당한 우리의 동료를 사서 기뻐하는 나쁜 이미지를 멋대로 품고 있었는데.

그러고 보니 『Knights』의 멤버일 텐데 이즈미 씨의 모습은 보이지 않는다. 그것이 상당히 수상하다. 만나는 모든 사람에게 싫은 느낌과 손톱자국을 남기는 막 되어 먹은 고양이처럼 불길한 그 선배는 지금 어디에 있는 걸까?

『Knights』의 색으로 물들어가는 분위기에서 나루카미 씨는 앞서 걸어가는 츠카사 군의 등을 상당히 호쾌하게 '퍽퍽!' 때렸다.

"정말 짓궂다니까! 남자가 지켜줬음 하는 순수한 여자의 마음을 모르는 거니?"

"그 전에 나루카미 선배는 '여자'가 아니지 않습니까……?"

충격으로 고꾸라져 넘어질 뻔하면서도 츠카사 군은 이상한 거라도 입에 넣은 것 같은 표정으로 투덜거렸다. 누구도 굳이 건드리지 않는 부분에 순진하게 참견하는 아이였다.

(음~ 여유 넘치네. 저 녀석들.)

사실상 질문을 무시당한 스바루 군이 복잡한 표정을 지었다.

(『Knights』에게 지금의 『Trickstar』는 전혀 별 볼 일 없는 상대……겠지. 분하지만. 솔직히 『Knights』는 풀 멤버로 도전해도 이길 수 있을지 알 수 없을 만큼 강한 '유닛'이야. 나와 전학생만으로는 승산이 거의 없어.)

아무래도 웃음이 사라진 그 뺨에 피처럼 식은땀이 흘러내렸다.

(자, 그럼 어떻게 하지~?)

"참견해서 미안하네만. 그다지 우아하진 않은데, 『Knights』 제군?"

전쟁이 터지기 전의 긴장감을 레이 씨의 온화한 목소리가 부드럽게 풀었다. 어째서인지 고집스럽게 그를 바라보지 않는 동생──리츠 군에게서 쓸쓸한 듯 시선을 떼고 모든 『Knights』에게 항의한다.

"일찌감치 『Trickstar』를 망가뜨려 유우키 마코토 군이 돌아갈 곳을 빼앗는다……. 이건 그런 의도겠지? 본인이 싫어하는데도 억지로 이적시켜 자유와 자리를 빼앗고 강제로 자기 소유로 만든다……. 그리 칭찬할 만한 '방식'은 아니구먼?"

부모가 아이를, 할아버지가 손자를 상냥하게 타이르는 말투였지만── 굉장한 박력이 있다. 유메노사키 학원에 대한 일이라면 뭐든지 알고 있다고 호언하는 그가 굳이 우리에게도 들려주기 위해 입에 담았을 무서운 진실의 한 조각도.

"『Knights』란 이름이 아깝군. 그게 제군의 기사도인 겐가?"

(뭐……? 억지로 이적? 웃키~는 자기 의지로 이적한 게 아닌 거야?)

스바루 군이 벼락을 맞은 것처럼 반응하고 표정을 굳힌다.

(그러고 보니 【DDD】 개최 발표가 있은 다음 날부터 웃키~는 교실에 나타나지 않았어. 설마 어딘가 감금돼서 자유를 빼앗겼다……던가?)

그게 사실이라면 이보다 더 끔찍한 이야기도 없다. 【DDD】든, 유메노사키 학원이고 뭐고── 이미 범죄. 소중한 동료라고, 친구라고 말하면서도 마코토 군이 모습을 보이지 않은 것을 심각하게 여기지 않았다……. 그 사실을 나는 후회한다.

갑자기 무서워져 나는 몸이 떨린다. 그런데 납치 감금? '유닛' 강제 이적? 정말 그럴까? 수지가 맞지 않는다는 느낌이 든다. 그 앞은 파멸밖에 없다.

마코토 군에게 굉장한 집착을 보이던 이즈미 씨라면 그럴 법도 하지만……. 다른 『Knights』 멤버들은 그걸 간과한 걸까?

동료가 윤리를 벗어나게 하고, 비열한 범죄를 태연한 얼굴로 그냥 넘긴 거라면──

그런 건 동료라고 인정할 수 없다.

"……귀가 따가운걸."

한순간 차가울 만큼 냉혹한 표정을 드러내고 나루카미 씨가 어깨를 움츠린다. 그 탐미적인 분위기는 그다지 흔들리지 않아 역시 속마음을 파악할 수 없다.

아름답지만 가면 같은 일종의 무표정이다.

"나도 억지로 하는 건 싫어. 사랑이 없으면 안 돼! 하지만 우리 이즈미 쨩이 '신입'에게 굉장히 집착이 강하거든?"

당황해하는 츠카사 군과 흥미 없어 보이는 리츠 군을 한 번씩 본 후 나루카미 씨가 대표하듯 대답했다. 농담조로 하는 그 말에는 거짓과 함정이 여럿 있어서, 인생 경험이 부족한 나는 진위를 판단할 수 없다.

어물쩍하게 이야기하며 아름다운 기사는 꽃잎이 흩날리듯 탄식했다.

"살짝 폭주했거든. 나도 이러고 싶진 않았어. 이게 『Knights』의 방식이라고 여겨지는 건 유감이야……. 언제나 위풍당당하게 우아하고 화려하게 적을 쓰러트린다. 그게 『Knights』야. 그렇지, 다들?"

"네! Rule을 엄수하기에 Game은 즐거운 겁니다 ♪"

"아~. 빨리 끝난다면 그편이 간단하고 좋아. 기사도 같은 건 아무래도 상관없는데."

쾌활하게 대답하는 츠카사 군과 대조적으로 음울할 정도로 작은 목소리로 속삭이는 리츠 군. 마코토 군이 뭔가 심한 취급을 받고 있다고 해도 그 주범은 이즈미 씨 같지만—— 동료가 범죄에 손댔을지도 모르는데 그들의 태도는 전혀 흐트러지지 않는다.

관계없다는 느낌이다. 알아본 정보로는 『Knights』는 철저한 개인주의. 이해관계로 뭉친 '유닛'——이라고 한다. 동료가 뭘

하든, 어디서 쓰러져 죽든, 나쁜 짓을 자행하든 관계없다는 걸까.

그들은 조용히 자신의 할 일을 다할 뿐.

대화가 귀찮아졌는지 뭔지 리츠 군이 다소 빠른 걸음으로 무대로 접근한다. 레이 씨도 이따금 보이는 불길한 기운 같은 것을 거리낌 없이 내뿜으며.

"나중에 한 소리 듣는 것도 성가시니까. 진지하게 하는 게 뒤탈은 없겠지만."

"맞아. 이대로 불합리하게 『Trickstar』를 짓밟아버리는 것도 조금 마음에 걸려……. 난 항상 노력하는 남자애 편이니까 ♪"

한숨 섞인 목소리로 투덜거린 후 나루카미 씨도 동료의 전의에 답하듯 미소 지으며──

역시 농담을 하는 것처럼 매혹적인 윙크를 선보였다.

『Knights』 멤버들이 말을 주고받으면서 느긋하게 무대로 올라와 우리와 마주 선다.

가까이서 보니 역시 두렵다. 『Knights』라는 집단은 각자가 일기당천의 강자라는 소문이 있지만. 그것은 허풍이나 과대평가가 아닌 것 같다. 나는 분위기에 휩쓸려 몸을 떨고 움츠러들고 만다. 정말 무대 경험이 부족하다.

그런 나를 감싸듯 조금 앞으로 나와 스바루 군이 정면에서 대치해 준다. 그는 굉장한 재능과 실력을 가졌지만 혼자서는 어떻게 되지 않는다. 다소 압도되어서, 웬일로 웃지도 않고 그저 그 자리에서 버티고 있다.

빛을 한껏 내면서도, 아직 저력을 모르는 강적과 마주하고 있다.

레이 씨는 방해할 생각은 없는지 무대 아래에 방관자처럼 있다. 팔짱을 끼고 무언가를 찾듯 바라보는 그 시선에 성가시다는 듯 손을 흔들며—— 리츠 군이 천천히 제안했다.

"아…… 그럼 이렇게 하자."

잠시 생각하고서 그는 누구도 그다지 사용하지 않는 고풍스러운 호칭을 입에 담았다.

"형님."

"오오, 리츠! 본인을 '형님'이라 불러주는 겐가……!"

의외일 정도로 순진하게 반응하며 레이 씨는 눈물까지 글썽이며 감동하고 있다. 긴장된 분위기가 단숨에 무너졌다. 레이 씨라면 일부러 노리고 연기하고 있을 가능성도 있지만, 그저 귀여운 동생과의 대화를 기뻐하는 느낌이다.

이따금 인간을 벗어난 분위기를 내지만, 동생 앞에서는 흔한 형처럼 군다.

"아직 본인을 형이라 생각해 주는 겐가? 정말 기쁘구먼! 사랑한다네~☆"

"징그러워……. 형님이라면 우리 신입이 어디에 감금되어 있는지 정도는 짐작이 가지?"

"음. 본인은 뭐든 안다네. 이 학원에 대한 일이라면 뭐든지."

"그 장소를 『Trickstar』에게 가르쳐 줘. 그걸 알고 어떻게 할지는 자유. 어쩌면 대결이 시작되기 전에 '우리 신입'을 구출할 수 있을지도?"

"음……?"

가족의 편한 분위기로 이야기를 쭉쭉 진행하는 흡혈귀 같은 형과 동생. 그런 두 사람의 대화를 흥미진진하게 들으며 스바루 군이 수업 중처럼 힘차게 손을 들었다.

"오오, 너 의외로 좋은 녀석이구나! 나, 꼭 웃키~를 구할게☆"

(아~……. 단순, 바보. 이 정보를 알려주는 게 『Knights』에게 더 유리한데. 잘 풀리면── 싸울 필요 없이, 노력할 필요 없이 첫 시합에서 승리할 수 있어.)

순진하게 웃는 스바루 군을 오히려 질겁한 듯 바라보며── 리츠 군은 영리하게 생각하고 있다. 역시 레이 씨의 혈연이다. 많은 것을 이야기하지 않고 책략을 펼쳐 대국을 제압한다.

군략가 같은 그는── 마음속에서 크게 웃으며 마저 숨기지 못한 희열을 입가에 띄웠다.

(낙승이네. 낙승♪)

"감금은 용서 못해! 해도 되는 일과 안 되는 일이 있다고!"

서서히 냉정해지는 리츠 군과는 대조적으로 스바루 군의 열기는 점점 커져 간다. 아침을 맞은 이 세상이 햇빛을 받아 달아오르는 것처럼.

풀과 나무와 동식물이 깨어나고 미래에 희망과 무한한 가능성이 차오른다. 반짝이는 모든 것을 끌어안는 것처럼 가슴께에 손을 얹고 스바루 군은 솔직하게 선언했다.

"웃키~가 자기 의지로『Trickstar』를 나간 게 아니라면 그 녀석은 아직 우리 동료야! 동료는 구해야지, 반드시!"

"흠, 그 마음은 고귀하네만……. 첫 시합 시간이 얼마 남지 않았다네. 과연 동료를 찾아 구출할 여유가 있을까?"

순식간에 무대에서 내려가 어딘가로 달려가려던 스바루 군의 목덜미를 레이 씨가 붙잡아 제지한다. 조금 부러운 듯 저돌적인 그를 바라보며.

"게다가. 유우키 마코토 군은 억지로 '유닛' 이적 수속을 마친 뒤일지도 모르지 않겠나? 그렇다면 그자는『Trickstar』가 아니라『Knights』일세."

피를 나눈 동생이 쓴 책략을 레이 씨가 천천히 풀어 나간다.

"지금부터 다시 이적 신청을 하는 건 어렵네. 본인의 마음이 어땠든 다른 '유닛'을 돕는 건 규칙 위반이니 말일세."

화약 뭉치처럼 위태로운 스바루 군을 식히는 듯 담담한 말투다.

"『Trickstar』는 실격 처리.【DDD】에서 패배하게 되네만?"

시간이 그다지 없다고 주장하는 것치고는 느긋한 것 같지만, 아무것도 생각하지 않고 가면 파멸이 기다리고 있을 뿐이라고——경험이 풍부한 그는 예측한 거겠지. 스스로 낭떠러지에서 뛰어내리려는 어린애를 눈앞에서 본다면 누구라도 똑같이 할 거다.

억지로 자빠트려서라도 막고, 모든 진심과 논리를 구사해 설득한다.

"혹은 애써 구해도……. 유우키 군의 마음이 『Knights』로 기울어 있다면 적을 늘리는 결과만 될 걸세. 이대로 대전하는 게 아직 승산이 있다고 보네만?"

레이 씨는 불안 요소를 굳이 하나하나 늘어놓는 것 같았다. 결코 강제하지 않고 우리가 생각하고 판단하게끔 한다. 레이 씨다운, 어른의 태도다.

학생회장의 말투와도 비슷했다. 은인을 그런 괴물과 견주어 평가하고 싶진 않지만.

"만약 기적이 연달아 일어나 유우키 군이 『Trickstar』로 돌아와도……. 그자에겐 재능은 있지만 실력이 부족하네. 유우키 군이 돌아와도 『Knights』는 이길 수 없으니. 학원 안을 뛰어다니며 유우키 군을 구출하려면 자네의 체력도 소진될 테고."

옛날이야기 속 주민 같은 레이 씨가 굳이 현실적인 어구와 내용을 골라 입에 담고 있다. 조용히 보고 넘겼어도 좋았을 터다. 그는 어디까지나 다른 '유닛'이니까. 하지만 그는 공평하게 아무것도 모르는 우리에게 현재 상황을 정확하게 보여준다.

"그런 상태로 첫 시합을 넘을 수 있겠는가?"

어쩌면 친애하는 마음으로. 우리를 위해. 그런 레이 씨를 보고 리츠 군이 어딘가 불쾌한 듯 인상을 쓰고 있는데, 이유는 잘 모르겠다. 간단히 끝날 이야기에 참견당해서 자신의 계획을 방해받은 게 싫은 걸까.

"음~. 그런 어려운 나중 일은 그때 가서 생각할래!"

스바루 군은 평소처럼 바로 결정을 내렸다. 반짝임만을 흡수해 부풀어 오르는 우리의 일등성은 정면에서 레이 씨를 바라본다.

"웃키~가, 내 동료가 어디에 있는지 가르쳐 줘! 사쿠마 선배!"

매달리는 듯한 약함은 없다. 남자애다운 추진력을 배에 가득 담고서――.

중력을 떨쳐내고 우주까지 날아갈 것 같은 기세로 스바루 군은 적극적으로 외친다.

"그 녀석이 돌아와 줄지도 몰라. 아직 우리 동료로 있어 줄지도 몰라. 그것만으로도 내가 움직일 이유론 '충분' 해!"

"……그렇다면 됐네. 시간도 없으이. 더는 쓸데없는 말은 주절주절 하지 않겠네."

흐뭇한 듯 미소 지으며 레이 씨는 스바루 군의 머리를 쓰다듬었다. 자신이 바란, 아니 그 이상의 정답을 답안지에 쓴 학생을 칭찬하는 것처럼.

"유우키 군은 아마 『Knights』가 【DDD】 전에 특훈 장소로 사용했다던 방음 연습실에 있을 걸세. 대략적인 위치는 자네 스마트폰에 지도를 보낼 테니 참조하게나."

어색한 손놀림으로 레이 씨는 어디선가 꺼낸 스마트폰을 조작한다. 고풍스러운 인상인 그에게 최신형 휴대전화는 너무 어울리지 않는다.

고생하여 데이터를 송신하고, 레이 씨는 의미심장하게 고한다.

"서두르게. 모든 일을 뜻대로 이룰 수 있을 정도로 이 세상은 녹록하지 않으이. 망설이고 있으면 시간은 금방 떠나버린다네. 후회하지 않도록 자네가 믿는 길을 힘차게 나아가게나."

"응! 고마워. 사쿠마 선배☆"

스바루 군은 천천히 레이 씨에게 안겨들어 빙글빙글 회전해 있는 힘껏 포옹하고 나서——마음껏 달리기 시작한다. 뒤돌아보며 남겨진 내게 손을 흔들어 주었다.

"전학생, 잠깐만 기다려! 웃키~ 데리고 금방 돌아올게. 그때까지 버텨 줘! 부탁할게~☆"

그 말에 나는 고개를 끄덕인다. 아무것도 하지 못하는 나지만 적어도 더는 도망치지 않는다. 어떤 괴로움을 무릅쓰더라도 이 자리에 버티고 서서 모두가 돌아오는 걸 기다리자.

오기로라도. 나는 두 번 다시 소중한 것을 놓지 않을 거다.

"난 마지막까지 포기하지 않아! 전학생도 그렇지?"

상대는 베테랑 『Knights』. 싸움은커녕 끝없이 난도질당해 피투성이가 되는 고문 같은 시간이 기다리고 있겠지만——두렵지 않다. 믿을 수 있다. 웃고 있는 스바루 군의 얼굴을.

그가 꿈꾼 반짝반짝 빛나는 미래를.

"아직 희망의 별은 사라지지 않았어!"

⚲ *Childbirth* ⚬✦

　전대미문의 대규모 결전──【DDD】의 첫 시합이 곧 시작될 시각.

　들끓는 관객들로 붐비는 운동장을 이사라 마오 군이 걷고 있다. 타오르는 듯한 붉은 머리칼을 나부끼며 날쌘 몸놀림으로 인파 속을 헤엄치듯 나아가고 있었다.

　우리 희망의 별. 『Trickstar』의 멤버였을 그는 무대로 향하지도 않고 학생회 사람들 속에 묻혀 있다. 그 진의는 헤아릴 수 없다.

　항상 자신은 뒷전으로 두고 마음속 깊은 곳을 보여주지 않는다.

　지금까지 【DDD】 준비로 분주했을 텐데도 얼굴에는 초조함이나 피로감이 없었다. 하지만 반짝임도 없는── 개성 없는 교복 차림이라서 그런지 지평선 너머로 진 태양처럼 누구도 의식하지 않았다.

　어디에나 있는 지나가는 사람처럼 무기력하고 조용하게, 담담히 업무를 다하고 있다. 손에 든 클립으로 묶인 서류에 무언가 적으며 담백한 목소리를 낸다.

　"보고합니다."

　【DDD】에 관한 공지나 리허설을 하는 아이돌들의 노랫소리나

음악, 관객들의 끝없는 목소리로 주변은 폭격이라도 맞은 듯 요란스럽다. 하지만 대화에는 문제가 없는지 마오 군은 시원시원한 목소리로 요점을 정리해 이야기한다.

"A구역, 운동장 및 가든 테라스는 이상 없습니다. 다만 쓰레기가 조금 늘어난 것 같아 업자에게 청소를 부탁하겠습니다."

"B구역, 접수처 및 학원 밖 주변부도 이상 없소."

지지 않으려는 듯 나서서 나와 같은 반이자 학생회 세력의 대간판인 『홍월』에 소속된 칸자키 소마 군이 목소리를 낸다. 마오 군 이상으로 넘쳐흐르는 인파 속을 솜씨 좋게 빠져나와 학생회 임원들의 집단에 잘 합류하고 있다.

무사처럼 묶은 머리. 길게 찢어진 눈. 허리춤에서 존재감을 주장하는 일본도.

"역시 혼자서 학원 밖을 다니며 경비하는 건 중노동이구려. 쓸데없이 하반신 근육이 단련되고 말았소."

"일손이 부족하니 어쩔 수 없잖아. 투덜대지 마, 칸자키. C구역 및 D구역도 이상 없다."

그런 소마 군의 머리를 마구 쓰다듬으며 위로하는 건지 벌을 주는 건지 알 수 없는 움직임을 하고 있는 인물은—— 역시 『홍월』의 멤버인 키류 쿠로 씨다.

근골이 튼튼한 우람한 몸. 처음 보는 관객들은 무서운지 거리를 벌리기에 선두에서 길을 트는 역할을 자진해서 맡는 모양이다. 오니(鬼)의 뿔처럼 선 머리칼. 크고 우락부락한 눈. 태도는 부드럽고 온화하지만 누구라도 이런 대장부를 화나게 하고 싶지는 않다. 모두가 멀리서 바라보는 상황 속에서 소마 군만이 그를 잘 따르고 있는지 걸으며 짐승 형제 같은 스킨십을 하고 있다.

소마 군과 쿠로 씨는 모두 교복 차림이지만 몰개성한 학생회 사람들과는 확연히 분위기가 다르다. 그런 그들을 가까이에 데리고 집단의 중심에 있는 하스미 케이토 씨가 목소리를 냈다.

"수고 많았다."

예스러운 말투로 부하들을 위로하고 있다.

고급스러운 안경과 깊이가 있는 녹색 눈동자. 무표정이지만 기계 같은 차가움은 없다. 마음을 다잡고 자신의 역할을 묵묵히 수행하고 있다.

얼마 전까지 우리의 가장 큰 적이었던 그는 과로한 회사원 같은 무거운 한숨을 토했다. 걸으면서도 휴대전화로 각 방면에 연락하고, 주변 사람들과도 딱딱 말을 주고받고 있다. 여전히 혼자서 고생을 떠맡고 있는 모양이다.

역시 교복 차림인 케이토 씨는 자신이 지휘하는 학생회와 『홍월』의 동료들을 한 명씩 바라보며——정중히 머리를 숙인다.

"학생회 업무를 돕게 해서 미안하다. 칸자키, 키류, 이사라."

알맞고 확실하게 지시를 전하고 때때로 학생회 인원들을 장기말처럼 파견하면서도—— 바로 옆에 있는 동료들은 오히려 몸을 바싹 기대듯 지낸다.

친밀감이 담긴 미소까지 지으며 서로 장난치는 쿠로 씨와 소마 군을 바라보고 있었다.

"이번엔 학생들 대부분이—— 즉 학생회 멤버도 대부분 '유닛'

으로 드림페스에 참가하고 있다."

실제로 학생회 멤버는 많지만(규모가 그만큼 없으면 유메노사키 학원 전역을 지배할 수 없었다.), 지금 그 곁에는 아주 적은 인원밖에 없다. 주변을 왕래하는 큰 파도 같은 관객들에게 당장에라도 삼켜질 것 같은 작은 배다.

그 배의 책임자가 되어서, 배가 뒤집히지 않게 제어하며——— 케이토 씨는 한탄한다.

"평소 드림페스 때보다 잡무를 처리할 인원이 부족해."

사적인 의견을 곁들이지 않고, 그는 공평하게 실정을 잘 인식하고 있다.

"선생님들도 동원했지만 공정하게 하기 위해서라는 명목으로 투표 집계 쪽으로 가셨으니 말이지. 경비 등의 일은 어쩔 수 없이 우리가 할 수밖에 없다."

유메노사키 학원의 승부의 장——— 드림페스에는 물론 외부 업자도 관여하지만 기본적으로 주도하는 건 내부 사람이다. 모든 것을 관리하고 운영하는 건 선생님들과 학생회. 케이토 씨의 두 어깨에 올라간 중압감은 이만저만이 아니다.

아직 세간에서는 어린애라 판단되는 고교생밖에 되지 않는 그에겐 분에 넘치는 무거운 짐이다. 하지만 그는 지금까지 계속 그것을 지고——솜씨 좋게 처리해왔다.

"그나저나 참 어렵군. 게다가 1시간마다 1승부여서 정신없이 바빠. 야외 무대를 대량으로 설치하고 여러 '유닛'이 동시에 퍼포먼스를 한다——는 것도 첫 시도야."

아이돌의 능력치나 평판과는 관계없이, 인간적인 강함과 우수함의 증명이다. 학생 중에서는 누구도 똑같이 할 수 없겠지. 그 학생회장과 비교해도 운영능력—— 실무능력은 케이토 씨가 한 수 위일 것 같다.

아니다. 그 학생회장이라면 실력으로 보나 기술로 보나 실행은 가능하겠지만. 그는 부하에게 모조리 떠넘기고 맛있는 부분만 탐하고 있다.

"관객도 많아. 평소『S1』에서는 얌전히 교실에서 관전하던 학생들도 멋대로 교내를 돌아다니고 있어. 모두 에이치가 지시한 거니까 이의를 제기할 수도 없다만."

학생회장의 행동거지는 왕후귀족 그 자체. 그 측근이자 부하로서 행동하는 케이토 씨는 모든 무거운 고난을 지고 있다.

"솔직히 모두 대응하기가 어려워. 에이치의 생각은 평범한 사람은 이해하기 힘들어. 끌려다니는 사람도 생각해 줬으면 하는 마음이다."

하지만 불만도 많이 입에 담지 않고, 케이토 씨는 담담하게 모든 어려운 일들을 처리하고 있다.

"【DDD】라……. 아무 일 없이 무사히 끝나면 좋겠다만."

【DDD】는 과거에 없었던 규모의 전례 없는 이벤트다. 큰 트러블 없이 무사히 개최된 것만으로도 기적이다.

케이토 씨가 꾸준한 노력 덕택이겠지.

"뭐, 한 시간마다 '유닛' 절반은 패배해 퇴장하는 것 같으니. 그 중에서 적당한 녀석들에게 말해서 일을 돕게 하면 되지 않을까."

생각에 잠긴 것 같은 케이토 씨의 등을 쿠로 씨가 호쾌하게 때렸다. 말 그대로 북돋아 주고 있다. 그는 항상 굳세게 앞길을—— 미래로 향하는 길을 열어 준다.

"점점 편해지겠지."

"음~. 만약 본인이 【DDD】에 참가했다면 패배함과 동시에 관객으로서 즐기겠소만."

어른스러워 보이는 풍모와는 반대로 소마 군이 굉장히 어린애 같은 이야기를 했다.

"솔직히 일하고 싶진 않을 것이오. 【DDD】는 유메노사키 학원 설립 이래 가장 큰 전쟁이니, 피가 끓는구려……☆"

"검을 휘두르지 마라. 칸자키."

어째서인지 흥분해 검을 뽑은 곤란한 후배에게 케이토 씨가 싫다는 듯 잔소리를 흘렸다. 실제로 주변엔 수많은 사람이 걷고 있다—— 흉기를 휘두르면 순식간에 대참사다.

흘러내리기 직전의 안경을 살짝 올리며 케이토 씨는 자유분방한 행동을 보이는 동료들의 모습에 오히려 마음이 누그러진 건지 부드럽게 미소 지었다.

"뭐. 다른 사람에게 기대하지는 말아야겠지. 【DDD】는 우리가 지원하고 유사시에 대비하며 모든 문제를 처리한다."

곧바로 엄격한 표정을 만들고는 하늘에서 빛나는 태양을 순간 바라봤다.

"에이치와 동료들이 최대한 빛날 수 있도록 자리를 마련해 주자. 우리 『홍월』은—— 【DDD】의 백업 담당이 되도록 하자."

"너무 무리하지는 마. 하스미."

아까 소마 군에게 했던 것처럼 쿠로 씨가 케이토 씨의 머리를 거칠게 쓰다듬는다.

"잘나신 학생회장님이 돌아왔잖아. 책임은 모두 떠넘기고 느긋하게 생각하면 되지 않겠어?"

"뭘 생각하는지 알 수 없는 아군은 강적보다도 구제불능이지. 에이치는 그런 타입의 아군이다. 거참 속이 쓰리군."

그만두라며 쿠로 씨의 손을 뿌리치고 케이토 씨는 벌레를 씹은 것 같은 표정을 짓는다. 발걸음을 늦추지 않은 채 웬일로 어린애가 떼를 쓰는 것 같은 태도로 불평했다.

"이【DDD】도 그 녀석은 내게 아무 말도 없이 개최했는데?"

"하스미 공도 학생회장의 진의는 알 수 없는 건가."

의외라는 듯 눈을 동그랗게 뜨고서 소마 군이 빈틈없이 주위를 살핀다. 무슨 일이 있더라도 대처할 수 있도록 태세를 잡으며 오히려 기분 나쁘다는 듯 유메노사키 학원을 둘러본다.

"【DDD】에 참가한 자들도 분명……. 대부분이 아무것도 모른 채 이 소란에 들떠 농락당하고 있을 테지."

"에이치의 진의라……. 이래 봬도 녀석과는 오래 알고 지낸 사이다. 어렴풋이 짐작하고는 있지만."

소마 군의 혼잣말에 반응해 케이토 씨는 성실하게 자신의 생각을 피로한다.

"그렇기에 난 이번만큼은 백업에 전념한다. 녀석이 가는 길을 방해하고 싶지 않아. 그것이 에이치를 위해 내가 할 수 있는 유일한 일이다."

때때로 휴대전화를 손으로 조작하며 케이토 씨는 유유히 활보하고 있다. 대화를 하면서 작업을 하고 어느 쪽도 소홀히 하지 않는다. 우수하고, 능숙하다.

"【DDD】에선 규칙상 『홍월』이 이기면 에이치의 『fine』와 대결하게 될 가능성도 있다. 동료끼리 싸워서 좋을 건 없어. 그건 내가 바라지 않는다."

넘어지거나, 지나가는 사람과 부딪히거나 할 것 같지만 그 부분은 쿠로 씨나 소마 군이 알맞게 대처해 주고 있다. 예를 들면 앞을 보지 않고 뛰어다니는 아이가 달려오면 쿠로 씨가 가볍게 안아 올려 살짝 혼내고 부모에게 돌려보내는──── 등등.

기본적으로 신체능력에 편중된 무투파인 두 사람이지만 케이토 씨의 도움이 되고 있다. 특성을 발휘해 최선을 다하고 있다. 『홍월』은 항상 그렇다.

"에이치를 위해 할 수 있는 게 있다면 이렇게 무사히 【DDD】를 진행하기 위해 잡무를 처리하는 것뿐이다."

"음. 아무튼 전쟁은 시작되고 말았구려. 이제 와서 【DDD】에 참가하고 싶다────고 해도 절차상 불가능할 거요."

다소 안타까워하면서도 소마 군은 자신의 섬기는 주군의 의향에 따르고 있다.

"우리는 이번만큼은 전장에 설 수 없소. 자신의 역할에 철저히 임해야겠구려."

전장 속을 활보하면서도 충분히 칼을 휘두를 수 없는 것이 아쉬운 걸까. 혈기왕성한 『홍월』의 젊은 무사는 부러운 듯 주위 풍경을 바라보고 있다.

"가능하다면 『홍월』도 이 전장에서 '유닛'으로 화려하게 무예와 용맹을 자랑하고 싶었소만. 하스미 공이 일을 우선한다면 하는 수 없소. 우리 『홍월』의 『리더』는 하스미 공이오. 우리는 죽든 살든 하스미 공과 함께요."

하지만. 곧바로 미련을 떨쳐내고 똑바로 케이토 씨를 바라본다. 전폭적인 신뢰를 보내며 자신을 마음껏 휘둘러 주는 주인을──지휘자를.

"다행히 『홍월』에는 무투파 멤버가 모여 있소. 공연장 경비 정도는 문제없을 거라 생각되오만?"

"……너희만이라도 【DDD】에 참가했어도 됐는데."

소마 군의 순수한 시선에 오히려 기가 죽은 듯 눈썹을 찌푸리며 케이토 씨가 속삭였다.

"드림페스 출전을 사퇴하고 학생회 업무를 우선한 건 내 고집이다. 너희까지 함께할 의리는 없어."

"그런 소리 마라. 동료잖아. 동료란 건 책임을 뒤집어써도 좋다고 생각하는 사람을 말하는 거다."

쿠로 씨가 듬직하게 자기 가슴을 두드렸다.

소중한 후배가 기획한 드림페스가 엉망이 됐고 내 의상제작에 협력해 주기도 하고──그는 완전히 학생회 편이라고도 할 수 없는 복잡한 입장이다. 하지만 모든 인연과 더러움을 삼키며 시원시원하게 단언했다.

"우리 『홍월』은 그런 '유닛'이잖아."

어디까지나 남자다운 강한 삶의 방식이다. 오랜 세월을 살아온 큰 나무나 짐승 같은 관록으로 쿠로 씨는 지금도 케이토 씨 옆에 있다. 그는 위대한 안심감 그 자체다.

"『S1』이 끝난 지도 얼마 되지 않았고 휴식도 필요해. 매번 전력을 다할 수 있을 정도로 젊지도 않아. 드림페스에서 이기는 것만이 인생은 아니지."

"될 수 있으면 지난 『S1』의 설욕을 하고 싶었소만. 『트릭스타』는 공중 분해되어 빈사 상태라오. 지금의 녀석들을 무너트려도 속은 답답할 것이오."

경험에 기반을 둔 무게가 있는 쿠로 씨의 말을 듣고 소마 군이 쓴웃음을 지었다.

"본래 상태가 아닌 적을 쓰러트려도 아무 무훈도 되지 않소. 학생회장 공은 다른 생각을 가지신 것 같소만. '이기면 된다'고 해야 하나…… 아무래도 호감이 가지 않소."

솔직하게 혐오감을 내비치며 소마 군은 자신의 손바닥에 주먹을 가져다 댄다. 넘쳐흐르는 의협심과 전의를 필사적으로 누르고 있다. 우릴 위해 화를 내 주고 있다── 그리고 도리에 어긋나는 학생회장의 방식에 의분을 가진 거겠지.

그 활활 타기 시작한 불씨의 반짝임은 고귀하고 뜨겁다.

갓 태어난 아기처럼.

"『트릭스타』에 균열을 만들어 싸우기 전부터 힘을 없애다니 더러운 수법이오. 『드림페스』는 『아이돌』의 전쟁이오. 깨끗하기만은 할 수 없을 것이외만."

소마 군도 아무것도 모르는 어린애는 아니다. 지극히 맑으면서도—— 현실에서 눈을 피하고 있는 어리석은 자와는 다르다. 제대로 현재 상황을, 현실을 분별하여 이해하고 있다.

하지만. 그래도 옳고 그름을 아울러 입속에 넣고 평온하게 있을 수 있을 정도로 어른도 아니다. 쓰디쓴 표정으로 내뱉고 있다.

"몹시도 『트릭스타』가 가엾소. 차마 볼 수가 없을 정도로 비참하오. 그는 비열한 자요. ……이런. 자네를 앞에 두고 할 말은 아니군, 이사라 공."

줄곧 말없이 『홍월』의 대화를 듣던 이사라 군을 소마 군이 걱정했다. 마오 군은 곤란해 하는 표정으로 '신경 쓰지 마.'라고 말하는 듯 손을 흔들면서도 역시 입을 다물고 있다.

그를 케이토 씨가 걱정스러운 듯—— 곁눈질로 바라봤다.

학생회와 『홍월』의 업무는 담담하게 이어진다.

케이토 씨는 편하게 앉아 지시를 내리거나 휴식할 여유도 없는 거겠지. 이곳저곳 순회하고, 모든 야외 무대에 대기하고 있는 학생회 멤버들에게 상태를 물으며 현재 상황을 확인한다.

정기적으로 케이토 씨가 방문하기에 현장에 있는 사람도 긴장을 늦추지 않고 최선을 다한다. 케이토 씨는 느긋하게 안전한 장소에서 지켜보기만 하는 타입은 아니다.

『S1』때는 학생회실에 틀어박혀 작업을 하고 있었지만 그때는 그 자신도 무대에 오를 필요가 있었다. 이곳저곳 돌아다니며 체력을 소모하고 싶지 않았겠지.

또 다른 야외 무대 근처에 가서 지시를 척척 내리거나 부족한 점에 설교 등을 한 후 또다시 이동. 분주하다. 【DDD】가 끝날 때까지 케이토 씨는 계속 착실하게 임무를 다한다.

(동료, 인가.)

그 뒷모습을 바라보며 자신도 일을 잘 소화하면서도——.

마오 군은 아까 갑작스레 날아든 말을 속에서 음미하고 있었다. 어려운 일은 거의 케이토 씨가 하고 있고 마오 군은 상당히 손이 빈 모양이다.

(내게 함께 책임을 뒤집어써도 좋은 사람은 『Trickstar』였어.)

한가한 뇌가—— 계속해서, 속절없이 생각에 잠기고 만다.

(난 『Trickstar』를 탈퇴하고 『홍월』에 들어갈 거야. 그럴 운명이야. 필연이었어. 거역할 수 없는 큰 흐름이었으니까.)

동년배인 『Trickstar』안에서는 어른스러워 보이는 그도 사춘기 고교생이다. 고민은 끝이 없고, 멈추지 않고 흘러넘쳐—— 마음을 휘젓고 있다.

경험도 부족해 정답만을 고를 수도 없다. 헤매고 망설이고 실패하며—— 그래도 그는 요령껏 세상을, 인생을 걸어왔지만.

불안은 사라지지 않는다. 결코, 누구라도, 죽을 때까지.

(그래서 『Trickstar』를 떠나 『홍월』과 함께하고 있어. 하지만 아직 마음을 『홍월』로 옮기지 않았어. 내 영혼은 아직 『Trickstar』야.)

『홍월』의 정당한 멤버인 세 사람—— 케이토 씨와 쿠로 씨와 소마 군이 풍기는 가족 같은 친밀한 분위기에 마오 군은 들어가지 못했다. 딱히 그들이 신입을 무시하고 괴롭히는 건 아니고 오히려 자주 말을 걸어 신경을 써 주고 있다.

하지만. 마오 군은 무슨 말에도 건성으로 대답하고 차분하지 않다. 그들의 말을 잘 듣고 장점인 애교로 꾸며서 대하고는 있다.

하지만. 아직 가족은 아니다. 입양아나 동거인, 혹은 손님이 애써 살갑게 굴어 집에서 쫓겨나지 않으려 하는 것과 비슷하다. 골은 메워지지 않고 거리도 좁히지 못하고—— 마오 군의 마음은 아직 다른 별자리 속에 있다.

(언젠가 익숙해질지도 몰라. 장래를 생각하자면 『Trickstar』에 미련은 버리고 『홍월』로 적응할 노력을 해야 해. 하지만 난——.)

실실 웃으며 농담을 하거나 하며 화목한 분위기를 만들면서도……. 마오 군의 웃는 얼굴에 감춰진 마음속에선 공허한 비명이 메아리치고 있다.

(난 비겁한 녀석이야. 이중스파이 같은 생활이 싫다고 계속 얘기했는데 아직도 망설이며 흔들리고 있어.)

갑자기 고통을 느낀 것처럼 고개를 숙이고 얼굴을 일그러트린다.

(난 학생회장이 제안한 대로 『홍월』에 이적해. 다른 멤버들도 붙잡혀서 학생회장이 원하는 대로 움직였지. 저항할 수 없어. 학생회장에겐 거역할 수 없어. 이성적으로 냉정하게 생각하자면 선택의 여지가 없어.)

자신의 치사한 점을 그 자신이 누구보다도 사무치게 숙지하고 있었다.

(그런데 난 『홍월』이적 절차를 끝내지 않았어. 『Trickstar』탈퇴 신청도 내지 않았어. 입장으로선 난 아직 『Trickstar』야.)

그 사실은, 알 수만 있다면── 우리에게는 희망이다. 케이토 씨가 간과했다면, 분명 『홍월』이든 누구든 피해를 주지 않은 거겠지. 한 사람도 불행하게 하지 않는다. 상처 주거나 괴롭게 하지도 않는다.

(『홍월』이 【DDD】에 참가하지 않는다는 걸 빌미로 '유닛' 이적 신청을 미루고 시치미를 떼고 있어. 드림페스에 참가하지 않는다면 당장 '유닛' 이적 신청을 하지 않아도 문제는 없으니까.)

마오 군은 그런 사람이다.

현명하고 요령 좋고 누구에게 손가락질받는 일도 없는── 하지만 인간은 그렇게 모든 것을 딱딱 처세할 수 없다. 틀리지 않았다고 해서 정답이라고 할 순 없다.

세상은, 현실은 그렇게 심술궂은 구조다.

(그래놓고 『Trickstar』에게 협력하기는커녕 특훈에도 나가지 않았어. 농구부 아침 연습에서 스바루와 만나도 아무 말 못했어.)

적어도 마오 군은 자신의 그런 행동을 긍정하지는 않는다.

(배신자라고 비난받는 게 두려웠어……. 애매모호하게 대충대충 넘기려 하고 있어. 아직 난 태도를 정하지 못하고 있어. 과거에 쌓았던 것을 버리고 미래를 위해 투자해야 하는데.)

혐오하고 경멸하며—— 그가 자기 자신을 누구보다도 공격하고 있었다. 그것이 마오 군, 바르고 따뜻한 남자애가 자신에게 내린 벌이자 저주였다.

(그렇게 정했을 텐데 정말로 배신자가 되는 게 두려워서 되돌릴 수 없을 정도로는 걸음을 내딛지 못하고 자신의 입장을 애매모호하게 남기고 시간만 질질 끌고 있어.)

제 발로 뛰어든 개미지옥 속에서 그는 고통의 비명을 지르고 있다. 그곳은 텅 비어서 자신을 포식하는 천적은—— 위험은 없지만, 아무것도 얻지 못하고 말라 죽어간다.

누구도 상처 입히고 싶지 않았던 다정한 사람이 고른 장소는 고독하고 마른 깊은 구멍 속 바닥이다.

(아~아. 이런 나 자신이 싫어져. 난 좀 더 요령 좋은 녀석일 줄 알았는데.)

고개를 흔들어 마오 군은 기운 빠진 미소를 짓는다.

슬플 정도로 매력적이고 누구에게도 통하는—— 붙임성 좋은 사람이 짓는 표정이었다.

그것도 또한 마오 군의 슬픈 인간성이지만 그는 오랫동안 우울하게 고민하지도 않는다. 해야 할 일을—— 자신의 존재를 돕는 방법을 금방 발견해 실행한다. 다른 학생회 사람들의 실패도 커버하며 자신이 모두 받아들인다.

그리고 감사받고 사랑받고 긍정받고 만다.

(『Trickstar』를 완전히 버리지 못하고 소속도 없이 떠돌고 있어. 다른 멤버들은 입장을 정하고 행동하고 있는데. 나 혼자서만 헤매고 고민하고 어리광부리고 있어. 자신이 상처 입는 걸 피해서 두려움에 웅크려 그저 시간이 가는 걸 기다리고 있어.)

누구든 울 것 같은 심경 속에서 마오 군은 계속 웃고 있었다.

(난, 비겁한 자식이야.)

"이사라."

갑자기 케이토 씨가 엄한 목소리로 그를 불렀다.

계속 조작하던 휴대전화 화면을 가슴에 대고 잠시── 그럴 틈은 없을 텐데 일을 미루고. 다른 『홍월』 멤버들이나 학생회 사람들에게 먼저 다음 목적지로 향하도록 손을 흔들어 전하고서 마오 군과 마주한다.

정면에서.

"난 길게 이야기하는 걸 좋아하지만 이번만큼은 짧게 말하지. 시간이 없다. 너에겐 고민할 시간이 없단 말이다. 분명 에이치도."

누구보다도 일분일초를 아까워하며 일해야 할 텐데도 이런 상황에서도 아직 그는 다른 사람을 걱정하고 있다. 어떤 무거운 짐도 고통도 자신이 그것을 진다면 문제없다── 자신의 소중한 사람들이 그 시련을 맛볼 바에야. 언제까지라도.

그렇게 말없이 주장하는, 고행을 직접 맛보는 수행승 같은 얼굴이다.

"청춘은 짧다. 기다려 주지 않아. 가끔은 생각하지 말고 충동에 몸을 맡겨도 돼. 너는 잔머리가 돌아가는 만큼 이것저것 쓸데없는 생각이 많다."

"저. 무슨 말씀이세요. 부회장님……?"

상당히 갑작스레 진지한 이야기가 시작되어 마오 군은 당황해 했다. 먼저 간 다른 사람들이 신경 쓰여 시선을 향하면서도 평소처럼── 얼버무리는 것처럼 웃으려 했다.

하지만 케이토 씨는 전혀 웃고 있지 않다. 화를 내지도, 물론 울고 있지도 않다. 그저 엄하게, 아버지나 형처럼 엄격하게 마오 군을 바라보고 있다.

그 가면 같은 웃음 속에 울부짖고 있는 마오 군을 제대로 꿰뚫어 보고 있다.

"잘 들어라. 이건 학생회 부회장도, 『홍월』의 리더도 아닌……. 나 하스미 케이토의 단순한 혼잣말이다."

마오 군의 어깨에 손을 얹고 얼굴을 가까이한다. 모든 부모가 사랑하는 아이에게 그렇게 하듯. 소중한 자신의 마음을 무방비하게 드러내고 있다.

이 사람 앞에서는 꼴사납게 울부짖어도, 어떤 창피를 무릅쓰더라도 문제없다. 받아 줄 거다. 그런 믿음을 갖게 되고 만다. 가족과 소중한 이야기를 할 때의 얼굴이다.

"이것만은 말해두마. 내가 널 『홍월』로 들이려 한 건 네 가능성을 봤기 때문이다. 그건 거짓이 아니야. 네겐 아이돌로서 실력이 있다. 학생회 임원으로서 능력도 우수해."

긴 이야기는 하지 않겠다고 했는데 갑자기 긴 말을 입에 담고 있다.

그것을 농담 삼아 지적하려고 한 건지 마오 군이 반쯤 웃는 얼굴로 무언가를 말하려―― 입을 닫았다. 바보 같은 말을 할 수 있을 분위기가 아니다.

"뭐든 할 수 있기에 뭘 해야 좋을지 모르겠다. 그렇지?"

아무리 해도 얼버무릴 수 없다. 혼란시킬 수 없다. 속일 수 없다.

어떤 환혹도 간파당해 거짓된 모습은 산산조각 난다.

"그렇기에 난 네 가능성을 봤다. 공감할 수 있어. 나도 옛날엔 너와 같았으니까. 잘 처신하면서 살아왔다고 생각하면서도, 후회하기만 했다."

케이토 씨는 쓸데없는 감정을 담지 않고 담담하게 자신의 생각을 말한다. 미소를 지우고 마치 갓난아기 같은 무표정이 된―― 맨얼굴의 마오 군을 가까이서 바라보고 있다.

케이토 씨는 『Trickstar』인 마오 군에게는 최대의 적이자, 동시에 학생회 임원인 그의 최대의 아군이다. 피투성이가 되도록 사투를 벌여서 기대받고, 평가받고, 중용받았다.

어떤 표정으로도 표현할 수 없도록 처지가 복잡한 그이기에―― 입에 담을 수 있는 말이 있다.

다른 누구도 말할 수 없는 소중한 것을 전할 수 있다.

지금 이 순간에―― 그이기에 쏠 수 있는 최적의 화살 하나를.

"그렇기에 말하마. 선배답게 충고하마. 아니 바라마. 나처럼은 되지 말라고, 내가 하지 못했던 것을 했으면 한다고⋯⋯. 기대하며 조언하도록 하지."

아무 반응도 할 수 없는 마오 군에게 케이토 씨는 자기 자신에게 말하듯 고했다.

"들어줬으면 한다. 예전의 나와 닮은 너에게."

그때쯤.

감금된 걸로 보이는 마코토 군을 구출하러 간 스바루 군은 거의 길 아닌 길을 달리고 있었다. 일반인에게 공개되어 붐비는 유메노사키 학원 복도를 특유의 민첩함과 균형 감각을 활용해 종횡무진 질주── 누군가와 부딪힐 것 같은 트러블도 없이 나아가고 있다.

일반인은 출입금지인 인파가 없는 구역으로 탄환처럼 날아든다. 늘어선 방음 연습실의 두꺼운 문을 하나하나 거의 격파하듯 열고 있었다.

"여긴가~!"

옷을 갈아입을 틈도 없었기에 스바루 군은 아이돌 의상을 입은 상태다. 붐비던 장소에서는 상당히 기이한 시선을 받았지만 지금은 주변에 아무도 없고 애초에 다른 사람 눈을 신경 쓸 때도 아니다. 초조함을 내비치며 호흡이 역시 흐트러져 있다.

살짝 무릎에 손을 올려 숨을 고르며 스바루 군은 손등으로 땀을 훔쳤다.

"……여기도 아니네. 웃키~ 이 녀석 어디에 있는 거야? 얼른 나와~. 부모님이 울고 계시다고! 나도 살짝 눈물 나올 것 같아!"

아까 연 방음 연습실 안은 텅 비었다. 집중 연습을 위해 방음 연습실은 항상 거의 꽉 차 있는 날이 많은데 오늘은 【DDD】── 앞으로 유메노사키 학원이 갈 길을 결정하는 대규모 이벤트가 한창 진행 중이다.

【DDD】에 참가하는 사람은 모두 야외 무대에서 시작 시간이 되길 기다리고 있겠지. 다른 학생들도 태평하게 연습하지 않고 관전하고 있을 거다.

인류가 멸종한 폐허처럼 연습실이 모인 구역은 고요하다.

덤으로 현재 갖고 있는 정보는 마코토 군이 방음 연습실에 있을 것이다──라는 애매한 추측뿐. 방음 연습실이라 해도 유메노사키 학원의 넓디넓은 교사 이곳저곳에 있고 수도 많다. 이 잡듯 샅샅이 뒤지는 건 상당히 힘들다.

다행히 레이 씨의 마스터키가 있었기에 평소에는 잠겨 있는 문도 열 수 있다. 없는 척하더라도 확인할 수 있다.

하지만 그것 또한 장단점이 있어 일일이 문을 하나하나 열고 불을 켜 구석구석 조사한다는── 그런 일을 반복하고 있기에 시간이 들고 만다.

방음 연습실 안엔 기자재가 있는 경우도 있으므로 그 뒤에 마코토 군이 숨어 있거나── 묶여 있을 가능성이 있는 이상 제대로 확인해야 할 필요가 있다. 수색은 인해전술이 기본이지만 지금은 스바루 군밖에 없고.

역시 누군가가 무대에 남아 있어야 드림페스가 성립된다. 그리고 운동이 그다지 특기가 아닌 내가 같이 갔더라도 스바루 군의 발목을 잡을 뿐이겠지.

따라서 나는 무대에 대기하며 드림페스 시작을 미루기 위해 시간을 끌면서 조금이라도 마코토 군의 정확한 위치를 잡기 위해 『Knights』와 대화하고 있다.

하지만 『Knights』는 모두 보통내기가 아닌 사람들뿐이라 말주변이 적은 나는 정보를 잘 끌어내지 못하고 있다. 레이 씨가 협력해 준다면 좋았겠지만 본격적으로 라이브 시작시각이 가까워지고 있어── 그도 자신의 전장으로 향하고 말았다.

리츠 군은 나를 거의 무시하고 나루카미 씨는 붙임성 있지만 결코 말실수를 하지 않는다. 그리고 둘은 츠카사 군의 입을 손으로 막아 말하지 못하게 하고 있었다.

난공불락이다. 상황은 상당히 최악에 가까운 느낌이 들었다.

"어떡하지~. 곧 드림페스가 본격적으로 시작되겠어! 연주나 노랫소리가 커지고 있어. 나도 이러고 있을 때가 아닌데!"

청각도 우수한 스바루 군이 야생동물처럼 발돋움해 주변 소리를 듣고 있다. 유메노사키 학원 전역에 곡이나 노랫소리가 서서히 커져 간다……. 그에 대비되어 스바루 군이 있는 조용한 복도는 더욱 쓸쓸한 분위기가 된다.

어두운 것도 조용한 것도 좋아하지 않는 거겠지. 스바루 군이 오한을 느낀 듯 자신의 몸을 끌어안은 후──붕붕 고개를 저었다.

"아냐. 약해지면 안 돼! 웃키~를 구해내서 전학생이 기다리는 무대로 돌아갈 거야! 그리고 『Trickstar』가【DDD】에서 우승할 거야!"

꽉 주먹을 쥐고 체력이 회복됐는지 바로 다음 방음 연습실로 향한다. 어두운 밤길에서 담력시험을 하고 있을 때의 공포감을 떨치기 위해 큰 목소리로 노래하며.

"꿈은 크게! 무한대로~! 모든 걸 손 안에 잡을 그 순간까지 난 포기하지 않아!"

오히려 유쾌해졌는지 그다운 최고의 미소를 짓는다.

"……나도 참, 기분 묘~한데. 뛰니까 흥이 나는 거겠지? 몸이 뜨거워져~☆"

그도 또한 나처럼【DDD】당일을 목표로 지옥의 특훈을 거듭했을 텐데 피로는 남아 있지 않은 것 같다. 해 질 녘까지 전속력으로 뛰어다녀도 기운이 넘칠 것 같다. 아직 싸움은 시작되지도 않은 것이다. 여기서 지쳐도 곤란하지만.

"앗, 즐거워할 때가 아니야. 이대로는 정말 타임 오버라고. 서둘러야지! 어디야. 웃키~?"

조난자를 찾는 것처럼 큰 목소리를 내던 스바루 군의 의상 주머니가 덜덜 흔들린다. 굉장히 경쾌한 벨소리가 울림과 거의 동시에 그는 재빠르게 스마트폰을 꺼내 들었다.

"앗, 사쿠마 선배가 보낸 메일이네……. 아하하, 선배 스마트폰 서툰 건가? 한자 변환 없이 전부 히라가나야! 귀여워~♪"

낙엽만 굴러가도 웃는다는 여고생처럼 소란을 떨면서 작게 고개를 갸웃거린다.

"음? 히라가나만 있으니 읽기가 어렵네……. 어디 보실까?"

희미한 어둠 속에서 빛나는 액정화면을 주시하며—— 레이 씨가 보낸 메일을 확인한다.

"음~. 【DDD】엔 원칙적으로 '유닛' 단위로만 참여할 수 있다. 그리고 '유닛'의 최소 인원은 두 명……. 즉 무대 위에 두 명 이상 '유닛' 멤버가 없으면 '유닛'으로 인정되지 않아 자동으로 실격이 된다?"

'유닛' 구성 인원에 대한 대원칙은 스바루 군도 알고 있다. 애초에 인원수를 맞추기 위해 내가 익숙하지 않은 의상까지 입고 무대에 올랐는걸.

거기까지는 나도 파악하고 있었지만 아무래도 마무리가 허술했던 모양이다.

"우와, 큰일이잖아! 지금 우리 『Trickstar』는 전학생밖에 없어. 한 명밖에 없다고! 내가 가지 않으면 자동적으로 실격이 된다는 거지?"

그렇다. 단순히 서류상 인원을 맞추는 것만으로는 안 되는 모양이다. 드림페스 시작 단계에서 무대에 규정상 최소 인원—— 두 명 이상이 없으면 패배로 처리된다.

"으으, 한쪽을 해결했더니 다른 게 문제네! 어떡하지~? 최악의 경우 웃키~를 포기하고 무대로 돌아가야 해! 싸우기 전에 지면 '너무' 하잖아~!"

나도 마침 그때 야외 무대에 파견된 담당 학생회 멤버에게서 그 사실을 전해 듣고 파랗게 질려 있었다. 동시에 굳이 마코토 군이 있는 곳을 알려 스바루 군을 무대에서 멀어지게 만든── 리츠 군의 책략도 파악했다.

때는 이미 늦었다는 느낌이지만.

"젠장! 『Knights』 녀석들. 특히 그 사쿠마 선배 동생! 엄청 친절하게 여러 가지 가르쳐 준 건 '이걸' 노린 거였나~?"

스바루 군도 같은 이해를 했는지 분한 듯 신음했다.

"부전승을 노리고 있어── 이대로 내가 무대로 돌아가지 못하면 그 녀석들은 힘쓸 필요 없이 이길 수 있어! 교활하네. 그 녀석들! 맘에 안 들어~! 반드시 이 역경을 넘어서 『Knights』도 학생회장도 크게 한 방 먹여 주겠어!"

침울해졌나 싶었지만 금방 마음가짐을 바꾼 스바루 군이다. 항상 긍정적이고── 그렇게 쉽게는 희망과 반짝임을 잃지 않는다.

오히려 불타오르기 시작했는지 아까보다 두 배는 되는 기세로 복도를 돌진한다.

"힘내자~☆"

양손을 휘두르며 천체관측을 하는 것처럼 어둠에 뒤섞인 유성을 계속 찾는다.

"이봐, 시끄럽거든?"

위험한 울림의 목소리가 갑자기 스바루 군의 귓불을 때렸다.

스바루 군이 지나오며 열었던 문이 기세를 남기고 삐걱대며 흔들리고 있다. 불온한 금속음 속에서 기어 나오는 듯한 목소리는 으스스하게 전해져 왔다.

움찔 놀라 스바루 군은 상당히 과장된 몸짓으로 몸을 젖혀 소리가 들린 방향을 본다. 스바루 군이 달리던 복도——그 모퉁이 너머에서 누군가가 얼굴을 반만 내밀고 있다. 아무래도 일일이 전신을 드러내는 걸 내키지 않아 하는 것 같다.

"【DDD】는 평소 『S1』과 달라서 꼭 교실에서 드림페스를 관전할 필요는 없잖아? 모두 일반 관객에 섞여 밖에서 보고 있을 텐데 왜 교내를 돌아다니는 녀석이 있는 건데?"

몹시 불쾌하다는 듯 그 누군가는 침을 뱉듯 투덜거렸다.

"성가시네……. 거슬리니까 딴 데로 가. 나 지금 기분 안 좋으니까 무슨 일을 저지를지 모르거든?"

역시 한 팔만을 내밀어 잘 다듬어진 손톱으로 사나운 기질의 고양이처럼 벽을 긁고 있다. 눈빛은 날카롭고 납덩이같은 반짝임을 내뿜고 있었다.

(우와, 이 사람 뭐야? 위험해 보이는데!)

적의나 해의에 둔감한 부분이 있는 스바루 군인데도 살짝 두려워하고 있다. 상대가 갑자기 총구나 칼날을 들이댄 것 같은 느낌인 것이다. 분위기가 단숨에 긴박해진다.

그래도 조심스레 스바루 군은 무서운 인물 가까이——그의 전신이 보이는 위치까지 이동한다. 경계하고 있는지 미묘하게 거리를 둔 채.

(처음 보는 거지? 왜 이렇게 대놓고 악의를 보내? 아니야, 무서워하면 안 돼! 시간이 아까워. 지금은 조금이라도 웃키~를 찾아내기 위해 노력해야 해!)

보기만 해도 기분이 나빠 보이는 폭발 직전의 지뢰 같은 분위기의 상대를 앞에 두고——그래도 스바루 군은 분발해 동료와의 재회를 위해 있는 힘을 다한다. 사람을 사귀는 것이 어려운 그로서는 최대한 붙임성 있게 정중히 물었다.

"저기 실례합니다! 이 근처에서 웃키~ 못 보셨나요?"

"우끼~⋯⋯? 뭔데? 원숭이? 원숭이라면 거울 보면 안에 있잖아~. 너 지능이 떨어져 보이는 얼굴인걸?"

갑자기 심한 말을 하고 있다. 완전히 욕이다. 어떤 선량한 사람이라도 만나자마자 이런 소릴 듣는다면 화내고 말겠지.

사람을 쉽게 상처 주는 가시가 가득한 말을 펼치는 인물은——스바루 군은 첫 대면인 것 같지만, 무대에는 모습을 보이지 않던 『Knights』의 세나 이즈미 씨다.

몹시도 차가울 것 같은 약품 같은 푸른 눈. 고급스러움이 있는 은색 머리칼. 비인간적인 악마의 미모. 『Knights』도 【DDD】에 참여하는 것 같은데 그는 교복 차림이다.

첫인상이 상당히 나빴기에 껄끄러운 상대지만⋯⋯. 그는 아무래도 누구에게나 이런 태도인 모양이다. 평가하는 것처럼 스바루 군을 물끄러미 훑어보고는 재미없다는 듯 한숨을 내쉬었다.

"그나저나. 아아, 흐응⋯⋯? 너 어디서 본 얼굴이다 싶었더니 유우 군이랑 아는 사이지? 『Trickstar』의 아케호시 스바루 군이었던가?"

깔보는 듯 입술을 일그러뜨리며 이즈미 씨는 거의 비웃고 있다.

"이런 데서 시간을 허비해도 돼~? 『Trickstar』의 첫 상대는 우리 『Knights』지? 전력을 다하지 않으면 싸움도 안 될걸?"

아이돌 의상을 입지 않았지만 일단 자기 '유닛'이 【DDD】에 참가하는 건 파악하고 있는 듯하다.

그는 3학년, 최고 학년이다. 내가 만난 다른 『Knights』 멤버들은 아무래도 2학년 이하인 모양이라 그가 아마 가장 연장자──리더나 그에 가까운 지위에 있을 터다.

자신이 소속된 '유닛'의 일정 정도는 당연히 파악하고 있을 것이다.

"내가 없어도 『Knights』는 하나하나가 우수한 아이돌이니까. 이해관계로 뭉쳤다지만 실력은 학원에서도 톱클래스이거든?"

완전히 이쪽을 깔보며 얕보고 있음을 숨기지도 않는다. 오만불손하게 이즈미 씨는 짓밟듯 내뱉는다.

"상황 판단도 못하는 어리석고 멍청한 『Trickstar』……. 정말 유우 군도 그런 녀석들의 어디가 좋은지 통 모르겠다니깐?"

"…………"

정말이지 너무한 이즈미 씨의 언동에 스바루 군도 다소 얼굴을 굳혔지만── 곧 중요한 것을 다시 떠올린다. 지금은 짜증을 내고 있을 때가 아니다.

대화하는 것도 꺼림칙한 상대지만 여기서 조우한 건 어떤 의미론 행운이라 할 수 있다. 기회를 살려 스바루 군은 흉악한 미청년과 다시 마주한다.

"유우 군은 웃키~를 말하는 거야?"

야생 짐승처럼 순수하게 스바루 군은 솔직하게 물었다.

"감이 잡혔어. 당신이 웃키~를 감금하고 있다는 『Knights』의 못난 녀석이구나? 웃키~를 어디에 숨겼어. 돌려줘! 경우에 따라선 난 당신을 때려서라도 웃키~를 되찾을 거야!"

주저 없이 거리를 좁혀 멱살을 잡을 기세로 이즈미 씨에게 달라붙는다. 박치기를 하듯 얼굴을 가까이하고 낭랑한 목소리로 외쳤다.

"그 녀석은 내 친구야! 소중한 동료라고!"

"하아. 유치하네. 완~전 짜증 나!"

전혀 기죽지 않고 이즈미 씨는 아름다운 조각상처럼 미동도 않고——오히려 불량배가 서로 시비를 걸듯 험악한 눈빛으로 스바루 군을 맞받아친다. 일촉즉발의 분위기에서 그는 불쾌하다는 듯 말했다.

"이봐. 놀이가 아니라고. 아이돌은 비즈니스야……. 바보 같은 짓을 해도 '젊은 혈기 때문'이라 대충 넘길 수도 없다고?"

이글이글 타오르는 불덩이 같은 스바루 군의 코끝을 이즈미 씨는 더러운 거라도 버리는 것처럼 손끝으로 집어 힘을 싣는다. 은 근한 아픔을 거침없이 준다.

그래도 물러서지 않고 노려보는 스바루 군에게 끈질기게 바늘로 찌르듯 말했다.

"공평하고 냉정하게 생각해. 유우 군의 장래에 『Knights』와 『Trickstar』중 어디에 있는 게 유익하고 득이 되는지……. 애라도 알 수 있잖아. 너나 유우 군이나 왜 그렇게 간단한 것도 몰라?"

"시끄러워! 됐으니 웃키~를 내놔. 이 미역 머리!"

만져지는 게 불쾌했는지 스바루 군이 상당히 심한 말을 하며 이즈미 씨의 손을 뿌리쳤다. 우직하게 그저 동료를 생각해 말하고 싶은 것만을 말한다.

"뭐가 득이니 어떤 길을 선택할지는 웃키~ 스스로 정해야 해!"

어린애 같은 태도라고도 할 수 있지만 독 같은 이즈미 씨의 모든 말을 날려버리고 정화하는 맑은 반짝임이 있었다. 이즈미 씨가 얄밉다는 듯 신음하며 몇 발자국 뒤로 물러난다.

놓치지 않겠다고 말하듯—— 스바루 군이 거리를 좁혀 공격을 계속한다.

"웃키~가 우리와 함께하는 건 이젠 싫다고 생각해서 그렇게 정한 거라면 존중할 거야! 응원할 거야. 하지만 그렇지 않잖아!"

부끄러움도 없이—— 그렇기에 우주 끝까지 울려 퍼지는 우정 그 자체인 말. 불꽃같이 뿜으며 스바루 군은 고함쳤다.

"걔 의지를 무시하고 억지로 따르게 했다면! 난 용서 못해. 걔 영혼의 반짝임은 내가 지킬 거야!"

항상 웃고, 희열 말고는 감정이 빠졌다고 자기 자신조차 그렇게 생각하던 그가—— 격노를 담아 친구를 위해 포효했다.

우렁찬 목소리로 사악함의 화신과 같은 상대와 싸우려 하고 있었다.

"우리 『Trickstar』가, 걔가 활짝 웃을 수 있는 장소가 될 거야!"

당연한 것을 재확인하는 것처럼 스바루 군은 당당히 선언했다.

그때 마코토 군은 어둠 밑바닥에 있었다.

이즈미 씨가 진을 친 복도. 거리로는 스바루 군이 있는 곳의 거의 바로 옆—— 근처에 있는 방음 연습실이다. 조명이 꺼져서 시력이 낮은 마코토 군은 거의 아무것도 보이지 않는 듯하다. 주위를 손으로 더듬어 거의 무의식처럼 안경 케이스를 찾아낸다.

제대로 안경을 쓰고 천천히 몸을 일으키고는—— 당황해한다.

(……어, 어라? 나 혹시 기절했었어?!)

깜짝 놀라고는 무릎을 끌어안고 만다.

움직일 기운도 없는지 멍하니 앉은 채—— 울먹이고 있었다.

감금이라고 해서 어떤 가혹한 상황에 있는지 걱정했는데, 마코토 군이 있는 방음 연습실은 거주성이 과하게 좋았다.

이즈미 씨가 가져온 걸까. 깨끗한 시트가 깔린 침대에는 대량의 쿠션이 있다. 부드러워 보이는 새털 이불과 숙면용 베개. 벽에는 옷장과 여러 가전제품 있고, 기분을 풀어주는 인테리어에 그림까지 걸려 있다.

귀하게 자란 아가씨의 방인가 싶을 만큼 호사하고 쾌적해 보이는 공간이다. 어디까지나 방음 연습실이기에 바깥소리는 거의 완전히 차단됐고, 창문도 없어 편하기만 한 감옥이지만.

인터넷이 되는 스마트폰이나 PC가 없어 마코토 군은 아무래도 바깥 상황을 전혀 알 수 없는 상태였던 모양이다. 불안한 듯 그는 천장을 올려다보고 있었다.

실내는 깨끗하게 청소되어 바닥에는 쓰레기나 먼지 하나 없다. 고급스러운 유리 책상 위엔 랩을 씌운 접시가 늘어서 있다. 식단은 건강지향이지만 화려한 색감에 식재료도 풍부하게 사용되어 맛있어 보이긴 했다.

하지만 손을 댄 흔적은 없다. 마코토 군은 이즈미 씨가 준비했을 모든 것을 거절하고 있는지 침대도 있는데 방구석에 있다.

조금 야윈 모습으로 그는 죽은 사람 같은 한숨을 쉬었다.

(위험해, 위험해. 잘못했다간 두 번 다시 눈뜨지 못할 뻔했어! 머리가 어지러워~. 한동안 아무것도 못 먹었으니 그렇겠지?)

쓰린 듯 배를 쓰다듬고 마코토 군은 이를 간다.

(이즈미 씨. 제대로 먹지도 자지도 못하게 하는걸. 덤으로 내 안색이 점점 나빠지는 걸 걱정했는지 '앙~ ♪' 해서 먹이려 들고.)

식사나 잠자리는 주어져 있는 것 같기에 이즈미 씨가 문제라기보다는——마코토 군이 보살핌을 거절하고 있는 상태겠지만.

그래도 전부 이즈미 씨 때문이라고 모든 책임을 떠넘기는 건(마음속에서 독백하고 있는 것뿐이라곤 하지만) 왠지 기묘한 느낌이 든다. 나는 아직 그들의 사정을 전혀 모르지만, 어딘가 이상하다. 정상은 아니다.

불안한 심리상태로 마코토 군은 침울해져 괴로워하고 있다.

(남자끼리 징그러워! 그 사람은 대체 무슨 생각이야?! 이해할 수

없어! 그래서 계속 '앙~ ♪'을 거절했더니 이즈미 씨 기분이 더 나빠져서······. 그 뒤로 쭉 방치 플레이. 이건 완전 마피아의 수법이잖아!)

경위는 모르겠지만 마코토 군이 모습을 보이지 않았던 일주일 정도—— 그는 유괴당한 인질 같은 생활을 보내고 있었던 모양이다. 이즈미 씨는 생각보다 마코토 군을 소중히 여겼다고 할까, 호의적으로 대한 것 같지만.

마코토 군에겐 전해지지 않는다고 해야 할지 역효과라 해야 할지—— 오히려 마코토 군은 점점 이즈미 씨에 대한 불신과 혐오가 커지고 있는 것 같았다. 확실히 뭐 동년배 남성이 그렇게 달라붙어 돌보면 징그럽겠지만.

의도를 알 수 없는 만큼 무섭기까지 하다.

(이즈미 씨 '유우 군이 솔직해질 때까지 인간다운 생활은 금지할게?' 같은 말도 했고. 이, 이대로는 정말 죽을 때까지 새장 속애 간힌 새 신세일 거야! 싫어. 누가 좀 도와줘~!)

머리를 감싸 쥐고 마코토 군은 고개를 떨구고 만다.

아무래도 마코토 군이 주어진 모든 것을 거절하니 이즈미 씨는 끝내 기분이 상하고 만 모양이다. 그리고 벌을 준 건지—— 삐친 듯 심술궂은 짓을 하고 있는 모양이다.

뒤틀릴 대로 뒤틀린 데다 꺼림칙한 것이 속에 있는 것 같은 이즈미 씨의 언동을, 나는 이해할 수 없다. 마코토 군은 평범하게 두려워하고 있고 이제는 훌쩍거리고 있었다.

(납치 감금에 학대라니 이미 사건 레벨이라고 이거~?! 범죄야!

경찰 아저씨~! 아케호시 군, 히다카 군, 이사라 군! 전학생 쨩! 누가 제발 도와줘⋯⋯!)

그는 소중한 인연을 맺은 동료들을 절실하게 원하고 있다. 그걸 나는 알 길이 없지만── 솔직히 감사하다. 『Trickstar』는 갈가리 찢겨 두 번 다시 회복할 수 없을 정도로 우정과 모든 것이 엉망이 되고 말았다고 생각했었다.

그렇지 않았다. 마코토 군의 마음속에서도 고귀한 별은 아직 반짝이고 있다.

마코토 군은 원망스럽다는 듯 독백을 이어 나간다.

(으으. 부모님이나 친구들에게도 아마 이즈미 씨가 좋게 얼버무렸겠지? 그 사람 겉모습만은 좋으니까!)

겉모습은 좋은 모양이다. 우리에게는 굉장히 험악하다고 할까, 영 아니다 싶은 태도만 보였지만── 그건 예외일 때고 평소엔 좀 더 다른 언동을 보이고 있는 걸까.

이즈미 씨를 잘 모르고, 알 수 없지만.

(이렇게 될 줄 알았다면 좀 더 부모님과 가까이 지낼 걸 그랬어.)

마코토 군은 어렴풋하게 기억났다는 듯 가족을 떠올리고 있다. 좀 더 빨리 생각났을 법한데도 그 발상에 이르는 게 늦었다── 뒷전이었던 느낌이다. 그러고 보니 마코토 군은 그다지 가족 이야기를 하지 않는다.

(『S1』직전에도 난 학교에 틀어박혀 집에 안 갔으니까……. 부모님도 '또 그렇겠지.'라고 보고 있겠지?)

　어린애라면 누구라도 제일 먼저—— 친구보다도 선생님보다도 가족에게 보호를 부탁할 텐데. 마코토 군은 의식적인지 무의식적인지 그걸 피하려는 것처럼 느껴졌다.

　가족과 사이가 좋지 않다기보다도……. 왠지 가족에게 의지하는 것이 죄송하다. 그럴 권리가 없다고 심각하게 생각하는 것 같다. 그 이유는 알 수 없다.

　(역시 한 달이나 1년 넘게 소식이 없으면 누군가가 '이상하다'고 생각할지도 모르겠지만 그 전에 먼저 내 마음이 꺾이든지 몸이 망가질 거야!)

　괴로운 듯 헐떡이고서 마코토 군은 세상에서 가장 무력한 생물처럼 떨고 있다.

　(날짜 감각도 없어졌지만……. 아마 그 【DDD】라는 행사 당일이지 않을까? 어렴풋이 음악이 들려오는 것 같은데?)

　마코토 군은 눈이 나쁘지만 귀는 상당히 좋은 것 같다. 둔해 보이지만 감도 좋고 감수성도 풍부하다. 방음 처리가 된 벽 너머로도 바깥의 소란스러운 분위기를 캐치한 모양이었다.

　(그럼 나도 이런 데서 감금되어 있을 때가 아냐! 빨리 모두와 합류해야 해. 나 같은 건 있든 없든 문제가 없을지도 모르지만.)

　천천히 일어서서 마코토 군은 안절부절못한다——는 것처럼 실내를 돌아다녔다. 일단 불을 켜고 문고리를 잡는다.

　하지만 거기서 움직임이 멈춘다.

(오히려 발목을 잡을지도 모르겠지만……. 그래도 뭔가 하고 싶어! 모두를 위해! 아니, 모두와 함께 무대에 서고 싶어!)

나약함을 속으로 삼키고 마코토 군은 동료가 있는 곳으로 향하기 위해 문고리를 돌렸다.

(그러기 위해 노력했어. 드디어 달리기 시작한 참이란 말이야! 제자리걸음 하고 있을 때가 아냐. 나도 『Trickstar』야!)

진지하게 마음속에서 선언했지만 문은 그냥 잠겨 있다. 있는 힘을 다 써 문고리를 돌려도 헛수고. 꼼짝도 않는다. 문을 쾅쾅 두드리거나 몸으로 부딪혀 보지만 의미는 없고, 이윽고 지친 건지 마음이 약해진 건지── 마코토 군은 고개를 숙이고 만다.

포기한 건 아니겠지만 물리적으로 어떻게 할 수 없는 상태다. 이것이 탈출 게임이라면 지혜를 짜내 어떻게든 됐겠지만 그 이즈미 씨가 그런 오락을 마련했다고 생각할 수 없다. 정말 진지하게 감금되어 있다.

(그러고 보니 이제야 알았지만……. 혹시 나, 학생회장 말대로 『Trickstar』를 배신하고 『Knights』에 들어갔다고 오해받고 있는 거 아닐까?)

힘없이 문에 머리를 대고 콧물을 훌쩍거리며── 마코토 군은 문득 깨닫고 파랗게 질렸다.

(그렇다면 최악이야! 배신자는 누구도 구하러 오지 않아! 으아앙, 발버둥 쳐도 절망적인가~?!)

여러모로 이의를 제기하고 싶은 부분은 있지만 기본적으로 마코토 군의 추측은 맞다. 호쿠토 군이나 마오 군처럼 마코토 군도 학생회장에 의해 우리와 떨어지고 말아—— 다른 '유닛'으로, 즉 『Knights』로 이적했을 것이라고 의심하고는 있었다.

사실은 달랐던 모양이지만. 그가 감금된 줄은 지금껏 상상도 하지 못했다. 본래라면 구하러 갈 가능성도 없었던 것이다.

(아냐! 난 계속 이즈미 씨에게 감금당하고 있었어. 이『방음 연습실』에! 『Knights』 이적 서류에도 결코 도장은 찍지 않았어!)

비통하게 마코토 군은 호소한다. 『Trickstar』에서 나간다는 생각은 하지도 않은 듯한—— 그 순수한 친애는 고맙지만. 목소리도 전파도 닿지 않는 밀실에 격리된 그 마음은, 초능력도 없는 우리가 알아채는 건 거의 불가능하다.

우정과 인연을 믿고 기대하고, 전력을 다하고—— 실제로도 그러고 있지만. 바깥 상황을 모르는 마코토 군은 불안을 완전히 지울 수 없다.

(난 아직 『Trickstar』야! 모두의 동료라고~. 누가 그걸 믿어 준다면 좋겠지만? 아아, 내 신용이 시험받고 있어……!)

통곡하는 것처럼 마코토 군은 몸을 떨며 한탄하고 후회했다.

(이렇게 될 줄 알았다면 학생회장이 '유닛' 이적 제안을 했을 때 단호히 거절할 걸 그랬어! 내 의지를 똑바로 주장하고 난 모두의 동료라고 단언했으면 좋았을 걸~?!)

그런 마코토 군의 한 조각 감정도 이 시점에선 아직—— 어디에도 닿지 않는다.

(으으. 이제 와서 후회해도 이미 늦었겠지.)

학생회장이 만들어낸 역겨운 어둠 속 밑바닥——.

(그리고 솔직히 학생회장이 무서웠어……. 그 자리에서 거역하긴 무서워서 무리였어! 이제부터 싸울 상대 앞에서 겁먹었었어!)

마코토 군은 케이지에 갇힌 실험동물처럼 다시 앉아 무릎을 끌어안고 불안한 듯 주위를 바라봤다. 또다시 이즈미 씨에게 빼앗겨 밟히기라도 한 건지 손으로 구부려진 건지 일그러진 안경테가 시선을 움직일 때마다 비뚤어지고 있다.

(오오가미 군이라면 웃겠지. 나 전혀 강해지지 않았어. 특훈도 했는데, 성장했다고 생각했는데…….)

빛나는 혁명의 기억을 마코토 군은 되새기고 있다. 엄하게 자신을 단련시켜 준 스승 같은 존재—— 어떤 역경에도 결코 꺾인 적이 없을 코가 군을 떠올리며.

(아냐. 포기하면 안 돼! 그러니까 난 언제까지고 발목을 잡는 거야! 나라도 할 수 있는 게 있어. 그렇게 믿는 거야! 내가 나를 믿지 못하면 어쩔 거야?)

우물쭈물하면 그에게 혼난다고 생각한 건지—— 늠름하게 얼굴을 든다.

(오오가미 군과의 특훈으로 내가 배운 건 하나! 죽을 각오로 하면 뭐든 할 수 있다!)

높은 곳에서 뛰어내리는 것처럼 몸을 앞으로 기울인다. 바닥에 손을 짚고 기세 좋게 일어나선 소용없다고 알고 있으면서도 방음 연습실 문을 달그락달그락 만지고 있다.

(……응?)

그만큼 문에 가까이 다가갔기에—— 그의 청각에 잡힌 소리가 있다.

(목소리가 들리는데? 이거 아케호시 군이지? 혹시 내가 감금된 걸 알고 구하러 온 거야? 우와, 기다렸어~☆)

환청일까 생각될 정도로 희미한 목소리. 어둠 속에 내려온 거미줄 같은 그것을 마코토 군은 필사적으로 끌어당긴다. 귀를 기울여 문에 거의 달라붙어 큰 목소리로 외쳤다.

"아케호시 군! 나야! 부탁이야. 눈치채 줘!"

함께 격전을 넘어온 동료에게 구조를 요청했다.

"나 계속 감금되어 있었어! 이 '방음 연습실' 에!"

경우에 따라선 한심하다고도 할 수 있는 태도지만. 괜히 고집부리지 않고 자신의 힘만으로는 넘을 수 없는 장벽을 보면—— 그는 망설임 없이 동료에게 의지한다. 그것은 이 가혹한 현실을 살아가기 위해 필요한 것이다. 자존심이 밥 먹여 주진 않는다.

"……아, 맞다. 여긴 방음이었어! 유메노사키 학원 시설인걸. 그 점은 '확실해'! 아무리 큰 소릴 내도 밖에 들리지 않겠지?"

조금 전까지 버려진 봉제인형 같았던 모습이 믿기지 않을 정도로 희망을 가슴에 품은 마코토 군은 힘차게 잘 움직인다. 브레이크가 고장 나 있다고 표현했던 건 마오 군이었지만—— 때때로 마코토 군은 놀랄 정도의 행동력을 보인다.

그 또한 혁명의 투사. 현재 상황을 뒤집는 반짝반짝 빛나는 활력을 갖고 있다.

"연습실이니 기자재는 있어. 마이크도 있으니 이걸 최대 음량으로 올려서……? 기계 만지는 건 특기야. 따끔한 맛을 보여주겠어!"

주먹을 불끈 쥐고 벽 쪽으로 달려간다. 방해되는 옷장을 고생해서 옆으로 밀어놓고는 방음 연습실 한구석에 배치된 기자재를 조작한다.

마코토 군이 이런 대담한 행동을 할 거라고는 이즈미 씨도 예상하지 않았는지, 아니면 단순히 고정되어 있는지—— 모든 기자재는 그대로 남아 있다. 방송위원회에 소속되어 디지털 기기를 잘 다루는 마코토 군의 손이 닿으면 어떤 병기라도 될 수 있다.

『아~! 아~! 마이크 테스트~!』

예비였을 마이크를 가느다란 케이블 등이 수납된 장소에서 꺼내고는 솜씨 좋게 접속. 확대된 목소리로 있는 힘껏 외치고 있다.

『……으악?! 귀가 아프네. '방음 연습실'은 소리가 잘 울리지?』

역시 때때로 작은 동물처럼 흠칫흠칫 떨고 있다. 귓가에 손을 얹고 울상이 되면서도—— 열심히 마코토 군은 전력을 다한다. 언제나 누구보다도 인간답게.

(이래도 바깥까지 목소리가 들릴 확률은 반반인가……?)

역시 예비였을 연장 케이블을 몇 개나 연결해서 마이크를 한 손에 들고 문 근처까지 이동한 후—— 일단 생각에 잠긴다. 마코토 군은 항상 상황에 흘러가는 일이 많지만, 지금은 혼자다.

(그리고 아마 문밖엔 이즈미 씨가 있을 거야. 어떻게 잘 속여 넘 기다 해도 이 방은 밖에서만 열 수 있고⋯⋯열쇠는 이즈미 씨가 갖고 있어! 즉 이즈미 씨를 어떻게든 하지 않으면 여기서 탈출할 수 없어!)

모처럼 구한 희망의 씨앗을 경솔한 행동으로 잃을 순 없다.

조금이라도 동료들 곁으로 살아 돌아갈 확률을 높이기 위해 방 책을 짤 필요가 있다.

(아케호시 군이 이즈미 씨를 확 쓰러트리고 열쇠를 빼앗아 줄 걸 기대해도 좋겠지만 폭력은 곤란하겠지~? 최악의 경우 정학이 야. 그 전에 【DDD】 참가 취소를 당하고 말 거야!)

그렇다. 제국을 타도해 혁명을 일으킨다── 같은 생각을 해 버 리기에 잊을 뻔하지만, 정말로 서로 죽이는 전쟁을 하는 건 아니 다. 범죄는 리스크가 너무 크다. 그들은 앞날이 창창한 젊은이이 자 현대사회 속에 보호받으며 생활하고 있는 것이다.

그렇기에 감금이라는 난폭한 수단을 사용한 이즈미 씨가 이상 하긴 하지만.

(그건 안 돼! 나 때문에 『Trickstar』의 앞길을 막을 순 없어! 난 무대 위에서 거의 도움이 되지 않는걸! 적어도 발목을 잡아선 안 돼!)

조금 비굴하긴 해도 그게 마코토 군의 본심이겠지. 자신보다도 동료와 다른 사람을 우선하고 마는 것이 그가 끌어안은 일그러짐 이긴 하다.

(어떻게 하지? 에잇, 생각하고 있을 시간은 없어! 가끔은 고민하지 말고 생각한 대로 열심히……전력으로 해 보자! 그게 『Trickstar』야!)

안경을 쓰고 있기에 지적으로 보이지만 마코토 군은 의외로 무계획이다. 머리를 쓰는 건 본래 전혀 특기가 아니다.

위험할 정도로 쉽사리 생각을 포기하고는 한껏 숨을 들이쉬고 있다.

(각오해~. 이즈미 씨! 단단히 혼내 주겠어!)

이해할 수 없을 정도의 격정을 담아 마코토 군이 생명의 불꽃을 새빨갛게 불태우고 있다.

(증명해 보이겠어! 난 더 이상 아무것도 하지 못하는 '아름다운 인형'이 아니야!)

시점을 방음 연습실 밖으로 되돌리면——.

거기선 스바루 군이 집요하게 이즈미 씨에게 물고 늘어지고 있었다. 소중한 동료가 감금되어 있고 덤으로 그 주범이 눈앞에 있는 것이다. 냉정하게 있을 순 없다. 그야말로 마코토 군이 생각하던 대로 당장에라도 주먹을 들 것 같다.

"어, 어이! 듣고 있는 거야? 무시하지 마~!"

"…………"

바로 옆에서 소리치는데도 이즈미 씨는 전혀 반응하지 않는다.

스바루 군의 분노에 두려워하는 기색도 없다. 태연하게 있으면서도—— 기척을 찾듯 먼 곳을 보고 있다. 외적의 습격을 경계해 소굴을 지키는 야생 고양이의 우두머리처럼.

(음~? 왜 이러지. 완전히 입을 다물어버렸는데?)

완전히 묵살당하고 있는 스바루 군은 복잡한 표정으로 눈썹을 찌푸리고 있다. 좋아해의 반대는 무관심—— 비교해 보면 항상 성가셔 하면서도 일단 제대로 상대는 해 주던 호쿠토 군은 상냥했고 스바루 군을 소중히 여기고 있었단 느낌이 든다.

(뭐야, 이 사람. 모르겠어! 빠, 빨리 공연이 시작되기 전까지 웃키~를 구출해야 하는데~! 이렇게 된 바엔 이 사람을 때려눕혀 묶어서……?!)

시간이 없어 초조한지 스바루 군은 상당히 위험한 생각을 갖고 있다.

"이봐! 선배라고 봐 주진 않을 거야. 얼른 웃키~를 돌려주지 않으면 무력도 행사할 거라고?"

"……잠깐 조용히 해 봐."

"응? 당신 뭐라 그랬어?"

줄곧 조용히 있던 이즈미 씨가 작게 중얼거렸기에—— 스바루 군은 당황한다. 그 말에 따라 조금 입을 다물고 귀를 기울이니 그의 발달된 청각이 무언가를 감지했다.

"……어라. 안에서 목소리가 들리는 것 같은데?"

일반 관객이 들어올 수 없는 구역이기에 스바루 군이 입을 다물면 거의 무음이 된다. 물론 밖에서 연주 소리와 기타 잡다한 소리가 들려오지만 소리는 멀다. 그런 잡음은 아니다──듣지 못할 수 없는 목소리가 바로 근처에서 들려오는 느낌이 든다.

마코토 군의 목소리다. 그가 마이크로 확대시킨 목소리가 살짝 들려왔다.

스바루 군은 그것을 알아채고 점점 웃는 얼굴이 된다.

"혹시 이거 웃키~ 목소리? 역시 이 '방음 연습실'에 가뒀구나. 내 소중한 동료를! 기다려 웃키~. 지금 구해줄게!"

거의 반사적으로 방해되는 인물을 밀쳐내고 실내로 들어가려던 스바루 군. 하지만 순식간에 이즈미 씨가 무시무시한 얼굴로── 검으로 찌르듯 으르렁거렸다.

"조용히 하라고 했잖아!"

"힉, 죄송합니다?!"

순진무구한 스바루 군마저 한순간 두려워하며 조금 뒤로 물러섰다. 실제로 때릴 것 같은, 아니 목 졸라 죽일 것 같은 박력이 있다. 여성적이라고 해야 할까 히스테릭한 분노의 표현.

(뭐, 뭐야? 무서워~! 눈도 굉장히 충혈됐는데?!)

그다지 익숙하지 않은 태도에 스바루 군은 잠시 반응하지 못한다. 기본적으로 다른 사람과 잘 소통하지 못하는 아이다── 하지만 곧바로 자신이 해야 할 일을 떠올린다.

일단 이즈미 씨는 무시하고 목소리가 들린 문으로 몸을 돌린다.

(그래. 주눅 들면 안 돼! 지금이 고비야. 난 반드시 웃키~를 되찾을 거야! 그리고 전학생이 기다리는 무대로 돌아가는 거야!)

『이즈미 씨, 들려?』

마코토 군의 의외일 정도로 무겁게 울리는 씩씩한 목소리가 들린다. 유메노사키 학원에 우리 주변에 항상 울려 퍼지던── 듣기 편하고 안심감 있는 목소리다.

『어서 날 풀어줘! 안 그러면 나도 수단을 가리지 않을 거야!』

협박하는 것 같은 내용이지만 마코토 군이 힘내 필사적으로 나쁜 척하고 있는 모습을 상상하면── 오히려 귀엽게 보인다. 마코토 군은 굉장히 착한 아이인 것이다. 누가 생각해도.

『억지로라도 나갈 거야! 내겐 해야 할 일이 있어! 모두와 함께 다시 무대에 서기 위해서라면── 난 다른 모든 걸 버려도 좋아!』

"……이놈이고 저놈이고. 건방지긴. 후배 주제에. 선배를 대하는 법부터 가르쳐야 할까?"

사랑스럽다는 듯 볼을 비비는 것처럼 이즈미 씨는 귀를 문에 딱 붙여 소리를 듣고 있다. 스바루 군도 덩달아 흉내를 내서 왠지 개와 고양이가 사이좋게 노는 것처럼 보이지만── 이즈미 씨는 신경을 끈 건지 혼잣말을 하고 있었다.

"참, 이쪽 소리는 안에 안 들리겠지. '방음 연습실'이니까. 유우 군의 목소리는 마이크로 확대한 걸까? 그걸 이용해 내가 대화를 하려고 문을 여는 걸 기대하고 있나……?"

문을 긁는 시늉을 하고, 이즈미 씨는 코웃음 쳤다. 마코토 군이 대단한 일을 할 수 없다고, 완전히 얕보고 있다. 당연하다는 듯이 어린애 취급하고 있다.

"안 돼. 유우 군. 유우 군이 솔직해질 때까진 절대로 내보내지 않을 거야. 알잖아~? 난 유우 군 말에 무조건 움직일 정도로 가볍지 않다고?"

『문을 열 생각은 없는 것 같네. 아 그러세요. 알겠습니다!』

이즈미 씨의 목소리는 연습실 안까지 닿지 않지만 문이 열리지 않는 것을 확인하고——이쪽 상황을 파악했는지 마코토 군은 깊이 한숨을 쉬곤 다시 소리쳤다.

이번에야말로 겸손을 버리고 모든 영혼을 부딪치는 것 같은 위력이 담긴 외침이다.

『후회하지 마. 난 이 학원에서 누구보다도 풋내기고 도움도 안 되지만! 무력한 인형이 아냐!』

울부짖듯이, 하지만 슬픔이 아닌 분노를 담아——마코토 군은 외친다.

『죽을 땐 이즈미 씨도 같이 데려갈 거야! 궁지에 몰린 쥐는 고양이를 문다고……!』

"뭐, 뭐야? 무슨 소리야. 유우 군?"

어린애라도 진심으로 임하면 어른도 죽일 수 있다. 마코토 군의 목소리에는 그런 의지가 넘쳐흐르고 있다. 깔보는 것 같던 태도의 이즈미 씨가 조용히 입을 다물었다.

두려워했다. 어린애 취급하던 상대의 격정을 맞아 당황하고 무서워하고 말았다. 자립심을 싹틔워 떠나버린 반항기 아이가 덤벼들어——자신의 소유물이라 생각했던 것이 자아가 있는 인간이라고 깨닫게 된 부모처럼.

더는 위압적인 태도조차 취할 수 없다. 할 말도 찾지 못한다.

이즈미 씨는 아끼는 연인에게 배신당한 것처럼 고개를 숙일 뿐.

그 순간 분명 결과는——— 승패는 결정된 거겠지.

『파———앙!』

"…어, 무슨 소리야?"

소름끼치는 이상한 소리가 들려 이즈미 씨가 혈색을 잃었다.

당황해하지만 문을 열 수도 없기에——— 그저 집중해 소리를 들으며 상상할 수밖에 없다. 보이지 않는다. 이해할 수 없기에 무섭다.

자신이 소중히 보관하던 보석상자 속에서 어떤 이상사태가 일어났는지. 이즈미 씨는 알 수 없다. 이건 그에게 있어 전대미문의 일인 거겠지.

그저 젖은 파괴음이 반복된다. 기분 좋은 소리만 울리는 아이돌 학교에——— 마치 강도나 살인이라도 벌어지고 있는 것 같은 불협화음이 울려 퍼지고 있다.

『쨍그랑! 쾅쾅! 우당탕!』

"잠깐 유우 군? 뭘 하는 거야……?"

『푸학! 콰당! 퍽퍽!』

"…………?"

이젠 어찌할 바를 몰라 하고 있는 이즈미 씨에게——— 실내에서 마코토 군이 말을 건다. 대체 무슨 일이 있었는지 그 목소리는 미약하고 갈라져 있었다.

『내, 내가 뭘 했는지 알겠어?』

오히려 의기양양하게 마코토 군은 엄청난 소리를 했다.

『이즈미 씨가 유일하게……평가해 주는 내 얼굴을 벽에 박고 있어!』

상식을 벗어난 그 말. 얼굴을 벽에 박고 있다고? 그야말로 갇힌 작은 동물이 철창 속에서 열심히 탈출하려는 것처럼?

완전히 보호받는 감옥 생활보다도 자유를—— 자기다운 인생을 원하며.

『굉장히 아프지만! 코나 턱. 이가 부러져도 멈추지 않을 거야! 내 얼굴을 엉망으로 만들어 줄 거야! 아무리 성형수술을 해도 두 번 다시 원래대로 돌아갈 수 없을 정도로!』

"뭐?! 무슨 짓이야 웃키~. 그만해!"

목소리를 듣던 스바루 군 역시 파랗게 질려 문을 '쾅쾅!' 두드렸다. 항상 그와 마코토 군은 서로 바보 같은 농담을 하며 스바루 군도 마코토 군을 괴롭히거나 놀리거나 했다—— 그래도 자신과 동일할 정도로 그 이상으로 소중한 동료인 것이다.

그런 동료가 친구가 지금 자신의 몸을 철저히 파괴하려 한다.

스스로 무너지려고 한다. 그것을 스바루 군이 가만히 보고 있을 리가 없다. 마코토 군이 되돌릴 수 없는 상처를 입기 전에 어떤 절벽에서라도 망설이지 않고 손을 내민다.

"포기하지 마! 지금 내가 구해줄게!"

『에헤헤 ♪ 아케호시 군이지? 목소리 들려! 고마워, 나 같은 녀석을 구하러 와 준 거야……? 하지만 미안해. 이미 결심했어! 누가 뭐라 해도 난 내가 정한 걸 실행할 거야!』

어쩐지 무서울 정도로 순진한 기쁨의 목소리를 내며 마코토 군은 당당히 선언했다.

『내게도 마음이 있어. 자유로운 마음이! 『Trickstar』의 모두가 준 마음이!』

진심을 담아 그는 말했다.

『아케호시 군. 증인이 되어 줘! 난 이즈미 씨에게 납치 감금당해 그 결과 장가도 못 갈 정도로 얼굴을 엉망으로 만들었다……고!』

『정말, 인상을 구기는 결과가 되어버렸네~ ♪』

지친 건지 격통을 참는 건지 띄엄띄엄한 느낌으로—— 마코토 군이 말하고 있다. 평소처럼 개그스러운 이야기를 하고 있기에 오한이 들 정도로 두렵다.

웃을 수 없다. 굉장한 블랙 조크다.

『남의 인생을 마음대로 할 수 있을 거라 생각하지 마. 이즈미 씨! 난 당신의 동생도 인형도 아냐! 난 더는 아이돌로 살아갈 수 없을지도 모르지만 이즈미 씨도 같이 데려갈 거니까! 죽을 때까지 배상금 내게 하고 노후도 돌보게 할 거야!』

"그, 그건 그거대로 이상적인 생활이지만……?"

이즈미 씨는 현실도피를 하고 있는지 얼빠진 이야기를 중얼거렸다. 하지만 나쁜 농담을 받아주고 있을 순 없다——고 생각한 건지 순식간에 차가운 표정으로 돌아온다.

항상 냉소를 짓던 그였지만 지금만은 생생한 감정을 전신에서 내뿜고 있다. 영웅담의 기사처럼 아름다운 얼굴이 명백하게 굳어 있었다. 소원을 이루기 위해서라면 심장이라도 바치겠다는 듯 필사적이고 꼴사나울 정도로 초조해하고 있다.

그것이 이 짓궂은 선배의—— 이즈미 씨의 맨얼굴이었던 걸까.

"그만해 유우 군! 경솔한 짓은 그만해!"

『이미 늦었어! 참는 데도 한계가 있어! 사람을 그렇게까지 장난감 취급해 놓고! 내 인내심은 이미 뚝 끊겼다고……!』

잠시 쉬던 마코토 군이 호흡을 가다듬은 건지——다시 꺼림칙한 소리를 내기 시작한다.

『퍽! 쾅당! 우당탕탕!』

"유우 군?! 그만해! 알았어, 얘길 하자! 내가 잘못했어. 그러니 다시 생각해! 지, 지금 치료해 줄게……! 아아, 이게 무슨 일이람?!"

이즈미 씨는 한계였는지 이 이상——싫은 소리를 듣고 싶지 않다는 듯 고개를 젓고 드디어 항복했는지 방음 연습실 문고리를 잡는다.

떨리는 손으로 열쇠를 돌려 잠금을 풀고 있는 힘껏 열었다.

"유, 유우 군의 아름다운 얼굴이~?!"

그야말로 예쁜 얼굴을 엉망으로 만들 정도로 이미 이즈미 씨는 흐느껴 울고 있었다. 기사의 긍지도 장비도 모두 버리고 꼴사납게 우왕좌왕 도망치는 패배자처럼.

"문을 열었네. 이즈미 씨."

열린 문 너머──.

거기엔 어떤 아비규환의 지옥이 펼쳐져 있을까. 벽 한쪽이 피바다가 되어 있어도 이상하지 않다. 기세 좋게 문을 열어 서 있을 수 없을 정도로 떨고 있던 이즈미 씨는 그 자리에 주저앉았다. 볼 위를 아름다운 눈물이 흐르고 있다.

그 눈물로 흐려진 눈앞에.

방음 연습실 안. 입구 근처에서── 마코토 군이 생긋 웃고 있었다. 보아하니 상처 하나 없다. 지쳤는지 숨이 가쁘긴 하지만 놀랄 정도로 아름다운 그 맨얼굴을 포함해 상처도 더러움도 없다. 한 손에 마이크를 쥐고 '감쪽같이 속았지?' 라는 표정을 짓고 있다.

멍하니 입을 벌리고 이즈미 씨가 무릎을 꿇은 것 같은 자세로 그런 마코토 군을 올려다본다.

"어, 어라? 유우 군. 얼굴을 망가뜨린 게 아니었어……?"

"후후후. 완전히 걸려들었네~ ♪"

다시 문을 닫지 않도록 발로 있는 힘껏 열고는 마코토 군은 왠지 이상하게 그럴듯한 포즈로 소리 높여 웃었다. 개구쟁이 같은 얄미운 몸짓과 표정이다.

활기찬 모습으로 마코토 군은 자랑스러운 듯 말했다.

"거참, 처음엔 정말 얼굴을 벽에 부딪치고 있었는데. 너무 아파서 도중에 싫어지더라 ♪ 그래서 마시다 만 페트병을 찌그러뜨리거나 해서 소리를 만들었지! 마치 얼굴을 망가트리고 있는 것처럼 들리게!"

마코토 군은 피를 흘리기는커녕 혹도 나지 않은 느낌이다. 정말로 아파서 금방 얼굴을 박는 걸 그만둔 모양이다. 그 대신 실내에 있는 걸 활용해 그는 자신의 장점을 살려—— 왠지 우리다운 기책을 쓴 것이다.

아픔에 약하고 섬세하지만 마코토 군은 이즈미 씨가 아는 그보다도 더욱더……. 많이 많이 강해진 것이다.

"방송위원을 얕보지 마~! 소리 합성, 믹스는 전문이니까 ♪"

"나, 날 속인 거야? 유우 군 주제에 건방져!"

드디어 상황을 이해한 건지 이즈미 씨가 새빨개진 얼굴로 일어선다. 어느 쪽이냐면 표정에는 안도의 색이 짙다. 마코토 군이 자해행위를 하는 것보단 훨씬 나은 결과였겠지—— 물론 잘됐네 잘됐어 하고 마냥 기뻐할 수도 없겠지만.

이즈미 씨에게도 마코토 군을 잔인하게 상처 입힐 의도는 없던 모양이다. 그 태도를 보고 마코토 군은 어딘가 조금 의외라는 듯 여기면서도—— 쓴웃음을 지었다.

"납치 감금보다는 가벼운 벌이지. 애초에 거짓말이었잖아~? 너 그렇게 봐달라고 ♪"

윙크를 하며 마코토 군은 이즈미 씨를 쉽사리 밀어내곤 복도로 뛰어나온다. 그 등 뒤에서 그를 가두고 있던 꺼림칙한 방음 연습실 문이—— 상쾌하게 닫힌다.

"그래도 이렇게 떠들고 있을 여유는 없거든! 미안, 먼저 갈게?"

자유로워진 마코토 군은 이즈미 씨를 두고 달리기 시작했다.

"앗, 큰일이다?! 기다려. 놓치지 않을 거야!"

"아하하, 기다리라고 해서 기다릴 바보는 없다고~? 도망치자. 아케호시 군!"

서둘러 손을 뻗은 이즈미 씨를 피해 대신 마코토 군은 재미있다는 듯 상황을 바라보던 스바루 군의 손을 잡는다. 오랜만에 동료와 합류한 게 기쁜 건지 갓 태어난 아기 같은 미소다.

온기를 공유하고 서로 빛을 반사해——『Trickstar』는 반짝반짝 빛난다.

"【DDD】는 이미 시작됐지? 내 의상도 폐기하진 않았지?"

"어, 어? 물론이지. 웃키~! 세탁해서 반짝반짝한 녀석을 잘 준비해 뒀다고! 언제든 웃키~가 돌아올 수 있게☆"

평소와는 반대로 마코토 군에게 이끌려—— 오히려 그게 반가운지 크게 기뻐하며 스바루 군도 속도를 맞춘다. 쭉쭉 우주 로켓처럼 가속한다.

곧 나란히 달리며 야산에서 노는 아이처럼—— 둘이서 달린다. 다시 반짝임을 내뿜기 시작한 두 별이 어둑한 유메노사키 학원 복도를 질주한다.

이즈미 씨는 금방 멀어져 그들의 눈앞엔 희망으로 가득한 미래가 펼쳐진다.

스바루 군은 소중한 듯 마코토 군의 손을 잡은 채 강아지가 뜀박질하듯 달린다. 곁눈질로 마코토 군을 몇 번이고 확인하며 최고로 행복한 듯 바라보고 있다.

무참히 갈라진 동료 중 한 사람과 고대하던 온기와── 그는 드디어 재회한 것이다. 하늘에라도 오를 것처럼 기쁘고 결혼 피로연 같은 맑게 갠 분위기다.

"정말~. 무사해서 다행이야! 너무 조마조마하게 하지 마~. 나도 전학생도 엄청 걱정했으니까!"

"미안, 미안. 자세한 사정은 나중에 설명할 테니 일단 지금은 얼른 【DDD】 무대로 가자! 난 그렇다 치고 아케호시 군이 없으면 다들 곤란하잖아?"

줄곧 갇혀 있었기에 다소 다리 힘이 약해졌는지 달리기 힘들어 보이면서도 마코토 군도 힘차게 바닥을 차고 있다. 그런 그를 스바루 군이 의아하다는 듯 바라본다.

"응? 왜 그래. 내 얼굴에 뭐 묻었어?"

시선을 받는 것에 그다지 익숙하지 않은지 마코토 군이 부끄러워하며 수줍어했다.

"아니. 뭐랄까……. 웃키~. 너 그런 얼굴이었구나? 안경 벗은 거 처음 본 거 같아!"

스바루 군은 이제 안 것 같지만 그러고 보니 마코토 군은 안경을 쓰고 있지 않다. 절세의 미모를, 맨얼굴을 드러내고 있다. 안경이라 하면 마코토 군이라고 할 정도로 그를 상징하는 물건이지만.

안경을 쓰지 않았다고 해서 어딘가 부족한 인상은 아니다. 오히려 처음 완성한 것 같은, 마치 화장을 한 것처럼 스스로 찬란히 빛나는 듯한 아름다움이다.

물끄러미 마코토 군을 바라보며 스바루 군은 감탄하는 것처럼 몇 번이고 고개를 끄덕였다.

"정말. 의외로 단정한 얼굴이네~? 놀랐어☆"

"흐흥. 내 유일한 장점이거든~? 벽에 얼굴 부딪쳤을 때 안경을 떨어트린 것 같아. 나중에 다시 사야지!"

그런 경위인 듯하다. 계속 안경을 쓰고 있기에 그것이 당연해져서—— 벽에 얼굴을 부딪칠 때 무심코 안경 벗는 걸 잊어버린 걸까. 조금 얼빠진 부분이 마코토 군다워서 스바루 군도 오히려 안심한 것 같다.

이 순간에 처음으로 만난 것처럼 신선하다는 듯 친구를 바라보고—— 스바루 군은 진심을 숨기지 않고 말한다. 분명 누구나 항상 나약한 마코토 군에게 말해 주고 싶은 대사를.

"'유일한 장점'은 아니잖아. 웃키~?"

온 세상 사람을 대표하듯 숨결도 닿을 만큼 가까운 거리에서.

"정말 잘 돌아왔어! 안경 정도야 내 저금 털어서 서비스로 사 줄 테니까. 얼른 모두가 있는 곳으로 돌아가자☆"

"응! 자자, 재밌어지기 시작했어~ ♪ 정말 '돌아온' 느낌이야!"

한순간 안경을 가지러 돌아가자고 생각한 건지 마코토 군이 어깨 너머로 뒤돌아본다. 그리고 파랗게 질렸다. 맹렬한 기세로 이즈미 씨가 쫓아오고 있었던 것이다.

"기, 기다려! 절대로 용서 안 할 거야. 유우 군!"

아우성을 치고, 그는 부산떠는 코미디의 등장인물처럼 달리고 있다. 이미 처음 만났던 때의 수상함은 날아가 공포를 느낄 부분은 어디에도 없다.

실제로 그는 사악함의 화신 같은 괴물이 아니다. 남자 고등학생이다. 나이 차이도 많지 않은 조금 짓궂은 선배다. 한 일은 도가 지나치지만── 그 이유는 알 수 없지만, 이해할 수 없는 이세계에서 온 침략자는 아니다.

그런 그를 보고 마코토 군이 우습다는 듯 웃음을 터뜨렸다.

그 웃음에 짜증이 났는지 이즈미 씨의 얼굴이 더욱 붉어진다. 달리기는 특기가 아닌지 따라잡을 수 없다고 깨달은 듯── 급정지하고는 복도 벽을 벅벅 긁는다.

그리고 엔카나 트로트 가사처럼 한 맺힌 소절을 외쳤다.

"사람을 바보 취급하고~. 세상은 그렇게 만만하지 않거든! 이【DDD】에서『Trickstar』를 통째로 때려눕혀 주겠어!"

"바라는 바야! 정면 승부하자. 이즈미 씨!"

힘차게 대답하고는 경쾌하게 손을 흔들어──.

마코토 군은 언제나 가장 중요한 것을 말해 준다.

"아이돌답게 노래와 춤과 퍼포먼스로 ♪"

Justice 🎤✨

그렇게 『Trickstar』가 작은 희망을 열심히 모으고 있을 때──.

우리의 최대의 적, '황제' 텐쇼인 에이치가 이끄는 『fine』는 우아한 시간을 보내고 있었다. 전쟁, 라이브의 시작을 앞둔 유메노사키 학원은 제대로 대화도 할 수 없을 정도로 북적이며 하늘은 구름 한 점 없이 거짓말처럼 맑다.

마치 축제날 같다.

하지만 히다카 호쿠토 군은 그 마음 설레는 분위기에 섞이지 못하고 있었다.

(난 뭘 하고 있는 거지?)

아마 최대 인원의 관객이 기대로 눈을 빛내며 웅성대고 있을 유메노사키 학원의 광대한 운동장── 그 중앙에 있는 야외 무대다. 한층 더 눈에 띄는 그 위치에 학원 최강의 '유닛'은 우아하게 승부의 때를 기다리고 있다.

서두르지 않고 느긋하게 오후 티타임을 즐기는 것처럼.

첫선을 보이는 것도 겸하고 있는지 『fine』에 소속된 유즈루 군이나 토리 군이 붙임성 있게 팬서비스를 하고 있다. 여전히 굉장히 화려한 와타루 씨는 위압감이 있다고도 할 수 있는 장신임에도 재주 좋고 화려하게 관객들 사이를 헤엄치듯 걸어 마술을 보여주며 기쁨을 선사하고 있다.

학생회장만 모습을 보이지 않고 아직 노래나 춤과 같은 퍼포먼스도 안 하는데도── 한창 최고조로 달아오른 라이브 같다. 관객들은 기뻐 날뛰며 와타루 씨의 미모에 넋을 잃거나 토리 군의 사랑스러움에 마음이 따뜻해지거나, 유즈루 군에게 상냥한 대접을 받거나 하며……. 진심으로 이곳에 자신이 있다는 행운에 대한 감동으로 떨고 있다.

라이브뿐만 아니라 팬서비스도 좋고 완벽한 거겠지. 무너트릴 틈조차 없는 그들이 유메노사키 학원의 정점이다.

너무도 압도적이기에 자진해『fine』에게 도전하려는 용기 있는 자는 없는지── 아직 대전 상대는 나타나지 않았다.『fine』의 독무대다.

야외 무대는 '유닛' 수에 맞춰 준비되어 있을 거고 이대로 상대가 나타나지 않아 부전승── 같은 전개는 되지 않겠지만.

싸우기 전부터 도전할 기개조차 잃어버릴 것 같은 분위기다. 이래선 대전 상대가 나타난다 해도 갑자기 전의를 상실해 무조건 항복하고 말 것 같다.

(이걸로 됐어. 정답이었어. 현명한 판단을 했다고 생각했는데…… 어째서 이렇게 공허한 거지? 반짝이는 무대를 그저 멀리서 바라보고 있을 뿐.)

호쿠토 군은『fine』로 이적했을 텐데도 '유닛' 전용의상을 입고 있지 않다. 무대에도 서지 않고 관객들과 아이돌들 사이 어중간한 위치에 멍하니 서 있었다. 방해가 되지 않도록 구석에서 한숨을 쉬고 있다.

딱히 신입을 상대로 『fine』가 짓궂게 무시하고 있는 것도 아니고 오히려 같은 연극부 소속인 와타루 씨는 함께 기술을 선보이자고 집요할 정도로 권유하거나 말을 걸고 있다.

하지만 호쿠토 군은 그런 와타루 씨조차 알아채지 못한 듯 그저 생각에 잠겨 있다. 멍하니 구름 위 천국에서 놀고 있는 것 같은 『fine』를 바라보며.

(이렇게 있으니 옛날 생각이 나. 어렸을 때가.)

호쿠토 군이 아무것도 하지 않고 대기하고 있는 이유는 알 수 없지만. 학생회장에게 반항해 파업을 하고 있는 것도 아닌 것 같아 『fine』도 그를 억지로 무대 위에 올리려 하진 않는다. 이렇게 생각에 잠기는 것이 지금 호쿠토 군의 역할인 걸까.

혼자만 공간에서 밀려나 호쿠토 군은 폐기된 기계처럼 미동도 하지 않는다.

(예전엔 TV만 봤지. 혼자서 무릎을 끌어안고 화면 너머에 있는 연예계를 멍하니 바라봤었어.)

눈앞의 현실을 모르는 척하듯 그 생각은 과거로 향한다. 항상 그는 모두를 보고 힘차게 이끌며—— 자신의 이야기는 뒷전으로 삼아 말하지 않았지만. 마음을 열 수 있는 동료도 지금은 곁에 없어 그저 자기 자신과 마주할 수밖에 없다.

(아버지는 사회현상까지 일으킨 초일류 아이돌이었어. 어머니도 여러 상을 휩쓴 대배우로 칭송받았어. 난 그런 부부 사이에서

태어났지.)

호쿠토 군은 자신을 이 세상에 태어나게 한 부모님을 생각하고 있다. 이전에 부모님에 대해 언급했을 때 그는 과한 반응을 보였는데―― 뭔가 갈등을 안고 있는 걸까.

(톱스타의 혈통……. 아버지도 어머니도 주변 사람도 모두 나도 언젠가 부모님처럼 '훌륭한 연예인'이 될 거라 생각했었어. 기대하고 믿어 의심치 않았지.)

부모의 여덕이라고는 하지만 너무 위대한 부모는 아이에겐 무거운 짐도 된다.

(이른바 연예인이 되기 위한 영재교육도 받았어. 다른 유메노사키 학원 학생이 본다면 부러워할 가정환경에서 자랐어.)

그렇겠지. 호쿠토 군은 아이돌을 목표로 하는 데 있어서는 최고의 유전자를 받아 훌륭한 환경에서 성장한 것이다. 왕의 아이는 왕이 된다. 그는 아이돌의 왕자님이다.

그는 나 같은 서민은 상상도 못할 연예계 속에서 살아온 것이다.

(어떤 지도도 교육도 난 불평하지 않고 임했어. 내 것으로 만들어 왔어. 아버지나 어머니와 가까워지기 위해. 칭찬받기 위해. 어린 시절을 희생했어.)

부모는 아이가 처음으로 상대하는 어른―― 이 세상의 등장인물이다. 대부분의 경우 무시할 수 없다. 강한 영향을 받고, 그들에게 칭찬받거나 인정받기를 원하고 만다.

호쿠토 군도 그랬던 거다. 평범한 가정이었다면 아장아장 걸은 것만으로도 머리를 쓰다듬어 주었을지 모른다. 하지만 그는 칭찬을 받기 위해 어떤 노력을 거듭해 왔는가.

(그 과정으로서 난 여기에 있어. 유메노사키 학원에 입학해 우수한 성적을 거둬 언젠가 연예계에서 꽃피기 위해……. 미리 정해진 포장된 길을 일직선으로 걸어 왔어.)

내게는 차원이 다른 세계인 연예계에서 정점에 군림하는 위대한 부모님 밑에 태어나.

기대에 답하기 위해 그는 효자로서——— 전력을 다해 왔다.

(망설임은 없었어. 생각하는 걸 포기하고 난 로봇처럼 걸어왔어. '우수한 아이돌'이란 프로그램이 입력된 아무 생각도 하지 않는 기계로서.)

무표정으로 인간다운 감정을 거의 보이지 않던 그. 하지만 그건 인간다운 감정이 자라지 않을 것 같은 환경에서 살아온 탓이었다.

야생과도 같은 연예계에서.

실패하면 바로 끝인 가혹한 전장 속에서.

총탄의 폭풍을 맞고 폭격을 맞으며 자라면 잘 웃지 못하게 되는 것도 당연하다.

(하지만. 그런 내 길 앞에 불쑥 나타난 이상한 녀석들이 있었어.)

그의 굳은 표정이 갑자기——부드럽게 풀렸다.

(아케호시, 이사라, 유우키, 전학생…….)

어린애 같은 순진한 미소를 지으며 그는 우리를 생각해 주고 있었다. 소중한 듯 사랑스러운 듯. 기계 같다며 누구도 평가하지 못할 정도로 쾌활하게.

(우연처럼 만난 부족한 점만 가득하던 미숙한 자들. 하지만 우리는 서로의 결점을 채우듯 영혼을 공유하는 동포가 됐어.)

아아, 호쿠토 군은 우릴 버린 것이 아니었다. 무자비하게 배신하고 효율과 이익만을 원하며—— 컴퓨터처럼 계산해 판단한 것이 아니다.

어쩔 수 없는 이유가 있어 몸이 갈가리 찢기는 것 같은 고통을 참으며.

분명 눈물을 흘리며 멀어질 수밖에 없었던 거다.

(녀석들과 함께한 나날은 정해진 내 인생 속에서는 그저 '무의미한 샛길'……돌아가는 길에 지나지 않았어. 그랬을 텐데.)

하지만 호쿠토 군이 『Trickstar』를 떠났다는 사실은 변하지 않는다.

진지하고 성실한 그는 결코 그것을—— 입에 담을 수 없다.

(즐거웠어. 행복했어. 언제까지고 모두와 함께 웃으며 떠들고 바보 같은 일을 하고 싶었어. 그런 마음은 오랫동안 잊고 있었어.)

마음속에서 행복한 기억을 하나하나 되새기며.

가련한 꽃에 천천히 흙을 덮듯 슬픔을 참으며 매장해 간다.

유메노사키 학원 드림페스엔 다양한 연령의 관객이 방문한다.

남녀노소가 섞여 있다. 남자 아이돌 육성을 전문으로 하는 학교이기에 그를 사랑하는 여성 관객이 대부분이지만. 평범하게 노점이 있는 데다가, 특히 【DDD】는 파격적인 요금 설정으로 지역 주민 등이 편하게 방문할 수 있다.

복잡한 인파 속 뛰어다니고 있는 아이들이 있다.

그것을 손자라도 보는 듯 흐뭇하게 지켜보며 호쿠토 군은 고민에 빠져 있다.

(옛날에……. 난 평범한 또래 아이들처럼 밖을 뛰어다니며 시시한 놀이를 하고 바보 같은 이야기를 하며 크게 웃던 아이였어.)

옛날이라면 정말 철이 들지도 않을 것 같은 어린 시절을 말하는 거겠지. 그런 호쿠토 군은, 그다지 상상이 가지 않지만── 그에게도 아무것도 아닌 어린애였던 시절이 있었던 것이다.

부모님의 위대함도 연예계의 어둠도 인식하지 못하는 무지하고 무적의 소년 시절이.

(그런 당연한 기쁨을 극히 평범하게 누리고, 사랑했었어.)

인간은 언제까지고 순진무구하게 있을 순 없다. 살아가는 것은 계속 더러워지는 것이다── 특히 호쿠토 군은 사람들의 피와 땀과 눈물로 끓인 것 같은 연예계 안에서 자랐으니까.

그 몸에 들러붙은 녹 같은 어둠을, 결코 완전히는 씻어낼 수 없다.

(하지만 언제부턴가 잊고 있었어. 정성껏 싸여 예쁘게 치장되어서, 내 마음은 점점 깊숙한 곳으로 들어갔어.)

이지적인 그는 모든 것을 이해하고── 받아들이고 있다. 그렇게 할 수밖에 없었던 것이다. 그는 호화로운 값비싼 쇼케이스 속에서 출하되기를 기다릴 수밖에 없었다.

(하지만 옛날의 나는……. 지금보다도 더 웃고 있었어. 행복했었어. 흙투성이가 되어 놀러 다니는 나를 보고 부모님이 눈썹을 찌푸리는 걸 보기 전까진.)

남이 들으면 그 정도의 일——이라며 웃어 날릴 수도 있다. 하지만 어릴 적에 입은 상처는 성장함에 따라 점점 커지고 심해진다. 부모의 무심한 한마디가 온몸을 균열투성이로 만들어 끝내 한 인간을 산산조각 내고 마는 일도 있다.

(그저 난 집에 거의 돌아오지 않는 부모님과 만나고 싶었어. 부모님과 같은 존재가 되어 연예계로 가면……. 만나 머리를 쓰다듬어 주고 안아 주실 테니까.)

그것이 호쿠토 군의 기원. 그 후의 인생을 결정지은 첫 발자국.

(그래서 무턱대고 노력했어. 그리고 어느새 그런 내 본심마저 잊어버렸어. 난 바보야—— 소중한 것과 원했던 것을 이미 손에 넣었을 텐데도.)

다른 동년배 남자애가 누리고 있던 것을 버리고 그는 아이돌이라는 종족으로 살아가는 길을 선택했다. 부모님과 같은 생물이 되기 위해 노력한 것이다.

만약 다른 생물이었다면 아이로서 인정받지 못하고—— 머리도 쓰다듬어 주지 않을지도 모르니까. 과거의 자신을 버리고 목에 혈통서를 걸었다.

(하지만 난 그걸 내 손으로 버렸어.)

『Trickstar』와의 만남으로 그는 한 번 버렸을 터인 자신의 일부를—— 어디에나 있는 남자애다운 행복을 아주 조금 되찾았다.

평범하게 울고, 웃고, 화내고, 바보 같은 이야기를 하며 뛰어다니는 것 같은 아무렇지 않은 일상을.

하지만 그는 이세계의 생물. 그런 환경에서는 더는 살아갈 수 없는 걸까.

(숙명으로부턴 도망칠 수 없어. 아니 도망치는 게 두려웠어. 지금까지 피와 땀을 흘려 쌓아온 모든 것을 버릴 수 없었어.)

이를 갈며 호쿠토 군은 고개를 떨군다.

(상식적으로 생각하면 난 타당한 판단을 했겠지. 학생회장에게 굴복하고 그 '유닛'의 일원이 된다. 부모님은 칭찬해 주실 거야. 세상 누구라도 내 선택을 긍정하겠지.)

세상 사람이 현명한 판단을 했다고 보증해도 그 자신이 그것을 혐오하고 경멸한다.

그래서 자조하듯 호쿠토 군은 미소와 쏙 닮은 일그러진 표정을 짓고 있다.

(미래도 보장돼. 나는 모두가 극찬하는 훌륭한 아이돌이 될 수 있어.)

부모님과 같은 생물이, 같은 지평과 높이에 서서 같은 것을 먹고 지내는 이세계 생물이 되기만을 줄곧 원하고 있었는데.

(부모님과 똑같이. 하지만 그런 내 옆에 『Trickstar』는 없어. 웃음과 행복은 없는 거야. 외톨이가 되어 서 있을 수밖에 없어.)

삼천리나 떨어진 장소에 있는 친구를 떠올리는 것처럼 호쿠토 군은 먼 곳을 바라본다. 그 눈동자에 깃들어 있던 미련도 애정도 모든 것이 금방 꺼져 공허해졌다.

(이제 와서 깨달아도 이미 늦었어. 난 선택하고 말았어. 녀석들을 배신하고 말았어—— 등을 돌리고 멀어지고 말았어. 더는 되돌릴 수 없어.)

구역질을 참듯 입가를 손으로 막고 호쿠토 군은 괴로워한다.

흐느껴 우는 것 같지만 이미 눈물을 흘리는 인간다운 당연한 기능마저 잃고 만 것처럼 그는 헛되이 목을 떨 뿐이었다.

(난 겁쟁이에 비겁한 녀석이야. 모두를 볼 면목이 없어.)

이세계의 주민은 행복한 축제 같은 풍경 속에서—— 고독하게 침묵하고 있다.

"얼굴이 흐린걸. 호쿠토."

갑자기 마음속 깊은 곳까지 침투하는 노래하는 것 같은 목소리가 울렸다.

그 순간 귀가 아파질 정도로 주변에 소용돌이치던 소음이 완전히 배경음악이 되어 버린다. 이상할 정도로 또렷하고 명확한 천상의 음색이 고막을 떨리게 한다.

고뇌하는 인간에게 신탁을 내리는 천사처럼, 고개 숙인 호쿠토 군 옆에—— 어느새 기척 없이 학생회장이 서 있다.

텐쇼인 에이치. 유메노사키 학원의 정점, 지배자, 최고 권력자.

황금비의 육체미. 백금색 머리칼. 입고 있는 건 왕후귀족과 같은 『fine』의 전용의상. 이런 혼잡함 속에서도 깨끗하며 몹시도 아름다워 이 세상 것이라곤 생각할 수 없다. 빛의 각도 때문인지 흡사 유령처럼 그 발밑엔 그림자가 존재하지 않는다. 상식을 벗어난 유메노사키 학원의 '황제'를 호쿠토 군이 움찔 놀라 올려다본다.

"……학생회장."

"이런, 서먹한 반응인걸."

간신히 낸 호쿠토 군의 목소리에 잘생긴 학생회장의 말이 엉겨 붙는다. 인류의 선조를 타락시키고자 속삭이는 낙원의 뱀 같기도 하다.

"편하게 '에이치'라고 부르렴, 우리는 동료가 됐으니까."

"이런 데서 시간을 낭비해도 되는 건가요? 곧 공연이 시작될 시간이잖아요. 저 같은 사람에게 신경 쓰고 있을 틈은 없을 텐데 요?"

누구에게나 비교적 거만한 태도의 호쿠토 군이지만 두려움이 담긴 듯한 존댓말로 말하고 있다. 그것을 오히려 따분하다는 듯 들으며── 에이치 씨는 쓴웃음을 지었다.

"후후. 너무 냉정하게 그러지 마. 처음부터 내가 나설 필요도 없 겠지. 와타루나 토리나 유즈루 만으로도 '충분'해."

연기일지도 모르겠지만 가볍게 기침을 하며 에이치 씨는 그 자 리에 웅크려 앉는다. 또다시 고개 숙이고 만 호쿠토 군의 얼굴을 흥미롭다는 듯 올려다보고 있다.

양손으로 턱을 괴는 사랑스럽다고도 말할 수 있는 몸짓을 하고 있다. 하지만 그것은 땅 위를 기어 다니는 벌레를 관찰하는 순수 한 폭군의── 어린애의 몸짓이기도 했다.

"난 태어날 때부터 몸이 약해서 직접 나서지 않아도 될 때는 잘 알고 있어. 너도 너무 기를 쓰지 말고 느긋하게 준비하고 있으면 돼."

기운이 없는 후배를 격려하는 것 같은 말투지만, 가지고 노는 것처럼 보이기도 한다.

이율배반적인 옳고 그름을 아울러 가진 독특한 분위기로——에이치 씨는 온화하게 이야기한다.

"어차피【DDD】는 『SS』로 가기 위한 전초전이야. 발판이지. 우리의 영광스러운 길 위에 있는 단순한 통과점이야. 편하게 땀을 흘리지 않고 끝내야겠지."

실제로 그에겐 기를 쓰고 있는 모습은 전혀 없다. 눈을 감고 있어도 시작부터 끝까지 완전히 기억하고 있는 익숙한 산책로를 걷고 있는 것 같은 태도다.

"넌 아직 동료를 배신했다는 것에 죄악감을 갖고 있는 것 같지만. 잊으렴. 아니 금방 잊을 수 있을 거야. 나 텐쇼인 에이치가 단언할게."

전혀 말투를 바꾸지 않고 호쿠토 군의 마음속까지 아무렇지도 않게 발을 들인다. 그라면 평화로운 분위기로 얼굴빛조차 바꾸는 일 없이 다른 사람의 생명을 빼앗을 것 같다.

"너도 이미 잘 알고 있을 거라 생각하지만. 배신이나 음모 같은 건 연예계에선 일상다반사니까. 일일이 마음에 두고 있으면 몸이 버티지 못할걸?"

호쿠토 군은 혼잣말도 입에 담지 않았음에도 에이치 씨는 당연한 듯 그 마음속을── 끌어안은 고민을 간파하고 있는 것 같았다. 상대하고 있는 인간에게 가장 효과적으로 침투하는 독을 '황제'는 언제라도 콧노래와 함께 흘려 넣고 있다.

"반짝임으로 성공과 영광으로 모든 것을 씻어내렴. 그리고 넌 초일류 아이돌이 되는 거야. 셀 수 없을 정도로 무수히 쌓인 타인의 시체를 짓밟고 튀는 피를 계속 맞아. 이윽고 아무것도 느끼지 못하게 될 거야. 무거운 짐이 된다면 '인간다운 마음' 같은 건 버려버려야 해."

그런 자기 자신을 비관하듯 그는 울음을 터뜨리기 직전의 아기 같은 표정을 지었다.

"널 꼬드겨 『fine』로 빼내기 위해 모든 수단을 동원한 건 나지만. 그런 괴로운 표정을 보이면 역시 나라도 마음이 불편해지는걸."

오히려 매정한 누군가에게 통렬하게 상처 입은 것 같다. 그것을 행한 건 그 자신인데도. 모든 것이 연기였다면 무섭지만 그 말에는 실감과 무거움이 있다.

정체를 알 수 없는 학생회장을 앞에 두고 호쿠토 군은 대답도 못 하고 침묵하고 있다. 섣불리 발언하면 그것을 발판으로 삼아 에이치 씨는 거침없이 진격한다.

상대를 하지 않는 게 가장 좋겠지만── 이미 호쿠토 군은 『fine』와 학생회장의 배 속에 있다. 도망칠 곳은 없다. 소화액으로 흐물흐물해질 때까지 녹게 된다.

"그리고 내가 말하는 것도 그렇지만 네 이적은 갑작스러웠으니……. 아직 널 위한 '유닛' 전용의상이 완성되지 않았어."

호쿠토 군의 얼굴을 열정적으로 바라보며 관찰하고는 에이치 씨는 연락사항을 입에 담는다. 그것을 전하기 위해 말을 건 거겠지——그것치고는 가지고 노는 것 같은 말투였지만.

"결승전이 시작될 즈음엔 완성된 의상이 도착할 거야. 그때 널 처음으로 선보일 거고. 『fine』의 기대의 신인. 히다카 호쿠토 군을."

당연한 것처럼 자신들이 결승전에 오를 것을 전제로 이야기를 진행하고 있다. 그들은 최강의 집단이다. 계속 이기는 것도 당연하긴 하지만——아직 첫 시합도 시작되지 않았다. 승부는 운에 달린 것이기도 한데 어째서 이렇게 자신만만하게 단언할 수 있는 걸까.

"그 순간까진 감상에 빠지는 것도 좋아. 하지만 무대에 서서도 무기력하게 있으면 곤란해. 얼른 마음 정리를 끝내렴."

진정한 책략가는 전쟁이 시작되기 전에 그 결과를 확정한다.

에이치 씨도 온갖 수단을 동원해 앞으로 다가올 일까지 확정한 것일까. 혹은 일류 장기 기사처럼 미래를 어느 정도 추측해 파악하고 있는 걸까.

"난 흥미로 도움이 되지 않는 사람을 데려온 게 아냐. 네 가치와 재능을 최대한으로 살릴 수 있는 것이 나와 『fine』라고 확신했기 때문이야."

그야말로 자신의 장기 말을 보는 것처럼 에이치 씨는 호쿠토 군을 바라보고 있다.

애착은 없다. 승리에 의기양양하는 모습조차 없다.

자신이 시작한 전쟁 속에서 그 말을 어떻게 유효활용 해야 할지 생각하고 있다.

"호쿠토. 그래도 마음이 답답하다면 날 원망하면 돼. 내가 널 속여 악랄한 수단으로 억지로 운명을 비틀었다. 그렇게 해석하면 돼."

어디까지나 다정하고 귓가에 기분 좋게 울리는 달콤한 말을 에이치 씨는 속삭인다. 불쾌감은 없고 다정하게 마음을 애무하는 것 같은 그 목소리를 어떤 인류도 무시할 수 없다.

독이라는 걸 알면서도 만진 것만으로도 피부와 소화기관이 멋대로 받아들이고 만다.

"사랑과 증오는 상반되지만 인간이 가진 가장 강한 감정이니까. 나를 향한 원망을 원동력과 양식으로 삼아 높이 날아올라 준다면 기쁠 거야."

그리고 그는 최적의 타이밍에서 호쿠토 군의 머리를 살짝 쓰다듬기까지 했다. 부모님께 칭찬받고 싶어서 사랑받고 싶어서 살아왔던 그가──가장 원하는 보수를 주고 만다.

"적어도 고개 숙이지 말고, 멈추지 말고 걸어 줬으면 좋겠어."

효율적으로 도망칠 곳을 끊어 버린다.

"진심이야. 손짓한 건 나지만 네가 선택한 길이니까."

그래. 선택한 것은 호쿠토 군이다. 결코 학생회장은 강요하지 않았다.

교묘하게 유도하고 책략을 구사해. 다른 사람을 원하는 대로 움직이게 할 뿐이다.

아주 조금 이야기한 것만으로도 에이치 씨는 그의 마음이라는 이름의 성을 군세로 포위해 보급선을 끊어 원군의 가능성을 짓밟아——통째로 삼키듯 공략해 접수한다.

✦✦✦

"악당의 말에 귀를 기울이지 마라!"

심리전에서 아무리 발버둥 쳐도 탈출할 수 없는 궁지에 빠진 호쿠토 군이었지만——.

그런 그에게 오지 않을 터였던 구세주가 등장한다. 더없을 정도로 완벽한 어린이 취향 특촬 방송의 등장 신 같은 타이밍으로.

에이치 씨가 의외라는 듯 눈을 동그랗게 뜨며 일어서서는 목소리가 들린 방향을 본다. 그 시선을 쫓아 호쿠토 군도 그쪽으로 시선을 향했다. 어안이 벙벙해 역시 이해할 수 없다는 듯.

정말로——괴인에게 습격받던 피해자를 히어로가 구하러 온 것 같다. 있을 수 없다. 픽션이 아니다. 이 현실에선 약한 자부터 차례대로 먹이가 되고, 불행해지고, 한탄하고, 짓밟힌다.

구하러 올 사람은 건 없다. 특촬 방송은 어린이들이 현실의 불합리함을 빨리 깨달아 살아갈 기력을 잃지 않게 하기 위해——어른들이 만든 기만이다.

그럴 텐데.

"그 녀석은 순수한 소년의 꿈을 먹어 자신의 힘으로 삼아 탐하는 몽마다! 속지 마라. 귀가 아닌 마음으로 느껴라! 무엇이 올바른지! 무엇이 정의인지……!"

그들은 존재감을 숨기지도 않고 큰 걸음으로 무대를 향해 다가온다. 압도적 강자인 『fine』가 군림해 싸울 힘을 가진 모든 아이돌들마저 멀리 떼놓아 접근할 수 없었던 위험천만한 전장으로. 오히려 즐거운 듯 자신의 차례를 고대하고 있었던 것처럼.

"모르겠다면 내가 가르쳐 주마……!"

전력으로 달려와선 아까부터 외치고 있던 누군가가 가볍게 도약해 무대에 오른다.

"난 불타는 하트의 모리사와 치아키! 정의의 사도다!"

드높이 이름을 밝히며 마치 변신 히어로 같은 특이하고 묘한 자세를 취하고 있다.

『유성대』의 모리사와 치아키 씨. 【DDD】를 위해 함께 특훈을 해왔기에 우리와도 상당히 친해졌다. 성가실 정도로 허물없는 사람이지만 지금까지 내가 본 적 없을 정도로 강하고 올바르고 선량한 사람이다. 아이들이 꿈꾸는 이상적 인물 그 자체.

아기자기한 동안. 상처투성이인 손끝이나 팔에 훈장처럼 붙여진 반창고와 붕대. 이글이글 타오르는 불꽃처럼 새빨간 『유성대』 전용의상.

치아키 씨는 자랑스러운 듯 자신의 모든 존재를 내보이며 힘차게 호쿠토 군을 향해 손짓했다.

"고뇌하는 젊은이여. 잠자코 날 따라 오거라……!"

"안녕 치아키. '몽마' 라니 말이 심하네. 그리고 여전히 열정적이구나."

에이치 씨가 웬일로 얼굴을 굳히며 아직 상황이 이해되지 않는지 굳어 있는 호쿠토 군을 대신해 대답했다. 그리고 천천히 무대로 다가간다.

그의 흥미는 호쿠토 군에서 이 굉장한 존재감의 열혈한으로 옮겨 간 모양이었다.

"흐응……. 이건 예상 못 했는걸. 우리 첫 상대는 너희니?"

"선제공격이 내 스타일이야. 장황하게 질질 끄는 추잡한 싸움은 좋아하지 않는다!"

전혀 기죽지 않고 치아키 씨는 무서운 '황제'와 맞서 싸운다.

"번쩍 등장! 번쩍 해결! 악·즉·멸살……!"

"'몽마'라느니 '악'이라느니 너무 막 말하는구나. 성가신걸. 넌 정말 논리가 통하지 않으니 거북하단 말이지……?"

자연스럽게 길을 여는 관객들 사이를 유유히 통과해 에이치 씨도 무대에 오른다. 기다렸다는 듯 어째선지 끌어안으려 하던 치아키 씨를 피해── 가까이서 노골적일 정도로 공들여 관찰하고 있다.

이제부터 사투를 벌일 상대를.

붉은 실로 연결된 운명의 연인을 보는 것처럼.

"『유성대』리더, 모리사와 치아키. 아니 '유성 레드'라 불러야 할까?"

『유성대』는 이른바 슈퍼 전대 같은 '유닛'이라 각 대원에겐 각자 상징하는 색이 있다. 활동 중엔 유성 레드나 유성 블랙같은 히어로 이름으로 서로를 부르는 관습이 있는 모양이다.

대장인 치아키 씨는 당연히 붉은색이다. 그의 긍지를 담고 있는 것 같은 그 색을 오히려 야유하듯── 깔보는 것처럼 에이치 씨는 입에 담았다.

다소 페이스가 흐트러졌지만 금방 원래의 여유로운 태도로 돌아와 있다. 그 점은 역시 대단하다── 절대제왕으로서 혈기왕성한 도전자를 방심하지 않고 바라보고 있다.

"하지만 생각이 없는 것도 정도가 있지. 확실히 너희는 유메노사키 학원에서도 손에 꼽을 정도로 강대한 '유닛'이지만 우리에게 이길 수 있을 거라 생각한다면 오산이야. 꿈이 큰걸?"

조금 움직이면 키스해버릴 것 같은 가까운 거리에서 두 사람은 대치하고 있다. 서로 다른 종류의 거대생물이 격돌하기 직전 같다. 괴수 대결전이다.

"이렇게 초반에 지는 건 꼴사납지 않겠어? 정의의 사도 군?"

"후하하! 화려한 희생도 남자의 로망이다☆"

에이치 씨의 도전적인 대사를 치아키 씨는 상쾌하게 웃어 날리고 말았다. 마음이 강한 거겠지── 악의로는 전혀 정의의 사도를 무너트릴 수 없다.

"하지만! 싸우기 전부터 질 거라 생각할 리가 없잖아. 당연히 너희에게 한 방 먹이려고 온 거다!"

일일이 과장스러운 몸짓을 보이는 치아키 씨는 자신의 가슴을 팍 두드리며 외쳤다.

"첫 시합부터 『fine』를 만나 패배할 걸 꺼려해 모두가 승부를 피한다! 그렇게 예상하고 너희를 찾고 있었다만 적중한 모양이

군? 첫 시합부터 패배해 창피를 당하는 건 너희다, 거만한 『fine』여……!"

에이치 씨의 얼굴을 가리키며 어디까지나 정면 승부를 건다. 정정당당하게 선전포고한 것이다. 모두가 무서워해 가까이 가는 것조차 할 수 없었던 절대군주에게.

하지만 『fine』를 찾고 있었다면 상당히 도착이 늦은 것 같은 기분이 든다. 그들은 가장 눈에 띄는 운동장 중앙에 계속 있었는데.

『유성대』는 아무래도 멤버가 잘 모이지 못하는 경향이 있어 우리와 특훈을 하던 때에도 대체로 치아키 씨밖에 없었다(그가 억지로 끌고 오듯 하여 다른 멤버들을 데려오는 일도 있었지만). 이번에도 아마 『fine』보다 자신의 동료를 찾아 데려오는 것에 고생을 한 건 아닐까.

"음~. 그 자신감은 어디서 나오는 걸까. 우물 안 개구리면 개구리답게 우물 바닥에서 개굴개굴 울고 있으면 아직 '귀엽게' 느껴지지만."

가까이서 외친 탓에 침이 튄 걸까── 에이치 씨는 얼굴을 찌푸린다.

"내 앞에 나타나 적대하겠다면 봐 주지 않을 건데?"

"물론이지. 전력으로 와라! 우리도 전력으로 임하겠어. 시작부터 클라이맥스다……! '사실상 결승전'을 시작해 보자고 '황제'와 유쾌한 동료들이여!"

치아키 씨가 그렇게 말하고 팔짱을 끼고는 전력으로 소리 높여 크게 웃었다.

『fine』의 존재에 의해 장엄한 분위기마저 풍기기 시작한 무대를 『유성대』라는 이름의 열풍이 사납게 불어와 어지러이 휘젓는다.

✦✧✦

에이치 씨는 예의 바르지 못한 아이에게 곤란해 하는 부모님처럼 깊이깊이 한숨을 쉬었다.

치아키 씨에 뒤이어 무대에 차례차례 등장하는 색색의 전사들을 바라보며.

"내 동료들은 네 동료들만큼 유쾌하지 않아. 여전히 꼴사나운 코스튬이네 너희들은. 너무 품위가 없어. 개그맨들을 부른 적은 없는데?"

"누가 개그맨이란 거야?!"

"실제로 *코믹 밴드 같기도 하오만…… ♪"

질겁하는 치아키 씨 뒤에서 유성 옐로, 센고쿠 시노부 군이 '불쑥' 얼굴을 비쳤다. 어쩌면 처음부터 그 곳에 있었던 건 아닐까 싶을 정도로 교묘하게 기척을 지우고 있었다. 그는 닌자라는 모양이라서, 즉 은밀 행동에 있어선 전문가다.

광택 있는 노란색의 『유성대』 전용의상. 한쪽 눈을 가린 검은 머리칼에는 의상과 같은 색채의 한 줄기 매쉬가 들어가 있다. 상당히 몸집이 작아 평균적인 체격의 치아키 씨 뒤에 쏙 숨을 수 있다. 에이치 씨가 시선을 향하자 '히이' 하고 비명을 내며 움츠렸다.

---

*코믹 밴드: 음악 연주보다는 재미있는 가사나 안무 등으로 관중을 즐겁게 하는 타입의 밴드.

그런 그를 흐뭇한 듯 바라보며, 곧장 무대로 걸어온 인물이―― 볼을 긁적이며 웃었다.

"통일감이 있는 것 같으면서도 없슴. 대장이 정성껏 만든 의상이니 착용감은 엄청 편함다만."

치아키 씨의 약간 뒤에 서며 하지만 전혀 기죽지 않은―― 유성블랙, 나구모 테토라 군이다. 씩씩한 얼굴에 시노부 군처럼 머리에 매쉬가 들어가고 똑같이 뒷머리에도 가볍게 염색한 것 같은 새빨간 색채가 있다.

『fine』의 순백색 의상과는 정반대인 새까만 『유성대』 전용의상.

등을 곧게 펴고, 승부에는 익숙한지 1학년임에도 당당하게 가슴을 펴고 있다. 그런 테토라 군 뒤에서 그를 덮듯 느릿느릿 나타난 인물이 있다.

유성 그린, 타카미네 미도리 군이다.

눈에 띄게 키가 크지만 등을 굽히고 자신감이 없는 듯 몸을 움츠리고 있어 위압감은 전혀 없다. 행동 면에선 시노부 군과 거의 같은데도 얼굴이 괜히 잘생긴 것도 있어서 왠지 한심해 보이기까지 한다.

나라를 구한 영웅 같은 미형임에도 작은 동물처럼 부들부들 떨고 있었다. 급기야 그는 무대 위에 있음에도 무릎을 끌어안고 그대로 웅크려 앉아 거의 자폐 모드로 들어가 버리고 만다.

상당히 나약하고 우울한 기질을 가진 아이다. 중얼중얼 가냘픈 목소리로 투덜대고 있다.

"그런가……. 난 조금 기장이 맞지 않아서 움직이기 불편한데 그리고 부끄러워 죽고 싶은데……."

"아하하. 미도리 군은 쑥쑥 키가 크고 있으니 말임다! 부럽슴다. 그 체격은 무도가에겐 재산임다~ ♪"

일어나 일어나 하고 테토라 군이 곤란한 동료를 열심히 일으키려 하고 있다. 어딘가 뽐내는 듯 온 세상에 자랑하는 것처럼── 아름다운 그를 내보이려 하고 있다.

"무도가도 아니고……. 하아, 난 왜 이런 우스꽝스러운 집단에 소속된 걸까……. 우울해. 죽고 싶어……."

"근성임다! 노력과 근성으로 수치심을 날려버리는 검다. 미도리 군!"

"부끄러움도 인내하기에 닌자인 것이오~!"

"닌자도 아니거든……."

시노부 군까지 가세해 이상한 소릴 하기 시작하기에 주변 공기가 맹렬한 기세로 가벼워져 간다. 아직 첫 시합조차 시작되지 않았는데 뒤풀이 행사 같은 분위기였다.

단적으로 말해 평화로워진다.

그것이 『유성대』라는 집단의 큰 특색이긴 하겠지.

"착하지, 착하지. 미도리. '물고기' 먹을래요?"

갑자기── 다소 억양이 이상하지만 기묘하게 뇌 속 깊은 곳까지 떨리게 하는 목소리가 울린다.

목소리의 주인은 미도리 군을 필사적으로 일으키려 하는 시노부 군과 테토라 군 바로 옆에 너무도 갑자기 나타났다. 거의 허공에서 배어 나온 것 같았다.

무대 위에 있는 모든 사람과 관객들까지도 그 존재를 알아채지 못했다. 극히 자연스럽게 녹아들어 있었다. 인식되는 걸 통해 처음으로 현실에 존재할 수 있는 요정이나 무언가 같았다.

환상적인 분위기의 맑게 갠 날의 바다 같은 색의 머리칼을 지닌 인물이다. 입고 있는 건 역시 물기를 연상시키는 푸른 『유성대』 전용의상. 미소의 형태로 가늘어진 두 눈 속에서 빛나고 있는 건 남쪽 나라 바다의 색깔. 대해(大海)의 화신 같다. 인간미가 없는 것처럼 느껴진다고도 할 수 있다.

아름답긴 하지만 대화가 성립할 것 같지 않다. 우리와는 전혀 다른 그야말로 바다속에서 갈고 닦여 진화를 거듭한—— 먼 옛날에 인류와는 분기되어 비슷하게 생긴 별개의 종족 같았다.

그는 설렁설렁 부드럽게 독특한 움직임으로 어째서인지 아무렇지 않게 쥐고 있던 생선을 싫어하는 미도리 군의 볼에 갖다 대고 있다. 어떻게 봐도 기행이다. 의상을 입었으니 무대에 흘러든 수상한 사람은 아니겠지만—— 더없이 그런 느낌이었다.

불가사의한 그 인물을 에이치 씨가 다소 경계심이 묻어나는 표정으로 바라본다. 명백히 태세를 갖추며 그 몸에 전의를 두르고 있었다. 치아키 씨에겐 곤란한 눈치였지만, 이상한 행동을 하고 있는 푸른 사람에 대해서는 명확하게—— 위험하다 생각하고 있는 것 같았다.

반사적으로 그런 태도를 드러낸 것을 부끄러워하듯 에이치 씨는 심호흡하고 왕의 여유를 꾸미더니 생긋 웃으며 말을 걸었다.

"······음? 놀라운걸. 네가 정식 무대에 서다니."

"호출을 받았으니까요~ ♪"

독소와 같은 '황제'의 목소리에도 전혀 개의치 않고── 푸른 의상의 괴인은 태연하게 대답했다. 고래의 울음소리 같은 신비로운 주파수의 음파를 자아내고 있다.

"그리고 다섯 명이 모여 『유성대』니까요~?"

"그 말대로다 카나타! 아니 '유성 블루' ······☆"

같은 의상을 입고 있지 않으면 통일감이 눈곱만큼도 없어 보이는 불가사의한 집단 중앙에서── 치아키 씨가 주먹을 불끈 쥐고 있다. 치아키 씨. 시노부 군. 테토라 군. 미도리 군. 그리고 카나타라 불린 인물까지 확실히 이걸로 다섯 명이다.

기쁜 듯 자신에게 팔짱을 끼는 치아키 씨를 보며 카나타 씨는 곤란한 듯 웃었다.

그의 풀네임은 신카이 카나타. 마지막 『유성대』── 그는 유메노사키 학원에서 세 명밖에 없는 초월자. 이른바 '삼기인' 중 한 명인 듯하다. 그 실력은 미지수다. 우리와 함께 특훈하던 기간 중에도 그는 한 번도 모습을 보이지 않았던 것이다.

하지만 치아키 씨의 전폭적인 신뢰에 찬 태도와 에이치 씨의 발언으로 보아── 단순히 이상한 사람은 아니겠지. 느슨하다고 해야 할지 싸울 힘이 전혀 없어 보이는 다정해 보이는 풍모지만.

그처럼 '삼기인'으로 일컬어지는 와타루 씨가 카나타 씨의 등장에 반응해 화려하게 무대로 다가오고 있다. 아까까지 관객들 사이를 넘어 다니며 유쾌한 곡예를 선보이던 이 피에로 같은 인물이―― 말을 잃은 듯한 분위기를 두르고 신나서 어쩔 줄 모르는 모습으로 진군해 온다.

그것을 알아채고 카나타 씨가 온화하게 손을 흔들었다. 와타루 씨도 같은 움직임을 한 후 놀랄 정도의 거리를 도약해 무대로 착지. 에이치 씨 옆에 서서 우아하게 허리를 굽혔다. 예의를 다하고 나서 얼굴을 든다. 괴물 꼬리 같은 와타루 씨의 땋은 머리가 자유분방하게 춤췄다.

그리고 두 '삼기인'이 정면에서 마주한다.

두 행성이 격돌하기 직전 같은 이상한 긴박감.

유메노사키 학원 중앙에서, 역사상 보기 드문 대격전이 시작되려 하고 있었다.

"다들! 쓸데없는 잡담은 그만해라. 먼저 예의에 따라 자기소개부터다!"

긴박감이 높아져 가는 공기 속 치아키 씨가 해맑은 미소로 말했다. 아무렇지 않은 듯 와타루 씨와 카나타 씨 사이에 끼어들듯 서서 관객들을 향해 똑바로 선다.

그렇다. 아이돌들만 분위기가 고조되어도 소용없다. 물론 주역은 그들이지만―― 관객들을 내버려 두어선 안 된다. 사람들을 웃게 만들고 꿈을 주는 아이돌들에겐 꿈을 꾸고 웃어 줄 사람이 필요하다.

그것이 그들의 존재의의다. 그 소중한 것을 잊지 않고 치아키 씨는 갈피를 잡지 못하고 몸을 흔들고 있는 카나타 씨와 억지로 어깨동무를 하고 모두에게 앞을 바라보도록 한다.

색색의 야광봉을 들고 지상에 별바다를 만든 관객들을.

"알겠슴다! 그럼 한 방 가겠슴다~☆"

가장 먼저 호쾌하게 응답한 건 테토라 군이다. 다시금——관객들에게 자기 자신과 앞으로 꿈같은 시간을 공유할 사람들을 내보이며 소개해 나간다.

정정당당하게 예의를 다해 준다. 테토라 군은 이제부터 시작될 대격돌의 전조에 흥분해 근질근질 몸을 떨면서도 나도 특훈 중 몇 번이고 보았던 독특한 움직임을 보인다.

"검은 불꽃은 노력의 상징! 진흙으로 더러워진 불타는 투혼!"

알통을 만들듯 오른팔을 굽혀 가부키처럼 과장된 제스처를 취한다. 왼팔로는 강렬하게 원을 그리며 손날로 자신의 정면에서 옆을 가른다. 모든 악의와 이곳에 소용돌이치는 역겨운 인연을 힘차게 모두 끊어버리는 것 같은 긍정적이고 힘찬 움직임이다.

"유성 블랙! 나구모 테토라……!"

"노란 불꽃은 희망의 상징! 어둠을 비추는 한 줄기 기적!"

그런 테토라 군을 감탄하듯 바라보며 재빨리 그의 반대편——치아키 씨가 선 곳을 중심으로 반대편에 시노부 군이 이동해 있다. 경쾌하고 기분좋게 간격을 두고 상당히 연습을 한듯 한 그도 열심히 큰 목소리로 이름을 밝힌다.

"유성 옐로! 센고쿠 시노부……☆"

한번 웅크렸다가 양손으로 닌자답게 인을 맺고 나서 몸을 확 편다. 몸집이 작은 그는 그런 움직임을 해도 관객들을 두렵게 하지 않고, 작은 아이가 열심히 발돋움하고 있는 것 같아—— 보고 있으면 흐뭇하다.

몸 정면에서 맞대고 있던 양손을 풀고, 한 손을 높이높이 하늘을 향해 뻗고 있다. 그 손끝에는 어느새 수리검이 쥐어져 있었다.

남은 손으로는 역시 무슨 인술을 펼치는 것처럼 기묘한 인을 맺고 있다. 닌자를 좋아하는 그만 알 수 있겠지만 이건 분명 닌자로서 의미가 있는 움직임인 것이다.

그도 테토라 군처럼 모든 마를 퇴치하는 것 같은 반짝임을 전신에서 내뿜고 있다. 관객들로부터 일제히 주목을 받아, 낯을 가리는 편인 시노부 군은 긴 앞머리로 표정을 숨겼다.

거기서 잠시 시간이 비고 만다. 먼저 소개를 마친 테토라 군과 시노부 군이 치아키 씨 뒤에 움츠러들어 있는 미도리 군에게 시선을 향한다. 얼른 얼른! 하고 기대를 담아서.

미도리 군은 상당히 거리끼는 듯 얼굴을 찌푸렸지만, 이럴 때 혼자만 아무것도 하지 않는 것도 반대로 눈에 띄어 부끄럽다고 생각한 건지—— 다른 두 사람에 비해서 작은 목소리로 중얼중얼 말했다.

"초록 불꽃은 자애의 상징……. 그리고 뭐였더라, 치유가 어쩌고저쩌고……?"

애매한 말을 하고 있다. 그는 특훈도 열심히 하지 않고 치아키 씨에게 억지로 끌려와 일단 가끔 참가는 하고 있었지만—— 항상

의욕이 없어 보였다. 소개 문구에 대한 기억도 어렴풋한 건지 혹은 부끄러워 말하고 싶지 않은 건지 말을 흐리고 있다.

하지만 그의 목소리는 선천적인 것이겠지만 굉장히 잘 들리기에 관객들에게도 들리고 만다. 아름다운 그에게 넋을 잃은 관객들의 시선을 싫어하듯 손으로 뿌리치는 것 같은 움직임을 하고서 미도리 군은 왠지 어중간하게 삐걱대며 말했다.

"이름이 '미도리'라서 유성 그린……. 타카미네 미도리……"

"푸른 불꽃은 신비의 상징! 푸른 바다에서 찾아온~ ♪"

오히려 반대로 기억하기 쉬운 것 같은 미도리 군의 소개에 이어 그 옆에 둥실둥실 서 있던 카나타 씨가 의외로 힘차게 외쳤다. 바다 속을 자유로이 헤엄치는 것처럼 양손으로 공기를 뒤섞는 것처럼 움직이고서 보고 있는 사람의 혼을 송두리째 빼앗아갈 것 같은 미려한 눈짓.

윙크를 하며 자랑스럽게 이름을 밝혔다.

"유성 블루! 신카이 카나타……☆"

"그리고! 붉은 불꽃은 정의의 상징! 새빨갛게 불타는 생명의 태양……!"

어딘가 걱정스러운 듯 다른 멤버들의 소개를 지켜보던 치아키 씨가 만족스러운 듯 고개를 끄덕이고는 누구보다도 큰 목소리로 낭랑하게 이름을 밝힌다.

정면을 바라보며 전신에 기합을 담아──긍정적인 에너지를 내뿜고 있었다.

"유성 레드! 모리사와 치아키……!"

누구보다도 익숙한 몸짓으로 변신 포즈 같은 움직임을 하고 매력적인 미소. 같은 간격으로 선 다섯 히어로들——그 중심에서 치아키 씨는 드높이 외쳤다.

"다섯 명이 모여! 우리는『유성대』……!"

어디까지나 오랫동안 이어져 온 정의의 사도인 것 같다. 알기 쉽고 받아들이기 쉬워—— 관객들도 왠지 모르겠지만 즐거운 기운을 느끼고 우레와 같은 박수를 보내고 있다.

이상한 움직임과 발언으로 시선을 끈 것뿐이라고도 할 수 있겠지만. 완전히『fine』의 독무대가 되어 있던 무대에『유성대』가 우리야말로 주역이라는 것 같은 존재감을 내뿜기 시작했다.

눈이 부시고—— 하지만 불쾌하지 않은, 행복 가득히 반짝반짝 빛나는 광채를.

힘찬 환성을 받아 기쁜 듯 손을 흔들고 있는 치아키 씨를 에이치 씨조차 잠시 멍하니 바라보고 있었지만. 곧바로 한숨을 쉬며 정신을 차린다.『유성대』가 밝게 비춘 무대에 그 반짝임에 지워지지 않고 의연하게 군림하고 있다.

압도적인 투지와 존재감을 고집한 채 여유 있게 어깨를 으쓱거렸다.

"너희만큼은 내게도 버겁다고 해야 할지. 솔직히 그다지 관여하고 싶지 않아."

무심코 흘러나왔을 본심 같은 것을 중얼거리고는 자신도 관객들을 향해 몸을 돌렸다. 다섯 명이 평등하게 늘어선 『유성대』와는 다른 진형── 에이치 씨가 안쪽으로 쑥 들어간 위치에 서고 그 옆에 와타루 씨가 함께한다. 전방에는 양 날개에 유즈루 군과 토리 군이 배치된다.

　그들의 입장을 명시하는 것 같은 상하관계가 있는 자리 배치다.

　덤으로 『Trickstar』는 이동 중엔 스바루 군을 선두로 해서 한 줄로, 무대에선 옆으로 나란히 서는 일이 많다. 누가 위고 아래가 아닌 같은 사이즈의 분자가 늘어서는 것 같은 구조.

　자리 배치만으로도 각각의 개성이 나타난다.

　"하지만 어쩔 수 없지. '삼기인' 신카이 카나타까지 나섰다는 건 나도 무대에 오를 수밖에 없단 뜻이겠지."

　내키지 않는다는 듯 투덜대며 에이치 씨는 임전태세가 되어 있다. 이름이 불린 카나타 씨는 어째서인지 에이치 씨를 거의 무시하는 것처럼 둥실둥실 전혀 다른 방향을 보고 있지만. '황제' 앞에서 이런 태도는 불손하긴 하지만 이루 말할 수 없는 박력도 있다.

　에이치 씨는 명확하게 카나타 씨를── 오히려 리더인 치아키 씨보다 훨씬 경계하며 유쾌한 듯 미소 짓고 있다. 서비스로 제공된 *돌체를 보는 것처럼.

　"후하하! 그래 전력으로 와라! 정정당당하게 정면 승부다!"

　조금 어두워 불길함마저 있는 웃음이었지만 치아키 씨는 웃는 얼굴을 좋아하는 걸까── 그런 에이치 씨를 보고 오히려 기쁜 듯

---

*돌체: 달콤한 디저트를 칭하는 용어. 이탈리아어로 '달다'는 뜻이다.

엄지손가락을 척 세웠다.

"학생회장── 넌 확실히 완전무결한 톱 아이돌이지만 약점은 있다! 태어날 때부터 몸이 약해 장시간 라이브는 버틸 수 없지!"

치아키 씨는 언동 때문에 오해받기 일쑤지만 무턱대고 돌진만 하지는 않는다. 제대로 지략도 짠다. 주위를 살피고 전황을 보며 임기응변하게 움직인다. 일개 병졸이 아니다. 그 또한 장군── 전사들을 이끄는 우두머리의 풍격을 갖고 있다.

이번에도 무턱대고 돌진한 게 아니라 제대로 작전이 있었던 모양이다. 그것을 대놓고 말하는 건 어떤가 싶지만 치아키 씨답기는 하다.

"몇 번이고 라이브를 반복하게 되는【DDD】는 네겐 귀문(鬼門)! 그야말로 저승으로 가는 길이라 할 수 있다!"

그것은 실제로 신비한 이야기다. 본래는 『fine』의 것이었을 『SS』 출전권을 상품으로 제공하고 자신에게 불리한 조건으로【DDD】를 개최해── 학생회장은 대체 무슨 생각을 하고 있는 걸까. 그저 왕의 여흥이나 놀이는 아닐 것 같지만.

나는 아직 그를 잘 모르지만 기본적으로 모든 권모술수를 활용해 자신의 목적을 달성하는 책략가라는 인상이다. 금지된 수도 주저하지 않고 사용한다. 수단방법 가리지 않는다.

『Trickstar』도 싸우기 전부터 간단히 갈라놓고 말았다.

어떤 더러운 방법을 사용해서라도 적대하는 자는 짓밟고 거름으로 삼아 자신의 꿈을 꽃피게 한다. 그것이 '황제' 겠지. 그리고 에이치 씨의 이번 수법은 '황제' 답지 않다.

개인적인 생각이 포함되어 있는 걸까. '황제'도 학생회장도 아닌 텐쇼인 에이치라는 한 인간으로서의 의향이—— 고집이.

그렇다면 그건 파고들 틈새가 될 수 있다. 완벽한 '황제'가 보인 작은 허점이다.

"죽을 장소를 직접 선택하다니 깨끗한 마음가짐이군. 그 마음가짐에 따라 얼른 편하게 해 주겠다는 것이다! 후하하하하하☆"

그것을 누구보다도 먼저 알아채고 손을 내민 치아키 씨가 드높이 선언한다.

태양 같은 열의를 담아.

"한계에 다다를 때까지 매달려 체력을 소모시켜 널 전투불능으로 만들어 주마! 그것이 다음을 위한 포석이 될 거다! 미래를 위해 목숨을 내놓은 나와 정의의 사도의 희생을 똑똑히 봐라!"

치아키 씨 나름대로 그런 에이치 씨의 행동에 논리를 세우고 있는 것 같지만. 깊은 이야기는 하지 않고—— 어디까지나 픽션의 영웅처럼 그의 이론과 이야기에 포함시킨다.

에이치 씨도 같은 행동을 하고 있었다. 다른 사람을 자신의 이야기에 불러들여 등장인물로까지 몰락시켜 자신을 주역으로 한 무대의 배경 등에—— 단순한 색채로 만들어 버린다.

이것이 자신의 개성을 3년간 숙성해 온 아이돌 간의 투쟁이다.

전쟁은 이데올로기의 대립에 의해 일어난다.

이야기와 이야기가 격돌해—— 승자가 패자를 자신의 문맥에 끌어들이고 만다.

【DDD】에선 두 '유닛'이 겨루어——이긴 쪽이 2회전, 3회전으로 올라간다. 토너먼트 형식의 스포츠 대회 같은 구조다.

이 대결 방식은 자유도는 있지만 기본적으로 같다. 흔한 일반적인 공식 드림페스와 거의 같은 물건이다.

무대 위에 두 '유닛'이 교대로 서서 각각 퍼포먼스를 한다. 상대 '유닛'의 차례일 땐 다른 한 '유닛'은 대기한다. 상대의 퍼포먼스를 방해하거나 시간을 초과하거나 하면 감점을 받는다.

세세하게 나눠진 제한시간 속에서 최대한의 노래와 춤으로 관객을 즐겁게 한다. '유닛' 멤버 전원이 함께 열심히 임해도 되고 뒤를 생각해 몇 명은 대기시켜 쉬게 해도 된다. 그 부분은 각 '유닛'의 재량에 맡겨진다.

두 '유닛'이 한 번씩 제한시간을 소화하면 그때마다 투표가 이뤄진다. 그것을 다섯 번 반복하면 일단락된다.

보통 공식 드림페스에선 상당히 긴 시간이 주어져 한 번만 퍼포먼스를 한다. 짧은 퍼포먼스를 다섯 번 한다는 건 【DDD】의 특징이다.

아무튼. 일단락되면 집계된 모든 득표수를 겨뤄 더 많은 점수를 얻은 '유닛'이 승리하게 된다.

이것도 규칙으로 정해져 있지만 일단락될 때마다 각 '유닛' 득점에 차이가 없는 경우—— 연장전이 이루어진다.

결판이 날 때까지 계속. 잘못하면 다섯 번은커녕 열 번, 열다섯 번, 스무 번 이상 작은 퍼포먼스를 계속 보여야 한다.

그런 지옥의 연장전을 내가 한다고 생각하는 것만으로도 벅차다. 평범하게 누구도 버틸 수 없다── 몸이 약하다고 하는 에이치 씨라면 더욱이.

【DDD】는 학생회가 주최하고 있다. 규칙도 에이치 씨가 주체가 되어 정했을 텐데……. 자신에게 유리한 조건으로 싸우면 될 텐데 에이치 씨는 굳이 가혹한 길을 선택했다.

실제로 치아키 씨는 그런 규칙을 효과적으로 활용해 『fine』를 몰아붙일 심산인 것 같다. 에이치 씨는 조금 의외라는 듯하면서도 기쁜 듯 손뼉을 치며 소리를 낸다.

"그래? 조금 놀랐어. 너도 일단 머리는 쓰고 있었구나……♪"

대놓고 바보 취급한 것 같은 표현이지만, 그 말에는 순수한 칭찬이 내포되어 있다.

"하지만 그 작전엔 치명적인 결함이 있어. 확실히 날 계속 소모시키면 언젠가 한계를 맞겠지. 슬프지만 약하게 태어난 내 숙명이야."

물론 에이치 씨도 체력이 없는 자신에게 【DDD】가 어떤 수라장이 될지 충분히 상상할 수 있을 거다. 예상한 전개겠지만 아무 생각도 없을 것 같은 『유성대』가 그 전개에 제일 먼저 참가했다는 것이── 진심으로 의외였던 모양이다.

"전선에서 이탈하는 일도 있을지 몰라. 하지만 그래도 내 『fine』는 견고해. 대체 어느 '유닛'이 우릴 쓰러트릴 수 있다는 걸까?"

호기심밖에 없는 태도로, 부모님께 과자를 조르는 아이 같은 말투로 말한다.

"가능성이 있다고 한다면 너희지만. 첫 시합에서 사라져버리면 다른 델 기대할 수밖에 없어. 그렇다면 어딜까. 『UNDEAD(언데드)』?『Knights(나이츠)』일까?"

무대 아래 대기 중인 호쿠토 군을 순간 곁눈질로 보고서——.

"설마 『Trickstar』라고 하진 않겠지?"

그야말로 비웃으며 에이치 씨는 밉살스럽게 말했다.

"내가 말하는 것도 그렇지만 그들은 이미 무너진 상태야. 틀림없이 첫 시합에서 패배하겠지. 그들에게 기대하고 있는 거라면 심심한 위로를 전할 수밖에 없겠는걸?"

"글쎄 어떨까? 오만한 '황제' 여. 넌 그 녀석들을 너무 얕봤다."

치아키 씨는 의젓하게 웃었다.

평소의 그다운—— 어떤 어둠이라도 날려버릴 것 같은 힘찬 미소. 호감을 주는 맨발로 들판을 달리는 소년 같은 그것을 보면 누구라도 따라 웃어 버린다.

"그리고 앞일을 생각할 여유가 있는 건가? 우리는 이길 생각으로 할 거다. 멍하니 있다간 큰코다칠 텐데."

하지만.

그 눈동자는 표정만큼은 웃고 있지 않다.

"……귀여운 후배가 신세를 졌다. 그 빚은 갚아 주지."

"흐응. 그런 동기였구나. 이건 조금 몰랐는걸?"

작열하기 직전의 핵폭탄 같은 방대한 열량을 숨긴 치아키 씨의 분노를 감지하고── 에이치 씨는 몸을 떨었다. 공포는 아니다. 오히려 환희가 흘러넘친다.

이상한 반응이었다.

느긋하게 산책하고 있었더니 지폐로 가득한 가방을 발견한 듯한. 아니, 대재벌의 자제라는 그는 그런 걸로는 기뻐하지 않겠지. 어디까지나 '황제'의 심리는 복잡기괴해 이해할 수 없고 영문을 알 수 없다. 광기마저 느껴지는 것 같다.

치아키 씨가 발하는 열을 가득 빨아들이듯── 에이치 씨는 심호흡하고 있다. 그런 그를 『유성대』의 카나타 씨를 제외한 아이들은 기분 나쁘다는 듯 『fine』조차 와타루 씨 외에는 두려운 듯 바라보고 있었다.

'황제'와 '삼기인'. 정점에 앉은 초월자만이 해독할 수 있는 기묘한 심리상태. 그것을 숨기지도 않고 에이치 씨는 어디까지나 유쾌한 듯 웃고 있다.

"그래. 지식으로서는 알고는 있어. 인간은 때때로 비합리적인 행동을 하지. 절대로 이길 수 없는 상대에게도 도전하고 말아."

에이치 씨는 연인에게만 허락되는 거리까지 치아키 씨에게 얼굴을 가져가서는 볼을 비비는 것 같은 움직임을 했다. 평범하게 기분이 나빴는지 치아키 씨가 다소 물러섰다.

스킨십이 과다한 치아키 씨마저 싫어할 만큼 독이 뚝뚝 떨어지는 칼 같은 분위기를 몸에 두르며── 에이치 씨는 치아키 씨가 피한 것이 슬펐는지 아쉬운 듯 고개를 저었다.

"하지만. 그런 어리석은 자를 짓밟는 걸로 지금 나는 이 지위에 서 있어. 내게 도전한 걸 후회하게 해 줄게. 정의의 사도를 가장한 어리석은 자들⋯⋯ ♪"

거기서 자제해 에이치 씨는 원래대로의── 유아독존 '황제'의 분위기를 되찾는다. 우아하게 대담하게 자신의 아성을 공격해 온 죽음을 두려워하지 않는 자들을 바라본다.

"난 승리하기 위해서라면 수단을 가리지 않아. 약하게 태어난 난 비열한 수단을 써서라도 계속 이기는 것밖엔 방법이 없었어. 방심하지는 않아. 철저하게 너희를 파멸시켜 주지."

역시 요리가 담긴 접시를 바라보는 것 같은 비인간적인 포식자의 눈동자.

괴물 같은 학생회장은 어디까지나 상냥하게 미소 짓고 있다.

"내가 만든 제국을 그리 쉽게 뒤집을 수 있다고 생각하지 않는 게 좋아."

"좋다! 악의 우두머리다워 아주 좋다! 우오오 불타오르기 시작했어~!"

들러붙는 것 같은 편집적인 그 시선과 기묘한 압력을 날려버리는 듯 치아키 씨가 엄청 힘차게 떠들었다. 멋지게 변신 포즈를 취하며 전신에 활력이 깃들게 한다.

히어로 놀이를 즐기는 어린애처럼 두근두근 설레는 표정이다. 허세로 괜찮은 척하는 걸지도 모르겠지만, 그 모습은 동료들에게 용기를 준다.

"내 하트가 새빨갛게 타오른다! 최고로 흥분된다……☆"

"피곤해. 솔직히 날 소모시킬 작정이라면, 너희는 정말 딱 알맞은 존재야……."

독이 전혀 스며들지 않는, 아니 어떤 맹독이라도 그 열기로 증발시켜 무력화하는 정의의 사도를 보고── 천하의 '황제'도 난처한 모양이다.

이윽고 포기한 듯 입을 닫고는 다시금 전의를 채운다.

등장인물은 모였고 무기는 준비되어 『유성대』도 전장에서 철수하는 일 없이 득의양양하게 자리 잡고 있다. 말싸움으로 교섭으로 끝낼 여지는 없어진 것이다. 『fine』는 학생회장은 본의가 아닐지도 모르겠지만── 이미 정면충돌은 피할 수 없다.

이제는 서로 생명이 다할 때까지 피투성이가 되어 싸울 수밖에.

유메노사키 학원 중앙에서, 『fine』와 『유성대』의 대결이 시작된다.

🎤 *Reunion* 🌙✨

"으음? 이것 참 기괴하구려……!"

순회를 계속하던 학생회 및 『홍월』 멤버들──거의 영주의 행렬 같은 그 집단 선두에서 쭉쭉 나아가고 있던 소마 군이 얼빠진 소리를 낸다.

놀란 건지 '뿅' 뛰어올랐기에 소마 군의 긴 묶음 머리가 코미컬하게 뛰어올랐다. 차가운 미모지만 의외로 그는 감정이 그대로 나오는 경향이 있다.

"무슨 일이란 말이오. 이 인파는? 이 부근은 유메노사키 학원에서도 가장 구석에 있는 '인적이 드문 곳' 이었을 터!"

그 말대로 평소엔 지나가는 사람조차 거의 보이지 않는 어둑한 건물 뒤인데── 폭동이라도 일어난 것처럼 혼잡하다. 사람 수가 많은 탓인지 학생회 사람들은 인파에 막혀 오도 가도 못하고 있었다.

무대에선 이미 라이브가 시작된 것 같지만 모두 흥이 올라 뛰어오르거나 하고 있기에 시야가 좋지 못하다. 소마 군도 결코 키가 작은 건 아니겠지만 상황 확인이 잘되지 않아──고개를 갸웃거릴 뿐이다.

"다른 야외 무대라 해도 손색없을, 아니 그 이상의 번화함이오! 그만큼 이 무대에서 공연을 하고 있는 자들이 우수하단 것이오? 다른 이유라도 있는 것이오……?"

이미【DDD】첫 시합의 막은 올라 아까와는 비교가 되지 않을 정도로 큰 소리가 이곳저곳에서 울려 퍼지고 있다. 소리는 공기의 진동이다── 거의 물리적인 위력까지 있다. 폭동이 일어나고 있다.

애초에 바다가 가까운 유메노사키 학원에는 항상 바닷바람이 불고 있다. 모처럼의 아름다운 머리칼을 바람에 흩뜨려 엉망이 되면서 소마 군은 멍하니 주위를 바라보고 있다.

하지만 그는 오랫동안 유메노사키 학원의 정점에 군림하던 『홍월』이 자랑하는 무투파. 기대의 별이다── 이상사태를 앞에 두고 겁 없이 오히려 기쁜 듯 이를 보이며 웃었다.

"혹은 전쟁이 벌어지고 있는 것이오? 주먹이 울고 있소. 피가 끓어오르는구려~!"

실제로 이유 없이 인파에 뛰어들어 한바탕 날뛸 것 같은 소마 군을── 다소 뒤에 있던 쿠로 씨와 케이토 씨가 놀라면서도 익숙한 움직임으로 제지했다.

"진정해라 칸자키. 개도 아니고 인파에 흥분하지 마. 그리고 칼을 뽑지 마라."

"음. 질서를 지키는 입장인 우리가 냉정함을 잃고 패닉을 일으켜서는 본말전도다. 깊이 반성하도록 칸자키."

"'따블'로 질책이오?! 아니 그래도 이건 이상사태요!"

다소 발음이 이상한 젊은 사람들의 말을 입에 담으며 소마 군이 '시무룩' 풀이 죽는다. 그런 그를 오히려 칭찬하듯 보면서 케이토 씨가 생각에 잠긴 얼굴이 됐다.

　"그건 동감이다만. 흠……. 이래선 모처럼 눈감아 주고 보낸 이사라가 무대에 도착할 수 있을지 걱정이군. 아니 혹은 이사라 때문에 이런 상황이?"

　"글쎄. 이 위치에선 사람들 때문에 무대 위는 보이지 않으니 확실히 알 수 없지만……. 그나저나 무척 상냥한걸, 부회장?"

　쿠로 씨가 우리에겐 결코 보이지 않는 조금 짓궂은 어린애처럼 히죽 웃으며—— 케이토 씨를 쿡 찔렀다. 폭력은 아닌 장난치는 느낌이다.

　평소처럼 '하스미 나리'가 아닌 일부러 직책으로 부르고 있는 것도 고지식한 그를 놀리려는 의도가 있는 것 같은 기분이 든다. 『홍월』의 양대 거두는 입장도 보이는 인상도 정반대인데 어딘가 의외로 친해 보인다.

　"모처럼 수중에 끌어들인 전력을 그냥 놔주고 말이지?"

　"두 번 다시 날 '상냥하다'고 하지 마라. 키류. 합리적으로 판단한 것뿐이다."

　가벼운 농담을 하고 있다는 걸 알아챈 건지 케이토 씨가 신경질적으로 눈썹을 찌푸렸다.

　"『홍월』은 소수 정예. 마음이 차분하지 못한 자가 섞여선 전체가 흐트러져. 그 외에도 수많은 이유가 있다. 설명이 필요하다면 흔쾌히 자세하게 말해줄 수 있다만?"

안경 테두리에 손을 올리고 정말로 몇 시간이라도 계속 이야기 할 것 같은 기운을 내뿜는 케이토 씨를—— 쿠로 씨는 껌이라도 밟은 것 같은 얼굴로 싫은 듯 바라보고 있었다.

"아아, 지겨워. 넌 이야기가 너무 길어. '왠지 그런 기분'이었다고 하면 되잖아……. 네가 '그러고 싶다'고 생각했으니 그걸로 됐잖아."

"흥……. 그럴 거면 처음부터 묻지 마. 『Trickstar^{트 릭 스 타}』는 온전한 상태로 남아 있어야 해. 도망가는 건 용서치 않을 거다."

인파에 튕겨 나가 발을 동동 구를 수밖에 없어 그들은 이야기를 나누며 멀리서 보고 있을 수밖에 없다. 화면을 조작하고, 정보를 수집하고, 몸집이 작고 재빠른 학생회 임원을 무대 가까이로 파견해—— 이야기 중에도 손을 쓰고 있지만.

그들에겐 완전히 이해할 수 없는 사태겠지. 이렇게는 관객이 모이지 않을 가장 변방에 있는 무대이기에—— 순회 시찰을 뒤로 미룬 것일 테고. 사태를 정확하게 파악하지 못하고 지금에 와 이런 상태를 보고 그저 혼란해 하고 있다.

그런 케이토 씨 옆에 마오 군은 없다. 중요한 이야기를 하고 곧장 헤어졌다고—— 이건 내가 나중에 마오 군 본인에게 들었다.

제 손으로 놓았는데 어딘가 쓸쓸한 듯 케이토 씨는 투덜거렸다.

"언젠가 전원이 모여 최고의 퍼포먼스를 발휘할 『Trickstar』를 우리 『홍월』이 정면에서 쓰러트린다. 그 전에 시시한 이유로 사라져선 곤란하다. 그것뿐이다."

"하핫♪ 좋군. 너도 사나이인데?"

"역시 하스미 공! 무사도가 뭔지 잘 아시는구려……☆"

어딘가 애수마저 풍기고 있는 케이토 씨를 쿠로 씨가 시원시원한 성격의 어머니처럼 호쾌하게 쓰다듬으며 그리고 어째서인지 소마 군도 강아지처럼 달려들었다.

이 두 사람은 초인 같은 신체능력을 갖고 있기에 스킨십에 휩쓸리면 상당히 비참해진다. 케이토 씨가 압착기에 끼인 아기 새처럼 비명을 냈다.

단란한 가족 같은 분위기다. 이곳저곳에서 격전이 펼쳐지는 분쟁지대 같은 유메노사키 학원에서, 전열에 참가하지 않은 그들의 분위기는 평화로움 그 자체다.

하지만 마음을 놓을 순 없다고 생각한 건지 케이토 씨가 늠름하게 앞을 바라본다.

"아무튼 이런 좁은 공간에 관객들이 너무 모였어. 누군가가 살짝 넘어지기만 해도 수습하지 못할 만큼 큰 소란이 날 거다. 주의해서 경비하도록 하자."

케이토 씨는 혼돈한 상황 속에서 단단히 자신을――그리고 자신이 할 일을 지키고 있다. 척척 지시를 내려 모든 사태에 대비한다.

그는 언제라도 노력을 다한 후 하늘의 뜻을 기다린다.

"유비무환이다. 그 부분은 에이치와는 생각하는 방식이 맞지 않지만."

자신이 입에 담은 이름에 이끌려 바빠 미뤄두던 생각들이 넘쳐흐른다. 이 소란을 일으킨 장본인의 동기와 목적을 추리한다.

(어째서 에이치는 모처럼 얻은 『SS』 대표 자리를 던져버리듯 【DDD】를 개최한 거지? 뭘 꾸미고 있는 거지? 무슨 의미가 있다는 거지?)

나조차도 마음에 걸렸던 것을 케이토 씨가 알아채지 못할 리가 없다. 에이치 씨의 너무도 의심스럽고 이해할 수 없는 행동에 대해——사색에 잠겨 있다.

(쓸데없이 혼란을 일으켜 헛소동을 일으킨다. 그래선 정말 '폭군'이라고.)

케이토 씨와 에이치 씨는 소꿉친구 사이라고 한다. 오랫동안 함께한 사이겠지만, 그렇다고 동일 인물은 아니니—— 생각을 완전히는 이해할 수 없다.

자신이 뭘 생각하고 있는지조차 대부분의 사람은 파악할 수 없다. 다른 사람의 생각이라니 더 먼 세상의 의미 불명한 언어로 적힌 이야기 같은 것이다.

(어쩌면 녀석은……. 아니, 지금은 생각하지 말자.)

문득 무언가를 눈치챈 건지 케이토 씨가 무상한 표정이 됐지만——.

(눈앞의 일을 묵묵히 수행할 뿐. 난 에이치의 오른팔이다. 오른팔은 생각하지 않아. 설령 이 【DDD】가 어떤 결과로 끝나더라도.)

언제나의 맹세나 저주 같은 그 대사를 마음속에서 되뇌며 케이토 씨는 자신의 직무를 다한다. 전지로 향한 소중한 사람이 돌아오길 애타게 기다리는 미망인처럼.

안타깝다는 표정으로 쓴웃음을 지으며 무겁게 한숨을 쉴 뿐.

(그것도 분명 네가 생각한 범위 안이겠지……에이치?)

"서둘러 서둘러. 웃키~! 벌써 퍼포먼스가 시작됐어!"

"자, 잠깐 기다려! 예비 안경은 도수가 맞질 않아서…… 으아앗! 잡아당기지 마, 아케호시 군! 넘어져. 넘어지겠어!!"

거의 울상이 된 마코토 군의 손을 잡아끌고 그때── 스바루 군은 드디어 화제의 중심인 야외 무대에 도착한 참이었다. 여기까지 전속력으로 달려왔음은 물론 마코토 군을 찾아 교내를 거의 날뛰듯 움직이고 있었는데도 전혀 지친 기색은 보이지 않는다.

때때로 괴물 같은 남자애는 야외 무대를 중심으로 퍼져있는 패닉영화 같은 광경을 보고── 역시 멍하니 있었다.

그가 갑자기 멈췄기에 열심히 따라오던 마코토 군이 뒤에서 부딪혀 튕겨나가 엉덩방아를 찧었다. 미안하다고 가볍게 사과하고 스바루 군이 그를 일으켜 준다.

소중한 듯, 다시는 놓지 않겠다는 듯 마코토 군의 손을 잡는다. 마코토 군도 솔직하게 고맙다고 말하고 행복한 듯 동료의 체온을 느끼고 있었다.

참고로 마코토 군은 『Trickstar』 전용의상으로 갈아입은 상태다.

『Trickstar』에겐 전용 의상실도 없고 내가 집에서 보관하는 것도 걱정이 되어── 교내 렌탈 창고에 맡겨두었다. 분실했다면 끝이었겠지만 제대로 회수해 온 거겠지.

최악의 경우 학원 공통 아이돌 의상도 있으니 이번에는 그걸 입고 퍼포먼스를── 하는 대응도 가능했겠지만.

아무튼 정말 서둘러 갈아입혔는지 마코토 군의 의상은 흐트러져 있다. 하지만 다시 이 의상을 입게 되어 기쁜지 가슴에 빛나는 별 모양을 소중한 듯 쓰다듬고 있었다.

한편── 스바루 군은 그답지 않게 다소 어두운 표정으로 눈을 깜빡이고 있다.

(음~? 어떻게든 첫 시합이 끝나기 전엔 돌아온…… 걸까?)

그는 자기 생각을 말로 해 주지 않을 뿐, 아무것도 생각하지 않는 바보가 아니다── 독특한 후각으로 위화감을 캐치하고 있다.

이건 본래 있을 수 없는 사태다.

(하지만 이상한걸. 첫 시합이 시작되고 이미 20분이나 30분 정도 지났을 거야. 규칙대로라면 우리 『Trickstar』는 사람 수가 모자라 부전패가 됐을 텐데?)

그래도 포기하지 않고 스바루 군은 열심히 달려 이 자리에 도착한 것 같지만── 체내시계도 정확한 것 같은 그는 사태의 위험함을 극명하게 이해하고 있을 거다.

시간은 누구에게나 평등하게 주어져 있다. 상냥하고 잔혹하게도. 체감시간의 차이는 있지만── 결코 바꿀 수 없는 이 세상의 기본 법칙이다. 그리고 스바루 군은 누구나 받는 카드를 잘못 사용해 패배했을 터였다.

부전승을 노린 『Knights』의 리츠 군의 책략에 빠져 소중한 동료를 구하러 가서 모든 시간을 낭비해── 전부 끝이 나 있었다.

한마디로 타임 오버다.

전투가 시작될 시각에 그는 돌아오지 못한 것이다. 어떤 신데렐라의 마법으로도 시간의 흐름은 뒤집을 수 없다. 꿈은 깨지고 희망을 잃어 미래는 닫혀 있을 터였다.

(혼자서는 '유닛'으로 인정받지 못해. 남장에 복면까지 하고 무대에 올라 준 전학생과 그리고 최소한 한 명…… 누가 있어야 하잖아?)

어떻게든 숨을 고른 마코토 군과 손을 잡은 채 스바루 군은 이해할 수 없는 현재 상황에 해답을 찾아내기 위해—— 곧바로 무대로 향한다.

기대와 불안을 눈동자에 담고 길 잃은 강아지처럼.

(학생회장에게 철저히 짓밟히려는 『Trickstar』를 누가 돕는단 거야? 그런 별난 사람이 어디에?)

어째서인지 관객들이 길을 비켜주어 두 사람은 그다지 고생하지 않고 무대 아래까지 도착한다. 단번에 시야가 열려 그 중앙에 씩씩하게 미소 짓고 있는 인물과 눈이 마주친다.

"늦었잖아. 다들."

감동이고 뭐고 없이 길에서 우연히 만났으니 인사했다—— 같은 말투. 평소처럼 듣기만 해도 안심하는 다정하고 온화한 목소리.

무대 위에서 가볍게 윙크하는 건 이사라 마오 군이다.

케이토 씨가 떠나게 했다는 그는 『Trickstar』가 첫 시합을 할 야외 무대에 무사히 도착해—— 분투해 주고 있었던 것이다. 그래도 지치긴 했는지, 원래 그런 포즈인지. 목에 손을 대고 '어깨 뭉

쳤어!' 같은 몸짓을 취하고 있다.

"나 참 아무리 내가 재주가 좋다고 해도 말이야~. 거의 초심자인 전학생을 파트너로 유력 '유닛'인 『Knights』와 싸우는 건 너무 무리한 요구잖아?"

그런 그도 당연한 듯 『Trickstar』 전용의상을 입고 있다. 그는 학생회 임원도 물론 『홍월』도 아닌── 『Trickstar』로서 무대에 서 있는 것이다.

노래나 댄스 틈틈이 교묘하게 스바루 군과 마코토 군에게 말을 걸고 있다.

"시간을 버는 게 고작이야. 이런 중노동은 다시 하고 싶지 않거든! 너희도 양심이 있으면 놀지 말고 불쌍한 날 도와주지그래~?"

"사리~?!"

"이, 이사라 군! 어째서?"

스바루 군과 마코토 군이 흐뭇할 정도로 비슷하게 놀란 표정을 짓고 있다. 입과 눈을 동그랗게 뜨고 있어 '경악'이라고 제목을 붙여 액자에 넣어 장식하고 싶을 정도다.

본래는 당장에라도 무대에 올라 마오 군과 합류해 싸워야 한다. 하지만 너무 놀라 그럴 생각도 잠시 잊었는지── 두 사람은 우두커니 서 있었다.

마오 군은 "뭐야." 하고 조금 불만스러운 듯 중얼거리고 입술을 삐죽였다.

"귀신 본 얼굴을 하지 마. 내가 여기 있는 게 신기해?"

삐친 듯 말하지만, 그답게 아침 햇살처럼 포근한 웃음.

"뭐랄까……. 나도 결국 『Trickstar』였다는 거지 ♪"

아무 설명도 되지 않지만 실제로──그것만으로도 충분하다.

마오 군이 돌아왔다.

『Trickstar』의 희망의 별. 이사라 마오 군이.

"아무렴 어때. 설명할 여유는 없어. 『Knights』를 상대하는 건 진짜 힘들다니까! 저쪽도 결원이 있지만 모두 굉장한 실력자란 말이야!"

초조해하는 마오 군을 보고 서둘러 스바루 군이 방해가 되지 않는 위치를 골라 무대로 기어오른다. 자연스레 허둥대는 마코토 군의 손을 잡아 같이 데려와 주었다. 순식간에 『Trickstar』가 세 명 모였다.

그들이 나란히 서 있는 걸 보기만 해도 나는 감동해 쓰러져 울 것 같았다. 나도 한창 퍼포먼스 중이기에── 정말 그럴 여유는 없지만.

최고의 기분이다.

마오 군 뒤에서 백댄서에 주력하고 있는 나를 보고 스바루 군이 주먹을 불끈 쥔다. 나는 무대 위에서 전선을 지켰고, 스바루 군은 포로로 잡혀 있던 마코토 군을 구했다. 모든 것이 순조롭게 진행되고 있다고는 할 수 없다. 마오 군의 존재도 크다── 그래도 우리는 절망적인 고난을 무사히 넘은 것이다.

아니, 어둠을 떨쳐내고 미래로 전진할 가능성을 얻었다.

싸움은 계속되고 있다. 태평하게 재회를 기뻐할 여유는 없다.

한껏 달려서 몸이 달아오른 것이리라. 스바루 군은 갑자기 마오 군의 퍼포먼스에 합류해—— 빼어난 움직임을 선보인다. 마오 군과 하이파이브를 하고 망막이 하얗게 눌어붙을 것 같을 정도로 눈부신 광채를 내뿜고 있었다.

"아하하. 사리~에게 달려들어서 얼굴을 할짝할짝 하고 싶은 기분이지만 그런 건 끝나고 하자! 아니! 이기고 난 후에☆"

"그래그래. 이기지 않으면 아무것도 시작되지 않아. 바로 실전이지만, 이번은 요전번 『S1』과 같은 곡목으로 구성했거든?"

아주 가까운 거리에서 재빠르게 정보를 교환. 갑자기 들어와 상황에 맞춰 나가는 스바루 군도 대단하지만, 그를 쉽사리 받아들여 받쳐 주는 마오 군도 대단하다.

훌륭한 아이돌이다. 『Trickstar』는.

"덤으로 순서를 바꿔서 호쿠토 담당 곡은 내가 해뒀어. 전학생은 목소리를 내면 들켜버리니까. 왜 전학생이 무대에 서 있는 진 모르겠지만 그걸로 OK지?"

그렇다. 도중에 참가한 마오 군도 거의 갑작스레 들어와 퍼포먼스를 하고 있다. 바로 실전이다. 어째서 내가 무대 위에 있냐는 등 설명하고 있을 시간조차 없었던 것이다. 그렇지만 완벽하게—— 솜씨 좋게 상황에 맞춰 대응해 주었다.

알기 쉬운 대단함은 없지만 다른 누구도 모방할 수 없는 천재성을 드러낸다. 마오 군이기에 가능했다—— 그가 동료여서, 돌아와 줘서 정말 다행이다.

"다음부터는 너희 솔로 곡이야. 나도 조금은 쉬자~ ♪"

끊기 딱 좋은 부분까지 노래를 마치고 마오 군은 관객들에게 손을 흔들어 애교를 흩뿌리고 있다. 단시간에 완전히 그의 팬이 되어버린 건지 호응하는 목소리는 컸다.

기쁜 듯 호응을 받으며 마오 군은 행복한 듯 웃었다. 학생회 일도 실수 없이 하고 있었겠지만 역시 그는 아이돌이다. 무대 위에 서만 얻을 수 있는 것도 확실히 있다. 그것을 잊지 않고 그는 제대로 되찾아 끌어안은 것이다.

축하해. 마오 군.

어서 와.

【DDD】 규칙에 따라 이어서 『Knights』가 퍼포먼스를 시작한다. 두 '유닛'이 각각 주어진 시간을 최대한 활용해 관객을 매료시킨다.

이미 세 번씩 제한시간을 사용한 상태다. 다섯 번이 끝나면 일단락이 나기에 이미 후반전으로 돌입한 셈이다.

【DDD】에서 주어지는 시간은 상당히 짧아 한 곡 분량밖에 없다. 그 뒤도 결승전까지 몇 번이고 대전해야 한다. 한 대결에 몇 시간이나 쓰면 결승전 때 아침이 되기에—— 뭐, 마땅한 시간 분배라고는 생각하지만.

너무나 전개가 빨라 정말 스바루 군이 돌아오기 전에 전부 끝나는 게 아닐까—— 하고 불안해 어쩔 수가 없었다. 결과적으로 괜한 걱정이었지만.

아무튼 마오 군이 말했던 대로 『Trickstar』는 『S1』과 거의 같은 곡목으로 퍼포먼스를 선보이고 있었다. 『Trickstar』는 오늘까지 뿔뿔이 흩어져 있었기에 물론 다 함께 연습하지도 못했고 【DDD】를 위해 신곡을 준비해 철저히 특훈——한다는 건 불가능했으니까. 가지고 있는 걸로 승부할 수밖에 없었다.

그래도 본래는 스바루 군밖에 전력이 없었기에(나는 머릿수 맞추기 요원이다.) 그의 특기인 힙합 댄스 등 개인적으로 습득했던 퍼포먼스를 5연속으로 하고 나는 그 백업을 맡는다——는 작전을 세우고 있었다.

하지만 스바루 군이 마코토 군을 구출하기 위해 자리를 비우자마자 마오 군이 돌아와 주었기에 작전을 변경했다. 혁명을 위해 죽을 각오로 익혔던 『S1』용 퍼포먼스를 하기로 한 것이다.

스바루 군을 위해 마련한 공연 구성을 마오 군에게 시키는 건 좀 그렇지 않나 싶었고. 마오 군이라면 잘할 것 같지만, '할 수 있다'고 해서 '이길 수 있다'고 단정할 순 없다. 도중에 스바루 군이 돌아올 것을 기대하며 도박을 걸었다.

승리하기 위해 모든 칩을 판에 걸었다.

『S1』 때는 처음에 모두 함께, 이어서 솔로 곡을 순서대로, 마지막에 다시 다 함께—— 이런 흐름으로 퍼포먼스를 했었다. 그걸 기준으로 삼았는데, 돌이켜 보면 『Trickstar』라기보다는 마오 군이 혼자 계속 열심히 해 준 느낌이다.

　모두 함께 노래해야 하는 첫 곡을 혼자서, 솔로 곡 순서를 바꿔 먼저 마오 군이 담당하는 곡을, 이어서 가장 돌아올 가능성이 낮은 호쿠토 군의 곡——모두 마오 군이 직접 부르고 춤추며 필사적으로 소화해 주었다.

　『Trickstar』는 『S1』에서 위업을 달성했지만 '유닛' 단위 활동은 거의 하고 있지 않다. 『S1』을 대성공으로 마친 후 학생회장에 의해 찢겨나가 뿔뿔이 흩어지고 만 것이다.

　그래서 관객들도 기본적으로는 『Trickstar』의 퍼포먼스를 거의 모른다. 마오 군이 능숙하게 모두가 불러야 할 곡을 개인용으로 어레인지 하거나 해서, 처음부터 정해진 대로의 순서로 진행하고 있다고 착각할 정도로 완벽하게 해내 주었다.

　인원수가 모자라다는 부자연스러움을 보충하고도 남는 그의 독무대였다.

　『Knights』도 우리를 배려한 건 아니었겠지만……. 매번 한 명씩만 나와 퍼포먼스를 보여주었다. 전력으로선 비슷하다고도 할 수 있었다.

　아무래도 『Knights』는 개인 기량에 특화된 집단인 듯 한 명씩 무대에 오르는 건 평소와 똑같은 것 같다. 우릴 얕보거나 동정한 게 아니라, 그들은 그들답게 행동하고 있었던 것뿐이겠지.

　역시 우리 인원이 늘어난 만큼 이제부터는 전원이 총공격에 나서는 것 같지만. 네 번째 시간을 세 기사가 화려하게 사용한다.

　조금 물러나 그것을 관전하며 스바루 군이 고개를 떨궜다.

"아아 그렇구나. 역시 홋케~는 돌아오지 않았구나──."

다른 모두가 모여서 호쿠토 군의 부재가 도드라지는 것 같아 마음을 후빈다. 그는 『Trickstar』를 난도질한 장본인, 학생회장의 수중에 있다. 간단히 빠져나올 수는 없겠지만── 슬펐다.

하지만 이런저런 생각에 괴로워할 여유조차 없다. 아직 우리는 전장에 있다.

방심하면 즉사한다.

"하지만 웃키~가 있어. 사리~가 있어! 전학생도 있어. 우리 『Trickstar』는 다시 반짝임을 되찾아가고 있어☆"

『Knights』의 퍼포먼스를 방해하고 있다고 의심받을 만할 정도로 기운찬 큰 목소리로── 스바루 군이 참을 수 없다는 듯 기쁨을 외쳤다.

"엄청 기뻐! 열심히 할 거야~. 최고의 라이브를 보여주겠어☆"

"나, 난 감금된 상태였어서 어질어질 하지만……. 쉬는 건 뒤로 미뤄야겠지. 아아, 정말 돌아온 걸 후회할 것 같아♪"

괜히 스바루 군에게 끌어안긴 마코토 군이 조금 불평스러운 말과는 반대로 장거리 마라톤을 완주한 순간 같은 미소를 짓고 있다.

아직 전투는 이어지고 있고, 대치하는 건 방심할 수 없는 강적 『Knights』──.

들뜰 이유는 실제로 거의 없지만.

이미 승리한 것처럼 우리는 다 함께 바보처럼 계속 웃고 있었다.

한 번에 주어지는 시간은 5분 정도로 상당히 짧다.

『Knights』의 네 번째 퍼포먼스는 순식간에 끝난다.

신기하게도 동시에 우리 『Trickstar』에겐 다행히도——
『Knights』는 상당히 반짝임을 잃고 있었다. 어디까지나 느낌이
지만 관객이 그다지 즐거워하지 않는 것 같은 기분이 든다. 투표
에서 나오는 점수도 낮지는 않지만 그냥저냥이라는 느낌이다.

그들의 실력은 소문을 뛰어넘었다. 그것은 의심할 여지도 없는
사실이다. 개개인의 능력치는 눈에 띄게 높다. 1학년일 츠카사 군
조차 한 사람 몫의 풍격이 있었다. 2학년인 『Trickstar』보다도
완성도 면에서는 우수했을지도 모른다.

하지만 그것은 어디까지나 노래나 춤 하나하나의 정밀도를 보
고 감정이 들어가지 않은 숫자상 계산을 했을 때의 이야기다. 예
를 들어 유메노사키 학원에서 정기적으로 열리는 실기시험 등이
었다면 『Knights』는 『Trickstar』를 능가하는 점수를 냈겠지.

풋내기 '프로듀서' 인 나로선 자신만만하게 말할 수 없지만, 아
이돌은 그게 다가 아니다.

아무리 기술이 우수해도, 의미가 없다고는 하지 않겠지만——
그것이 전부는 아닐 것이다. 결코 무미건조한 숫자만으로 성립되
는 건 아니다.

이 자리에 모인 관객층의 문제도 당연히 있고 『Knights』의 아
름답고 고귀한 퍼포먼스는 다소 어둑한 건물 뒤에서는 붕 떠버린

상태였다. 어둑한 뒷골목에 고급차로 들어온 것 같은 것이기에 꼼짝도 할 수 없고 주변에 사는 사람들의 불만을 살 뿐.

확실히 지리적인 면에서는 손해를 보고 있다.

게다가 개인 단위로 공연을 할 경우 『Knights』는 일반인이 봐도 엄청난 우수함을 자랑하지만. 이번에 다 함께 퍼포먼스를 해보니── 전혀 손발이 맞지 않았다. 서로 방해하고 잡아먹고 있어 누구에게 주목해야 좋을지 알 수 없다.

『Knights』는 개인 기량이 뛰어난 '유닛'이다 보니 집단 퍼포먼스엔 익숙하지 않은 걸까. 오히려 눈을 의심할 정도로 뒤죽박죽이었다.

츠카사 군은 나쁜 의미로 1학년다움이 드러나, 너무 돌출하려다가 사소한 실수를 반복한다. 나루카미 씨는 어떻게든 다른 두 사람 사이를 중재하려 하지만, 그쪽에 집중하다 보니 자기 자신에 소홀해진다. 리츠 군은 노골적으로 움직임이 둔하다── 졸린 듯 하품을 해서 관객들에게도 의욕이 없다는 게 전해지는지 불만을 사고 있었다.

어떻게 된 일일까. 반대로 걱정이 될 정도였다. 적이 완전한 상태가 아니어 보이는 건 우리에게는 천만다행이지만.

인원이 늘어날수록 반짝임을 더해가는 『Trickstar』와 비교하면 그 결점은 명확하다. 『Knights』는 그 부분── 팀플레이에 문제를 안고 있는 모양이다.

다시 모인 『Trickstar』에 대항해 다 함께 퍼포먼스를 하는 걸 선택한 『Knights』의 작전이 완전히 역효과를 낸 형태다. 본인들도 이 정도로 맞지 않을 거라곤 생각하지 못했는지, 어색하게 움직이며── 어려워하는 듯 보였다.

　이렇게 '프로듀서'의 시선으로 해석하고 있을 때가 아니다. 지금은 아이돌로서 무대에 서 있다. 이미 인원수가 맞춰졌으니 나는 이제 내려갈 때라고 생각하고 퇴장해도 괜찮을 것 같지만── 없는 것보다는 낫겠지.

　무대 주변은 인파로 몹시 북적거려서 차마 내려갈 수가 없다. 그리고 호쿠토 군은 돌아오지 않은 상태다── 아주 조금이라도 그가 빠진 구멍을 채워야 해.

　"오래 기다리셨습니다, 주인공 등장~! 『Trickstar』의 아케호시 스바루와 유우키 마코토야. 늦어서 미안해! 그만큼 엄청 즐겁게 해 줄게~!"

　오랜만에 한껏 웃으면서, 스바루 군이 "간다~☆" 하고 주먹을 하늘로 높이 쳐든다. 후공인 『Trickstar』의 네 번째 퍼포먼스가 시작된다.

　계속 손을 잡고 있던 스바루 군과 마코토 군이 사이좋게 노래하기 시작한다.

　우리의 공연 순서는 『S1』과 동일하다. 다소 순서는 바뀌었지만 이번엔 스바루 군의 솔로 곡 차례다. 그럴 텐데 스바루 군이 들러붙어 있어 마코토 군도 같이 노래하고 있다. 동료와 함께 퍼포먼스를 할 수 있는 게 기쁜지 마코토 군도 웬일로 순순히 분위기를 맞추고 있었다. 우는소리도 하지 않고.

　좋은 기회라고 생각했겠지── 스바루 군이 힙합 댄스를 추고 있다. 동료들이 돌아올 때까지 이【DDD】에서 살아남기 위해 연습했던 것이다. 모든 경험이 그를 빛나게 하는 연료가 되어 있다.

예정에 없던 것이라도 쉽사리 조화시켜 반짝임으로 바꾸는 게 스바루 군이다.

폭격이라 표현되는 그의 노랫소리가 관객들에게―― 온 세상에 퍼져 나간다.

✦✧✦✧✦

"오오 순식간에 불타올랐는데? 역시 스바루는 천재야. 내가 돌아올 필요 없었던 거 아닐까?"

역시 주어진 시간을 연속으로 세 번이나 소화해낸 마오 군은 지쳤는지 조금 뒤로 물러난다. 처음부터 그 위치에 있던 나와 작은 목소리로 대화를 나눴다.

"……응? 왜 그래 전학생. '그렇지 않다' 고?"

백댄서로 움직이며 마오 군은 내가 흘린 작은 목소리에까지 반응해 준다. 생각해 보면 이렇게 말을 주고받는 건 당연히 오랜만이다. 돌아오고 나서 마오 군은 거의 대기시간 없이 무대에 올라 계속 노래하고 춤추고 있었던 것이다. 『Knights』와 번갈아 공연하니 쉴 시간은 있었지만, 이야기할 여유는 없었으니까.

그렇게 오래 떨어져 있진 않았는데 그리움마저 느껴지는―― 온화한 말투와 표정으로 마오 군은 부끄러워했다. 볼을 긁으며 가볍게 머리를 숙여 준다.

"그렇구나. 넌 스바루 옆에서 쭉 지켜보고 있었구나……. 고생시키고 걱정을 끼쳐버렸네. 변명하지 않을게. 정말 미안했어."

사과할 필요는 없다. 마오 군은 언제나 올바르다. 그리고 이렇게 돌아와 주었다── 함께 무대에 서 주었다. 그것만으로도 충분하다.

그런 마음을 담아 바라보니 마오 군은 알아주었는지 "그렇구나." 하고 곤란한 듯 웃었다. 그가 자주 보이는 어디까지나 인간적인 표정.

순식간에 아이돌로서 박력을 가득 채우고, 피곤함에 아랑곳 않고 경쾌한 댄스를 춘다.

"그래도 지금은 모두와 또 함께 무대에 설 수 있어 기뻐! 가끔은 바보가 돼서 하고 싶은 걸 할 거야! 우리에겐 무한한 가능성이 있을 거잖아?"

"응응 나도 그렇게 생각해!"

드디어 스바루 군에게서 해방된 것 같은 마코토 군이 조금 뒤로 와서 우리 옆에 서고 모두의 얼굴을 몇 번이고 보고 있다. 줄곧 갇혀 있었던 그는 동료들의 곁으로 다시 돌아온 것이 정말 기쁜 거겠지.

감금 중에도 끈기 있게 근육 트레이닝 등을 하고 있었는지 의외일 정도로 그 움직임은 거침없다. 그것을 듬직하다는 듯 바라보는 마오 군을 마코토 군은 노골적으로 칭찬했다.

"하지만 정말 이사라 군은 굉장하지! 혼자서 그 『Knights』와 호각으로 싸우고 있었는걸! 나라면 절대 못 했을 거야 ♪"

" '혼자' 가 아니라니까, 여기까지 버틸 수 있었던 건 전학생 덕이야. 오히려 내가 '인원수 맞추기' 같은 느낌이었는데~?"

부끄럽다는 듯 웃는 마오 군의 말을 듣고 마코토 군이 날 향해 과장스럽게 돌아봤다.

"흠, 어떻게 된 거야? 설마 전학생 쨩에게 숨겨진 힘이 있어서 궁지에 몰린 순간 그게 각성했다던가⋯⋯?!"

"아니. 평범한 아이야."

마오 군의 말에 나는 수긍한다. 뭐가 재밌었는지 낄낄 소리 내어 웃고 있다. 진지한 그가 라이브 중에 그러는 건 흔치 않은 일이다.

금방 표정을 진지하게 바꾸고―― 너무 웃은 탓에 나온 눈물을 닦으며 마오 군이 말한다.

"그래도, 그 '평범한' 점이 도움이 된단 말이야~ ♪"

"무, 무슨 말이야?"

"생각해 봐, 이 【DDD】는 분류상 『S1』이잖아? 『S1』에는 유메노사키 학원의 다른 학과나 외부에서도 손님이 와."

쩔쩔매는 마코토 군에게 진정하라 말하는 것 같은 몸짓을 하며 마오 군이 이야기한다.

"잊었어? 마코토. 이 녀석은 '전학생' 이야. 전에 있던 학교에서 친구나 지인 등을 많이 불러 줬어!"

춤추며, 마오 군이 야외 무대 주변을 둘러싼 관객들을 가리킨다.

"덤으로 남동생이 일반과에 다니고 있는 모양이래. 그쪽에도 부탁해서 많은 관객을 동원해 줬단 거지 ♪"

"흐응. 남동생⋯⋯? 그러고 보니 관객 중에 일반과 교복이나 다른 학교 교복이 많이 보여!"

예비 안경은 도수가 맞지 않는지 마코토 군은 몸을 앞으로 쭉 내밀듯 관객들을 주시하며—— 납득했다는 표정을 짓는다.

"저건 이 근처에 있는 여학교 교복이네~. 전학생 쨩이 다니던 학교야?"

"전학생은 사랑받는 캐릭터야~ ♪ 정말 굉장한 관객수야!"

별하늘을 바라보는 것처럼 마오 군은 감동에 차 있다. 아이돌에게 자신들을 보러 와 준 사람들은 사랑스러운 보물이다.

하지만.

나는 아무래도 관객들을 볼 수 없다. 복면을 쓰고 있어 시선을 느낄 수 없다는 게 다행이지만. 앞에서 노래하는 스바루 군의 등을 계속 보고 있다.

전학 전 다녔던 학교 친구들을—— 솔직히 볼 면목이 없다. 게다가 설명할 틈이 없었기에 마오 군은 오해하고 있는 것 같지만, 내가 부른 건 아니다.

그런 발상은 하지 못했다.

나도 어째서 전에 다니던 학교 아이들이 이렇게 와 줬는지 이해할 수 없을 정도다. 아무래도 우리를 전력으로 응원해 주고 있는 것 같고 고맙기는 하다. 하지만 이름을 불러도 반응해 줄 수 없다, 그저 미안해지고 만다.

이름을 불러주고 있다는 건 복면을 쓴 나를 인식하고 응원하러 와 준 거겠지. 뭐 【DDD】팸플릿에 『Trickstar』멤버로서 내 이름이 적혀 있으니까── 그것 자체는 신기하진 않지만.

왜 이제 와서 달려와 응원해 주고 있는 걸까.

나는 친구고 뭐고 내팽개치고 도망친 염치없는 사람인데.

왜 이제 와서……. 영문을 알 수 없어 공포마저 느낀다. 모인 관객 중에는 익숙한 얼굴이 몇 명인가 있기에 공연이 끝난 후 자세한 사정을 듣고 싶다.

덤으로 전에 다니던 학교 아이들이 온 이유는 수수께끼지만, 남동생은 내가 불렀다.

조금 복잡한 가정 사정을 통해 가족이 됐다── 나와는 피가 이어지지 않은 남동생. 바빴던 부모님을 대신해 어릴 적부터 내가 돌봤던 탓에 언동이 닮았는지 친남매가 아니라고 설명하면 모두들 놀란다.

요즘은 의상 제작에 몰두하거나 이래저래 바빠 나는 그다지 동생을 상대해 주지 못했지만. 점점 지쳐 야위어 가는 내가 걱정이 됐겠지── 밥을 먹고 있을 때 물어보기에 이것저것 요약해 설명했다.

다른 사람에게 이야기하고 고민을 털어놓아 위로받는 것만으로도 마음은 상당히 편해진다. 동생에겐 감사하고 있다. 한가한 건지 불렀더니 응원하러 와 줬고.

나중에 많이 쓰다듬어 주자. 그야 동생도 고등학생이기에, 사춘기인지 요즘은 만지려고 하면 도망치지만── 그 점이 또 사랑스럽다.

이렇게 남동생 생각을 하는 사이에 마오 군과 마코토 군은 대화를 이어가고 있다.

"당연히 전학생이 부른 손님은 모두 우릴 응원해 줄 거야. 순풍이 불고 있어. 그걸 부른 건 전학생이야. 정말 호쿠토가 말한 대로 구원의 여신일지도 ♪"

"그랬구나, 전학생 쨩이――."

마코토 군이 눈을 반짝이며 나를 보았지만 내가 애매한 반응을 하기에 그다지 언급하고 싶지 않은 화제라 알아준 건지―― 칭찬의 화살을 마오 군에게 돌린다.

"그래도, 그 관객들이 『Knights』에 넘어가지 않고 이 자리에 남아 우릴 응원해 주고 있는 건 이사라 군의 공적이고―― 실력이야. 이사라 군은 정말 마법사야, 불리한 상황을 한 방에 역전해 줬어!"

"아하하 아직 역전하지 않았으니 방심하지 말라고~. 그만큼 유리한 조건을 갖췄지만 비등비등한 정도야, 역시 『Knights』는 너무 강해."

마오 군이 기합을 다시 넣으려는지 자기 볼에 손을 대고 빙글빙글 주무른다. 그래―― 아직 전투 중이다, 마음을 놓을 수 없다. 동료들과 다시 만난 기쁨으로 무심코 모든 게 해결된 것 같은 기분이지만 전혀 그렇지 않다.

아직 희망이 아주 조금 보인 것뿐.

하지만―― 그것만으로도 목숨 걸고 싸울 수 있다.

"하지만 여긴 외진 곳에 있는 야외 무대니 애초에 관객이 적어. 누구도 이런 구석까진 오지 않으니까……. 모여 있는 건 거의 모두 전학생이 부른 '우리 손님'이야. 방심하지 않고 전력을 다하면 반드시 이길 수 있어!"

평소엔 호쿠토 군이 해 주는 상황 분석을 마오 군이 대신하듯 하고 있다. 거의 혼자서 『Trickstar』를 여기까지 견인하면서, 주변도 잘 보고 있다. 마오 군의 수용력에는 혀를 내두를 수밖에 없다.

"응! 나도, 부족하겠지만 힘낼게!"

마코토 군도 평소와 달리 기운 넘치게 행복의 절정—— 같은 빛나는 웃음을 짓는다. 피로를 느끼게 하지 않는 든든함으로 춤추는 마오 군에게 맞춰 사랑스럽게 뛰어 오르며.

"모두와 함께 노력할 수 있는 게 꿈만 같아서 기뻐~ ♪"

마이크를 꼭 쥐고 노래를 계속하는 스바루 군을 지원하려 한다.

"정말 돌아와서 다행이…… 으엑?!"

하지만 노래하기 시작한 중요한 타이밍에서—— 마코토 군은 묘한 목소리를 내고 말았다. 무슨 일이냐는 얼굴로 『Trickstar』나 『Knights』는 물론 관객들까지도 일제히 그에게 주목한다.

마코토 군은 창백한 표정으로 어느 한 점을 응시하고 있다. 바퀴벌레를 본 듯한 반응인데—— 무대 위에? 아니다. 마코토 군에게는 집 안 해충보다도 기피해야 할 공포의 대상이었다.

무대 바닥에 턱 하고 새하얀 손이 올라온다. 공포영화가 따로 없다── 이어서 어깨가. 그리고 머리가 보인다. 그것은 설명할 수 없는 이상한 감정이 눈동자에 깃든 아까 떼어놓고 왔을 터인 이즈미 씨다.

　인파를 가르며 여기까지 전력으로 달려왔겠지── 항상 깔끔하던 머리칼은 헝클어지고 땀투성이였다. 두 눈만이 먹이를 노리는 육식동물처럼 번뜩이고 있다.

　"유～우～ 군～～?"

　고생해 무대 위로 올라와서는 그는 땅속에서 울리는 것 같은 원한이 담긴 목소리를 펼친다.

　"내게 창피를 주다니 손가락 한두 개로는 봐 주지 않을 거야?"

　"크, 큰일이야. 이즈미 씨도 돌아왔어! '방음 연습실'에서 탈출할 때 여유가 없었으니……, 꽁꽁 묶어 움직이지 못하게 할 걸 그랬어!"

　노골적으로 뒷걸음질 치며 마코토 군이 상당히 대담한 말을 하고 있다. 묶는 건 심하다── 오히려 우리가 범죄자가 된다. 과잉방어다. 그 마음은 알겠지만.

　"정말 집념이 강하네. 너무 끈질겨!"

　오한을 느꼈는지 자신을 끌어안으며 벌벌 떠는 마코토 군에게 사정을 잘 모르는── 마오 군이 의아해하며 물었다.

　"탈출이라니. 너 감금이라도 당했었어?"

　"그래! 모두 보고 싶었다고~. 그리고 오랜만에 본 햇빛이 눈부셔! 아아 살아 있는 건 멋진 일이야……☆"

다가오는 공포의 근원인 이즈미 씨를 피해 마코토 군은 현실 도피하는 것처럼 하늘을 올려다보고 있다. 총명한 마오 군은 어떻게 된 일인지 대강 짐작했는지 사색에 잠긴다.

(흐응. 그건 '유용'하겠는데……. 이런 건 『Trickstar』의 방식은 아닐지도 모르지만. 승리하는 데 수단을 가릴 여유는 없겠지?)

망설임을 곧바로 끊어버리고 마오 군은 언제나── 가장 어려운 역할을 수행한다.

(더러운 일은 내 역할이야. 크게 한 방 터뜨려 주지!)

무언가 계획하고 있는 마오 군을 눈치채지 못하고 이즈미 씨는 "하아, 흡! 후우후우, 유~우 군……!" 하고 거칠게 숨을 쉬며 마코토 군만을 바라보며 다가간다.

그런 그의 걸음을 『Knights』 멤버들이 가로막았다. 지금은 『Trickstar』 차례라 그들은 다소 물러난 위치에 있어 늦게 온 동료를 질책하듯 각자 목소리를 낸다. 이 부분에 대한 대응도 『Trickstar』와는 정반대인 느낌이다.

"어머, 어머? 참 빨리도 등장했네. 웬일로 숨도 헐떡이고 말이야. 그 상태로 라이브 할 수 있겠어. 이즈미 짱?"

"계약위반이네요. 참가해야 할 공연에 지각하는 건 Smart^{스 마 트}한 행동이라 할 수 없습니다."

당연한 듯 마코토 군에게 달려들려는 이즈미 씨를 양옆에서 질책하며 나루카미 씨와 츠카사 군이 막고 있다. 자신은 상관없다며 옆에선 리츠 군이 크게 하품을 한다.

"그보다 시간이 지나면서 태양이 움직인 탓에 햇볕이 내리쬐고

있는데……. 아~ 기분 나빠아. 난 형님보다 햇빛에 더 약하단 말이야…….”

불쾌한 듯 신음하면서도 이즈미 씨에게 매달려 그 그림자에 들어가는 리츠 군. 방해된다는 듯 그런 그를 떼어내면서도 이즈미 씨는 새빨개진 얼굴로 외쳤다.

“시끄러! 됐으니까. 『Trickstar』를 철저히 때려눕힐 거야! 정정당당하게 하면 『Knights』가 절대로 질 리 없으니까!”

“음~. 처음부터 ‘정정당당’ 하지 않은 방법을 쓴 건 이즈미 쨩이잖아? 난 처음부터 반대했어. 이제 어쩔 거지?”

아무래도 나루카미 씨는 이즈미 씨가 저지른 감금 사건(?)에 대해 어느 정도 알고 있었던 모양이다. 이즈미 쨩이라 편하게 부르고 있고—— 친한 사이인 걸까.

알고 있었다면 말려달라고 나는 생각하지만……. 나루카미 씨에게도 사정이 있었는지 마음속에서는 어떻게 하지——라는 분위기로 고민하고 있었다.

(쿠누기 선생님은 『Trickstar』를 빨리 쓰러트리라 하셨지만. 멤버를 납치해서 부전승~ 이란 건 내 취향도 아니고. 아무래도 재미가 없잖아?)

“어, 어떻게 된 거죠? 뭔가 Rule을 어긴 겁니까. 세나 선배?”

한편 아무것도 듣지 못한 것 같은 츠카사 군이 당황해 이즈미 씨를 추궁하기 시작한다. 페널티를 받는 게 아닐까 싶을 정도로 소란을 피우는 그들에게 뭐냐며 관객들이 주목하고 있다—— 그 절묘한 타이밍을 노려 마오 군이 마이크를 쥐고 외쳤다.

"정답입니다~!"

딱 스바루 군이 솔로 곡을 마지막까지 부른 순간이다. 퍼포먼스를 완벽히 수행하며 남은 시간을 마오 군이 유용하게 활용하려 하고 있다.

"다들 들어 줘! 비열하게도 『Knights』의 세나 이즈미는 【DDD】에서 승리하기 위해 우리 『Trickstar』의 소중한 멤버를 납치 감금하고 있었어!"

마이크로 확대된 목소리가 건물 뒤에 낭랑히 울려 퍼졌다.

"우리가 초반에 인원이 모자라 고전했던 건 그 때문이야! 하지만 운 좋게 탈출한 것 같아! 정말 다행이야. 걱정했는걸~?"

다소 과장스러운 연기로 마오 군이 마코토 군을 당겨 인형처럼 끌어안는다. 그 참에 노래를 끝낸 스바루 군과도 어깨동무를 하고 셋이 나란히 선다.

스바루 군이 그런 마오 군의 의도를 파악한 건지 내 손을 부드럽게 잡아준다. 넷이서 거의 밀착한다. 누가 봐도 사이좋게 보이겠지.

『Knights』는 뭔가 시끄럽게 언쟁을 하고 있기에 더욱 그렇게 보인다. 리츠 군만이 마오 군의 의도를 눈치챈 건지 다른 이유라도 있는지 '큰일이다'라고 말하는 것 같은 표정이 됐다.

"모두 모이면 우리 『Trickstar』는 무적이야!"

그런 리츠 군에게 미안하다는 듯 눈짓을 주며 마오 군이 대담하게 외친다.

"오랫동안 이 유메노사키 학원을 공포와 압정으로 지배하던 학생회의 『홍월』을 쓰러트린 것도! 뭘 숨기랴. 바로 우리야!"

그것은 틀림없는 사실이다. 대부분의 관객들은 그렇게 말하는 마오 군이 『홍월』로 이적하려 했었던 것이나 우리가 학생회장에게 철저하게 당해 한 번은 절망의 밑바닥으로 가라앉았던 사실을 모른다. 혁명을 달성했다는 위업만을 드높이 제시한다.

"우리가 유메노사키 학원을 바꿀 거야! 웃음과 희망이 넘치는 아이돌의 낙원으로……!"

입에 바른 소리만 하는 정치가처럼 마오 군은 대중을 이끌려 하고 있다. 학생회에 있어서 그 수법을 잘 아는 그가―― 자신의 입장까지도 무기로 삼아 휘두르려 하고 있다. 많은 사람을 유도해 아군으로 삼아 이 자리의 흐름을 바꿀 수단을 선택한 것이다.

학생회의 케이토 씨는 자신의 무리 안에서 아주 큰 호랑이 새끼를 키우고 말았다. 케이토 씨 성격이라면 그 사실을 한탄하기보다 오히려 자랑스러워할까? 어떨지는 모르겠지만.

가혹한 이중생활 속에서 터득한 누구나 호감을 갖고 받아들일 수 있는 상냥하고 온화한 미소로 마오 군은 윙크하며 거침없이 말했다.

"모두 응원 잘 부탁할게♪"

(와아~. 말솜씨가 끝내주는걸? 우릴 악당으로 만들어 여론을 자기편으로 만들 셈이야?)

덤벼드는 이즈미 씨를 달래던 나루카미 씨가 그답지 않게 혀를 찼다.

('모두 모이면'?『Trickstar』는 아직 다 모이지 않았잖아. 늦게 도착한 유우키 군뿐만 아니라 아케호시 군까지 우리가 납치한 것처럼 말하네~?)

마오 군이 꺼낸 말의 위험성을 눈치챈 거겠지. 하지만 이미 늦었다── 대처하려고 해도 그럴 수 없다. 조금 남아 있지만 지금은 아직『Trickstar』의 시간이다. 마오 군의 발언에 섣불리 태클을 걸면 감점을 받는다.

(군데군데 거짓말을 섞어 만든 알기 쉬운 '권선징악 이야기'를 관객들에게 믿게 하려는 거지? 정말 싫다. '복잡해졌어'!)

옴짝달싹하지 못하고 나루카미 씨는 맹렬하게 마오 군이 펼친 공격의 의도를 탐지한다. 미소를 지우고는 굉장함까지 있는 미모를 일그러뜨리며 마오 군을 노려보고 있다.

(그런데 말이지. 바로 그 얘길 믿어서 '너무해!' '나쁜 사람들' 하고 우릴 질책할 수 있을 리가 없잖아~? 일반인은 이런 이상한 일을 쉽게 믿진 못한다. 꼬마야?)

뒤에 들은 이야기로는 나루카미 씨와 마오 군은 동갑임은 물론 같은 반인 듯하지만── 어째선지 어린애 취급을 하고 있다. 그는 나이보다 훨씬 어른스러워 보인다.

긴급사태에도 재빠르게 대응하고 다음에 찾아올『Knights』의 시간을 잘 활용할 방법을 생각하고 있다. 다섯 번째 시간이 끝나면 일단락되기에 다음이 마지막 기회다.

(상황이 『Trickstar』쪽으로 완전히 기울기 전에 우리도 MC든 뭐든 방법을 써야 해. 이대로 되돌릴 수 없는 분위기가 되기 전에.)

아직 뒤집을 수 있다. 나루카미 씨는 그렇게 생각하고 있었던 모양이다. 그들은 우수한 아이돌이다── 어떤 상황에서도 탁월한 개인기로 뚫고 나갈 수 있다. 다 함께 힘을 합칠 필요조차 없다. 한 명이라도 누군가 살아남는다면 상황을 바꿀 수 있다── 그것이 『Knights』다.

하지만 개인이 너무 강한 것도 깊이 생각해 볼 일이라, 누구 한 명이라도 배신하거나 적으로 돌아서면 큰일이 난다. 자신이 끌어안은 화약고로 위험한 병기가 연쇄적으로 폭발하기 시작한다.

실제로 전설에 남은 기사단 중 많은 곳은 내부항쟁으로 붕괴했었다.

"세나 선배! 방금 Announce는 사실입니까. 대체 무슨 짓을!"

의협심과 프라이드라는 이름의 홍련의 불꽃이 눈동자에 깃든 츠카사 군이 사자후를 펼쳤다.

"비열합니다. 신사로서 할 일입니까?!"

(우와아아……. 하필이면 아군에 적의 얘기를 홀라당 믿어버리는 순진한 아이가 있잖아~?!)

"시끄럽거든? 됐으니까 집중해. 녀석들을 불행의 밑바닥으로 떨어트려 주겠어!"

(어~머머. 이즈미 쨩도 참 흥분해서는……. 리츠 쨩도 햇빛 때문에 비틀거리고 있고 이건 상황이 좋지 않은데~?)

상황은 거들떠보지도 않고 이즈미 씨를 추궁하는 츠카사 군과 그런 그의 의심을 푸는 일 없이 억지로 따르게 하려는 이즈미 씨. 덤으로 본격적으로 기분이 나빠진 건지 웅크려 앉아 움직이지 않게 된 리츠 군――그런 동료들을 바라보며 나루카미 씨가 일일이 마음속에서 태클을 걸며 순간 모두 내버려두고 떠나고 싶다는 듯한 얼굴이 되어 있었다.

　(『Trickstar』에 비해 이해관계만으로 묶여 있는 『Knights』의 결속은 약해. 동요하고 멤버 사이가 틀어져버리면 이길 수 있는 승부도 이길 수 없을걸?)

　하지만 아무리 사이가 나빠도, 상황이 좋지 않아도 기사는 동료를 버리고 적 앞에서 도망치지 않는다. 깊이깊이 한숨을 내쉬고 나루카미 씨는 씩씩하게 자세를 바로잡았다.

　(그래도 뭐. 유메노사키 학원이 자랑하는 강호 '유닛'으로서 그런 잔꾀에 간단히 쓰러질 순 없지~?)

　결투에 임하는 긍지 높게 선 자세다.

　아무리 상처를 입어도 전진을 멈추지 않는 용사처럼 그는 웃고 있었다. 미녀처럼 야수처럼 어딘가 요염하게.

　(참~ 짜릿짜릿한걸 ♪ 재밌어졌어, 우후후후후!)

　(음~. 교란하는 덴 성공했지만 그것만으론 결판을 낼 순 없겠지. 할 수 있는 건 다 했어. 남은 건 실력 승부야. 호쿠토가 있었으면 든든했겠지만……. 이 자리에 없는 녀석에게 기대해도 어쩔 수 없지. 여기서 지면 전부 끝이야.)

　기분이 나쁘다는 듯 그런 나루카미 씨를 보며 마오 군이 날카롭

게 호흡을 내쉬며 연설을 끝낸다. 그가 떨어트린 폭탄의 위력과 그 결과는——곧 분명히 알게 될 것이다.

이제는 서로 한 번의 시간만 남았다. 그리고 일단락——연장전으로 돌입만 하지 않는다면 어쨌든 끝이 난다.

그때까지 최대한 발버둥 칠 수밖에 없다.

마오 군은 최선을 다해 주었다.

(녀석이 돌아왔을 때 이미 졌다며 꼴사나운 모습을 보일 순 없잖아. 무슨 일이 있어도 이겨 주겠어. 이 상황에선 도리는 잠시 넣어 두자고!)

학생회장이 준비한 악의가 있는 이야기 속에서——.

내게는 틀림없이 주인공 같은 남자애들은 필사적으로 싸워 나간다.

(이 첫 시합! 아니 【DDD】의 주역은 우리야……!)

결판이 날 때는 머지않았다.

파란이 넘치는 폭풍 같은 【DDD】1회전이 끝나려 하고 있었다.

✒️ *Blossom* •ᔆ✦✦

한때는 어떻게 될까 걱정했지만——.

결과적으로 『Trickstar』는 【DDD】 1회전을 돌파했다.

유메노사키 학원의 역사에 남는 베테랑 『Knights』에게 승리한 것이다.

그 사실 자체는 물론 기쁘지만 가슴을 펴고 자랑할 수 있는 것도 아니다. 조건은 『Knights』에게 거의 최악이었고 운도 상황도 『Trickstar』편을 들어 주었다. 모든 응원을 받아 그래도 근소한 차이로 간신히 얻은 승리였다. 위험한 줄타기가 되어 버렸다.

『Knights』 개개인의 역량은 비교할 수 없을 정도로 강대하지만 이번엔 그것이 나쁜 방향으로 움직이고 말았다. 마오 군의 작전에 흔들려 사이가 나빠지기도 해서, 거의 자폭한 셈이다. 너무도 강력한 그들은 그 화살을 동료에게 향했을 때 치명상까지 입고 말았다.

『Trickstar』를 나누어 약체화한 학생회장의 수법이 얼마나 무서운 것인지 실감하고 만다. 역병 같은 것이다—— 마오 군은 자신을 죽일 뻔한 독을 굳이 이용했다. 즉 적이 남긴 무기를 주워 앞뒤 가리지 않고 싸워준 것이다.

그렇게 하지 않으면 이길 수 없었다. 죽이지 않았으면 우리가 죽었을 것이다.

『Trickstar』에는 아직 호쿠토 군이 돌아오지 않았지만 들은 이야기로는 『Knights』도 풀 멤버는 아니었던 모양이다. '유닛'의 핵인 리더가 부재중이었다는 듯하다. 중심이 없는 『Knights』는 이리저리 흔들려 완벽한 상태라곤 할 수 없었다.

이즈미 씨도 중간까진 합류하지 않았었고 이곳저곳 빠져 발밑이 소홀해져 있었던 건 서로 마찬가지였다. 인원수로 보자면 동등했고 상황과 행운, 책략과 기세로 박빙의 승부 끝에 승리를 얻었다.

물론 졌다고 해도 결코 『Knights』가 약했던 건 아니다. 스바루 군과 마코토 군이 돌아오기 까지는 오히려 밀리고 있었다. 실질적으로 마오 군이 혼자 버티고 있는 상태였기에——큰 차이가 나지 않은 것만으로도 그는 우수하다.

아무튼 절망적인 상황에서 작은 빛이 들어왔다.

우리는 살아남은 것이다.

『Knights』는 라이브가 끝난 후에도 서로 덤벼들 것 같은 기세로 말싸움을 하고 있었기에 걱정스러웠지만 다른 사람들을 걱정하고 있을 여유도 없다.

되돌아보며 분석하거나 반성하거나 할 틈조차 없어 우리는 다음 야외 무대로 서둘러 이동해 라이브를 하고 있었기에——기적적인 승리의 요인을 확실히 단언할 순 없지만. 굳이 말하자면 정말로 행운이 우리 편을 들어 주어서겠지.

물론 그 행운을 끌어당길 수 있었던 건——『Trickstar』가 마지막까지 포기하지 않고 힘을 다해 주었기 때문이다. 어딘가에서 누군가가 좌절해 있었다면 승리할 수 없었다.

스바루 군. 마코토 군. 마오 군. 각자가 자신의 갈등에 매듭을 지어 아픔을 참고 고생하며 힘껏 미래를 쟁취했다. 나는 화려하게 싹트는 꽃들을 허수아비처럼 지켜보고 있었을 뿐—— 잘난 척할 순 없지만 그들을 자랑스럽게 생각한다.

이렇게 과거를 그리워하듯 회상해버렸지만.

상황은 물론 현재진행형이며, 우리의 싸움은 이제 막 시작됐다.

노점 등 여러 부스가 나와 있어 굉장히 붐비는 유메노사키 학원 운동장이다.

전장인 야외 무대가 서로에게 방해되지 않게 몇 개나 배치되어, 그것을 목적으로 모인 사람들로 넘쳐흐르고 있다. 노점 옆엔 휴게소도 있어 식사도 가능하다. 나와 『Trickstar』는 거기서 노점 음식을 먹으며 휴식을 취하고 있었다.

【DDD】가 시작되고 상당히 시간이 경과했기에 관객들도 역시 지쳐 있다. 물론, 연속으로 라이브를 하던 아이돌들도 체력을 소모했다.

그것을 예측하고 【DDD】진행 순서엔 중간 휴식 시간이 편성되어 있었다. 식사 시간이기도 해서 관객도 아이돌도 모두 배를 채우며 잠깐의 평온을 만끽하고 있다.

갈아입을 기운도 없어 아이돌 의상을 입은 채 축 늘어진 나는 벤치에 몸을 맡기고 있다. 지칠 대로 지쳐 눈을 감으면 잠들 것 같다.

자고 있을 때는 아니지만. 솔직히 굉장히 힘들었다……. 유메노사키 학원에 전학 와 광란노도의 날들을 보내고 있기에 조금은 체력이 붙은 느낌은 들지만. 이번엔 평소와 달리 나도 무대에 올랐으니까.

수명이 팍팍 깎이고 있는 기분이 들지만 요절하더라도 후회는 없다. 달성감과 기쁨이 있다. 지금 『Trickstar』 모두가 웃고 있다. 그것이 최고의 보수다.

"푸하! 드디어 한숨 돌릴 수 있겠어! 노도 같은 연전이었어……!"

거의 빈사상태인 나와 달리 아직 기운찬 마오 군이 내 옆에 앉아 다리를 쭉 뻗었다. 그 표정도 밝다── 힘겨운 노동을 끝내고 집에 돌아온 업무 전성기의 영업사원 같다. 땀이 흐르고 있기에 내가 살짝 수건으로 닦았다.

"수고했어. 사리~♪ 웃키~랑 전학생도!"

지치지 않을 리가 없는데 이상하게 기운찬 스바루 군이 잠시 모습을 감췄다 생각했더니 대량의 음식을 양팔 가득 안고 달려왔다. 멀리 던진 공이나 무언가를 주워온 충견 같은 그다운 순수하고 반짝반짝한 웃는 얼굴이다.

그는 나와 마오 군 그리고 옆에서 반쯤 벤치에 드러누워 움직이지 않는 마코토 군(괜찮을까?)에게 차례차례 음식을 넘기고, 자신은 마코토 군을 호쾌하게 일으켜 틈새에 앉았다. 다리를 흔들며 온몸으로 기지개를 켜며 있는 힘껏 숨을 들이쉬고 있었다.

그가 고대하던 동료들과 지내는 사랑스러운 분위기를.

"으음~! 이렇게 다 함께 '수고했다'고 말할 수 있는 게 꿈만 같아. 굉장히 기뻐☆"

"아직 긴장을 풀 순 없지만 일단 폭풍은 무사히 지나간 느낌?"

그런 스바루 군을 놀랍다는 듯 그리웠다는 듯 바라보며── 마오 군이 갓 구워 따끈따끈한 붕어빵을 야금야금 먹고 있다. 뜨거운 음식에 약한 걸까.

"첫 시합인 VS 『Knights』가 지금껏 최대의 고비 같았지."

긴장을 너무 풀지는 않고 평소라면 호쿠토 군이 해 주는 상황분석을 입에 담는다.

"이어진 2회전, 3회전, 4회전……. 모두 『Knights』에 비하면 별것 아닌 '유닛'이 상대였고."

그의 말대로 『Trickstar』는 파죽지세로 쾌진격을 이어가고 있다. 첫 시합에서의 승리로 흐름을 타고 이어진 연전을 제압했다. 나는 이제 눈이 핑글핑글 돌 것 같아 그저 모두에게 따라간 것뿐이기에── 어땠는지 거의 떠올릴 수 없을 정도지만.

순식간이었다. 게다가 대서특필할 일도 없었다. 무서울 정도로 순조롭게 『Trickstar』는 결승을 향해 올라가고 있다.

"그래도 나와 전학생만으론 이길 수 없었을걸~?"

앞으로도 라이브가 이어질 텐데 스바루 군이 대량의 야키소바를 엄청난 기세로 날름 삼키고 만다. 너무 먹으면 위가 무거워져 움직이지 못하게 되고 말텐데. 그러면 금방 소화해 양분으로 만들어 버리겠지만.

뭐라도 먹어 두지 않으면 도중에 쓰러질 것 같기는 하니까 영양

보충은 필요하다.

"게다가 우리도 결성한 지 얼마 안 된 '유닛'이고 말이야~. 다른 팀을 무시할 정도로 무적인 것도 아니고."

그렇게 말하며 스바루 군은 타코야키나 풀빵을 순식간에 입 속으로 사라지게 한다.

이제는 완전 불에 장작을 넣는 것처럼 보인다. 신기하게도, 식사 예절도 엉터리인데 보기 흉하지 않고, 소스 등으로 입가가 더러워지는 일도 없다.

"그래도 그래도 『Knights』와는 근소한 차이였지만 다른 곳에선 큰 차이로 이겼는걸. 정말 순풍이 불고 있다는 느낌이 들어."

'홋케~도 있으면 최고였겠지만.' 하고 슬픈 듯 중얼거린다.

"뭐 그렇긴 하지만. 녀석도 괴로운 처지겠지. 이해해 줘."

옆에 앉은 스바루 군을 마오 군이 위로하듯 쓰다듬었다.

"적어도 난 동정해~. 자칫 잘못하면 나도 『홍월』의 멤버가 됐었을 거고."

"잘 돌아왔어, 사리~! 좋아좋아. 정~말 좋아해☆"

"끌어안지 마. 성가셔……. 뭐 『홍월』은 【DDD】에 참가하지 않는 것 같으니 말이야. 내가 빠져도 지장은 없었으니까. 경비 같은 일을 하는 것보단 라이브가 더 즐거워."

온몸으로 안겨드는 스바루 군을 무리하게 뿌리치지 않고 마오 군이 쓴웃음을 짓는다.

"하지만 『fine』에 잡힌 호쿠토는 어지간해선 돌아올 수 없어. 우리와 함께 있는 게 호쿠토에게 행복인지 어떤지도 알 수 없으니까."

어디까지나 공평하게 평소처럼 한 발 물러선 의견을 말하는 마오 군.

그 정도로 오래 떨어져 있었던 건 아니지만—— 마오 군다운 주장을 듣고 오히려 나는 안도했고 반가웠다. 아아, 마오 군은 마오 군이다.

케이토 씨는 마오 군을 억지로 바꾸려 하지 않았겠지. 마오 군 본연의 상태는 때때로 병적이며 일그러졌고도 할 수 있지만, 그것도 개성으로 존중한 것이다. 결과적으로 마오 군이 자신의 곁에서 멀어지더라도.

그와 케이토 씨 사이에 어떤 대화와 갈등이 있었는지는 모르겠지만—— 마오 군은 해맑게 웃고 있고, 항상 요령이 좋은 그는 아마 원한도 남기지 않았겠지.

반대로 원한밖에 없는 것 같은 게 마코토 군이라 그쪽은 상당히 걱정되지만.

내가 힐끔힐끔 보고 있는 걸 알아채고 마오 군이 괜찮다고 말하는 듯 웃었다.

"물론. 나도 호쿠토도 함께 무대에 섰으면 좋겠다는 마음이지만."

"그치! 모두가 있어주면 든든하지만 역시 뭔가 부족하단 느낌인 걸! 홋케~가 있어야 완전한 『Trickstar』야☆"

양손을 번쩍 들어 올리며 선언하는 스바루 군을 마오 군이 기쁜 듯 바라보며 말했다.

"그래그래. 웃음이 돌아왔구나. 너 역시 한동안 얼굴이 딱딱했으니까……. 난 이제 도망치거나 빠지지 않을 텐니 안심해.”

“뭐 정말? 난 잘 모르겠는데. 안 되겠는걸~? 나도 아직 미숙하구나. 아이돌은 무대 위에선 항상 웃는 얼굴로 있어야지☆”

마오 군의 지적에 스바루 군이 오히려 그런 사소한 것을 알아주어 기쁘다――고 말하는 것처럼 활짝 웃는다.

나는 그 부분은 아무것도 눈치채지 못했었기에 마오 군의 관찰안에 감탄한다.

“아하하. 아케호시 군의 인간미를 느끼고 난 오히려 ‘안심’ 했지만……. 어라 여긴 어디야? 나 왜 밥 먹고 있는 거지?”

무심히 대화에 참여한 마코토 군이 이제 와서 상황을 파악한 듯 깜짝 놀랐다. 아무래도 조금 전까지 피로감 때문에 의식이 흐릿했던 모양이다.

인터넷도 쓸 수 없는 방음 연습실에 감금되어 있었던 그는 【DDD】의 기본사항도 모르는 거겠지. 어딘가 신기하다는 듯 주위를 바라보며 자꾸 고개를 갸웃거린다.

이제 와서 처음으로 의문을 가진 것도, 그런 상태임에도 여기까지 불평 없이 필사적으로 모두를 따라온 것도―― 오히려 굉장히 걱정될 정도였지만.

줄곧 이상한 상황에 놓여 있었는데 라이브 자체는 완벽히 해냈고……. 그는 그대로 사차원이라고 할까, 별난 구석이 있다. 본 무대에 강한 걸까.

"오오 운동장에 노점이 엄청 많아! 뭐야 이거, 축제인가?"

"【DDD】는 『S1』이니 일반 손님이 많으니까. 먹거리만이 아니라 팬 굿즈도 파는 것 같아. 정말 축제 같은 느낌이지~?"

그런 마코토 군을 오히려 걱정스러운 듯 바라보며 마오 군이 성실하게 설명하고 있다. 자기를 내버려둔 채 대화하는 게 쓸쓸했는지 '저요저요.' 하고 손을 들어 스바루 군이 발언한다.

"아까 나한테 사인해 달라던 사람도 있었어! 기쁘지만 좀 어수선하지. 좀 더 조용한 데서 쉴까~?"

"괜찮잖아. 손님들에게 우리 얼굴을 알릴 수 있는데. 봐봐, 살아남은 '유닛'은 적극적으로 팬과 교류하고 있잖아~?"

역시 마오 군은 시야가 넓다. 내 눈에는 운동장에 모여 있는 단순한 군중으로 보이는 사람들로부터── 다양한 정보를 얻고 있다. 자세히 보니 확실히 아이돌 의상을 입은 사람들이 사인회 등을 하거나, 허가를 받았는지 이 시간에는 비어 있는 야외 무대에서 미니 라이브를 하고 있다.

지금은 잠시 휴식시간이라 해도 전쟁은 계속되고 있다── 다들 여러 수단을 활용하고 있다. 모두가 죽을 각오로 임하고 있다. 그만큼 『SS』 출전이라는 【DDD】의 상품은 매력적이다. 아니, 어디까지나 그들은 관객이 아니라 아이돌이란 거겠지.

"오오 아이돌 같아☆ 우리도 뭔가 할까~? 사리~ 특기인 브레이크 댄스 보여줘!"

"밥 먹고 나서."

갑자기 뛰어나가려 하는 스바루 군을 마오 군이 곤란한 표정으로 제지한다.

 "나도 요즘 답답해서 밥도 잘 안 넘어갔었으니 말이야~. 이렇게 예민했을 줄은 나도 놀랐어."

 마오 군은 그렇게 이야기하며 천천히 어디까지나 영양 보충 같은 느낌으로 먹고 있다.

 그 맞은편, 나와는 가장 떨어져 있는 위치에서 마코토 군이 행복한 듯 햄버거를 물어뜯고 있다. 식사로 살아있는 실감을 얻은 건지 눈가엔 눈물이 그렁그렁했다.

 "나도 완전 배고파! 뱃가죽이 등에 달라붙는 정도를 넘어서 뚫고 나올 것 같아!"

 "무슨 소린지 모르겠지만 마음은 알겠어. 넌 상당히 오랫동안 감금되어 있었던 거 같으니 말이지~?"

 "정말 지옥이었어. 아아 인간다운 식사는 오랜만이야⋯⋯ ♪"

 마코토 군은 정말로 복스럽게 먹고 있다.

 그가 감금되어 있던 방음 연습실 안은 상당히 편해 보이는 생활 공간이 마련되어 있었고── 식사도 나왔다고는 하지만 손은 대지 않았던 모양이다. 완고하게 완전히 이즈미 씨를 거절하고 있었던 것 같다.

 "그러고 보니 아라시가── 아, 나루카미라는 녀석이 중재해 줘서 '다시는 마코토에게 손대지 않겠다.'는 조건으로 감금 건에 대해선 합의했는데."

 마오 군이 조금 말하기 어려운 듯 미묘한 화제를 올린다.

『Knights』의 멤버—— 나루카미 씨는 마오 군과 같은 반이라 하고 풀네임도 알고 있다. 나루카미 아라시라고 하는 듯하다.

강해 보이는 이름이지만 인상은 오히려 상냥했기에 묘한 느낌이다.

아무튼 섣불리 그 부분을 파고들어 경찰이 올 만한 사태로 번지는 건 그다지 좋지 않다. 【DDD】가 중지되거나 불필요하게 시간을 빼앗길뿐이다. 이즈미 씨는 파멸하겠지만, 그래선 아무도 행복해지지 않는다.

물론 이즈미 씨가 저지른 일은 규탄받아 마땅한 일이고……. 그 상태라면 같은 일을 반복할지도 모르니 방치할 수는 없지만.

『Knights』와의 인연은 이제 본격적인 시작일지도 모른다. 그렇다고 해도 지금은 좀 더 우선해야 할 것이 있다—— 물론 피해자인 마코토 군의 뜻에 달렸긴 하지만.

"괜찮지? 괜히 상황을 악화시키고 싶진 않으니까."

"괜찮아~. 이즈미 씨 옛날부터 '그런 느낌'이었으니까. 이미 익숙해졌다고 해야 하나. 일일이 소란 피우면 귀찮음만이 늘어날 걸~?"

무서울 만큼 쉽사리 마코토 군은 웃는 얼굴로 답했다. 감금당했으면서 긴장 풀린 태도는 이상하긴 하다. 너무 순진하다—— 나는 왠지 소름이 끼쳤다.

마오 군은 그 말을 그대로 믿은 건지, 그냥 흘린 건지—— 항상 깊이 파고들지 않는 성격을 발휘해 추궁하지 않았다.

그리고 듣기에 편안한 말로 마코토 군의 태도에 호의적인 설명을 붙였다.

"그렇구나. 너도 씩씩해졌네. 야, 너무 빨리 먹지 마. 빈속에 갑자기 많이 넣으면 다시 나올 수도 있거든? 무대 위에서 토하면 안 된다?"

"으흡~! 그래도 배고파!"

"냠냠. 먹으면서라 '미안' 하지만 한숨 돌리고 에너지 충전하면서……. 앞으로 어떻게 할지 작전을 짤까. 아아 혈당이 올라 드디어 머리가 돌아가기 시작했어~♪"

어디까지나 즐거운 듯 느긋하게 식사를 이어 나가며.

마코토 군은 다소 버릇없이 먹으며 컴퓨터를 조작했다.

"빼앗겼던 노트북이나 스마트폰도 되찾았으니 정보 수집은 내게 맡겨☆"

"얏호~! 역시 웃키~ 든든해☆"

"너무 칭찬하지 마~. 부끄럽잖아~♪ 노래와 춤에선 뒤처지는 편이니 다른 걸로 보완해야지?"

아마 의미도 없이 칭찬하는 스바루 군에게 마코토 군은 솔직하게 부끄러워하며 웃는다. 디지털 기기를 잘 다루는 그는 이야기를 하면서도 끝없이 타이핑하고 있다.

"아무튼. 우리가 순조로이 이길 수 있었던 것도 이유가 있어. 강호 '유닛'들이 초반에 많이 탈락했어."

마코토 군이 없는 동안에는 이런 정보 수집은 내가 해서── 그가 있어 주면 정말 든든하다. 원하는 지식을 척척 모아 준다.

아이돌에게 필요한 스킬인가 하면 고개를 갸웃거리긴 하겠지만 마코토 군의 정보 수집 스킬은 『Trickstar』의 강대한 무기 중 하나다.

감탄하며 바라보는 나를 알아채지 못하고 마코토 군은 다소 표정을 진지하게 바꾸며 이야기한다.

"『유성대』도 학생회장의 『fine』에게 첫 시합부터 도전해 아쉽게 졌어. 역시 승리는 잡지 못한 것 같지만 분위기가 굉장했다는 거 같은데~?"

우리를 난도질한 학생회장이 이끄는 『fine』와 특훈에 함께 해 준 『유성대』가── 그렇게 빠른 시점에서 격돌하고 있었던 건가. 한심하게도 나는 처음 알았다.

우리가 첫 시합에서 사용했던 야외 무대와 그들이 대결하던 무대 사이에는 상당한 거리가 있었기에── 알아채지 못했다. 다른 곳의 상황을 신경 쓰고 있을 수 있는 상태도 아니었고.

【DDD】는 토너먼트 같은 행사지만 처음부터 대진표를 정한 건 아니다. 진행 상황에 따라 다양한 대전 카드가 발생한다.

스바루 군이 의외라는 듯 눈을 동그랗게 뜨고서 작게 신음했다.

"그렇구나. 치~쨩 선배, 『fine』에게 도전한 거구나."

"분명 『fine』를…… 학생회장을 소모시키기 위해서일 거야. 그 완벽초인의 유일한 약점이 체력이니까 그 점을 노린 거지."

마오 군이 상당히 정확하게 『유성대』의 행동── 그 의도를 헤아린다. 그러고 보니 마오 군도 스바루 군과 함께『유성대』대장인 치아키 씨가 이끄는 농구부에 있다 했던가. 모르는 사이는 아닌 것이다. 그러니 이해할 수 있는 거겠지.

치아키 씨가 한 행위의 고귀함과 가치를.

"몸을 내던져 우릴 위해 싸워 준 거야. 역시 우리 부장은 듬직하고 존경할 수 있는 사람이야…… 안 그래? 스바루♪"

"기본적으로 성가시지만~. 하지만 그래 가끔은 친절하게 대해 줘 볼까~?"

왠지 토라진 듯, 낯간지러운 듯, 조금 특이한 반응을 보이는 스바루 군을──마오 군이 놀리듯 팔꿈치로 살짝 찔렀다.

서로 장난치는 두 사람을 부러운 듯 바라보며 마코토 군이 추가 정보를 준다.

"지금 영상으로 확인했는데 정말 총력전이었던 것 같아. '사실상 결승전' 이었다고 교내 커뮤니티에서 화제가 됐어."

영상을 띄운 컴퓨터를 우리 쪽으로 돌려 보여 준다.

"첫 시합 중에선 유일하게 투표에서 승부가 나지 않아 연장전까지 갔다고 하는데~?"

화면 속에서 순백의 천사 같은『fine』와 다섯 빛깔로 칠해진 정의의 사도『유성대』가 정면에서 대결하고 있다. 화질은 나쁘고 인파 속에서 소리를 트는 것도 그렇다 싶어 무음이었지만 그래도 예사롭지 않은 박력이 전해져 온다.

"덕분에 『fine』의 곡이나 연출 부분을 상당히 파악할 수 있을지도. 그 학생회장도 패를 아낄 여유가 없었겠지."

마코토 군이 그렇게 결론짓는다. 『fine』는 오랫동안 활동 중지 상태였다고 해서 실제로는 거의 수수께끼의 존재다. 일전의 『B1』에서 조금은 드러냈지만 그런 건 거대한 빙산의 일각──아주 작은 일부밖에 되지 않겠지.

그 학생회장이니 보여도 상관없는 것만 보였을 거고.

신비의 베일에 싸인 그들의 무장과 전력이 많은 사람 눈에 드러난 의의는 크다.

미지는 곧 공포다. 『유성대』는 『fine』의 위협을 크게 줄여 주었다. 몸을 던져── 괴물의 정체를 파헤치고 희망을 준 것이다. 그들은 역시 히어로다.

감동하고 있는 내 옆에서 마오 군이 궁금한 점을 물어봤다.

"음. 총력전이면 호쿠토도 『fine』의 멤버로 나온 거야?"

그렇다. 그런 악몽 같은 가능성이 엄연히 존재하고 있다. 우리의 소중한 동료였던 호쿠토 군은 지금 가장 큰 적 군단에 들어가 있다. 만약의 이야기지만 『fine』의 의상을 입은 호쿠토 군과 피투성이가 되도록 사투를 벌이는 전개도 있을 수 있다.

그런 상황이 됐을 때 우리는 이성을 유지할 수 있을까. 생각하기만 해도 속이 메슥거린다.

마코토 군도 그 말에 처음으로 그 가능성을 알아챘는지 다소 얼굴이 새파래져 있다.

"아니……. 대충 훑어봤지만 히다카 군은 무대에 오르지 않았던 것 같아. 아마 이적한 지 얼마 안 돼【DDD】가 열렸으니 의상이나 다른 준비가 덜 된 거 아닐까?"

"그렇구나. 조금 안심했어."

스바루 군이 상상만으로도 재기불능 상태가 됐는지── 의기소침한 모습을 보인다.

"『fine』가 된 홋케~는 보고 싶지 않은걸."

"하지만 의상 등의 준비가 끝나면【DDD】무대에 설 가능성이 있잖아. 결승전 같은 데서 호쿠토와 싸우게 될지도 몰라. 그 점은 각오하는 게 좋을 거야."

항상 말하기 어려운 말을 해 주는 마오 군에게 마코토 군이 작게 떨며 고개를 끄덕였다. 싫은 것은 생각하고 싶지 않은 건지 고개를 흔들어 긍정적인 화제를 고른다.

"가능하다면 그런 슬픈 일은 피하고 싶어……. 철저히 연구해서『fine』와 대결할 때를 위한 전략을 세울게."

"응, 다 함께 생각하자. 치~쨩 선배의 희생을 헛되이 하지 않기 위해서도── 우리가『fine』에게 승리하는 거야!"

스바루 군이 농담인 건지 진심인 건지 애매했지만 반응하기 어려운 발언을 한다.

"치~쨩 선배, 편히 잠들어! 경례~☆"

마치 전사한 것처럼 말한다……. 라이브에서 대결했을 뿐이니 살아있을 거라 생각하지만. 하지만 그걸로 분위기가 단숨에 밝아져 마코토 군은 안심한 건지 미소 지었다.

소중한 후배를 위해 싸운 치아키 씨에게 감동했는지 마코토 군이 화면 속에서 힘차게 뛰어오르는 『유성대』멤버들을 보며——불쑥 속삭였다.

"사랑받고 있네. 아케호시 군은. 부러워."

"웃키~도 세나 선배에게 사랑받고 있잖아?"

"그, 그런 병적인 사랑은 필요 없어! 그나저나 그게 사랑이야?!"

언급하고 싶지 않은 화제였는지 마코토 군이 과할 정도로 싫어하며 눈동자가 흔들린다. 헛기침을 하고 다소 억지로 논점을 수정한다.

"아무튼. 『fine』와 『유성대』의 대결이 관객의 이목을 끈 덕에……. 우리 무대엔 전학생 쨩이 불러준 손님들의 비율이 커졌어. 그게 투표에도 반영되어 『Knights』를 이길 수 있었던 거야."

갑자기 화살이 내게 날아왔기에 놀라 사레가 들릴 뻔 했다.

"맞아 맞아! 전학생에게도 신세를 졌어~. 결국 복면 쓴 채로 무대에 계속 올랐고 ♪"

"아하하. '수수께끼의 마스크맨'으로 교내 커뮤니티에 화제가 됐는걸~?"

"큰일을 한 건 아니지만 있어 주기만 해도 마음이 든든해. 호쿠토가 돌아올 때까진 전학생은 그렇게 할 생각이란 느낌?"

스바루 군, 마코토 군, 마오 군이 각자 호의적인 시선을 내게 보내 준다. 미안하고도 고맙다—— 이상한 소문이 나는 건 오히려 곤란하지만.

아무튼 실제로 나는 지금까지 있었던 모든 라이브에 일단 참여하고 있다. 복면을 쓰고 호쿠토 군의 백분의 일 정도밖에 도움이 되지 않더라도. 그것이 이번의 내 역할이다.

거동이 수상해지는 나를 보며 쓴웃음을 짓고 마오 군이 머리를 숙인다.

"호쿠토의 자리를 대신해 주고 있는 거구나. 고마워. 마음속 빈 구멍이 조금은 채워졌어."

"하지만 말이야. 그러고 보면 전학생의 친구나 동생이 응원해 주러 왔잖아. 그 덕에 우리가 이길 수 있었던 것도 있고."

스바루 군이 무구하게 그다지 눈치채지 말아줬으면 했던 점을 지적해온다.

"만나러 가지 않아도 되겠어? 전학한 지 얼마 되지 않았으니 오랜만이란 느낌은 아닐지도 모르겠지만. 우리도 인사와 감사를 전하고 싶은걸~☆"

"그래. 일단 우리는 아이돌이고──."

마오 군이 스바루 군에게 동의하며 장난기 있는 말을 한다.

"소개하면 분명 깜짝 놀랄 거야~♪"

어쩔까. 실제로 그 말이 맞지만.

전에 있던 학교 아이들이나 동생이 투표해 준 덕택에 어려운 상대인 『Knights』에게 승리할 수 있었다── 그 후에도 그들은 계속 우릴 따라와 응원해 주었다.

앞으로 나아갈 추진력과 희망을 지속적으로 주었다.

은혜에는 보답해야 한다. 적어도 감사의 마음을 전해야 한다. 그것은 인간으로서 최소한 알아 두어야 할 예의다. 그런 건 물론 이해하고 있지만.

소중하고 멋진 『Trickstar』의 모두를 소개해 자랑스레 내보이고 싶은 마음이 있지만—— 역시 한심하게도 아직 조금 무서웠다.

도망쳐서는 안 된다. 미뤄서는 안 된다. 상처가 곪기 전에 치료할 노력을 해야 한다. 게다가 목숨을 구해 줬는데 은인을 모르는 척하는 것도 염치없는 짓이다. 그런 건 아주 잘 알고 있다.

하지만 움직일 수 없다. 나는 겁쟁이다.

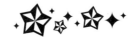

세 사람이 고개를 숙이고 침묵한 나를 이상하게 보려던 차——.

그 순간 마치 도움을 주듯 접촉한 자들이 있었다.

"오오! 여유롭네요. 승자 그룹은."

어느새.

우리 앞에—— 『2wink』의 두 사람이 팔짱을 끼고 뽐내며 서 있었다. 같은 공장에서 만들어진 대량 생산품처럼 완전히 같은 자세와 표정이다. 그렇기에 어느 쪽이 히나타 군이고 유우타 군인지 한눈에는 알 수 없었다.

여전히 상식을 벗어난, 어지러운 주위 풍경에 녹아들지 않는 쌍둥이다.

그들도 【DDD】에 참전했는지 '유닛' 전용의상을 입고 있다. 인파 속에서도 눈에 잘 띄는 케미컬한 형광색.

두 사람은 노골적으로 연기하는 것처럼 얼굴을 맞대고 소곤소곤 이야기를 나누고 있다.

"들으셨어요. 사모님? 저 사람들 우쭐해하고 있네요~!"

"그러게 말이에요. 사모님~. 정말 실례네!"

"갑자기 뭐야. 그런데 말투는 또 왜 그래. 너희 원래 그랬어?"

"오~.『2wink』! 잘 지내~?"

황당해하는 마오 군 옆에서 스바루 군이 기쁜 듯 인사하며──포옹을 원하는 듯 양팔을 펼친다.『2wink』는『S1』에서 함께 혁명을 달성했던 동지이자 든든한 아군이다. 함께 특훈을 했기에 서로의 마음을 잘 알고 있다.

물론 그『S1』과는 상황이 다르다──【DDD】에선 모두가 우승을 목표로 하는 라이벌 관계다. 친하게 지낼 순 없지만 친근감은 사라지거나 하지 않는다. 귀성한 손자들을 보는 할아버지나 할머니처럼 우리에게 기쁨이 넘쳐흐른다.

대환영 모드인 우리에게『2wink』은 곧바로 웃는 얼굴을 하고 다가온다.

"잘 지낼 리가 있어? 이래 봬도 좌절 중이라고! 위로해 줘!"

"건강하단 의미에선 잘 지냈지만요~. 우리 2회전에서 졌거든요. 체력은 남아돌아요~♪"

"기운이 있는지 없는지, 어느 쪽인 거야……. 너희는 그렇게 빨리 떨어졌구나. 불쌍하게도. 자, 타코야키 줄게♪"

"크으~! 그런 걸로 어물쩍 넘어가지 않을 거야. 어린애도 아니란 말이야! 잘 먹겠습니다……☆"

"먹는 건 먹는구나, 형."

적당히 『2wink』를 달래는 마오 군을 향해 두 사람이 각자 발언한 덕에―― 드디어 구분이 갔다. 무대 위에선 거의 싱크로된 움직임을 하는 두 사람이지만 일상에선 의도적인 건지 상당히 다른 인상의 말투를 쓴다.

기운찬 쪽이 히나타 군이고 다소 얌전한 쪽이 유우타 군이다.

"우하아 타코야키 맛있어~! 냠냠 그래도 말이야~? 당신들 우리에게 감사하라고~. 냠냠♪"

"먹을지 말할지 하나만 해. 형."

마오 군에게 받은 타코야키를 물어뜯는 형―― 히나타 군에게 동생―― 유우타 군이 냉철하게 태클을 걸었다. 여전히 미리 대본이 있는 것처럼 템포 좋게 거의 비는 시간 없이 퐁퐁 말하기에 따라가기가 어렵다.

"그럼 내가 먹을 테니 유우타 군이 말해 줘!"

"뭐~ 그러면 나만 손해 보잖아……"

무리한 요구를 하는 형에게 난처해하며 유우타 군이 비교적―― 솔직하게 설명해 준다.

"뭐 됐어. 사쿠마 선배에게 부탁을 받았거든요. '최종 승리'를 위해 우리 『2wink』는 버림돌이 된 거예요."

"뭐, 어떻게 된 거야?"

불온한 말을 듣고 걱정스러운 듯 스바루 군의 표정이 어두워진다. 그런 그를 보며 분위기가 너무 무겁지 않게 배려한 건지 유우타 군이 가벼운 말투로 설명했다.

"『유성대』가 지침을 정한 느낌이 들어요. 아무튼 우리는 『fine』

의 전력을 깎고 소모시키는 데 주력했어요."

"무대 위를 뛰어다니며 교란하거나 연주를 방해하거나 했지~? 『fine』도 상당히 짜증이 난 것 같아 보였고, 괜히 더 피곤해졌을 걸?"

금세 타코야키를 다 먹고 히나타 군이 당연한 듯 자연스레 말을 잇는다. 그것에 익숙한지 유우타 군이 신경 쓰지 않고 어깨를 으쓱였다.

"덕분에 당분간 드림페스 출전 정지 처분을 받았지만……. 형, 너무 까불었어. 학생회장에게 달려들기까지 했잖아. 페널티도 당연한 거 아냐?"

"아하하, 소란 피우다 보니 왠지 신이 나서 말이야~ ♪"

어째선지 부끄러워하며 웃는 듯한 표정이 된 히나타 군이었지만 굉장한 일을 했다──그 학생회장에게 달려들다니 생각하는 것만으로도 두렵다. 뭐 누구도 만질 수 없는 절대자 같은 '황제'지만 살아있는 인간이니 만지는 건 불가능하지 않다.

보통 그런 무서운 일은 아무도 하지 않는 것뿐이다.

페널티를 굳이 받아가며 퍼포먼스를 질질 이어갔다. 『S1』때도 그랬지만──그들은 금기에도 주저 않고 다가가 일반인이 선을 그어 접근조차 하지 않는 영역에도 쉬이 발을 들이고 만다. 생각이 없어서가 아니라, 아마 강하기 때문에.

필요하다면 도전한다. 그리고 해내고 만다. 전에 있던 학교 아이들에게 제대로 고맙다고 인사하지 못한 나와는 정말 다르다. 존경할 수밖에 없다. 무서운 아이들이다.

"아무튼 저희 말고도—— 그 뒤에도 계속 사쿠마 선배의 입김이 들어간 '유닛'이 학생회장에게 도전했어요. 선배가 철저히 단련시킨 정예 '유닛'들이 말이죠."

유우타 군이 득의양양하게 말하고 완전히 같은 표정의 히나타 군도 동조한다.

"사쿠마 선배가 우수한 트레이너라는 건 다들 알지? ♪"

"그리고 준결승에선 사쿠마 선배가 직접 『fine』에게 도전하는 것 같아요."

훌륭한 장난을 떠올려 낸 어린애처럼 두 사람은 소리죽여 웃고 있다. 총탄이 난무하는 전장 속에서 즐겁게 놀며 참견하는 장난꾸러기 요정 그 자체다.

"【DDD】라면 일반 관객에 여자 관객도 있을 테니 하카제 선배도 땡땡이치지 않고 참전할 거고. 학생회장이라도 고전하겠죠."

"호오, 굉장히 전략적으로 『fine』를 노리고 있구나~."

쌍둥이의 설명을 듣고 스바루 군이 감탄하고 나서—— 살짝 고개를 갸웃거렸다.

"그래도 왜 그렇게 번거로운 짓을 하는 거야?"

"그런 질문을 하다니 경우에 따라선 확 때려버릴 거예요. 천진난만하네……. 뭐 전에 『B1』에서 창피를 당하게 한 설욕도 있겠지만요."

유우타 군이 자신도 소속된 경음부 대장인 레이 씨의 의향을 대변한다. 성이 난 건지 뭔지 스바루 군에게 얼굴을 가까이 하고—— 찌릿 노려보며.

"사쿠마 선배도 말로는 '우리가 『fine』를 타도하기 위한 포석이니라 ♪' 라고 했지만. 당신들을 도우려는 것이기도 해요."

능숙하게 레이 씨 흉내를 내며 갑자기 진지한 태도가 된다.

"사쿠마 선배는 당신들에게 기대하고 있어요. 지금까지 당신들이 승리한 것도 '그런 이유' 가 있었다고 생각해요."

항상 우스꽝스럽게 구는 쌍둥이도 지금만큼은 진지하게 말해 주었다.

"모두 기대하고 있어요. 『유성대』도, 『UNDEAD』^{언데드}도, 우리 『2wink』도. 『홍월』을 쓰러트리고 이 학원에 혁명의 바람이 불게 해 준 당신들에게……. 모두 당신들을 응원하고 있어요. 시계가 멈췄던 이 학원의 역사를 움직이게 해 준 『Trickstar』를."

"다시 한번 기적을 보여 줘. 선배들 ♪"

진지하게 이야기하는 게 쑥스러운지 히나타 군이 손뼉을 치며 분위기를 돋운다.

"……그렇구나."

평소라면 즐거운 분위기에 이끌려 바보 같은 소리를 하는 스바루 군이 쌍둥이의 설명을 듣고—— 놀랄 정도로 아름답고 순수하게 웃었다.

"그랬구나. 우리가 해 왔던 건 헛된 일이 아니었구나. 제대로 전해졌었구나. 모두의 마음에."

"더더욱 질 수 없는 이유가 생겨버렸네."

"기뻐! 우리는 혼자가 아니었구나 ♪"

귀여운 구세주들에 마오 군과 마코토 군도 감격한 것 같았다.

뜻밖에 진지하게 받아들여 주는 모습에 반대로 곤란한 듯 유우타 군이 머뭇거렸다.

"참. 그렇다고 해도 아무리 소모시켜도 『fine』는 학원 최강—— 확실히 이긴다는 보장은 없어요. 하지만 '좋은 승부'로 만족해도 곤란하다고요?"

앞으로 다시 전장에 나가기 위해 휴식 중인 우리를 대화로 지치게 하는 것도 그렇다 싶었는지 유우타 군이 크게 머리를 숙여 이야기를 매듭짓는다. 형의 머리를 톡톡 때리며.

"저희 몫까지 무대에서 빛나 주세요. 그것만 전하고 싶었어요. 이야기할 수 있어서 영광이었어요. ……자, 그만 가자 형. 언제까지 타코야끼 먹고 있을 거야?"

"에~! 싫어~. 돌아가는 곳은 '독방'이란 별명이 붙은 반성실이잖아?"

옷을 잡아당기는 동생에게 저항하며 히나타 군이 어째서인지 내 배에 안겨든다. 행동의 의미는 모르겠지만—— 여전히 스킨십이 넘치는 아이다.

잘 모르겠지만 그 머리를 쓰다듬는다. 햇빛을 흡수한 건지 굉장히 뜨겁다.

"쿠누기 선생님이 반성문용 원고지를 쌓아놓고 만반의 준비를 하고 우릴 기다리고 있을 거잖아~?"

"기다리게 할수록 반성문 양도 늘어날 거야. 이제 그만 포기하고 가자 형~?"

"NOOO! 그럼 유우타 군이 내 대신 반성문 써 줘~! 글씨체도 비슷하니 괜찮다니까. 난 나보다 강한 녀석을 찾기 위해 수행을 떠나겠어!"

"안 된다니까. 애초에 반성문을 쓰게 된 건 형이 무대에서 너무 소란 피운 탓이잖아~?"

싫어하는 형을 억지로 내게서 떼어내 열심히 끌고 가며—— 유우타 군이 윙크하며 다시 작별 인사를 입에 담는다.

"그럼 실례할게요. 준결승 힘내세요 ♪"

"지면 가만 안 둘 거야. 반성실에서 몰래 빠져나와 응원하러 갈 거니까~ ♪"

단념한 건지 그대로 끌려가며 히나타 군이 손을 흔들어 준다.

"그래. 우리 『Trickstar』가 최고의 공연을 보여줄게☆"

그에 힘차게 답하며 스바루 군이 몸을 떨며 환희의 목소리를 냈다. 쌍둥이 덕에 다시금 각오도 다졌다. 미래가 있는 아이들에게 최고로 멋진 꿈을 보여 주자.

지금은 잠시 쉬고 있지만 『Trickstar』는 당장에라도 방대한 반짝임을 내뿜기 시작하겠지. 상냥하고 든든한 아군이 이렇게나 많이 있다. 우리는 고독하게 싸우고 있는 게 아니었다.

그러니 누구에게도 지지 않는다. 어떤 곤란도 격파해 보일 것이다. 혁명의 그날처럼.

"아하하. 아까까지 녹초였는데 거짓말처럼 회복됐는걸~?"

"응! 준결승이 기다려져. 반드시 이기자!"

완전히 활력을 되찾은 마오 군의 말에 고개를 끄덕이며 마코토 군이 주먹을 꽉 쥔다. 그것을 자신의 가슴에 얹고 영원한 사랑을 맹세하듯 드높이 외쳤다.

"우리 모두 힘을 모아 또다시 기적을 일으키자 ♪"

그 후.

배를 채우고 휴식을 마친 우리는 전속력으로 유메노사키 학원 안을 달리고 있었다.

"빨리~! 서두르지 않으면 준결승에 지각하겠어. 모처럼 여기까지 올라왔는데! 지각으로 부전패라니 너무 창피하잖아!"

"뒤처졌어, 전학생. 아아, 그냥 내가 손잡아 줄게! 긴급사태니 봐줘 ♪"

평소처럼 선두를 달려 나가는 스바루 군 뒤에서 역시 초조한 표정을 띄운 마오 군이 다정하게 내 손을 잡아당겨 준다. 마오 군은 처음 만났을 때부터 나를 여자애 취급해 준다고 해야 할까 배려해 주고 있지만——스바루 군 같은 경우엔 거리낌 없이 안겨들거나 하기에 전혀 괜찮기는 하다. 이미 익숙해졌다.

적어도 발목을 잡지 않도록 열심히 달리고 있는 내 뒤 갑자기 시작된 우당탕 소란에 따라가지 못하는 마코토 군을——마오 군이 손짓해 부른다.

"마코토도 '우물쭈물' 하지 마. 공들여서 몸단장할 시간은 없거든? 되도록 의상이 망가지지 않게 조심하면서 신속하게 이동해!"

"그, 그렇게 잘할 수 있는 건 이사라 군밖에 없는걸~?!"

입가에 손을 얹고 마코토 군은 기분이 나빠졌는지 파랗게 질려 있다.

"기다려~! 날 두고 가지 말아줘~! 하아, 히이……배터지게 먹었더니 속이 무거워. 옆구리가 아파! 으아아. 왜 이런 일이~?!"

"엄살은 나중에 부려. 그건 그렇고, 지각할 뻔한 건 웃키~가 오래오래 점심밥 먹어서 그런 거잖아!"

"하지만 배가 고팠는걸!"

뒤돌아보며 손가락질하는 스바루 군에게 분발한 건지 마코토 군이 바짝 따라붙는다. 순식간에 우릴 따라잡아 나란히 뛴다. 특훈의 성과인지 마코토 군은 다리가 튼튼해진 것 같다── 감금되어 있던 동안에도 기초 트레이닝은 빼먹지 않았던 모양이고.

든든하다. 그렇다고 해도 마코토 군의 성장을 확인하고 마음 놓고 있을 때도 아니다.

"너희도 참, 싸우지 말라니까~……?"

마오 군도 불평을 늘어놓으면서도 어딘지 기쁜 듯한 표정을 짓고 있다. 나도 같은 마음이다── 호쿠토 군은 없지만 이렇게 달리는 건 굉장히 『Trickstar』스럽다.

"으으! 게다가 준결승이 '강당'에서 열린단 얘긴 못 들었어, 교내 네트워크엔 그런 정보는 어디에도 없었는걸~?"

마코토 군이 숨을 헐떡이며 우리가 단거리 달리기를 하게 된 상황에 빠진 경위를 말한다.

"노점들이 모인 곳 근처에 있는 야외 무대로 가면 될 거라 생각해서 방심 했어~! 결승전만 '강당'에서 하는 거 아니었어?"

그렇다. 갑작스러운 예정 변경에 우리는 끌려다니고 있다. 【DDD】는 학생회 주관일 텐데── 예측할 수 없는 사태가 일어났다. 왠지 이상하게 가슴이 두근거린다.

내 불안이 손을 통해 전해졌는지 마오 군이 뒤돌아보며 미소 지어 준다.

"음~ 사가미 선생님이 전달하러 오셨었으니까, 그 사람은 우리에게 거짓말은 안 하잖아?"

"사리~는 왠지 사가미 쨩을 좋게 평가하는 거 같네~. 다른 반이라서 그 사람의 실체를 모르는 거 아냐? 정말 그 사람을 믿어도 되는 거야~?"

"넌 잘도 말을 심하게 하는구나? 그 사가미 진이라고?"

스바루 군의 발언에 눈을 부릅뜨며 놀라고는 마오 군이 웬일로 격정을 담아 외쳤다.

"살아있는 전설이야! 이미 은퇴했지만 우리 부모님 세대에서 사가미 진이라고 하면 톱 아이돌의 대명사거든?"

그렇다── 아까 운동장에 형성된 노점 구역에서 식사를 하던 우리에게 담임교사인 사가미 선생님이 느긋하게 다가와 아무것도 아닌 것처럼 준결승 무대가 변경됐다는 걸 알려 주셨다. 그는 일도 있을 텐데 평범하게 노점에서 팔고 있는 맥주를 마시며 꼬치구이를 물어뜯고 있어 기분 좋게 취한 모습이었다.

그 모습으로 봐서는 믿어서 좋을 사람 같지 않지만. 그는 우리를 위해 이것저것 애써 주엇으니 적어도 적은 아닐 것이다── 그 정도로는 신뢰하고 있다. 그리고 그가 슈퍼 아이돌이었다는 건 틀림없는 사실이다.

인간으로선 글러먹은 부류지만 아이돌로서는 누구보다도 존경할 수 있다. 그런 그의 발언을 마오 군은 진지하게 받아들이고 있는 모양이었다.

아무튼 우리는 사가미 선생님의 말을 믿고 '강당'으로 급히 이동하고 있다.

"흐흥, 느긋하게 떠들고 있을 때야? 나 먼저 간다 ♪"

"오, 건방져 웃키~! 게 섯거라~☆"

"그냥 달리는 게 즐거워진 거 아냐. 스바루?"

웬일로 선두에 나선 마코토 군을 스바루 군이 술래잡기라도 하는 것처럼 쫓는다. 그런 두 사람을 나와 마오 군이 곤란한 듯 웃으며 쫓아간다.

(음~. 호쿠토의 빈자리가 크게 느껴져. 녀석이 있었다면 따끔하게 정리해 줬겠지만……. 스바루도 마코토도 너무 자유분방해. 장점으로 보든 단점으로 보든 너무 자유로워!)

인파 속을 헤쳐 나가며 떠들썩하게 이동하는 사이 마오 군이 생각에 잠겨 있다. 지금은 멀리 떨어지고 만 소중한 동료── 호쿠토 군의 고마움을 실감하며.

(내가 엄하게 해도 듣질 않으니~. 이 녀석들. 호쿠토는 잘도 이렇게 총알처럼 어디 튈지 모르는 녀석들을 다루고 있었네.)

와자지껄 떠들며 나아가는 스바루 군과 마코토 군을 쓴웃음을 지으며 바라보며.

(……뭐, 여기 없는 녀석을 생각해도 어쩔 수 없나.)

있는 카드로 승부할 수밖에 없다고, 마오 군은 혼잣말한다.

(하지만 결승전뿐만 아니라 준결승도 '강당'에서 한다니……. 중요한 변경인데 공지가 늦었어. 갑자기 정해진 안건이라 현장도 정신이 없는 것 같은데?)

이런 상황인데도 마오 군에겐 여유가 있다. 느긋하게 건강을 위해 조깅하고 있는 것 같은 모습으로 주변을 관찰하고 있다.

(사가미 선생님이 우리에게 공지를 돌리는 걸 귀찮아하다 연락이 늦었다……고도 생각할 수 있지만, 그렇게 보기엔 관객들도 혼란해서 우왕좌왕하고 있단 말이지~?)

실제로 아까부터 정기적으로 공지 방송이 이뤄져 그걸 들은 관객들이 웅성거리고 있다. 서둘러 달리기 시작하는 사람들이 소용돌이치는 혼돈 상태였다.

오히려 사가미 선생님은 준결승에 참가하는 우리에게 무대가 변경됐음을 일찍 알려 주었다── 아마 우리가 빨리 무대로 향해 태세를 갖출 수 있도록 배려해서.

(불필요한 소란을 일으켜서까지 억지를 쓴 이유……. 누가? 뭘 위해서? 내 추리가 맞다면 학생회장이나 그 협력자가 이 사태의

발단일 거야.)

　정말로 호쿠토 군 대신 눈앞의 상황을 분석해 주고 있다. 뭐든 할 수 있는 요령 좋은 그에게는 불가능하진 않겠지. 하지만 어떤 자리에서도 낼 수 있는 와일드카드인 마오 군에게—— 사색에만 시간을 쓰게 하는 건 아까운 느낌이 든다.

　(【DDD】는 교내 곳곳에 배치된 야외 무대를 골라 돌아다니게 돼……. 그런 성질이 있어. 하지만 학생회장은 체력을 소모해 지쳐있을 거야. 만약 준결승을 제압했다 해도—— 더는 돌아다닐 여력도 없을 정도로 여러모로 한계라는 거야.)

　아까 쌍둥이가 이야기해 준 레이 씨가 준비한 계획—— 학생회장의 체력을 소진시켜 무너트린다는 모략. 그 효과가 발휘되어 지금의 상황을 만들었있다. 마오 군은 그렇게 추측한 것 같다.

　(그걸 고려해 학생회 고문인 쿠누기 선생님이나 혹은 학생회 임원 중 누군가가 손을 써서……. 강권을 써서 준결승도 결승처럼 '강당'에서 하게 만들었어.)

　그렇게 생각하면 이야기가 맞아 떨어진다. 모인 모든 상황을 정리하고 주변을 관찰해 마오 군은 추리를 굳히고—— 굳센 미소를 보인다.

　(준결승이 끝난 후 조금이라도 학생회장이 가만히 쉴 수 있게. 그만큼 그 '황제'가 막다른 곳에 몰려 지쳤다는 거야. 물론 그저 추측일 뿐이지만. 그렇게 생각하면 희망이 보여~ ♪)

　우리는 모든 것에 도움을 받고 있다.

　(『유성대』가 시작해 『2wink』와 많은 사람이 이어준 『fine』 대

항책은……. 착실히 학생회장에게 타격을 주고 있다는 거야. 우리에게도 승산이 생기고 있어.)

순풍을 받고 우리는 미래로 향하고 있다.

(물론 우리도 완벽한 상태는 아냐. 호쿠토의 부재, 해산 위기와 늦어진 합류에 따른 연습 부족……. 하지만 1%라도 승산이 있다면 도전할 수 있어.)

전사하기 위해서가 아닌 영광을 쟁취하기 위해──『Trickstar』는 오로지 달린다.

(꿈을 꿀 수 있어! 전력을 다할 수 있어, 부족한 부분은 노력과 근성으로 채우면 돼! 반드시 이기자. 이【DDD】를 지배하는 건 우리야……!)

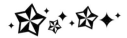

몇 분 만에 '강당'에 도착한다.

유메노사키 학원의 모든 곳에 무서울 정도로 인파가 넘쳐흐르고 있기에 이동에는 어려움이 있었지만── 우리가 휴식 중이던 운동장에서 '강당'은 꽤 가깝다. 우리 의상을 보고 준결승에 참가하는 아이돌이라 눈치채 모두가 길을 열어 주기도 했고.

그래도 우리는 역시 지쳐 무릎에 손을 얹고 숨을 헐떡인다.

쉴 의미가 없어진 것 같다── 세 사람은 역시 체력이 있기에 나처럼 꼴사나운 모습은 보이지 않고 기력을 유지하고 있지만.

"오오, 분위기가 굉장히 달아올랐는데!"

뿅뿅 뛰어오르며 스바루 군은 관광객처럼 즐거운 듯 웃었다.

"관객들로 완전 꽉 찼네~. 두근두근해☆"

"아니아니. 까불 때가 아니거든? 잠시 지나갈게요~『Trickstar』입니다! 지금부터 대전이 있으니 길을 내 주세요~!"

학생회 업무로 인파 정리에는 익숙한 건지 마오 군이 솔선해 선두로 나가 길을 열어 준다. '강당'에는 티켓을 입수한 관객만 들어갈 수 있기에 다른 곳보다도 오히려 질서정연하다. 그렇다고 해도 만석이고 아직 라이브가 시작되지 않았기에 이곳저곳 돌아다니고 있는 관객도 상당히 있다. 움직이고 싶어도 못 움직이고, 오도 가도 못할 것 같다.

『Trickstar』를 보고 모두가 기쁨의 환성을 지른다── 막대한 성원에 온몸을 맞아 기가 죽을 것 같다. 여기까지 승리를 거듭해 우리의 지명도는 상당히 올라간 모양이다. 기대와 선망 등등 여러 가지가 담긴 열정적인 시선을 받는다.

고맙지만 원래 아이돌이 아닌 나는 이런 시선이나 반응에는 익숙하지 않다── 복면을 다시 고쳐 쓰며 모두의 그림자에 살금살금 숨는다.

나와 거의 같은 움직임을 하던 마코토 군이 안경에 조명을 반사시키며 웃었다.

"와아, 단번에 무대까지 길이 열렸어! 모세의 기적이야! 우하아. 박수 소리가 폭격 같아~. 조금 긴장되기 시작했어!"

"아하하. 결승전은 이거와 비교도 안 된다고 해도 말이지, 준결승부터 분위기에 적응하는 것도 나쁘지 않잖아~? 이 성원과 박수를 몇 배 몇십 배로 만드는 게 우리의 사명이야♪"

마코토 군의 등을 때리며 북돋아주고 마오 군이 긍정적인 마음가짐을 이야기 한다. 평소처럼 온화한 대화를 나누며 어떻게든 무대 가까이에 도착했다. 승부를 시작하기 전부터 괜히 지치고 말았지만—— 긴장감은 점점 높아져 간다.

어째선지 '강당'의 모든 것에, 평화롭고 천국 같은 분위기가 가득 차 있다. 어째서일까——관객들은 모두 웃는 얼굴로 우리를 받아들여 주고 있다.

"힘차게 가자~! 자, 우리 대전 상대는……?"

마오 군이 아름다운 몸짓으로 무대에 올라 거기서 기다리던 상대와 대치한다. 곧바로 눈이 동그래지며—— 의외라는 듯 휘파람을 불었다.

"너희 말이야, 너무 늦잖아! 무슨 생각으로 지각할 뻔한 고야?!"

무대 중앙에 사랑스러운 인물이 자신만만하게 서 있었다. 팔짱을 끼고 한껏 무서운 표정을 짓고 있지만—— 작은 동물이 위협하는 모습으로만 보인다.

신선한 꿀 같은 머리칼. 루비처럼 붉은 눈동자. 입고 있는 건 수병복 같은 깨끗하고 하얀 의상.

『Ra*bits』의 리더, 니토 나즈나 씨다.

엄하게 꾸짖는 그를 보고 늦게 무대 위에 오른 스바루 군이 아무 망설임도 없이 달려들어 꼬옥꼬옥 끌어안는다.

"나즈나! 오늘도 귀엽네♪"

"반말하지 마! 선배라고~! 그나저나 '귀엽다' 고 하지 마!!"

버둥버둥 발버둥치는 나즈나 씨에게 우물쭈물하며 나와 함께 무대에 어떻게든 기어오른 마코토 군이—— 꾸벅 인사한다. '강당'에는 어떤 흉악한 적이 기다리고 있을까 불안겠지. 악의가 눈곱만큼도 없는 그의 모습이 눈에 들어와 안도하고 있었다.

"니토 선배! 준결승 상대는 니토 선배네 '유닛'인가요……?"

"그래☆ 각오하라고~ 너희들! 이왕 할 바엔 이겨줘게써 ♪"

"아하하. 여전히 발음이 이상하네요……?"

덤벼드는 나즈나 씨에 마코토 군은 오히려 마음이 누그러진 건지 수줍어하고 있다. 친해 보이는 분위기—— 그런 두 사람을 보고 의아하다는 듯 나즈나 씨에게 뿌리쳐진 스바루 군이 물었다.

"어라, 웃키~는 나즈나와 아는 사이야?"

"오히려 내가 할 말이거든. 니토 선배는 우리 방송위원장이야. 아케호시 군과도 아는 사이 같네~. 신기한 인연인걸 ♪"

그렇구나. 나즈나 씨과 마코토 군은 방송위원회 소속이다. 유메노사키 학원에 항상 흐르고 있는 방송—— 귀에 친숙한 목소리의 소유자들. 아직 나는 부활동이나 위원회를 잘 모르지만, 역시 '유닛' 이외에도 방대한 관계성이 있다.

누구와 누가 어떤 사이인지 빨리 파악해야지——'프로듀서'니까. 그런 생각을 했다. 지금은 별로 그럴 때가 아니지만.

항상 무대에서 꽉꽉 긴장하는 마코토 군도 아는 사람이 상대임을 알고는 완전히 편해졌다. 몇 번이고 힘차게 머리를 숙인다.

"니토 선배, 오늘은 잘 부탁드립니다!"

"응 ♪ 넌 예의가 있어서 좋아. 편히 고개를 들라~!"

농담처럼 어째서인지 영주님 말투로 이야기하는 나즈나 씨. 모든 언동이 하나같이 사랑스럽다. 귀여운 걸 보고 행복해지는 우리의 마음을 다잡게 하려는지 나즈나 씨는 오히려 걱정스러운 듯 얼굴을 찌푸리며 설교를 시작했다.

"그래도 방송위원장으로선 잔소리해 주고 싶긴 하지만. 정신 똑바로 차려하 한다~ 마코찡? 준결승 무대가 '강당'이 됐단 정보를 바로 캐치하지 못해서…… 그렇게 당황하게 된 거잖아~?"

마코토 군의 코끝을 손끝으로 찌르며 소악마처럼 나즈나 씨는 도발적으로 웃는다.

"난 제~대로 '맨 먼저' 도착했거든 ♪"

"아하하. 정곡을 찌르시네요. 정말 대단해~. 나도 더 열심히 해야지!"

"저기, 방송위원회는 첩보조직 같은 거야?"

화기애애한 방송위원 두 사람을 보고 웬일로 스바루 군이 태클을 걸고 있었다.

실제로 항상 마코토 군은 디지털 기기를 구사해 정보 수집을 담당해 주고 있다── 그뿐만 아니라 방송위원회는 모두 그런 스킬을 보유하고 있는 모양이다. 그러고 보니 첩보활동이 특기인 닌자『유성대』의 센고쿠 시노부 군도 방송위원이었던 것 같은데.

그다지 관계없는 걸 생각하고 있는 내 옆에서 스바루 군이 주변을 돌아봤다.

"음~. 나즈나네 '유닛'이 대전 상대라는 건……?"

"아케호시 선배!"

무대 뒤에서 그런 그를 부르는 목소리가 있다.

목소리가 들려온 곳을 보니 사랑스러운 『Ra*bits』의 멤버——시노 하지메 군이 작게 손을 흔들고 있었다.

지금까지 연전을 헤치며 흐트러진 화장이나 의상을 무대 뒤에서 손보고 있었던 거겠지. 정말로 여자애처럼 헤어브러시로 머리를 빗고 있었다.

그 뒤에서 『Ra*bits』멤버인 토모야 군과 미츠루 군도 '무슨 일이야?' 같은 느낌으로 얼굴을 보이고 있다. 아직 경험이 적은 1학년들은 본 무대 전에 준비가 느린 것이리라. 활기차게 떠들며 의상을 서로 입혀주거나 하고 있다.

무대 위에 스바루 군이 있는 걸 발견하고 기뻐졌는지 헤어브러시를 꼬옥 쥔 채 하지메 군이 다가온다. 정말 좋아하는 주인님을 맞이하는 애완동물 같다.

"기다렸어요! 상당히 늦으시길래 정말 걱정했어요 ♪"

"시노농!"

신비한 애칭으로 하지메 군을 부르며 스바루 군이 만면의 미소로 끌어안으러 간다. 나즈나 씨처럼 저항도 하지 않고 하지메 군은 그대로 온기를 받는다.

"그랬구나 그랬구나. 너도 준결승까지 올라왔구나! 대단해. 잘했어! 착하다, 착해~ ♪"

"에헤헤. 선배들도 열심히 하고 계시다고 들어서 저도 열심히 해야겠다 생각했어요…… ♪"

행복한 듯 모처럼 정돈하던 머리칼을 엉망으로 만들며 하지메 군은 가까이서 스바루 군을 바라보며 볼을 붉히고 있다. 항상 생각하지만 연인 같은 스킨십을 하네── 사이가 좋아 아주 훌륭하긴 하다.

완전히 무대 위이기에 많은 사람이 보고 있지만 그들은 전혀 신경 쓰지 않는다.

아무튼. 우리의 준결승 상대는 『Ra*bits』인 모양이다.

버릇없는 소리이고, 잘난 척할 수도 없지만 뜻밖이다. 그 꺼림칙했던 『S2』에서 눈물에 젖었던 미약한 모습이 뇌리에 강렬하게 남아 있어 그런 걸까.

하지만 그들은 격전을 넘어 정점 가까이에 다다른 것이다.

그들은 괴롭힘당하기만 하는 작은 동물이 아니었다── 그들이 이 자리에 있는 것이 내 일인마냥 자랑스럽고 기뻤다. 어째선지 미아가 됐던 애완동물이 돌아온 것처럼 감동하고 만다. 스바루 군도 격하게 기뻐하며 하지메 군을 끌어안고 빙글빙글 돌고 있다.

"잘했어~. 대단해! 헹가래 쳐 줄게, 으싸 으싸☆"

"와아! 아케호시 선배가 기뻐해 주시니 저도 정말 기뻐요~♪"

하늘로 뛰어 오르는 사랑스러운 아기 토끼. 그것은 동화처럼 행복한 광경이었다.

운명에 갈라진 연인들이 재회한 것처럼 스바루 군과 하지메 군은 계속 서로를 끌어안고 있다. 누구도 방해할 수 없는 성스러울

정도의 분위기.

그런 두 사람을 놀랍다는 듯 바라보며 늦게 준비를 마친 토모야 군과 미츠루 군이 사이좋게 이야기를 나누며 모습을 드러냈다.

"정말 사이좋네. 하지메, 그래서 대결할 수 있겠어? 준결승에선 서로 적이라고."

"에이 괜찮잖아. 한 번 정도는 화기애애하게 대결해도! 그게 청춘이라구. 스포츠맨십에 따라 서로 땀을 흘리는 거라구☆"

"다 안다는 것처럼 말하지 마~. 미츠루 주제에."

"주제라니! 토모 쨩은 나를 대하는 기본이 되어 있지 않다구☆"

"네가 대체 뭐라고. 뭐, 준결승인데 전혀 긴장감이 없는 건……. 조금 부럽다고 할까, 감탄스럽지만?"

스바루 군을 흉내 내듯 무의미하게 안겨드는 미츠루 군을 성가시다는 듯 '꾹, 꾹' 밀어내며 토모야 군이 앞으로 나선다.

우리가 있는 걸 발견하고 제대로 인사를 하며 극히 당연한 조언을 해 준다.

"그나저나 그만 떠들고 준비하시는 게 좋을 거예요, 『Trickstar』 선배님들~. 늦게 오셔서 라이브 시작 시간까지 얼마 안 남았으니까요?"

그 시선이 『Trickstar』 모두에게 차례차례 향한다. 아아, 아마 토모야 군은 그가 경애하는 연극부의 선배── 호쿠토 군을 찾고 있는 거겠지.

하지만 지금 그는 우리 곁에 없다.

그것을 확인하고 숨을 죽여 다소 굵은 눈썹을 늘어뜨린 후 무대 위에서 그런 표정을 지어선 안 된다고 생각했는지―― 토모야 군은 무리하게 미소 지었다.

"공연장도 저희도 이미 준비되어 있으니까요 ♪"

"충고 고마워."

마오 군도 나와 같은 추측을 했는지 호쿠토 군을 언급한다.

"너 호쿠토네 연극부 후배였지. 혹시 그 녀석 못 봤어? 【DDD】가 시작된 후 한 번도 모습이 보이지 않아서 조금 불안한데……?"

"음? 걱정하지 않으셔도 호쿠토 선배는 분명 어딘가에서 활약하고 계실 거예요!"

조금 불만스러운 듯 토모야 군이 입술을 삐죽이며 반발한다. 다른 사람들에게 호쿠토 군의 이탈 이야기가 어떻게 전해지고 받아들이고 있는지는 모르겠지만―― 그를 잘 붙들어 매 두지 못한 우리에게 토모야 군은 생각하는 바가 있는 모양이다.

하지만 우리를 질책해도 어쩔 수 없음을 아는지 토모야 군은 여러 감정을 꾹 삼켰다. 입술을 꽉 물고 눈물을 머금고 있었다.

강하고 상냥한 아이다――그런 아이에게 이런 표정을 짓게 만들어선 안 됐는데.

"……그저 다음 무대로 이동하던 도중 한 번 봤었는데. 호쿠토 선배 제가 있는 것도 몰라보신 것 같았어요."

침통한 표정으로 토모야 군은 한탄하듯 속삭이고 있다.

그 한 마디 한 마디가 우리에겐 혹성보다 무겁고―― 아팠다.

"그런 선배는 처음 봤어요. 고개를 숙이고 어두운 표정으로……. 대체 무슨 일이 있었죠? 어째서 갑자기 『Trickstar』와

따로 움직이게 된 거죠?”

“그건 우리가 듣고 싶어. 지금은 서로 다른 사람 걱정할 때가 아니잖아~. 너희들이 얼마나 성장했는지 확인해 줄게.”

스바루 군이 다소 강경하게, 고집 부리듯 어깨를 으쓱인다. 그도 아직 호쿠토 군이 떠나버린 것에 대해 매듭을 짓지 못하고 있다.

피를 흘리는 자신의 상처를 다른 사람이 만지면 역시 가만히 있을 순 없다. 도전하듯 노려보고 있다. 그런 그에게서 토모야 군을 지키듯——나즈나 씨가 끼어들었다.

“호오, 건방진데 2학년 꼬맹이~?”

긴장감이 커져가던 공기를 누그러뜨리기 위해서인지 익살맞은 몸짓으로 도발해온다.

“하지만. 우리 『Ra*bits』도 그냥 운이 좋아 준결승까지 올라온 게 아니라고. 풀 멤버가 아닌 너희야말로 불안불안하면서~ ♪”

“맞는 말씀이에요. 한 수 배우겠단 마음으로 대결에 임하겠습니다. 좋은 승부를 하죠. 선배.”

“그, 그래. 갑자기 예의 발라지네 넌…… 어떻게 반응해야 할지 모르겠잖아. 좀 더 건방지게 있어! 뭐 후회가 남지 않도록 서로 힘내자~ ♪”

“응, 정면 승부야……☆”

스바루 군도 다른 사람의 마음을 파악할 수 있게 됐다. 나즈나 씨의 배려를 확실히 이해하고——농담을 던지면서도 자세를 바로잡는다. 웬일로 존댓말 등을 입에 담고 있기에 반대로 불성실한 태도로 보이지만 입 밖에 낸 말은 모두 그의 본심이겠지.

무대 뒤로 들어가 서둘러 흐트러진 머리를 다시 정리하고 있는 하지메 군을 바라보면서도——스바루 군은 눈부신 듯 눈을 가늘게 만들었다.

(대단해. 『Ra*bits』멤버 모두의 얼굴에 자신감이 넘쳐. 이전과는 전혀 달라. 박력도 커졌어. 시노농, 엄청 노력했겠지. 라이브가 끝난 뒤에 힘없이 울 수밖에 없었던 그 『S2』이후부터——.)

어둠 밑바닥에서 그들은 기어 올라온 것이다.

(다시 일어서서 동료들과 튼튼한 결속을 맺고 자신감을 얻어 기술을 연마해 만반의 준비 끝에 이 무대에 올라왔어. 정말 진심이야. 방심할 수 없어.)

상큼하게 웃고, 아주 평화롭고——기쁜 무대에 『Trickstar』는 선다. 꿈을 서로 보이고, 주고 찬란한 빛을 더해 간다. 『Ra*bits』는 우리에게도 희망을 주었다. 어떤 역겨운 악의의 소용돌이 속에서도 희망의 꽃은 핀다.

(하지만 우리도 여기서 질 수 없는 이유가 있어. 무엇보다 성장한 시노농네와 싸울 수 있다는 게 기뻐~☆)

아주 기분 좋게 표정을 풀며 스바루 군이 문득—— 무언가를 깨달았다.

(학생회장도 이런 기분일까. 뒤따라오는 후배들 앞에서 최전선을 달린다. 그렇다면 그건 상당히 행복한 일이잖아 ♪)

누구도 이해할 수 없는 무서운 괴물 같은 학생회장에게 스바루 군이 안은 감정은—— 공감이다. 그만은 아주 조금이라도 압도적이고 불합리할 정도로 높은 곳에 군림하는 '황제'의 마음 한 부분에 손이 닿은 것이다.

(적어도 난 엄~청 즐거워! 정정당당하게 승부해서 우리의 실력을 보여줄 거야! 그리고 반드시 승리할 거야!)

위대한 우리의 일등성은── 눈앞에 다가온 결전의 전조를 누구보다도 빨리 파악하고 있다. 이데올로기의 대립, 마음과 마음의 격돌이 전쟁의 본질이라면 그의 칼은 학생회장에게도 닿을지 모른다. 적을 확인하고 급소를 확인해 손으로 만질 수 있으니까.

(학생회장이……그리고 분명 호쿠토가 기다리고 있을 결승전으로 가자!)

행복을 옮기는 토끼들의 선물을 확실히 받고──지금은 눈앞의 승부에 집중한다. 전에 없이 온몸에서 기합을 내뿜으며 스바루 군은 태양처럼 불타고 있다.

(자, 힘내자~☆ 일직선으로 다음 무대까지 뛰어 올라가자!)

이리하여 준결승──『Trickstar』와 『Ra*bits』의 대결이 시작됐다.

지금까지 우리는 『S1』을 모방하는 듯한 구성을 중심으로 했다. 처음엔 다 함께, 그 뒤는 솔로 곡을 하나씩, 마지막에 다시 다 함께──라는 흐름이다.

【DDD】에서는 다섯 번씩 주어진 시간을 활용한다. 카드를 내놓을 수 있는 건 다섯 번. 내가 도움이 안 되므로 마오 군과 마코토

군과 스바루 군이 솔로 곡을 소화하고, 처음과 마지막에는 다 함께──로 구성하는 게 가장 출력이 센 전법이다.

하지만 준결승에서 우리는 【DDD】를 위한 필승 전략을 버렸다. 처음부터 끝까지 다 함께 무대에 나선 것이다. 물론 같은 곡을 다섯 번 연속하면 관객들이 질릴 테니──라이브가 시작되기 직전에 의견을 모아 솔로 곡을 어레인지해 모두가 중심이 되는 방향으로 맞췄다. 잘못하면 크게 실패할 우려도 있었지만, 그렇게 하고 싶었다.

그것도 전부, 『Ra*bits』가 지금껏 준준결승 때까지 쭉 모두가 모든 시간을 같이 쓰는 전법을 사용했기 때문이다. 다섯 번씩 주어지는 시간을 준준결승까지 5회전을 치렀을 테니── 25번이나 다 함께 전력으로 라이브를 한 것이 된다.

각자로는 경험이 부족한 미숙한 1학년이 대부분이기에── 한데 모인다. 약한 물고기가 무리로 거대한 물고기를 흉내 내 외적을 물리치듯.

그것이 『Ra*bits』가 선택한, 아니 승리하고자 모색하고, 노력해서 찾아낸 전략이겠지. 그게 잘 먹혀서 여기까지 올라올 수 있게 해 주었다. 마코토 군이 PC 등으로 조사해 주어 우리는 그런 사실을 알았다. 그리고 부끄러워졌다.

『S1』에서의 승리를 언제까지고 소중히 모방했다. 혁명을 일으켰을 때 본 아련한 꿈에 집착해 생각을 멈추고…… 필승 전략만 고집해 생각을 굳혔다간 우리가 부정한 학생회와 같아진다.

『Ra*bits』는 달랐다. 진화하고 성장하려고 계속 발버둥치고 있었다. 모든 퍼포먼스에 독창적인 아이디어와 피가 배인 듯한 노력의 흔적이 있었다. 두 번 다시 울지 않기 위해—— 아이들은 자신을 단련해 크게 강해진 것이다.

우리도 그들을 본받아야 한다. 『Trickstar』를 존경하고 눈을 반짝이며 지켜봐 주었던 『Ra*bits』—— 그들을 낙담시키지 않기 위해 더더욱 높은 곳으로.

한 몸 바쳐 어떤 아픔도 참아내며 돌진해 자랑스러워할 수 있는 등을 내보여야 한다. 그것이 선배인 우리의 긍지다. 그들의 꿈을 절대로 잃게 하지 않을 것이다.

같은 무대에서 승부해 힘의 차이를 과시한다. 멋을 지킨다. 그것이 『Trickstar』의 고집이었다. 정말 짧은 시간에 어레인지를 구상해 공연 구성에 넣는다. 의욕이 더없이 충만해 이것이 인생 마지막 라이브인 것처럼 생명을 불태우며 노래하고 춤췄다.

결승전 생각은, 학생회장 생각은—— 그동안 완전히 잊었다.

(멋진 무대야. 더없을 정도로 행복한 라이브야.)

그런 우리의 라이브를 보고 있는 건 『Ra*bits』뿐만이 아니었다. 격전이 펼쳐지고 있는 '강당' 바로 바깥——에 설치된 대형 모니터 근처에 호쿠토 군이 있다.

흥분해 뛰어오르며 크게 떠들고 있는 관객들 속에서 돌처럼 굳게 입을 다물고.

(흠잡을 데가 없어. 아이돌도, 관객도 모두 웃으며 즐거워 보이고……. 일체감과 눈부실 정도의 반짝임이 있어. 『Trickstar』는 모두 성장했군. 믿을 수 없을 정도로. 정말 얼마 전까진 고개를 숙이고 자신의 무력감에 떨고 있었는데.)

군중 속에서 고양감에 섞여들지 못한 채—— 호쿠토 군은 그저 서 있었다.

(그게 먼 옛날 일 같아. 모두 다른 사람처럼, 새로이 태어난 것처럼 반짝이고 있어. 『Ra*bits』도 역시 준결승까지 살아남은 '유닛'인 만큼…… 대부분이 1학년이라 미숙한 점이 많다고는 해도 충분한 실력이 있어.)

가면과 같은 무표정으로 그답게—— 무대의 모든 것을 해석하고 있다. 이미 누구도 사용하지 않는 폐기된 가전제품이 멋대로 움직이고 있는 것 같다. 심령현상 같은 느낌이다.

(하지만 『Trickstar』에 비하면 한 수 아래야. 동료였다고 편을 드는 건 아냐. 난 이제 『Trickstar』가 아니니까. 공평하게 보고 그렇게 판단하고 있어. 일목요연해.)

누구에게도 인식되지 않는 의미 없는 생각——.

(매력적인 '유닛'이 됐어. 유메노사키 학원의 다른 어느 '유닛'에도 뒤지지 않아. 아케호시, 유우키, 이사라, 전학생도……. 다 함께 노력을 거듭해 인연을 자아온 결과다. 내가 할 말은 아니지만 너희를 자랑스럽게 생각해.)

가혹한 인생 속에서 그가 습득하고 만 나쁜 버릇이다. 끝없이 생각하고 분석해 연산한다. 더는 그것을 털어놓고 이야기할 상대는 옆에 없는데도. 누굴 위해 사색하는 것인가.

(내가 없어도……. 『Trickstar』는 괜찮을 거야.)

『fine』멤버들도 옆에 없다. 마오 군의 추측이 맞다면 준결승은 학생회장의 몸 상태를 고려해 '강당'에서 치를 모양이다. 이동에

조차 체력을 쓰고 싶지 않으니까—— 그렇다면 학생회장과 그 측근은 어딘가 편히 쉴 수 있는 장소에서 휴식 중이겠지.

(……안 되겠군. 가슴이 아파. 매력적이고 즐거운 이 무대를 나만은 똑바로 바라볼 수 없어. 난 『fine』가 됐어. 『Trickstar』는 결승전에 올라올 거야. 거기서 우리는 적대하게 돼.)

호쿠토 군만 휴식 장소에서 이탈해서 아무래도 신경이 쓰였던 『Trickstar』의 라이브를 보러 온 걸까. 미련스러운 자신이 한심한 건지 호쿠토 군의 표정은 어둡다.

(이대로 계속 보고 있다간 『Trickstar』와 싸울 수 없어. 난 녀석들의 기대와 신뢰를 배신하고 등을 돌렸으니까. 적어도 한심한 모습은 보이지 말아야 해.)

자리를 뜨려 몇 번이고 발을 움직이지만 그 자리에 멈추고 만다. 몹시도 딱딱하게 굳은 표정—— 냉랭하게 보이는 미모 아래서 생각들과 감정이 맹렬히 소용돌이치고 있다.

(당당하게 가슴을 펴고 너희와 마주하고 싶어. 그 결과로 너희에게 미움받아……. 두 번 다시 메울 수 없을 정도의 균열이 생긴다 해도.)

버려진 아이처럼 그는 그저 멍하니 모니터를 바라보고 있다. 머나먼 이세계—— TV화면에 표시되는 행복한 풍경을 바라보듯.

(적어도 너희의 라이브를 내 어리석음으로 더럽히긴 싫어.)

깊게 한숨을 훅 쉬고, 호쿠토 군은 고개를 떨구고는—— 발길을 돌린다.

(다들, 결승전에서 만나자. ……난 내 길을 갈 수밖에 없어.)

（……밖은 상당히 어두워졌군.）

모니터 앞에 밀집한 인파에서 호쿠토 군은 살며시 빠져나왔다.

（곧 해가 질 시간이야. 하늘도 많이 어두워졌어. 두터운 구름으로 덮여 분명 밤이 되어도 별은 보이지 않을 거야. 나는 쭉 이런 어두움 속에서 살아갈 수밖에 없는 건가.）

인기척이 없는 곳을 향해 터벅터벅 걸어간다.

（따스한 빛에 다가가고, 닿을 일은 두 번 다시 없는 걸까?）

멀어져 간다―― 빛에서, 홀로. 이 시간에는 폐쇄되는, 일반인 출입이 금지된 가든 테라스 쪽으로 향한다.

（미련스럽군. 나 자신이 싫어져. 제대로 이성적으로 판단해 길을 골랐을 텐데. 아무래도 미아가 되어버린 것 같아.）

가든 테라스에는 식당도 있지만 직원들은 이곳저곳 출점해 요리를 제공하고 있어 아무도 없다. 여기엔 관리가 어려운 장미 정원 등이 있기에 일반인이 들어와 어지럽히면 곤란하다―― 【DDD】 개최 중엔 기본적으로 발을 들이는 건 금지되어 있다.

호쿠토 군도 그건 알고 있겠지만 굳이 무시하고 있다―― 누구도 없는 조용한 곳에서 깊이 생각에 잠기고 싶은 걸까. 아니면 단순히 모르는 것뿐일까. 『Trickstar』에선 그가 모든 정보를 정리하고 파악해 제공하는 입장이었지만 『fine』에선 그가 그런 부분을 신경 쓸 필요는 전혀 없으니까.

학생회장의 절대왕정이 버젓이 통용되는 『fine』에서 그는 일개 병졸에 지나지 않다. 전체를 파악할 필요는 없다. 주어진 전장에서 명령만 준수하고 있으면 된다.

(난 어쩌면 좋지……? 부탁이야. 신이라도 악마라도 좋아. 내게 가르쳐 줘. 내 가슴에 소용돌이치는 이 답답함을 날려버릴 수 있는 방법을.)

"호쿠토 군~! 절 부르셨나요? 안 불렀어도 빠르게 등장 ♪"

갑자기 모든 우울한 생각을 날려버리는 것 같은── 태평한 목소리가 울려 퍼진다. 움찔 놀라 호쿠토 군이 주변을 둘러보았지만 목소리의 주인은 보이지 않는다.

그런 호쿠토 군의 팔에, 등 뒤에서 손이 나와 속 감겨들었다.

"그래요, 당신의 히비키 와타루입니다……☆"

"으엑, 나타났군 변태가면. ……무슨 일이시죠?"

"쌀쌀맞은 반응이군요! 당신과 나라면 좀 더 사랑이 담긴 인사를 해야 합니다! 원 모어! 플리~즈! 컴온~!"

"……지금은 당신을 상대하고 있을 기운이 없는데요."

성가시게 달라붙으며 등장한 건 『fine』의 멤버── '삼기인' 히비키 와타루 씨다. 어떤 장소에서도 튀는, 굉장히 화려하고 독창적인 분위기. 주변에 흐드러지게 핀 장미가 일시적으로 인간의 모습을 취한 것처럼 화려하다.

교복 차림인 호쿠토 군과 달리 『fine』 전용의상을 입고 있다. 우아한 왕자님 같은 복장도 그가 입으면 마술사나 수상한 사기꾼 같은 인상을 준다.

달빛을 반사하는 은발을 나부끼며 와타루 씨는 기관총처럼 잘 떠든다.

"Amazing! 이상한 이야기를 하는군요, 기운이 없을 만큼 지쳐 보이지는 않습니다만? 당신과 달리 전 연속으로 라이브를 했는데도 이렇게 기운이 넘친답니다! 저를 본받으십시오! 존경하십시오. 전 언제라도 충전 100%랍니다……☆"

"……저기. 당신은 오히려 더 기운을 잃었으면 하는데요?"

"후후, 후후후♪ 거칠군요. 평소보다 언동에 가시가 있는걸요?"

호쿠토 군이 노려보자 동시에 모습을 감춰 다음 순간에는 나무 위에 우아하게 앉아 있다. 환각 같다. 기인의 행동에는 익숙한 건지, 원래 그런 성격인 건지 호쿠토 군은 이렇다 할 반응이 없지만.

"가시가 있는 건 장미만으로 충분합니다! 자, 받으시죠, 장미를 원하신다면 얼마든지 선물하겠습니다☆"

그 모습을 섭섭한 듯 내려다보며 와타루 씨가 양팔을 펼쳤다. 동시에 허공에서 대량의 장미 꽃잎이 나타나── 호쿠토 군을 향해 눈처럼 내린다.

"장미 같은 건 필요 없습니다. 그나저나 어디서 꺼내신 거예요. 여전히 마술 실력이 뛰어나시군요?"

"노, 노! 마술이 아니라 사랑의 마법입니다! 방금 드렸던 장미를 자세히 보시지요."

"앗, 장미가…… '봉투'로 변했어?"

소리 높여 웃는 와타루 씨의 재촉에 호쿠토 군이 어느새 손에 쥐고 있던 한 송이 장미로 시선을 향한다. 그것은 순식간에 형태를 바꾸어 예스러운 갈색 봉투로 변했다.

마법 같다. 트릭이 있겠지만 어떤 원리인지 모르겠다.

"뭐죠. 이건? 그나저나 이상한 짓 말고 평범하게 주시죠?"

"어쩜 그럴 수가! '평범' 하면 재미가 없지 않습니까?"

와타루 씨는 과장스럽게 몸을 젖히며 뒤로 쓰러진다. 나무 위에 있었기에 보통이라면 그대로 떨어져 다칠 것 같지만── 또다시 어둠 속으로 홀연히 사라진다.

"호기심은 고양이를 죽입니다! 재주를 부립시다. 쓸데없는 연출을 넣읍시다. 세상을 사랑으로 가득 채웁시다……☆"

이번엔 갑자기 호쿠토 군 옆 수풀에서 와타루 씨가 얼굴을 내밀었다. 어떻게 이동하고 있는지 정말 모르겠다. 그런 움직임을 하는 의미도 이유도 알 수 없다.

이상한 나라의 앨리스를 현혹하는 체셔 고양이 같다.

"그것이 제 방식입니다! 아뇨, 그것이 히비키 와타루라는 남자입니다……☆"

큰 소리로 웃으면서도 와타루 씨는 손가락을 흔들며 노래하듯 이야기한다.

"참고로 그 봉투는 호쿠토 군을 사랑하는 마음을 담은 러브레터……어차, 농담이 안 통합니까?! 찍찍 찢지 마세요. 후회할 겁니다!"

"대체 뭡니까……. 확실히 '편지' 같긴 하지만, 대체 누가?"

진지한 얼굴로 봉투를 찢을 뻔했던 호쿠토 군을 조금 당황한 와타루 씨가 제지한다. 반응이 흐린 호쿠토 군을 쓸쓸한 듯 바라보며 이번에도 쓰고 있는 가면을 손끝으로 쓰다듬고 있었다. 표정을 숨기는 괴기한 마스크 안쪽에서 두 눈동자가 유쾌하다는 듯 빛나고 있다.

"후후후 ♪ 그건 직접 확인하세요! 기대와 즐거움은 클수록 좋지요! 그렇지 않나요, 호쿠토 군? 전 그렇게 생각합니다! 언제라도!"

다시 모습을 감추며 크게 감동한 듯 간드러지는 목소리를 낸다.

"아아, 우리 인류는 열락의 노예랍니다⋯⋯☆"

"일일이 쓸데없이 길게 표현하지 마시죠. 성가시게⋯⋯. 어디 보자?"

호쿠토 군은 질린 기색으로 일단 편지를 조심스레 개봉한다.

아까부터 경의라곤 눈곱만큼도 없이, 오히려 정반대의 의도로 서먹하게 행동하던 것 같지만──한순간 존댓말을 잊고 만다.

"윽, 쓸데없이 잘 밀봉했군. 저기, 이걸 어디서 받았지?"

"Nonsense~! 물어보면 대답해 줄 거라고 생각했다면 오산입니다! 생각하십시오! 추리하십시오! 뇌세포를 스파크 시키는 겁니다! 우리는 전능한 신에게서 지혜의 과실을 빼앗은 죄와 타락에 넘쳐흐르는 아담과 이브의 후예니까요⋯⋯☆"

봉투를 손톱으로 박박 긁는 호쿠토 군 앞에 와타루 씨가 출현. 이제는 그를 보지도 않는 호쿠토 군을 쓸쓸한 듯 바라보며 손끝으로 쓰다듬는다.

"이렇게 짓궂은 말을 계속 하다간 본격적으로 호쿠토 군에게 맞을 것 같으니……. 제 스타일은 아니지만 단적으로 설명하지요!"

싫다는 듯 뿌리쳐져 그 기세로 과장스럽게 빙글빙글 회전하며 와타루 씨는 웃는다.

"아까 가든 테라스 옆에서 어떤 노령의 부인이 말을 거시더군요. 그 편지를 호쿠토 군에게 전해달라고 부탁받았습니다."

"처음부터 그렇게 말씀하세요. 5초면 설명이 끝나잖습니까."

고생 끝에 드디어 봉투를 열고 호쿠토 군은 의아하다는 듯 와타루 씨를 노려봤다.

"노령의 부인? 요즘 전철 타고 다닐 때 자주 응원해 주시는 어르신들인가……?"

"네, 상당히 나이가 지긋해 보이는 분이셨지요. 【DDD】 개최 중엔 요란한 소리가 사방에 울려 퍼지는 탓인지 지치신 듯하여――제가 정중히 조용히 쉴 수 있는 곳으로 모셔다 드렸지요. 호쿠토 군에게 대신 인사를 전해달라는 부탁을 받았습니다."

반응이 둔한 호쿠토 군이 오히려 사랑스럽다는 듯 와타루 씨는 계속해서 비둘기나 장미를 출현시키거나 쓸데없는 움직임을 보이면서도―― 정보를 조금 더 제시해 준다.

"후후후. 호쿠토 군은 부모님보다도 조모님을 닮은 것 같군요…… ♪"

"조모님? 설마 이 편지는 내 할머니가?"

그 단어에 이상할 정도로 반응하며 호쿠토 군이 놀라워했다. 그가 할머니를 소중히 여긴다는 건 그와 함께 시간을 보내고 있으면 금방 알 수 있다. 호쿠토 군에게는 과장이 아니라 이 세상에서 가장 소중한 사람이겠지—— 어쩌면 자기 자신보다 훨씬 더.

그는 누구도 사랑할 수 없는, 사랑의 기능이 없는 로봇이 아니다.

처음으로 생생한 감정을 보인 호쿠토 군을 보며 안심한 듯 와타루 씨가 미소 짓는다.

"네. 저의 수많은 취미 중 하나, 전통 시 교실에서 알게 되어 말이지요. 제가 호쿠토 군의 친구임을 아시고 편지를 맡겨 주셨겠지요."

전통 시라니 연륜이 느껴지는 취미다. 전통 의상을 입고 한 구절 읊고 있는 그의 모습은 상상할 수 없다. 콜라주 같다. 어디까지가 거짓이고 어디부터가 진실인지 알 수 없는 사람이라—— 전부 농담일지도 모르지만.

"겸사겸사, 차를 마시며 많이 이야기했지요. 굉장히 값진 시간이었습니다, 여성이란 아무리 나이를 먹어도 매력이 점점 더 늘어나기만 하는군요!"

정말로 즐거웠던 건지 조금 어린애처럼 들뜬 태도다. 호쿠토 군 할머니 입장에선 와타루 씨도 작은 어린애일 거다. 이 별종은 평범하게 어린애 취급받을 기회도 별로 없을 거고—— 기뻤던 걸까.

"호쿠토 군의 어린 시절 실패담 등도 들으며 즐겁게 이야기를 나눴습니다. 정말, 꼭 다시 뵙고 싶군요! 보세요. 연락처도 주고받았답니다……☆"

여고생처럼 흥분해 떠들면서 의외로 심플한 형상의 스마트폰을 내보인다. 그런 와타루 씨가 더없이 싫다는 듯 쳐다보며 호쿠토 군이 짜증을 숨기지도 않고 내뱉었다.

"남의 할머니와 멋대로 친해지지 마."

"후후후, 질투는 보기 흉하답니다?"

툴툴대는 호쿠토 군이 귀여웠는지 와타루 씨가 전력으로 안겨들려 하지만 실패하고 있다. 아까까지 비통한 표정으로 생각에 잠겨 괴로워하고 있었는데 와타루 씨가 등장하고 나서 호쿠토 군은 천천히 부드러운 미소를 짓기 시작하고 있었다── 본인에게 자각은 없는 것 같지만.

피에로는 언제나 웃음을 선사한다. 그 의도는 역시 모르겠지만.

호쿠토 군이 피하기에 와타루 씨는 과장스럽게 땅바닥을 데굴데굴 구른다. 그 기세를 담아 체조선수처럼 양손을 땅에 붙이고 일직선으로 위로 뛰어 쓸데없이 아크로바틱한 움직임을 보인다.

공중에서 몇 번이고 회전한 후.

그대로 허공에 늘어트려진 끈── 같은 것을 끌어당긴다.

"아무튼 용건은 이상입니다! 저도 중요한 편지를 읽는 걸 방해할 정도로 눈치 없는 사람은 아니니 이쯤에서 실례하지요 ♪"

실로 마술처럼 와타루 씨가 하늘로 떠오른다. 공중부양── 잘 보니 그가 붙잡은 끈은 머리 위에 떠있던 열기구에 연결되어 있다.

자동조종인지 멋대로 움직이는 기구에 끌어올려져 와타루 씨가 점점 높이 올라간다. 긴 머리칼을 백조가 날아오르는 것처럼 춤추게 해 윙크하며 우아하게 가벼운 인사.

역시 대량의 장미 꽃잎을 흩날리며 멀어져 간다.

"호쿠토 군. 당신에게 행운이 있기를! 작별입니다! 후하~하하하☆"

"소리 높여 웃으면서 열기구로 퇴장하지 마. 당신이 무슨 괴도야? 무슨 의미가 있어서 이런 쓸데없는 연출을⋯⋯?"

호쿠토 군은 중얼거리며 왠지 이제 태클을 거는 것도 귀찮아졌는지 쓴웃음을 짓고 있다.

특수한 염료로 칠한 조화인 건지 흩날리는 장미 꽃잎이 굉장히 빛나고 있다. 와타루 씨가 매달려 있는 열기구는 은하수를 항해하는 배 같았다.

그런 아름답다고 말하지 않을 수도 없는 광경을 올려다보며 호쿠토 군이 가볍게 머리 숙여 인사한다.

"하지만 편지를 전해 주신 건 감사합니다. ⋯⋯히비키 부장."

"들리지 않습니다! 감사의 마음을 전하고 싶다면 확실하고 심플하게 이렇게 외치세요! 'Amazing' 이라고⋯⋯☆"

"흥. 그 단어만은 죽어도 입에 담지 않을 거다."

"아하하☆ 드디어 평소 모습으로 돌아왔군요. 역시 호쿠토 군은 웃는 얼굴이 어울립니다! 그 상태로 더욱더 웃음꽃을 가득 피우십시오!"

상당히 거리가 떨어져 있음에도 딱 알아듣고 호쿠토 군이 중얼거린 말에도 착실히 반응하며── 와타루 씨는 멀리서도 보일 정도로 대담하게 손을 흔들었다.

"어떤 장미보다도 아름다운 희망의 꽃을⋯⋯! Amazing☆"

그리고 이번에야말로 완전히 자취를 감춘다. 처음부터 끝까지 일루전 같았다. 꿈이나 환상 같았다── 호쿠토 군은 석연치 않은 얼굴로 와타루 씨가 사라져 간 방향을 잠시 동안 바라봤다. 별들과 빛나는 장미 꽃잎이 섞여 반짝이고 있다.

(가 버렸어. 열기구에 매달려서. 정말 의미를 모르겠군, 저 사람만은……. 같은 '삼기인'이라도 사쿠마 선배는 그나마 말이 통하는 편이었다고 실감해.)

오히려 무거운 짐을 내려놓은 것처럼 이완되어 호쿠토 군은 자연스러운 미소를 짓는다.

(하지만 마음만큼은 고마워.)

마지막으로 깊이 머리를 숙이고 나서 그는 다시 걷기 시작한다. 주변은 깜깜하기에 편지를 읽을 수 없다── 가장 가까이에 있는 수은등 밑으로 향하고 있다.

(외톨이가 되어 걷고 있다고 생각했는데. 여러 사람들이 응원해 주고 있어. 그걸 실감할 수 있었던 것만으로도 당신에게 감사할 의의는 있어.)

수은등 옆엔 어째서인지 무대 소도구처럼 과하게 꾸며진 의자가 있다. 부드러운 쿠션이 있어 앉으면 편할 것 같다. 바로 옆에는 테이블도 있고 김이 나는 홍차와 쿠키 등이 준비되어 있었다.

노골적으로 호쿠토 군이 그쪽으로 가리라 추측하고 와타루 씨가 준비했다고 생각되는 광경이다. 얼마나 용의주도한 건지── 그리고 정말 어떤 의미가 있는 걸까.

(자, 할머니가 주신 편지인가. 뭘까? 새삼스럽게 편지라니……

언제든 이야기할 수 있는데. 응원해 주려고 일부러 【DDD】에 와 주신 것 같다만. 어디선가 날 보시고 급히 전하고 싶은 게 생겼다 ──든가?)

놀라지도 않고 무심하게 의자에 앉아 호쿠토 군이 봉투를 눈앞에 들었다.

홍차를 입에 머금고 적당한 단맛이 든 쿠키를 베어 먹으며.

(뭐 됐어. 읽어 보면 알겠지. 할머니가 날 상처 입히거나 부모님처럼 억지로 내 인생을 바꾸려고 한 적은 한 번도 없어. 분명── 이 편지는 내가 끌어안은 답답함을, 조금은 없애 줄 거야.)

전폭적인 신뢰 아래 편지를 읽기 전부터 호쿠토 군은 할머니에게 사랑을 담아 감사를 전한다.

(고마워요, 할머니. 할머니는 제가 가장 힘들 때 항상 도와주셨어요. 아무렇지 않은 듯이 당연하게. 그게 얼마나 고마웠는지 몰라요.)

소중한 듯 봉투에서 편지지를 꺼내어 바로 옆에 있는 테이블에 놓는다. 혼인신고서나 입학원서 같은 인생을 좌우할 정도로 중요한 서류를 확인하는 것 같은 태도다.

(난 역시, 혼자가 아니었던 것 같아.)

아무도 없는 가든 테라스에서 호쿠토 군은 조용한 다회를 시작한다.

(할머니. 편지 소중히 읽을게요.)

빛나는 별들 아래에서──그도 또한 미래로 이어지는 가느다란 실을 잡으려 하고 있었다. 그런 그를 지켜보며 응원하는 것처럼 무수한 장미들이 그저 조용히 화려함을 뽐내고 있다.

✾ *Meteorite* ✿✦

운명의 대결인 【DDD】 준결승, 『Trickstar』와 『Ra*bits』의 승
부——.

그것은 시체가 척척 쌓인 수라도와 같은 【DDD】에서 아마 가장
평화로운 분위기를 지킨 채 원만히 끝났다. 처음부터 끝까지 '강
당'에는 웃음이 꽃처럼 피어나 모두가 두 '유닛'의 건투를 칭찬
하며 행복한 분위기에 취해 있었다.

라이브란 관객을 즐겁게 하는 것이다. 그 관점에서 말하자면 대
성공이었고——【DDD】에서도 가장 평가받아야 할 일전이었겠
지. 한쪽은 별자리의 일부를 잃고 반짝임이 줄어 어떻게든 고생
해 재구축한 『Trickstar』. 다른 한쪽은 초심자들의 풋풋한 장단
점이 있지만, 맹렬한 기세로 진화를 계속하는 『Ra*bits』…….

아이돌 유닛의 완성도로 말하자면 유메노사키 학원이 자랑하는
빛나는 별 같은 '유닛'들에 비하면 어느 한쪽도 두드러지게 뛰어
난 건 아니다. 하지만 그들은 격전을 넘어 4강에 이름을 올렸다.
준결승이라는 큰 무대에서 마지막까지 공연을 완수했다.

그들의 이름과 무대를, 지켜본 관객들은 결코 잊지 않을 것이
다.

언제까지고 그치지 않던 우레와 같은 박수와 환성이 그 증명이다.

전력으로 대결했지만 『Trickstar』와 『Ra*bits』 사이엔 원한이나 응어리는 남지 않고——.

【DDD】에서는 이례적으로 투표 집계와 결과 발표 후 승자와 패자가 정해진 뒤, 두 '유닛'은 나란히 손잡고 인사한 다음에 딱 한 곡 앙코르를 불렀다. 행복한 시간을 함께해 준 관객들에게 솔직한 감사를 표명한 것이다.

본래 예정엔 없었던 것이라 호되게 혼나기는 했지만…….

【DDD】를 운영하는 선생님이나 학생회 사람들도 왠지 독기가 빠진 듯 웃으며 박수를 치고 수고했다고 위로해 주었다. 꿈만 같은 행복한 한때가 됐다.

그렇다고 해도 승부는 승부다—— 승패는 또렷이 나타난다.

그럭저럭한 차이로 『Trickstar』가 승리해 『Ra*bits』를 내려보냈다. 선배로서 동경해 주는 후배들에게 실력 차이를 내보여 위엄을 지킨 셈이다. 결코 쉽게 이긴 건 아니어서—— 투표 결과가 발표되기까지 내심 나는 덜덜 떨고 있었지만.

끝나 보니 당연하다는 듯이 『Trickstar』는 결승에 진출했다. 사랑스러운 아이들은 격려와 축복을 받아 최대의 적이 기다리는 입장로까지 나아갔다.

'강당'에 있는 분장실—— 대기실 같은 공간이다.

결승진출을 달성한 『Trickstar』멤버들과 나 그리고 '강당' 구조상—— 대결이 끝날 때까지 옴짝달싹 못하게 된 『Ra*bits』가 모여 있다.

이 분장실에는 무대 뒤를 통해서만 들어갈 수 있고, 지금은 또 한 번의 준결승이 펼쳐지고 있기에 무대를 이동할 수 없다. 앙코르를 하며 계속 무대에 남아 있었기에 『Ra*bits』는 철수할 타이밍을 놓치고 만 형태다.

역시 라이브 직후라 지쳐서 일단 분장실로 되돌아와 한숨 돌리고 있는 사이에 움직일 수 없게 된 것이다. 무대 위에서는 듬직하게 성장한 모습을 보여주었던 그들이지만 아직 내버려 둘 수 없다고 해야 할지—— 맹한 구석이 있어 귀엽다.

분장실에는 그럭저럭 많은 인원이 들어갈 수 있고, 『Ra*bits』를 무리하게 쫓아낼 이유나 규칙도 없다. 이미 모든 것이 원만히 해결된 것처럼 화기애애하고 온화하게 담소를 나누며 준결승을 관전하고 있다.

【DDD】의 대결 하나하나는 상당히 단시간에 끝나고 만다.

다가올 결승전을 앞두고 조금이라도 체력을 회복하기 위해서 『Trickstar』는 마음 편히 쉬고 있다. 이미 상당히 종반이기에 이곳저곳 삐걱거려 여러모로 한계이긴 하지만—— 산산조각 날 것 같은 몸을 채찍질해 최종 결전에 대비해야 한다.

집중을 끊게 만드는 건 좋지 않지만, 나와 『Ra*bits』도 활발히 『Trickstar』를 돌보며 조금이라도 치유해 주려 노력하고 있었다.

물론 우리도 계속된 경기에 피곤하긴 하지만—— 손님 대접을 좋아하는지 하지메 군이 특히 기운차게 쫄래쫄래 돌아다니고 있다. 그다지 체력이 없어 보이는 아이라 생각하고 있었기에 상당히 의외이긴 하다.

그는 무대 뒤와 이어지는 통로에서, 강아지가 앉은 포즈로 관전하고 있는 스바루 군에게 살며시 다가가—— 수줍게 웃으며 찻잔을 내밀었다.

"아케호시 선배. 차 드세요♪"

"응. 거기 놔둬."

"…………"

"앗, 아니야! 살쌀맞게 굴어서 미안해. 울지 마! 시노농이 만들어 주는 차가 정~말 좋아☆"

"에헤헤……♪"

"이봐 이봐. 하지메찡. 사이좋게 지내는 건 좋지만 지금은 방해하지 마. 우릴 이긴 상대와 평화로이 차를 마실 수 있는 건 어떤 의미론 굉장히 행복한 일이지만 말이지~?"

뭔가 신혼부부 같은 대화를 하고 있는 스바루 군과 하지메 군을 바라보며 방송위원 일을 하고 있는지 나즈나 씨가 단말을 조작하며 충고한다.

"준결승에서 진 우리와 달리 『Trickstar』의【DDD】는 아직 끝나지 않았어. 다음이 마지막 승부야. 집중력을 흩뜨리면 미안하잖아~? 지켜보며 응원하자. 이번엔 관객으로서 말이야. 하지메찡♪"

"네. 니~쨩. 아케호시 선배. 굉장히 집중하고 계세요. 그런 아케호시 선배도 늠름해서 멋져요…… ♪"

"넌 뭐든지 좋은 거구나."

사랑에 빠진 소녀 그 자체가 되어 머뭇머뭇 거리는 하지메 군을 나즈나 씨는 어이없다는 표정으로 보고 있었다. 항상 온순하고 착한 하지메 군의 보기 드문 기행에 조금 당황하는 모양이다.

귀엽게 볼을 붉히며 스바루 군을 보고 있는 하지메 군에게 다가가 나즈나 씨가 열심히 팔을 잡아끌어 분장실 안까지 데리고 돌아오려 하고 있다.

"지금은 움직일 수 없지만 결승전이 시작되기 전에 좌석으로 이동하자. 우리가 앉을 자리도 확보했으니까. 토모찡이랑 미츠루찡도 알겠지?"

토모야 군과 미츠루 군을 불렀지만 그들은 어느새 벽 쪽에서 머리를 맞대고 잠들어 있었다. 흐뭇하다는 듯 나즈나 씨가 보호자의 얼굴이 되어 두 사람에게 다가가 감기에 걸리지 않게 살포시 담요를 덮어 준다.

그런 동료들을 행복한 듯 보고 나서 하지메 군이 머뭇머뭇한다.

"앗, 네. 잠시만 기다려 주세요. 티 세트를 정리할게요."

"너 의외로 본격적으로 차를 타고 있었구나. '강당'은 공공장소라고……. 스바루찡, 아니 『Trickstar』에게 이상한 영향 받고 있지 않아?"

실제로 하지메 군은 평범하게 티타임을 마련했다. 언제 테이블이나 이것저것 옮긴 걸까—— 사랑이 있으면 불가능은 없겠지.

아마도.

"뭐, 조금이라도 『Trickstar』의 긴장이 풀린다면야."

그 점에 대해선 더없을 정도로 마음이 편해졌기에 문제없다. 그런 마음을 담아 나즈나 씨를 보고 있으니 그는 살짝 고개를 갸웃거린 후 복잡한 표정이 된다.

가혹한 유메노사키 학원에서 3년간 싸운 역전의 용사로서──나즈나 씨는 무대 위에 전개되고 있는 또 다른 준결승에 의식을 돌린다.

그건 정말로 싸움── 혈전에 가까운 치열한 라이브였다.

"정말 치열해서 보는 것만으로도 소름이 돋아. 『fine^{피 네}』와 『UNDEAD^{언 데 드}』의 대결은."

그렇다. 지금 '강당' 무대에서는 『fine』와 『UNDEAD』가 싸우고 있다.

유메노사키 학원의 절대왕자와 우리의 은인이자 '삼기인'인 사쿠마 레이 씨가 이끄는 과격하고 배덕적인 마물의 무리가.
『Trickstar』와 『Ra*bits』의 라이브를 어린애 장난이라고는 부르지 않겠지만, 굳이 비교하면 스포츠와 전쟁 정도로 분위기에 차이가 있었다.

살벌하다.

하지메 군이 '꿀꺽' 침을 삼키며 스바루 군 어깨 너머로 무대를 바라본다.

"네. 소름 끼쳐요. 무서울 정도예요……. 두 '유닛' 모두 기술도 연출도 빼어나지만 일방적이라고 해야 할까요."

감수성이 풍부한 하지메 군은 아픔마저 느끼고 있는지 얼굴을 찌푸리며 미약하게 떨고 있다.

"억지로 마음을 움켜쥐는 느낌이에요. 전『Trickstar』의 라이브가 더 좋아요. 마음을 따뜻하게 감싸 주니까요."

"라이브는 전쟁이니까~.『fine』나『UNDEAD』는 정답이지. 하지만『Trickstar』도 정답이야. 라이브는 사람을 행복하게 만드는 것이기도 하니까."

나즈나 씨가 어른스러운 표정으로 소중한 것을 말해 준다.

"어느 쪽이 정답일진 결승전에서 판가름 날 거야. ……분발하라고『Trickstar』. 지면 가만두지 않겠어~. 너희가 넘버원이야♪"

스바루 군을 향해 말한 것 같았지만 그는 알아채지 못하고 그저 무대를 바라보고 있다. 그 눈동자에 무수한 조명 빛이 반사되어 일곱 빛깔로 빛나고 있다.

"아하하. 안 들리는 모양이네. 하지만 이번만큼은 무례해도 봐 줄게♪"

한순간 스바루 군을 쓰다듬고 싶은 듯 손을 뻗었지만 방해하고 싶진 않은 거겠지―― 느릿느릿 가슴께로 되돌린다. 신에게 기도하는 수녀처럼 나즈나 씨는 진지하게 말한다.

"꼭 이겨. 우리에게도 너희가 볼 높고 광활한 풍경을 보게 해 줘. 라이브란 건 그런 거고, 너희는 그런 '유닛'이니까."

'알아요, 선배.' 그렇게 생각하며 몇 번이고 고개를 끄덕였다.

만족스러운 듯 웃고 나서 나즈나 씨는 하지메 군을 손짓해 부른다.

"하지메쨩. 틈이 나면 얼른 야광봉 가지러 가자. 곧 투표시간이 될 거야. 야광봉을 켜지 않으면 투표에 참여할 수 없잖아."

그들의 아이돌로서의 싸움은 준결승에서 끝났지만 【DDD】는 계속되고 있다. 이제부턴 관객으로서—— 최대한 반짝이는 미래를 위해 있는 힘을 다할 생각이겠지. 긍정적으로 나즈나 씨는 자신이 해야 할 일을 찾아 착실히 수행해 간다.

"적어도 『UNDEAD』에게 투표해서 얄미운 학생회인 『fine』에게 한 방 먹여주자고 ♪"

"앗, 네. 기다려주세요, 으아앗?"

하지메 군이 서두르다 성대하게 넘어질 뻔해 나와 나즈나 씨가 순간적으로 잡았다.

우당탕 소란을 떨면서도——싸움은 이어진다.

천국과 지옥.

『Trickstar』와 『Ra*bits』의 대결이 온화한 빛 속에서 천사가 내려오는 행복한 천국이라면, 다른 준결승인 『fine』와 『UNDEAD』의 대결은 말 그대로 지옥이었다. 악귀나찰이 서로를 잡아먹으며 피투성이가 되어, 서로를 죽이려 드는 수라장이다.

누구도 무대에서 살아 돌아오지 못하는 건 아닐까 싶을 정도로 살벌하다. 물론 우리의 최대의 적인 『fine』와 가장 큰 은인인 『UNDEAD』도 톱클래스의 우수한 아이돌 집단이다. 관객을 두려워하게 하는 일 없이 최대한 즐기고 빠져들게 만들면서―― 수면 아래에서는 생명을 서로 깎아내리고 있다.

보기만 해도 지칠 것 같은 격전이다.

물론 무대에서 노래하고 춤추는 아이돌들의 소모는 지켜보고 있기만 하는 우리에 비할 수 없겠지. 완벽하고 무적의 압도적 강자인 『fine』의―― 특히 체력에 문제가 있는 학생회장 텐쇼인 에이치 씨의 유일한 약점을 찌르기 위해. 『UNDEAD』는 책략을 구사해 『2wink』등을 움직여 그의 모든 것을 깎을 대로 깎아내리고 있었다.

그리고 때를 기다려, 당연한 듯 직접 준결승까지 올라―― 이를 드러냈다. '황제'의 옥좌에 몰래 다가가 그 숨통에 이빨을 박으려 하고 있었다.

그런 『UNDEAD』의―― 레이 씨의 생각을 모를 리 없는데 에이치 씨의 표정은 오히려 밝다. 즐거운 듯 마음에 든 장난감을 갖고 노는 어린애 같았다.

"…………"

하지만 체력은 한계에 가까운 걸까, 비틀거리며 쓰러질 뻔한다. 완벽하게 퍼포먼스를 소화해 호각의 싸움을 펼치며―― 몇 번이고 연장전을 거듭해 영원히 끝나지 않는 악몽 같은 현재 상황에서 관객들의 투표를 기다리고 있다.

원칙적으로 투표가 집계되는 동안에는 퍼포먼스를 할 수 없다. 에이치 씨에게는 쉴 수 있는 기회다. 긴장이 풀린 건지 휘청거리고 있다.

"와왓, 회장? 괜찮아~?"

깜짝 놀라, 옆에 있던 토리 군이 당황해 그런 에이치 씨를 부축한다.

"안색이 엄청 나빠. 어쩌지, 유즈루! 회장이 죽어버리겠어~!"

"진정하세요. 도련님."

울상이 되어 자신을 바라보는 작은 군주에게 미소 지으며 유즈루 군이 온화하게 말했다.

"무대 위입니다. 관객들에게 사고라 여겨지면 곤란해요. 제가 부축하겠습니다. 적어도 투표가 끝날 때까진 당당하게 있어 주세요, 회장님."

"미안해. 역시 의식이 몽롱해졌어."

토리 군을 대신해 자연스레 유즈루 군이 에이치 씨를 부축한다. 마음 편한 친구처럼 어깨동무를 하고 서로의 건투를 칭찬하는 동료를 연기하고 있었다. 관객이 절대왕자인 '황제'의 컨디션이 좋지 않음을── 쇠약해 있음을 눈치채지 못하도록.

위정자는 당연히 건강함을 주장한다. 배려이자 허식. 위에 서는 자는 얕보이면 끝인 것이다── 이를 간파하고 흡혈귀가 웃었다.

"크크크♪ 비틀비틀. 병약함을 어필해 동정표를 얻으려나. 빈틈없이 교활한 수를 쓰는구먼, '황제' 폐하라는 자가 말일세?"

"……못하는 소리가 없네. 솔직히 감탄했어."

무대 위에서는 요마처럼 사악하게 행동하는 『UNDEAD』레이 씨의 야유에 에이치 씨는 생긋 웃는다. 가늘어진 눈 속에서 눈동자가 붉게 타오르고 있다.

" '삼기인' 사쿠마 레이. 결코 얕보고 있었던 건 아니지만. 이렇게까지 궁지에 몰린 건 태어나서 처음이야. 너 같은 사람을 노회하다고 표현하는 거겠지?"

"뭐, 작은 보복일세. 더 발버둥 치며 괴로워하게나. 비명도 증오도 우리 『UNDEAD』의 먹이가 될 테지……♪"

유즈루 군을 흉내 내듯 레이 씨도 아무렇지 않게 에이치 씨에게 다가가 반대편에서 어깨동무를 한다. 비틀거리는 그를 걱정하고 있다기보다는 짓궂은 짓을 하고 있는 것 같았다.

"그렇다 해도 여기까지가 한계인가. 자네들을 쓰러트리기엔 아직 부족하네. 뭐 첫 시합부터 연장전까지 끌고 갔으니 체력은 이미 한계를 넘어섰지 않은가?"

'황제' 의 귓가에서 밤과 어둠의 마물이 저주와 같은 말을 속삭이고 있다.

"이것이 『B1』에서 창피당한, 아니 지금까지 압정에 굴했던 우리가 주는 답례라네. 인과응보인 게야. 조금은 쓴맛을 봤는가?"

"아니. 난 틀리지 않았어. 지금도 그렇게 생각해. 무질서하던 유메노사키 학원을 바꾸기 위해선 압도적인 통치자가 필요했어. 모든 것을 통일하고 군림할 '황제' 가."

시원시원할 정도로 긍정적으로 긍지 높은 영웅처럼—— 에이치 씨는 진지하게 대답한다. 격전 끝에 서로 피투성이가 되면서도 제왕과 마물은 마음속 이야기를 나누고 있다.

"계속 승리하는 게 '황제' 의 의무야. 난 그걸 지금까지 수행해 왔어. 후회하지 않아. 설령 마지막엔 단두대에 오르더라도."

모든 업을 떨쳐내듯 에이치 씨는 레이 씨를 밀어낸다. 성가시다는 듯── 추잡스럽다는 듯, 하지만 아주 조금 공감하는 것처럼.

"긍지 높게 웃으며 사라질 거야. 애초에 아직 옥좌에서 내려올 생각은 조금도 없지만……. 미안하지만 유즈루, 잡아주지 않아도 괜찮아. 당당히 난 가슴을 펴고 설 수 있어."

덤으로 유즈루 군도 살포시 떨어지게 하고 귀여운 아들에게 하듯 머리를 쓰다듬었다.

"입원 동안 이렇게 너희와 무대에 서는 게 꿈이었어. 마음껏 즐기게 해 주지 않겠니?"

익숙하지 않은 스킨십을 당해 유즈루 군이 다소 기가 죽어 몇 발자국만 뒤로 물러선다. 자신의 분수를 알고 무리하게 간섭하지 않는다── 그것이 집사의 격식인 거겠지.

"회장님이 그렇게 말씀하신다면 따를 수밖에 없습니다만."

"무리하지 않기야~? 결승전 상대는 『Trickstar』잖아. 우리만으로도 '충분' 하니까! 그런 녀석들 가볍~게 무찔러 줄게☆"

천진난만한 100% 사랑이 담긴 토리 군의 말에 에이치 씨는 미소 짓는다.

무수히 피로 물든 전장에서 인간들의 사정을 무시하고 피는 작은 꽃을 발견한 것처럼. 부드럽게 치유받아 감사하고 있었다.

"고마워. 귀여운 토리. 하지만 걱정하지 않아도 난 꼴사납게 땅바닥에 엎어질 일이 없어. 난 '황제'야. 위풍당당하게 군림하겠어."

결연하게 얼굴을 들면서도 에이치 씨는 현재의 상황을 확인하고── 생각한다.

(게다가 체력이 소모된 건 나만이 아니야. 지친 날 지탱하려고 『fine』멤버 모두가 무리하고 있어. 더 길어지면 버틸 수 없겠지.)

인간의 생명을 숫자로서 처리하는 것 같은 냉철한 사고. 하지만 거기엔 아주 조금이지만 동료들에 대한 걱정과 죄악감이—— 불합리한 감정이 숨어 있다.

그것이 '황제'라 불린 그의 마지막 인간성일지도 모른다.

(동료들에게 폭군 같은 나를 따르며 지탱해 준 모두에게……. 적어도 더한 부담은 줄 수 없어. 한심한 모습을 보일 수는 없어.)

에이치 씨는 몇 초 만에 호흡을 가다듬고는 대치하는 마물들을 향해 선언한다.

"먼저 『UNDEAD』를 처형하겠어. 불사신이라도 두 번 다시 되살아날 수 없을 정도로 철저히 단죄해 주지. 그리고 『Trickstar』도 처단해 【DDD】의 승자가 되겠어."

매일 소화하는 단조로운 스케줄을 외우는 것처럼 담담하게.

그는 내내 전장에 있는 것이다—— 이번에는 그저 우리를 그곳에 초대했다. 아니, 끌고 왔다. 그 이유는 아직 누구도 이해할 수 없다. 본래라면 아무런 고생도 없이 영광의 길을 걸었을 텐데. 무엇이 그를 이렇게까지 하게 만드는 걸까.

준결승 무대에서도 아직 '황제'는 멀리 있고—— 그 맨얼굴은 짐작할 수 없다.

"하극상 따윈 없어. 이 내란과 소동은 내가 끝내겠어. 처음부터 이건 내가 시작한 일이니까."

"후, 후후후 ♪ 비장한 결의로군요. 어디까지나 순수하고 긍지 높습니다! 그렇기에 당신은 재미있어요. Amazing이라 외치지 않을 수 없습니다!"

아까의 레이 씨의 움직임을 흉내 내는 것처럼 와타루 씨가 에이치 씨에게 다가 붙는다. 그도 또한 마물 같은 분위기로 소중히 수집한 보물을 지키듯 손바닥으로 어루만지듯 하고 있다.

"당신은 결코 '악'이 아닙니다! '정의'임에도 잔인하고 난폭하며 다른 이의 눈물과 꿈 모든 것을 탐식하고 말지요! 사랑과 증오! 희망과 절망! 꿈과 악몽! 모순되고 상반된 삶의 방식을 양립시키고 있습니다!"

투표 집계 중인데도 아직 퍼포먼스를 계속하는 것처럼—— 과장스러울 정도로 촌극처럼 칭송하며 춤추고 있다. 와타루 씨는 무대 배우 그 자체다.

언제라도 전쟁을 계속하는 '황제'를 피에로는 기쁨에 웃으며 모시고 있다.

"그런 당신만이 자아낼 수 있는 이야기가 있지요. 좀 더 옆에서 보고 있겠습니다. 당신이 연출해 나갈 최고의 비희극을······☆"

"넌 *메피스토펠레스 같네. 가끔 오싹해. 뭐 괜찮아. 승리하기 위해선 네 힘이 필요해······. 아직 더 도움이 되어 줘야겠어. '삼

---

*메피스토펠레스: 괴테의 희곡, '파우스트'에 등장하는 악마. 파우스트에게 온갖 쾌락을 제공하여 그가 타락한 순간 영혼을 빼앗겠다는 계약을 했다.

기인' 히비키 와타루."

　가까이서 춤추는 와타루 씨의 긴 은발을 살짝 손가락으로 빗으며──갑자기 에이치 씨는 짜증 난 아이처럼 그것을 잡아당겼다.

　머리칼이 끊길 듯 꽉 잡고 입맞춤하듯 얼굴을 가까이 댄다.

　질투에 미친 여자처럼.

　"……호쿠토에게 쓸데없는 짓을 한 모양이네. 그 일에 대해선 【DDD】가 끝난 후에 책임을 물어야겠지만."

　"오호, 역시 귀가 밝으시군요. 이건 쓸데없는 일을 한 모양이네요. 아아, 위험해라♪"

　어떤 원리인 건지 머리칼을 잡혀 움직이지 못할 터인 와타루 씨가── 다음 순간에는 에이치 씨의 등 뒤로 돌아가 있다. 에이치 씨의 손 위엔 흰 장미가 남아 있었다. 마술이겠지만 너무 의미가 없고 이유를 알 수 없는 마법 같았다.

　"『유성대』 대장이 후배를 위해 몸을 내던진 모습에 감동을 받아 말이지요. 저도 연극부 부장으로서 부원을 위해 멋진 모습을 한번 보여주고 싶었습니다……☆"

　거짓인지 진실인지 알 수 없는 듣기에 좋은 허풍을 입에 담으며.

　와타루 씨는 분노를 드러내는 에이치 씨를 귀여워하듯 바라보고 있다.

　"그리고 이건 당신이 원하던 전개이지 않나요?"

　타천사처럼 속삭이는 그 말에 에이치 씨는 반응하지 않았다. 본의가 아니라는 듯 입을 다물고 있다── 항상 유창하게 이야기하는 그로서는 드물게 대답이 궁하다.

"상당히 여유롭구먼~. 아직 투표 결과는 나오지 않았는데 말일세?"

서로 사랑을 속삭이는 연인 같은 두 사람을 레이 씨가 다소 어이 없다는 표정으로 바라보며 투덜거렸다.

"이 상태라면 또 연장전이 될지도 모르네. 우리는 기운이 넘치지만 자네들은 어떨지? 이쪽은 함께 쓰러지더라도 상관없으이……. 함께 지옥 밑바닥까지 사이좋게 떨어지지 않겠나 ♪"

"정중히 거절할게. 너희는 내 영광의 길 위에 굴러다니는 돌멩이에 지나지 않아."

정신을 차리고 몇 번인가 눈을 깜빡인 후 에이치 씨는 컨디션을 되찾는다. 우아하게 강적과 맞서 싸운다. 평소의 그답게―― 유메노사키 학원에 군림하는 '황제'로서.

적과 아군으로 나뉜 '삼기인' 사이에 서서 몹시도 인간 같은 표정으로 주장한다.

"잠깐 발길이 막히긴 했지만 더 이상 상대할 시간은 없어. 걷어차내고 우리는 앞으로 나아갈 거야. 이젠 누구도……나 자신조차, 내 앞길을 막을 순 없어."

그 말을 증명하듯―― 집계 결과가 나와 『fine』의 승리가 확정됐다. 살과 뼈가 발리고 피를 빨리면서도 그들은 결승전까지 오른 것이다.

만신창이이면서도 아직 전의를 상실하지 않고.

그들 자신이 시작한 싸움에 종지부를 찍기 위해.

"자. 울든 웃든 이번이 마지막이야."

이쪽이 놀라고 말 정도로 어른스러운 표정으로 스바루 군이 선언한다.

준결승 결과 발표가 끝나 무대장치 철수나 재배치 등이 이뤄지고 있는 무대에 시선을 향하며. 그동안엔 관객들에게도 화장실이나 필요한 물건을 사 오는 등 용무를 마치기 위한 작은 휴식이 주어져 '강당'은 어수선하다.

혼돈을 똑바로 바라보며 『Trickstar』는 결전의 땅으로 향하려하고 있다.

"결승전이야. 가자, 무대로."

"그래. 전학생은 어쩔래~? 이대로 남아 있어도 되지만 이렇게 된 김에 마지막까지 무대에 서는 것도 괜찮을지도 ♪"

어딘가 골똘히 생각하는 모습의 스바루 군을 안심시키기 위해서인지 마오 군이 억지스러울 정도로 밝게 이야기했다. 이런 때에서까지 다른 사람을 배려하고 있다.

막상 화제에 오른 나는 어쩔까 고민해서── 입을 다물 수밖에 없다. 나는 기본적으로 도움이 되지 않기에 있어도 없어도 상관없는 느낌이긴 하지만.

"음~. 지금까진 정보 조작을 해서 조심조심 무대에 오르게 했지만. 페널티라도 받게 되면 큰일이야."

내가 걱정하고 있는 점을 마코토 군이 문장으로 나타내 준다.

준결승까진 모두의 곁에서 노래하고 춤출 수 있었다. 어디까지나 보충요원이었지만 내 존재가 조금이라도 플러스로 움직였다.

상냥한 그 아이들──『Ra*bits』도 받아들여 주었다. 하지만 이의를 제기하려고 하면 얼마든지 그렇게 할 수 있었다.

내가 무대에 서 있는 건 치트 같은 것이라 본래는 부자연스러운 것이다. 상대에 따라선 트집을 잡힐 가능성도 있다. 『Trickstar』의 약점이 되어버리고 만다.

결승전 상대는 학생회장이 이끄는 『fine』다── 그는 모든 수단을 사용해 우리를 몰아세우겠지. 내 존재는 족쇄는커녕 시한폭탄처럼 악용되어 『Trickstar』를 괴롭게 할 결과가 될 수 있다.

기적을 계속 일으켜 결승전까지 도달한 그들의 위해 요소가 되어버린다.

"음, 전학생 쨩이 있어주면 마음은 든든하지만?"

어두운 표정을 짓는 내게 마코토 군이 격려하는 듯 말해 준다.

"그러네~. 맨 앞줄에 있는 관계자석에서 지켜봐 주기만 해도 우리에겐 '충분히' 힘이 돼. 그러니 이번엔 관객이 되어 줄래?"

"지켜보고 응원해 줘. 우리의 '프로듀서' ♪"

마오 군이 여러모로 파악하고 결단해 주어 스바루 군도 쉽사리 그 의견에 올라탄다. 이제는 단 하나라도 실수할 수 없다. 세심히 주의하며 나아가야 한다.

남겨지는 느낌이라 조금 쓸쓸하지만 그건 내 억지다. 나는 자신의 본래 임무를 다하자. ──정말 좋아하는 그들을 가장 가까이에서 지켜보자.

유메노사키 학원 '프로듀서' 제1호로서.

한 사람의 관객으로서.

게다가 나 같은 사람이 주제넘게 나서지 않아도 괜찮다. 아직 확신할 수 없기에 모두에겐 말하지 않겠지만. 어설픈 기대를 갖게 해도 좋지 않다. 그가 시간에 맞출 수 있을지는 알 수 없고── 지금은 아직 미안하지만 비밀로 해둘 수밖에 없다.

하지만 내 가슴엔 이미 희망이 깃들어 있다.

의상 주머니에 넣어둔 스마트폰에 사랑스러운 열기가 있다.

고개를 끄덕이며 나는 한 발자국만 물러선다. 이젠 필요 없겠지 싶어 복면은 벗었다. 나는 나로서── 적어도 웃으며 맨얼굴로 성원을 보냈다.

모두는 마치 태어나서 처음으로 날 본 것처럼 조금 놀란 듯한 얼굴을 하고 나서── 각자 주먹을 불끈 쥐었다.

"멋진 무대를 보여주겠어☆ 얼른 올라가자, 일직선으로! 웃키~ 사리~! 나를 따르라, 얏호☆"

"오~ 여전히 저돌적이네. 등장이 화려해져서 연출 면에선 좋지만. 적극적으로 뛰어드는 게 우리다워서 좋아♪"

"으으, 여기서 넘어지거나 하면 망신이지만⋯⋯. 자, 잠깐 기다려! 두고 가지 마~. 나도 같이 갈 거야!"

스바루 군, 마오 군, 마코토 군. 반짝이는 세 별이 무대로 향한다. 마지막에 한번 뒤돌아서 내게 최고의 미소를 보여주었다.

이제는 더 뒤돌아보지 않고 『Trickstar』는 유성처럼 날아간다.

무대에는 어둠과 침묵과 허무밖에 없었다.

정말로 사력을 다한 싸움 직후라서 『fine』도 『UNDEAD』도 무대에서 내려가지 않고 그 자리에 주저앉아 숨을 고르고 있다. 세 번이나 연속으로 연장전을 한 것이다. 단거리 달리기 속도로 마라톤을 한 것과 같다── 피로로 움직일 수 없는 게 당연하다.

시체의 산.

하지만 전장 그 자체인 무대에서 일어서는 사람이 있다. 적은 물론 아군까지도 버려두고 혼자 유유히── 산뜻한 미소를 뿌리고 있다. 『UNDEAD』를 포함한 모든 '유닛' 이 휘두른 창에 찔려 갈가리 찢기며 깎일 대로 깎여 만신창이일 텐데……. 제왕의 긍지를 갖고 '황제' 는 오연히 자신만만하게 서 있다.

예의범절에 따라 그는 완벽하게 머리 숙여 인사해 보였다.

"드디어 만났네. 학생회장."

가장 먼저 무대에 나선 스바루 군이 가슴을 편 채 나지막하게 이야기했다. 인사에 답례도 없다── 뻔뻔스러운 태도지만 에이치 씨는 그것이 마음에 들었던 모양이다.

더 웃고는 더 잘 보자는 듯 스바루 군에게 얼굴을 가까이 한다.

"어서 와."

악수를 청했지만 거절당해 조금 슬픈 듯한 표정을 보이며.

" '성급한' 아이네. 그렇게 서둘러서 오지 않아도 되는데. 쉴 틈도 없잖아. 아니면 그게 목적인 걸까?"

"그런 잔꾀를 쓰는 아이들은 아닐세."

답한 건 늦게 일어선 『UNDEAD』의 리더── 레이 씨다. 스바루 군에게 길을 양보하면서도 그 등 뒤에 수호자처럼 선다. 두 사람에 비하면 키가 작은 스바루 군의 머리 너머로 '황제'와 마물은 서로를 노려봤다.

실컷 피 튀기는 싸움을 한 직후임에도 아직 그 몸에는 전의가 충만하다. 전장의 잔향── 시체 썩는 냄새 속에서 무덤에서 일어난 불사신처럼 레이 씨는 요염하게 웃었다.

"기운이 넘쳐서 좋구먼. 젊은이는 그래야지 ♪"

"사쿠마 선배도 고생했어. 덕분에 『fine』와도 제대로 싸울 수 있게 됐어."

바로 뒤에 선 레이 씨에게 스바루 군은 응석부리는 강아지처럼 머리를 대고 있다.

"크크, 본인은 아무것도 하지 않았네. 아니 다른 사람을 움직이게 하는 것도 포함해 모두 자네들의 힘일 게야……. 뒤는 부탁하겠네. 『Trickstar』여."

한번만 스바루 군의 머리를 쓰다듬고 나서 쉬이 레이 씨는 발길을 돌렸다.

"아쉽지만 우리는 여기서 패했으니 말일세."

"충분하고 남을 정도로 달렸잖아. 늙은이가 무리하기는!"

투덜대며 일어선 건 『UNDEAD』의 카오루 씨다. 항상 여유 부리고 자신의 옷차림에 신경을 쓰고 있는 느낌인 사람인데── 이번만큼은 땀이 뚝뚝 흐르며 격하게 움직인 탓인지 머리칼도 흐트러져 있다. 하지만 왠지 시원스럽고 매력적이다.

한껏 서핑을 한 직후 모래사장에서 휴식을 취하고 있는 것 같다.

"드림페스에서 연장전은 종종 있는 일이지만 세 번 연속은 드물지. 아아, 지쳤어. 이젠 다시 안 할 거야. 땀을 흘리는 건 내 캐릭터와 안 맞는다고."

"음. 카오루 군도 마지막까지 애써 주었지. 자네가 있었기에 본인의 계략은 완전히 힘을 발휘할 수 있었다네 ♪"

"아니아니. 당신을 위해 한 거 아니거든. 여자 관객들에게 어필할 시간은 길수록 좋잖아 ♪"

무작정 쓰다듬으려는 레이 씨에게 카오루 씨는 성가시다는 듯 고개는 흔들지만 달려 도망칠 정도의 기력도 없는지—— 그대로 받아준다.

"우리 라이브의 여운이 남아 있는 사이에 귀여운 여자애들을 꼬시러…… 아니. 팬과 교류를 하고 와도 될까?"

어린애처럼 왠지 변명하는 것처럼 투덜대고 있었다.

"그래도 뭐 결국 져버렸고. 꼴사나운 모습을 보여 버렸으니 말 걸기도 힘들겠지~?"

그 모습이 왠지 흐뭇해 나는 무심코 혼잣말을 중얼거렸다. 그걸 카오루 씨가 들은 모양인지—— 놀랄 정도로 빠르게 뒤돌아봤다.

"음, 무슨 일이니 전학생 쨩! 하고 싶은 말이 있다면 편하게 해. 난 여자애의 목소리는 한마디도 절대 놓치지 않아……☆"

재빠르게 일어서 무대 뒤에 있는 내게 손을 흔드는 그에게.

지금은 말 밖에 보낼 수 없지만 최대한 본심을 전했다.

" '멋있었다'고? 하하, 빈말이래도 기뻐!"

귀여울 정도로 기운이 좋아져서는 카오루 씨는 폴짝폴짝 뛰며 레이 씨와 어깨를 댄다. 고교생 남자애답게── 사이좋게 둘이서 어깨동무를 하고선 떠들고 있다.

"그건 그렇고. 마음이 약해져 있을 때 친절하게 대해 주면 혹 간단 말이지~. 전학생 쨩에겐 조금 진심이 되어볼까나~☆"

"호오. 일단은 패배로 풀이 죽어 있었던 겐가. 카오루 군에게도 '귀여운' 면이 있구면 ♪"

왠지 여자애들처럼 떠들고 있는 윤곽이 비슷한 두 선배를 올려다보며── 무대 바닥에 대자로 뻗어 있던 코가 군이 버둥버둥 날뛰었다.

"으아아악! 못 이기면 결국 아무 의미도 없다고~. 젠장할!"

조금 전까지 피로로 반쯤 기절했던 것 같지만, 패배의 분노와 굴욕이 솟구쳐 오른 것 같다. 얼굴을 새빨갛게 붉히며 소리치고는 야생동물처럼 날렵하게 일어선다. 이를 드러내며 아이돌이 해서는 안 되는 상스러운 몸짓으로 에이치 씨를 도발한다.

"아아 제길. 이 몸은 아직 만족하지 못했다고, 학생회장! 이걸로 끝이냐. 덤벼! 열 번이고 백 번이고 연장전을 해 주겠어! 멋대로 결판 짓지 말라고, 규칙 따위 집어치워!"

코가 군답게 혈기왕성하게 대들고 있다. 상대가 위대한 '황제'든 누구든 관계없는 거겠지── 짐승에게는 인간 사회의 도리가 통하지 않는다.

여러 요인에 얽힌 우리가 보면, 자유분방한 것이 부럽다.

"피도 뼈도 남지 않을 만큼 박살을 내 주겠어……!"

"에~? 왜 저래 쟤. 눈치 없게!"

그대로 에이치 씨에게 덤벼들려던 코가 군을 카오루 씨가 귀찮다는 듯 제지했다. 악을 쓰는 코가 군의 팔을 잡고 있어 절도범을 포획한 것 같은 구도다.

"뭐라 말 좀 해 줘. 사쿠마 씨~?"

"옳지 옳지. 이미 결판은 났네. 진정하게. 멍멍이. 패배자만큼 꼴사나운 건 없는 게야. 빨리 무대에서 떠나야지."

맥이 빠진 모습이면서도 어딘가 자랑스러운 듯——레이 씨가 귀여운 후배의 꼴사나울 정도의 몸부림을 바라보며 미소 짓는다. 그처럼 흐트러질 수 없는 자신을 오히려 부끄러워하는 것 같다.

"노병은 죽지 않고 그저 사라질 뿐. 아도니스 군. 멍멍이를 무대에서 끌어내려 주겠는가?"

레이 씨는 그저 큰 국면을 보고 있다. 여기서 난투 소동이 벌어지면 모든 게 틀어진다고 이해하고 있다. 모처럼 체력을 깎은 에이치 씨가 회복할지도 모르고.

"알겠다. 힘쓰는 일은 자신 있다."

부르는 목소리에 아도니스 군이 천천히 일어선다. 그도 체력이 굉장하다. 이미 평소처럼 온화한 표정이다. 모두에게 맞춰 무대 위에서 쉬고 있었던 것 같지만 곧바로 명령대로 신속하게 움직인다.

떼쓰는 아이 같은 코가 군의 목덜미를 잡아 무대 뒤로 끌고 간다.

"오오가미. 일단 철수해야 한다. 상당히 부담을 줬기에 악기도 우리도 점검해야 할 필요가 있다."

"으악~ 너 이 자식 아도니스! 두고 봐. 이 몸은 아직 부족하다고! 이거 놔~. 이 빌어먹을 바보 멍청이가⋯⋯!"

"크크크. 정신 차리고 마지막으로 한마디만 해 두겠네."

우당탕 코미디를 연기하는 두 후배를 충분히 바라보고 나서 레이 씨도 본격적으로 퇴장한다. 카오루 씨의 등도 밀어 보내며 어깨너머로 뒤돌아본다.

"준결승의 두 무대는 대조적이었네. 전쟁과 평화, 비극과 희극, 증오와 사랑⋯⋯. 그것이 격돌할 결승전은 무엇을 희생하더라도 볼 가치가 있지."

그리고 인류의 역사를 내려다보는 마물처럼 삐뚤게 웃었다.

"즐겁게 지켜보고 있겠네. 제군들 ♪"

간략히 고하고는 어둠에 녹아들듯 사라져갔다.

"그럼, 이만. 건투를 빌겠네."

"Good night, 쾌활하고도 성가신 『UNDEAD』들."

유창한 영어로 이별의 인사를 고하고 에이치 씨는 혼잣말처럼 중얼거렸다.

"정말, 너희는 항상 즐거워 보여서 부러워."

"⋯⋯ '즐거워 보여서 부럽다' 니. 당신은 즐겁지 않은 거야?"

『UNDEAD』가 떠나고 아주 조금 평온과 고요함을 되찾은 무대. 잠깐의 휴식을 끝내고 돌아온 관객들도 차례차례 자리에 앉

아 결전의 무대가 열리길 기다리고 있다. 마지막 싸움이 곧 머지않아 시작된다. 열기와 기대감은 점점 커져만 간다.

"글쎄, 어떨까."

피로를 느끼게 하지 않는 우아한 몸짓으로 에이치 씨가 슬픈 듯 아주 조금 말을 얼버무렸다. 항상 솔직하게 찬란한 빛을 방출하는 스바루 군을 눈부시다는 듯 바라보고 있다.

제대로 관객들이 있는 방향을 보며 바로 옆에 나란히 서서.

폭군 같은 '황제'와 혁명아의 일등성은 짧은 대화를 했다.

"아무튼. 활기찬 녀석들이 떠난 덕에 이야기하기 편해졌네."

"우리는, 당신과 할 말 없어. 아니, 해 주고 싶은 말은 '잔뜩' 있지만. 전부 라이브가 끝난 뒤에 할래."

누구에게나 그렇지만 스바루 군은 허물없는 말투다. 이제부터 싸울 상대에게 경의를 표하는 것도 그렇다 생각한 건지—— 아니면 그들은 진정한 의미로 같은 무대에 서 있는 걸까. 기묘하게 닮은 표정으로 둘은 나란히 서 있다.

태양과 달이 동시에 가까이서 빛나고 있는 것 같은 위화감.

그리고—— 보고 있는 것만으로도 망막이 타버릴 것 같은 방대한 빛이 생겨나 있다.

신화의 한 장면 같다. 드디어 여기까지 올라왔다.

"하지만 한 가지만 확인하게 해 줘."

상식에서 벗어난 표정을 순간 지우고 스바루 군은 여리고 상처받기 쉽고 느끼기 쉬운—— 나이에 맞는 고교생으로서 묻는다.

"호쿠토는 어디 있어?"

"후후, 내 손안이지. 알고 있잖아?"

답하는 에이치 씨도 아주 잠깐—— 나이에 어울리는 인간미 있는 미소를 짓고 있었다.

"그렇게 말할 수 있다면 좋았겠지만. 아쉽지만 그렇지 않아. 주변을 둘러보렴. 네가 찾는 건 언제라도 '그곳'에 있을 거야."

"뭐……?"

그의 재촉에 스바루 군은 천체망원경으로 작은 별을 찾는 것처럼 주변을 둘러본다. 그 시선이 무대 바깥쪽—— 조금 낮은 위치로 향했다.

그곳에 스바루 군이 줄곧 찾던 반짝임이 있다.

푸르고 냉랭해 보이지만 신비한 온기가 있는 빛이다.

말없이 그곳에 서 있는 건 『Trickstar』 전용의상을 입은 히다카 호쿠토 군이었다.

"호쿠토."

꿈이라도 꾸고 있는 것 같은 표정으로 스바루 군이 그 이름을 불렀다. 볼을 꼬집어 아주 살짝 생리적인 눈물을 글썽이며—— 그것은 금방 진짜 눈물이 된다. 그의 인간성이 흐르게 한 보석 같은 눈물. 그것을 부끄러움도 없이 볼 위에 흘려보내고 있다.

조명을 받는 그 얼굴은 비유가 아니라 정말 빛나고 있었다.

"너, 어떻게……. 그거 『Trickstar』의 의상이잖아?"

덕분에 앞이 잘 보이지 않는지 스바루 군은 눈가를 몇 번이고 비비며 물었다.

"『fine』가, 학생회장의 동료가 된 게 아니었어?"

"미안해."

호쿠토 군은 그답지 않은 불규칙한 발걸음으로 비틀거리며 다가온다. 매너가 나쁜 관객처럼 무대에 다가와 손을 얹고 기어오르려다 그만둔다.

불안한 듯 그저 올려다본다. 살짝 손을 뻗어 스바루 군의 눈물을 닦으려 하다―― 곧바로 두려운 듯 거둔다.

부서지기 쉬운 물건을 다루는 것 같았다. 소중하다는 듯 호쿠토 군은 스바루 군을 보고 있다.

"나는 이제 이 의상을 입을 자격이 없을지도 모르지만."

무대 뒤에서 지켜보는 내게 곤란한 듯 미소 짓는다. 아직 어색한 웃음. '황제'에게 붙잡혀 희망과 웃음을 잃었던 그는―― 맹렬하게 감정을 싹틔우고 있다.

그 인간성이 다시 개화하려 하고 있었다.

꽃의 생명은 짧지만 계절이 돌아오면 몇 번이라도 또다시 핀다.

"전학생에게 연락해 의상 보관 장소를 확인했어. 서둘러 갈아입고 왔지만 결단을 내리는 게 늦어져서――."

그렇다. 아까 『fine』와 『UNDEAD』가 격돌한 준결승 중에―― 나는 호쿠토 군에게 연락을 받았다. 몇 번인가 메시지를 주고받아 의향을 최대한 확인했다. 나는 무대 뒤에서 움직일 수 없었기에 얼굴을 마주하고 대화할 순 없었지만.

'강당^{전 장}'에서는── 이 무대 뒤에서는 라이브 중에 움직일 수 없다. 그래서 스마트폰으로 연락할 수밖에 없었다. 섣불리 움직여 『fine』가 눈치채게 하고 싶지 않았고.

아무튼 결과적으로 잘된 모양이다. 전학 첫날 호쿠토 군이 나를 걱정해── 무슨 일이 있으면 연락하라는 다정한 말과 함께 교환해 주었던 연락처. 그것이 이제야 도움이 됐다. 그의 다정하고 따뜻한 마음이 희망이라는 이름의 꽃을 피운 것이다.

"결승전 때까지 준비를 마칠 수 있을지는 도박이었지만."

'강당'까지 뛰어서 온 건지 호쿠토 군은 숨이 찬 상태다. 그가 있는 무대 기슭은 어둡기에 관객들은 무슨 일이 일어나고 있는지 모르겠지만── 조금씩 웅성거림이 퍼지고 있다. 뭔가 신기한 일이 전개되고 있다는 것을 알아챈 것이다.

이 현실에선 그다지 일어나지 않는 이야기 같은 일.

"준결승이 길어진 덕에 어떻게든 늦지 않은 모양이야. 난 평소 행실이 좋지 않을 텐데 가끔 행운이 있어."

"아니, 그런 게 아니라? 그게 아니라. 아 정말!"

스바루 군은 전혀 상황이 이해가 되지 않는지 왠지 모르게 이해하면서도 믿을 수 없는지── 자꾸 자신의 볼을 꼬집고 있다. 뚝 뚝 눈물을 흘리며.

운명이 갈라놓은 로미오와 줄리엣처럼 무대 아래에 있는 호쿠토 군을 향해 조금만 손을 뻗었다. 그 손을 잡으려 했지만 호쿠토 군이 살짝 망설였다.

그 망설임을 적확히 찌르는 것처럼 에이치 씨가 절대영도의 목소리로 묻는다.

"그게 네 대답이니. 호쿠토?"

"신뢰를 저버려서 면목이 없어. 학생회장."

유쾌하지 않은 벌레를—— 해충을 보는 것 같은 '황제'의 시선. 그것을 받고 오히려 각오를 굳힌 걸까. 호쿠토 군은 이번에야말로 스바루 군의 손을 잡았다.

단단히 손을 쥐고서 호쿠토 군이 뛰어 오른다. 스바루 군이 그를 끌어당겨 둘이서 끌어안듯 무대에 섰다. 나까지 눈물이 나려고 했다—— 꿈에서까지 보던 광경이다.

붉은색과 푸른색. 대조적인 색채지만 통일감 있는 의상.

그것을 입은 두 혁명아가 압정을 강요하는 폭군과 마주 선다.

호쿠토 군이 최고로 재밌는 농담이라도 입에 담는 것처럼 얼굴 가득히 웃으며 당당히 말했다.

"하지만 배신은 연예계에서 일상다반사잖아?"

"이거 한 방 먹었네, 라고 말할 거라 생각했니?"

어깨를 으쓱이며 무서울 정도로 무표정하게—— 에이치 씨는 웃는 두 사람을 내려다봤다.

"어리석구나. 스스로 가시밭길을 선택하다니……. 난 소년 만화에 나올 것 같은 편리한 악역이 아니야. 현실적으로 네 판단을 처리할 거야."

몇 번인가 눈을 깜빡이고 다시 여유로운 미소를 되찾고는——.

지휘자처럼 손가락을 흔들어 에이치 씨는 여전히 적확하게 다른 사람의 급소를 헤집는다.

"분명 넌 후회할 거야. 부모님도 틀림없이 슬퍼하시겠지."

"부모님은 관계없어."

단호하게, 호쿠토 군은 악의에 찬 '황제'의 말을 뿌리쳤다. 오히려 『Trickstar』를 감싸는 것처럼 한 발짝 앞으로 나서 양팔을 펼친다.

연극의 주역처럼.

"당신은 내 부모님에게 손을 써서 날 묶어두려 했어. 아주 친절하게도 모든 수단을 사용해 날 사육하려 했지."

규탄하는 것 같은 말투지만 마이크를 통하지 않기에 관객들에겐 전해지지 않겠지. 『Knights』와 대결할 때 마오 군이 그렇게 한 것처럼 적의 비열한 수법을 역이용해── 무도한 진상을 이야기하는 걸로 관객을 아군으로 만들려는 속셈이 아니다.

단순히 호쿠토 군답게 담담하게 사실만을 논하고 있다.

공명정대하게.

"당신은 연예계에서 큰 영향력을 지닌 텐쇼인 재벌의 자제. 내 부모님도 마음대로 할 수 있었겠지. 당신을 따르는 게 날 위하는 일이라고 그렇게 생각하셨을 테니까."

(그렇구나. 홋케~는 부모님 때문에⋯⋯. 부모님이 유명해도 참 큰일이구나. 하지만 홋케~는 그걸 뿌리치고 돌아와 줬어.)

어딘가 공감하는 것처럼 스바루 군이 생각에 잠겨 있다. 조금만 앞으로 나가 소중한 동료와 나란히 서서 곁눈질로 보며── 그 발언을 곱씹고 있다.

(성실한 녀석이니까. 주변의 기대에 부응하려고 했어. 그리고

부모님의 기대에도.)

공감하고 파악하여── 스바루 군은 호쿠토 군을 통째로 이해하고 있었다. 다른 사람의 마음을 모른다고 호되게 들어왔던 스바루 군이 아닐지라도 본래는 사람과 사람이 서로 이해한다는 건 착각이다. 타인이니까, 보이지 않으니 마음을 알 수 없다.

하지만 이때, 스바루 군은 호쿠토 군을 완전히 이해하고 있었다.

그것은 뭘라 달리 표현할 수 없을 만큼 기적적인 일이었다.

(하지만 여러 '굴레'를 벗어버리고 넌 네 마음의 소리를 듣기로 한 거구나……. 대단해. 역시 홋케~는 대단한 녀석이야. 그리고 기뻐. 넌 우리와의 인연을 선택해 준 거니까.)

"난 솔직히 그것만으로도 옴짝달싹 할 수 없었어. 이제까지 부모님을 거역한 적은 없었으니까."

참회하는 것처럼 호쿠토 군은 고개를 숙이고──.

하지만 곧바로 결연히 얼굴을 들며 말했다.

"하지만 친구를 배신해 부모님께 인정받고 칭찬받아도 기쁘지 않아. 내가 줄곧 원했던 걸 유메노사키 학원에서 이미 손에 넣었는데, 하마터면 놓칠 뻔했어."

눈에 타오르는 불길을 담고, 호쿠토 군은 매섭게 말한다.

"할머니가 주신 편지를 읽고── 바보 같은 나는 그제야 그 사실을 이해한 거야."

🎤 𝑨𝒓𝒎𝒂𝒈𝒆𝒅𝒅𝒐𝒏 ✦✨

"오오, 그 편지 말이군요!"

갑자기, 지금껏 시체처럼 움직이지 않던 와타루 씨가 벌떡 일어났다.

그 역시 에이치 씨를 제외한 『fine』멤버들이나 『UNDEAD』와 똑같이 그 순간까지는 체력을 모두 소진해 움직일 수 없는 상태였다. 과할 정도로 지친 모습을 가장하고 있었다—— 땀에 흠뻑 젖은 긴 머리칼은 흐트러지고, 죽어 가는 금붕어처럼 헐떡이고 있었다.

하지만 그건 모두 연기였던 걸까. 아니면 짧은 휴식으로 완전히 체력을 회복한 걸까. 그런 종류의 장난감처럼 부자연스럽게 뛰어올라 숨도 흐트러지지 않고 양손을 펼치고 있다. 어디까지가 거짓이고 어디부터가 진실인지 전혀 이해할 수 없다.

불가사의한 피에로 같은 청년은 담담하게 이야기하는 호쿠토 군을 흥미롭다는 듯 바라보고 있다.

비인간적인 가면 밑에서 탐욕스럽게 눈동자를 빛내며.

"역시 실례일까 싶어 내용은 확인하지 않았지만. 그 편지엔 대체 무슨 내용이 적혀 있었죠? 흥미가 있습니다……☆"

"짧은 편지였어. 부장이 흥미를 가질 만큼 특별한 내용은 없어."

호기심밖에 없는 것 같은 물음에 호쿠토 군은 성실하게—— 가볍게 고개 숙이며 답한다.

성실하게.

"소소한……. 어느 집에서나 있을 법한, 할머니가 손자에게 보내는 메시지였어."

어린애가 유쾌한 마술을 마법이라고 완전히 믿어 감탄하는 것 같은 웃음이다.

"괴롭다면 힘내지 않아도 된다고. 남 뜻대로 행동할 필요는 없다고. 내가 하고 싶은 걸 해야 한다고. 그 결과가 어떻든 할머니는 내 편이라고."

정말로 특별한 건 아무것도 없다. 누구라도 말할 수 있는—— 하지만 누가 한 사람이라도 그렇게 말해 주지 않으면 어떤 강인한 사람이라도 버티고 있을 수 없을 것 같은. 아기 때나 어린 시절에 부모에 의해 누구에게나 주어지는 고귀한 보증이다.

미사여구로 장식된 학생회장의 유혹과는 명확하게 느낌이 다른 소박하고 따뜻한 메시지. 호쿠토 군은 태어나서 처음으로 그런 말을—— 보증을 받았다. 아니면 그런 따뜻한 마음이 모든 장애물을 돌파해 그의 마음까지 닿아 울린 것일까.

그리고 호쿠토 군은 그답게 다시 움직이기 시작했다.

"그렇게 적혀 있었어. 여담으로…… 부모님을 불러서 잔소리했다는 등의 이야기도 푸념처럼 있었지만. 우리 할머니는 아이돌도 가수도 배우도 아니야. 그냥 일반인이야. 전학생처럼."

다시금 무대 뒤에 있는 나를 향해 몸을 돌리고 호쿠토 군은 눈으로 웃었다. 그리고 머리를 숙여 준다── 무대에 있는 모두에게 한 번씩 인사하고 있다.

"하지만 톱 아이돌이었던 아버지든 대배우였던 어머니든 꼼짝 못 해. 어디에나 있을 법한 평범한 할머니지만……. 난 정말 좋아 해."

정말 좋아해. 누구에게든 할 수 있는 애정 표현이지만, 호쿠토 군이 하는 말의 무게는 현격한 차이가 있다. 립 서비스로 다른 사람을 기쁘게 한다는 걸 생각지도 않는 서툴고 올곧은 그가.

원하지 않는 역할을 강요받아 왔던 그가 커튼콜을 고한다.

"할머니가 내 편이라면 난 부모님도 학생회장도 두렵지 않아. 가슴을 펴고 싸울 수 있어. 내 인생을 살아갈 수 있어."

주눅 드는 일 없이 학생회장에게 다가가 역시 머리를 숙이고 있다. 책임감이 강한 그는 하라는 대로 하지 않았던 것을 사과하고 있다. 적에게도 성의를 다하고 만다.

자신을 씹어 으깨어 위장 속으로 떨어트리려 했던 상대에게도.

"그리고 운 좋게도 무대와 동료는 이미 눈앞에 마련되어 있었 어. 학생회장── 당신을 따르는 게 내 운명이었다고 해도, 난 저 항하겠어."

무서울 정도로 말없이 미동조차 않는 '황제'를 바라보며── 호쿠토 군은 홀로 연극하는 것처럼 이야기한다. 가슴에 손을 얹고 방대한 열기를 단어 하나하나에 담아.

"그렇게 결심했어. 할머니는 기뻐해 주실 거야. 부모님은 관계

없어. 장래든 뭐든 모두 버려도 좋아. 난 이 자리에 『Trickstar』^{트 릭 스 타}
로 서고 싶어."

 반응이 없다고 해도 호쿠토 군은 위축되지 않는다. 당당하게 주어진 각본이 아닌 그 자신이 자아낸── 그를 주역으로 한 무대를 끝까지 연기한다.

 당당하게, 그 자신의 인생을.

 "내가 하고 싶은 대로 하겠어. 만약 실패하든 후회하든 할머니는 내 편이야. 그것만으로도 적극적으로 임할 수 있어. 뒤돌아보지 않고, 방황하지 않고, 앞으로 나아갈 수 있어."

 생각의 바다에 잠길 뻔하는 일이 잦은 그가 어린애처럼 생각한 것을 모두 말하고 있다. 말을 갓 배운 아기다. 더듬거리지만 거짓이나 허식이 없어── 알기 쉽고 간결한 인간의 울음소리를.

 마음을 담아 그는 자아낸다. 드높이 노래한다.

 "난 당신의 적이 될 거야. 학생회장. 아니 처음부터 적이었지. 달콤한 말에 꾀여 길을 잃어버렸지만, 드디어 기억해 냈으니까."

 푸른 전용의상을 자랑스레 내보이듯, 가슴을 펴고 호쿠토 군은 당당히 말했다.

 "나도 『Trickstar』다."

 "……그렇구나. 유감이야. 난 정말 너를 기대했는데 말이지. 높이 평가했는데, 그 정도로 각오를 굳혔다면 어쩔 수 없지."

 눈을 감으며 에이치 씨는 깊이 점성이 있는 한숨을 흘렸다.

 몇 가지 소화되지 않은 말이, 호쿠토 군을 설득하는 데 쓸 수 있는 많은 전략이, 명확한 형태를 취하기 전에 날숨으로 빠져나간다.

짐승이나 어린애한테는 아무리 말해도 의미가 없다. 그렇게 그는 판단한 것 같았다── 평소처럼 싸우기 전에 승패를 정하지 못했다.

　그렇다면 그가 이전에 말했던 대로 전쟁을 할 수밖에 없다.

　따귀를 때려서, 이해하게 할 수밖에 없다.

　"봐주진 않을 거야. 호쿠토."

　말을 안 듣고 떼쓰는 아이를 보듯 성을 내면서 이야기했다.

　"네가 모처럼 얻은 꿈과 희망. 그 모든 걸 짓밟아 주마."

　"그렇게 쉽게 되진 않을 거야. 아니 짓밟히더라도 몇 번이고 잡초처럼 다시 일어설 거야. 그게 『Trickstar』야."

　호쿠토 군이 씩씩하게 선언하고, 에이치 씨는 쓴웃음을 지으며 "넌 『Trickstar』를 칭찬하려는 거겠지만, '잡초'는 좀 아니지 않니?" 라며 중얼거렸다.

✦✦❈✦❈✦✦

　차가운 검으로 난도질당하는 것처럼 학생회장의 말을 뒤집어쓰고 있는 호쿠토 군에게──.

　비틀비틀 스바루 군이 다가간다. 사랑하는 주인에게 버려진 강아지처럼. 증오나 원한도, 모든 어두운 감정이 없는── 무구한 눈동자로.

　그저 바라보며 이름을 불렀다.

　"호쿠토."

"아케호시."

평소의 무표정을 완전히 버리고 호쿠토 군은 얼굴을 일그러뜨리며 답한다. 강대하고 무자비한 학생회장과 마주하던 때조차 당당하게 있었는데 지금은 미약하게 떨고 있다. 조심스럽게 주뼛주뼛 손을 뻗어 스바루 군의 옆머리를 만진다.

"미안해. 나는 너희의 동료라 말할 자격이 없겠지. 걱정도 받고, 원망도 받았을 거야. 지금 당장 떠나라고 한다면 할 말이 없어. 바로 조용히 사라질게."

소중한 듯 호쿠토 군은 스바루 군을 쓰다듬는다.

부서지기 쉬운 물건을 다루는 것처럼. 아니—— 자신의 행동으로 이 보물 같은 남자애가 상처받을까 두려워하는 것처럼.

"그래도 용서해 주겠다면, 다시 한번 날 동료로 삼아 줘."

세상에 둘만 있는 것처럼 서로 바라보며 서투르게 이야기한다.

"다시 함께 노래할 수 있게 해 줘. 내가 네게 말하고 싶은 건, 그 것뿐이야."

스바루 군은 잠시 반응하지 않았다. 믿을 수 없다는 듯, 꿈이라도 꾸는 것처럼 멍하니—— 그 눈동자에 환희의 눈물이 넘쳐흐른다. 남자애 특유의 멋쩍음을 느낀 건지 필사적으로 눈물을 닦고는 반짝이는 웃음을 지었다.

"……이 자식, 늦었잖아☆"

"때렸어?! 아케호시 군. 적어도 얼굴은 때리면 안 돼! 이제부터 라이브라고……?!"

마코토 군이 깜짝 놀라서 어째서인지 천사 같은 미소로 호쿠토 군을 때리는 스바루 군을 뒤에서 안아 제지했다. 이 남자애의 행동은 언제든 예측할 수 없다.

희극처럼 나동그라진 호쿠토 군은 오히려 기쁜 듯 몸부림치며 일어섰다.

"후, 후후후! 더 때려라. 아케호시! 난 그만큼 죄를 지었어. 원하는 만큼 때려……☆"

포옹을 원하듯 양팔을 펼쳐 밝고 유쾌한 미소를 지으며 외친다. 그 움직임과 몸짓은 그가 소속된 연극부 부장── 와타루 씨와 어딘가 닮은 느낌이 들었다.

같은 부활동 선배로부터 그는 무언가 귀한 것을 받은 걸까.

"어라~. 히다카 군도 성격이 이상해졌는데?!"

마코토 군이 이해할 수 없다는 듯하면서도 안심한 듯 표정을 푼다. 어째서인지 크게 기뻐하며 멘트를 주고받기 시작하는 둘 사이에 끼어들어 좋은 방향으로 정리에 나선다.

"하지만 히다카 군과 또 함께 무대에 설 수 있다니 꿈만 같아……! 잘 돌아왔어~. 굉장히 기뻐 ♪"

"그래도 괜찮은 거야, 호쿠토?"

순진하게 기뻐하는 마코토 군 옆에 서둘러 서고는 마오 군이 현실적인 질문을 한다.

언제라도 그가── 현실에서 벗어나려는 경향이 있는 다른 멤버들의 연결고리, 서 있을 장소가 되어 준다. 신중하게 수수께끼의 촌극에 당황해하는 관객들까지도 신경 쓰며.

"너, 그만한 이유가 있어서 『fine』로 이적했던 거잖아. 그렇지

않으면 너처럼 책임감 강한 녀석이 『Trickstar』를 떠났을 리가
없어."

"그래. 걱정하지 말라는 말은 못 하겠지만. 난 각오하고 여기에
있어."

호쿠토 군은 웬일로 앞일은 생각하지 않고 있는지, 살이 풀린 것
처럼 시원시원하게 웃는다.

"이번이 마지막 라이브가 된다고 해도 좋아."

"마지막이란 소리 하지 마! 앞으로도 몇 번이고 같이 노래하자!
우리는 최고의 '유닛'이야, 동료라고! 그렇지. 홋케~?"

아까는 때렸으면서 갑자기 소중한 듯 끌어안으며 자신도 감정
을 주체하지 못하는 듯한 스바루 군의 물음에 마오 군이 곤란하다
는 표정으로 답한다.

"음~. 그래도 이적 절차가 끝난 상태라면 규칙상 『Trickstar』
엔 돌아올 수 없어. 이런 말 하는 내가 굉장히 싫지만."

주먹을 꽉 쥐고 서서 마오 군은 어찌할 바 모르겠다는 듯 미약하
게 고개를 흔든다.

"물론 호쿠토가 돌아와 준다면 대환영이지만 말이야?"

영리한 척, 잘 이해하고 있는 척하며, 언제라도 다른 사람에게
가장 좋은 자리를 양보하던 마오 군이지만―― 호쿠토 군은 놓고
싶지 않은지 스바루 군을 흉내 내는 것처럼 옆에 다가섰다. 마코
토 군도 다소 늦게 합류한다.

"상관없어. 학생회장 권한으로 이적 서류는 폐기해 줄게."

넷이서 하나가 된 것 같은 『Trickstar』에게 도움을 보낸 인물은

의외라고 할지, 당연하다고 할지—— 역시 진의는 알 수 없지만, 에이치 씨였다.

사랑스러운 듯 자신의 적을 바라보며 드디어 그 얼굴에 미소를 되찾는다. 이건 이거대로 재밌는 전개라고 생각한 걸까.

"날 배신한 죄는 만 번 죽어 마땅하지만 너희의 우정은 귀한 보물이야. 시시하게 현실적인 이유로 잘라버리고 싶진 않은걸."

무언가를 그리워하는 것처럼 먼 곳을 보며—— '황제'가 아닌 한 남자애처럼 웃는다.

그는 그 자신이 지닌 모든 힘으로, 이야기의 줄거리를 자기 취향 대로 조정해버린다.

"난 최고의 상태인 너희와 싸우고 싶어. 그걸 짓밟고 삼킴으로써 최대의 힘을 얻을 수 있어. 그러기 위한 【DDD】야."

뭔가 굉장히 중대한 시사가 포함된 말을 입에 담고 있다. 그런 느낌이 들었다. 【DDD】라는 전무후무한 소란을 주최한 그의 진의의 한 부분과 닿아 있었다.

이때는 동료가 돌아온 감동에 휩쓸려 깊이 생각할 수도 없었지만—— 텐쇼인 에이치라는 인물의 최대 욕구가 표현되어 있었다.

모든 것을 먹어 치우는 블랙홀 같은 식욕이.

"괜히 걱정하지 말고 전력으로 덤비렴. ……패배와 후회를 맛보여 줄게 ♪"

"역시 학생회장! 의외로 말이 통하는걸~☆"

여전히 학생회장의 기묘한 분위기에 전혀 좌우되지 않는 스바루 군이 하필이면 기쁜 듯 '황제'에게 안겨든다. 좋아해 좋아해라고 말하는 것처럼 머리를 비비고 있다.

"후후. 대결이 시작되기 전에 이미 전부 해결됐다~는 것 같은 분위기를 만들지 말아줬으면 좋겠지만. 내겐 내 목적이 있어. 단지 그뿐──."

지금까지 본 것 중 가장 이해하기 어려운 표정으로 스바루 군을 부드럽게 떼어놓으려며 에이치 씨는 다시금 관객들을 향해 몸을 돌린다. 아직 달라붙어 있는 스바루 군과 어깨를 나란히 하고 마지막 결전을 고대하는 사람들에게 인사를 보낸다.

"자, 쓸데없는 잡담은 끝내자. 관객들이 우리의 무대를 고대하고 있어. 유메노사키 학원 학생으로서 부끄럽지 않은 대결이 되길 바랄게."

아버지와 아들처럼 달라붙어 '황제'와 혁명아는 무대 중앙에 서 있었다.

"학생회장으로서도, 한 사람의 아이돌로서도."

유메노사키 학원 역사에 커다란 분기점이 찾아오려 하고 있다.

"자~ 그럼, 승부야!"

갑자기 기운을 차린 스바루 군이── 쾌재를 외쳤다. 혈기에 차 몇 번이고 점프하며 동료들 곁으로 돌아가서는 도전적으로 에이치 씨를 가리키며 위협한다.

"호쿠토가 돌아왔으니 전혀 질 것 같지 않아☆"

"어떨까. 왁자지껄 소란을 피워 준 덕에 난 그럭저럭 쉴 수 있었어. 앞으로 한 번 정도, 결승전 정도는 움직일 수 있어. 너희를 짓밟기엔 충분하고도 남을 정도야."

기분 좋다는 듯 도전을 받으며 에이치 씨는 자세를 고쳤다. 실제로 빈틈없는 사람이다. 대화 사이에 호흡을 가다듬어 충실하게 전쟁 준비를 하고 있다.

전혀 방심할 수 없다.

마치 모두 해결된 분위기지만, 이제부터가 시작이다.

마음을 가다듬고 에이치 씨가 노래하듯 말을 꺼낸다.

"미리 말해 둘게. 우리 『fine』의 결승전 곡 순서는 준결승과 같아. 너희 중에 이 의미를 이해할 수 있는 아이가 있을까?"

"저기 『fine』의 준결승 곡 순서가 어땠더라?"

"……우리와 완전히 같았어."

이런저런 감동에 잊고 있었던 것 같은 스바루 군을 마코토 군이 어딘가 부러운 듯 바라보며 소름 끼칠 정도로 아름다운 진지한 얼굴로 설명해 준다.

"마지막에 다 함께 부르는 곡. 그 앞은 모두 솔로 곡……. 곡 길이도 거의 같아. 완전히 우릴 의식해 맞춰 왔어."

항상 생각하지만 마코토 군은 의외로 본 무대에 강하다. 평소의 연약한 태도를 숨기고 조용히 생각해 실행한다. 하나의 병기처럼.

조명에 비친 안경은 새하얘져 그 표정은 짐작할 수 없다.

"『UNDEAD』와 대결했던 무대를 우리와의 대결을 위한 연습으로 삼았던 걸지도. 그 가혹한 준결승에서 그렇게 여유를 부리고 있었단 말이야……?"

"후후. 승리하기 위해 필요한 고생이라면 난 망설이지 않아. 어때, 이걸로 너희가 이길 확률이 한없이 0에 가까워졌지?"

오히려 다시 평가했다는 것처럼 에이치 씨가 마코토 군을 흥미롭다는 듯 바라보며 긍정한다.

"어, 어떻게 된 거야? 누가 해설해 줘!"

"그럼 내가. 『fine』와 『Trickstar』의 인원은 네 명으로 서로 같아. 그리고 '유닛' 스타일도 비슷해, 우리와 같은 길을 앞서 가고 있는 상위 존재라 할 수 있어."

다소 망설이며 호쿠토 군이 해설을 이어받았다. 이전엔 당연했던 광경—— 돌아왔다는 실감이 든 건지 그의 표정은 밝았다.

"그래도 무대 위 연출에 따라선 약점을 찌르는 것도 불가능하지 않았지만."

엔진에 열을 넣어 우리의 믿음직한 반장은 냉정하게 상황을 분석하고 있다.

짧은 시간이었지만 얼마 전에는 『fine』로서 행동하고 있었다. 뛰어다니던 우리보다 가까이서 아직 미지의 존재인 최대의 적을 바라보고 있었다.

"순서가 같다면 오로지 실력 차이가 결과를 좌우하게 돼. 숫자만으로 싸우는 심플한 카드 게임처럼 출력이 높게 나오는 쪽이 승리하지."

그 말에는 실감과 정확한 데이터가 포함되어 있다.

"그리고 『fine』는 단체와 개인 모두 『Trickstar』보다 강해. 격차가 있어. 모든 곡에서 우리는 뒤처지고 종합적으로도 완패할 거야."

"뭐, 말도 안 돼! 큰일이잖아. 그거!"

스바루 군이 쉽게 이해하고는 그제야 상황을 파악한 건지——허둥대고 있다.

"어떻게 하지? 지금부터라도 우리가 곡 순서를 바꿀까……?"

"그럴 시간은 없어. 솔직히 곧 라이브가 시작될 거고 사전에 상의하거나 연습하지도 않고 곡 순서를 바꾸는 건 위험 부담이 커."

마오 군이 진정하라고 말하는 듯 스바루 군의 어깨에 손을 올리며 발언한다. 맹렬하게 생각해 타개책을 이끌어내려 하고 있다. 미소를 지우고 전사의 표정이 되어서.

'강당'에 설치된 시계 등을 확인하여 상황을 내려다보고——돌파구를 찾고 있다.

"그렇지 않아도 우리는 합류가 늦었어. 연습이 부족해. 잔재주를 부려도 반대로 출력이 나빠져 『fine』를 이길 수 없어."

그렇다. 본래는 뿔뿔이 흩어졌을 우리. 기적적으로 재회해 다시 합류할 수 있었지만 갈가리 찢겨 잃어버린 시간은 되찾을 수 없다.

넷이서 함께했던 연습은 『S1』 직전이다. 거기서 시계가 멈췄다 ——는 건 아니다. 각자가 죽을 각오로 움직여 쟁취한 것도 있다. 하지만 현실적으로 『Trickstar』로서의 연습은 그때부터 한 번도 이루어지지 못했다.

"이대로 상대하는 게, 그나마 '낫다' 는 거야."

소년 만화가 아니다. 막다른 곳에서 모든 것을 해결할 수 있는 비책 같은 건 떠오르지 않는다. 손에 있는 카드로 승부할 수밖에 없다── 지혜와 용기를 짜내서.

"우리가 낼 수 있는 최대 출력으로 부딪칠 수밖에 없어. 그걸 이해하고서 학생회장은 그렇게 작전을 짰을 거야. 역시 왕의 전략이란 느낌이지~?"

칭찬이 아니라 패배하고 핑계를 대는 것처럼 마오 군이 말한다.

"정공법으로, 압도적으로 우릴 완전히 때려눕힐 심산이야."

"그럴 수가……. 장난 아니네, 역시 썩어 빠졌어도 학원 최강의 '유닛' !"

스바루 군이 이를 갈며 쓰디쓴 표정을 짓고 있다. 그는 낙천적이지만 한 번 학생회장에 의해 재생이 불가능할 정도의 타격을 입었던 것이다── 여유는 하나도 없다. 아무런 대책 없이 도전하면 비극을 되풀이할 뿐이다.

그리고 남은 시간은 조금밖에 없다.

할리우드 영화처럼 짧은 국면마다 최적의 답을 계속 내어 상황을 돌파하더라도 모자랄 수 있는 운명의 갈림길이다.

"꺄하하하☆ 이제 좀 알았어? 회장의 탁월한 전략안을~!"

계속 웅크리고 있던 토리 군이 드디어 일어나 소리 높여 웃었다.

역시 『UNDEAD』와의 대결로 체력이 소진되어 있었던 것 같지만 유즈루 군의 간호로── 어느 정도 회복해 있다.

허세를 부리는 걸지도 모르겠지만.

그 또한 최강 '유닛'의 일원으로서 긍지 높게 도전자와 맞서 싸우려 하고 있다.

"『유성대』니 『UNDEAD』 같은 것들이 잔꾀를 쓴 것 같은데, 전부 의미 없었다고! 속물들이 어떤 전략을 가져오든 회장에겐 통하지 않지! 원숭이 재주나 똑같아! 적어도 잘했다고 칭찬이나 해 줄까. 이 말단들! 꺄하하☆"

얄밉게 비웃고는 거의 신앙심 같은 반짝임을 두 눈에 담아 주장했다.

"우리 『fine』가 최강이야! 뒤집을 수 없는 격차가 있어! 개인 역량의 차원이 다르다고! 팀이든 개인이든 우리가 이겨!"

그리고 갑자기 토리 군은 사랑스러운 표정을 꾸미고는—— 에이치 씨에게 매달렸다. 아까 스바루 군을 따라 하듯이. 덧칠해 에이치 씨의 온기를 독점하는 것처럼. 부모님께 어리광부리듯 온몸을 비비며 보는 우리가 질겁할 정도로 순수하게 사랑을 외친다.

"물론 그중에서도 회장의 연출이 빛나는 건 솔로 곡이지! 4연속 솔로 곡에서 일대일로 개별 승부! 그 모든 승부에서 『fine』가 승리한다☆"

작은 폭군 같은 1학년이 결승전을 단적으로 표현하려 한다.

"그 모습은 틀림없이 전설에 남을 신들의 싸움⋯⋯!"

"＊라그나로크네요 ♪"

"에에?! 잠깐 노예, 가장 좋은 부분을 빼앗지 마! 내가 말하고 싶

＊라그나로크: 북유럽 신화에 등장하는 종말의 날. 여러 신과 악마의 싸움으로 세상이 멸망하고 인간은 물론 신도 죽음을 맞이한다.

었단 말이야!"

"저는 노예가 아닙니다. 죄송합니다, 도련님♪"

처음부터 태연히 있던 유즈루 군이 쓸데없는 참견을 넣고 있다. 반듯하고 고지식한 사람이라 생각하고 있었기에 놀리는 듯한 그 발언이 조금 의외다.

얼굴을 새빨갛게 붉히며 '툭탁툭탁' 때리는 토리 군과 즐겁다는 듯 그걸 받고 있는 유즈루 군──『fine』의 젊고 새로운 전력을 바라보며 마오 군이 어이없다는 얼굴을 한다.

"여유롭네. 우리도 질 운명을 알면서도 도전할 수밖에 없어. 그리고 물론 이길 생각으로 할 거니까."

그들이 입에 담은 비유를 완벽하게 이해하며 대답해 농담 같은 분위기를 날려버리듯 손을 흔들고는── 마오 군이 진지한 표정이 된다.

각오한 거겠지. 더는 도망치거나 숨을 수 없다. 『Trickstar』와 『fine』. 각각 네 전사가 정면에서 마주한다.

무술 시합처럼. 즉 결투처럼 대치한다.

마지막 전쟁이 시작된다.

언제 들어도 장례식 종소리 같은 차임 소리가 울려 퍼진다.

종말을 알리는 나팔 소리처럼 공허하게, 낮고 무겁게 메아리친다.

【DDD】결승전——『Trickstar』와『fine』의 대결. 유메노사키 학원 역사에 남을 일전을 앞두고 서서히 긴장감이 높아진다. 짧았던 휴식 시간도 끝나 속속 관객들이 자리에 앉아 이제나저제나 하고 기대에 찬 표정으로 무대를 주시한다.

마침내 여기까지 올라왔다.

길고 가혹한 여정이었다. 도중에 뿔뿔이 흩어지거나 미아처럼 헤매던 고독한 영혼들이—— 지금은 누구 하나 빠짐없이 다시 모여 반짝반짝 빛나고 있다.

성급한 관객들이 빛내는 무수한 야광봉. 극채색 별하늘 속에서 무시무시한 '황제'가 이끄는 천사들과 그에 반기를 휘날리는 혁명아들이 대치하고 있다.

정말이지 신화가 따로 없다.

이것이 성서 같은 책이라면, 여기서 일단 읽는 걸 멈추고 황홀함에 빠지고 싶을 정도다. 하지만 현실은 가차 없이 평등하게 시침을 움직이게 한다. 사태는 움직이고 있다. 미래는 알 수 없다, 승패의 행방도 추측할 수 없다—— 물론『Trickstar』가 승리했으면 하지만.

어떻게 될 지는 신만이 안다. 나는 기도하고 있을 수밖에 없다.

대치하는 네 사람과 네 사람. 여기까지 승리해 살아남은 기적 그 자체의 아이돌들. 그중 한 사람—— 마오 군이 이런 큰 무대에서도 괜히 긴장하지 않고 평소처럼 미소 짓고 있다.

용감하게 한 발짝 앞으로 나섰다. 경쟁심 강한 골목대장 같은 표정으로.

"『fine』의 곡 순서가 준결승과 같다면……. 나와 대결하는 건, 당신인가."

"Amazing!! 가능하다면 호쿠토 군과 대결하고 싶었지만요~☆"

귀여운 것이라도 보는 것처럼 들뜬 모습으로 와타루 씨가 마오 군에게 답한다. 시선을 정면에서 맞받으며 우아하게 허리를 굽히며 인사했다.

"또 마음이 약해지면 제 신용에도 문제가 생기니까 말이죠? 이제부턴 진지하게 『fine』의 승리를 위해 공헌하겠습니다!"

(크으……. 하필이면 '삼기인' 히비키 와타루인가.)

소리 내어 크게 웃는 와타루 씨를 앞에 두고 겁 없는 미소를 지을 정도로 여유는 없어── 마오 군이 식은땀을 흘리고 있다. 그것을 알아채지 못하도록 팔짱을 끼며 버티고 있었다.

(『fine』는 모두 초월적인 실력자야. 누가 상대여도 만만치는 않겠지만.)

결승전 구성에 모두 이의는 없는 것 같다. 『Trickstar』가 『S1』에서 보였던 공연과 거의 같은 흐름── 마지막엔 다 함께, 그 앞은 솔로 곡으로 일대일 대결이다.

【DDD】는 기본적으로 5회로 일단락되기에 『S1』과 완전히 같은 흐름으로는 한 곡이 남아버린다. 그래서 처음에 다 함께 부르는 곡을 생략한다. 하여튼 곡 순서로 생각하자면 마오 군의 상대는 와타루 씨가 맞다.

'삼기인'을 혼자 상대한다. 생각만 해도 우울해진다── 지구를 혼자서 떠받치는 듯 거의 벌칙 게임 같은 고행이다.

하지만 마오 군은 그 일을 맡는다. 주어진 역할에서 도망치지 않는다. 어떤 어려운 일이라도 최선을 다한다. 그리고 분명 해낼 것이다.

우리의 희망의 별은 언제라도.

(히비키 와타루는 기행이 심해 학교에서는 평가받지 못하지만, 퍼포먼스만 보자면 학생회장조차 능가할 정도라 여겨지고 있어. 실제로 가창력도 댄스 실력도 단연 톱이야. 그 외에 온갖 재주를 완벽하게 습득하고 있어. 마술, 토크, 성대모사…… 모든 분야에 통달한 초인!)

마오 군이 필사적으로 생각하며 와타루 씨를 노려보고 있다. 상대를 과대평가하지 않고 냉정하게 사전 지식을 되새기고 있다.

(내가 『잔재주꾼』이라면, 이 사람은 진정한 『재주꾼』……!)

생각하면 할수록 절망적인 난적이다.

나라면 싸우는 것조차 생각하지 못하고 와타루 씨와의 대결은 버리고 다른 것에 주력한다── 같은 소극적인 계획을 취하고 말 것 같다. 와타루 씨나 에이치 씨 같은 강력한 상대와의 승부는 버리고, 그나마 싸울 만한 토리 군이나 유즈루 군과의 대결로 목표를 옮길 것이다.

하지만 그래선 절대로 이길 수 없을 것이다. 토리 군이나 유즈루 군도 결코 만만하지 않다, 최강 '유닛' 멤버로서의 매력이──실력이 있다. 와타루 씨나 에이치 씨에게 참패하면 다른 승부에도 영향이 간다. 그중에도 마지막 전원 승부 때 상대편에 분위기가 쏠려 있으면 단번에 밀려 제압당할 수도 있다.

다섯 번의 승부. 그 모든 곳에서 승리를 잡기 위해 싸울 수밖에 없다. 이긴 횟수가 아닌 종합 점수로 승패가 결정 나는 것이기도 하고—— 모든 대결에서 1점이라도 더 벌어야 한다.

상대가 한 명씩밖에 나오지 않는다면 이쪽은 네 명이 다 함께 승부에 임한다는 전법도 현실적이지 않다. 인원수로 이겼다고 해서 승리할 수 있다는 보장은 없다. 그건 첫 시합에서의 『Knights』를 보면 한눈에 알 수 있다.

전쟁은 숫자가 중요하다고 하지만, 죽고 죽이는 것은 아니다. 아이돌의 라이브 대결이다.

아까도 언급됐지만 『Trickstar』는 팀 연습이 부족하다. 보조가 맞지 않고 이어지는 전투에 지쳐 모두 엉망진창이 된 채 무너져 죽고 말겠지.

그러니 이게 최선이다.

한 사람 한 사람이 죽을힘을 다해—— 자신의 전장에서 대장의 목을 벨 수밖에 없다. 기적을 계속 일으켜야 비로소 승산이 보인다. 이건 그런 결사전이다.

"후후후 ♪ 무슨 생각을 하는지 다 알 수 있습니다, 하지만 가엾어도 봐줄 수는 없으니까요! 악역이든 뭐든 연극부 부장으로서 마지막까지 화려하게 연기할 뿐!"

이상할 정도로 활기차게 와타루 씨는 손뼉을 치며 신명을 돋운다. 겁이 날 것 같은 우리를 오히려 고무하고 북돋아주려는 것 같았다. 전장의 꽃. *고적대처럼.

---

*고적대: 행진하며 연주하는 공연 형태를 가지는 취주악단. 마칭 밴드라고도 한다.

과장스러울 정도로 익살부리는 몸짓으로, 그는 자신의 얼굴을 숨긴 가면에 서서히 손을 올린다.

"결승전인 만큼 저도 진지해져야겠군요! 가면을 벗어버리도록 하지요. 이건 전력으로 싸우겠다는 저의 결의 표명입니다!"

드높이 의미를 알 수 없는 선언을 하며 와타루 씨는 우아하게 가면을 벗었다.

그 맨얼굴을 보고 조금 놀라고 만다. 진부한 표현이지만 그는 정말로──상식도 벗어난 것 같은 절세미남이다. 그의 가면은 눈가를 숨기고 있었던 것뿐이기에 그렇게까지 외모가 격변한 건 아닐 테지만 인상이 완전히 변했다.

스스로 빛나는 것 같은 미형이다. 그 눈동자도 보는 것만으로도 돌이 되어버릴 것처럼 마력이 충만하다. 멍하니 홀려──영혼까지 부서질 것 같다. 그는 흉악한 병기를 숨기고 있었다.

기기괴괴한 괴물에서 한 명의 인간으로 탈피했다. 그렇게 보였다──가면으로 가로막혀 있던 큰 감정의 흐름이 우릴 덮친다. 압도되어 마오 군이 뒷걸음쳤다.

우리의 리액션에 만족한 건지 와타루 씨는 만면의 미소로 간드러지는 목소리를 올린다.

"연극부의 전사가 맨얼굴을 드러내며 결투할 때. 패배는 곧 죽음을 의미합니다!"

"나도 연극부지만 처음 들었어……. 오랜만이군. 가면을 벗은 부장을 보는 건."

와타루 씨의 언동에 내성이 있는 듯한 같은 연극부 소속인 호쿠토 군이 변함없는 태도로 투덜거렸다. 이상한 분위기에 휩쓸릴 뻔 했던 것 같은 마오 군이 핫 하고 정신을 차린다. 머리를 흔든 후 자신이 마주해야 할 강적을 노려본다.

"후하하. 이 해방감! 고대하던 풀 파워입니다! Amazing☆"

와타루 씨는 오히려 위화감이 있을 정도로 아이돌다운 눈가에서 옆으로 브이 사인을 하고 있다.

"하지만 제겐 아직 두 번의 변신이 남아 있습니다! 무슨 뜻인지 아시겠나요?"

"아니, 가면을 벗었다고 뭐가 바뀐다는 거야. 쓸데없는 허세를……?"

꿀꺽 침을 삼키고 나서 마오 군은 각오를 굳힌 건지── 아주 용감하게 주장한다.

"그리고, 나도 진즉에 각오했어! 그 정도론 두려워하지 않아. 그쪽이 강적인 건 처음부터 알고 있었으니까!"

가슴을 펴고 와타루 씨를 흉내 내듯 브이 사인을 그린 후── 마오 군이 호쾌하게 웃었다.

"당신이 두 번 변신해도 난 백 번이고 만 번이고 변신해서 따라잡아 주겠어! 무대 위에서 성장해 주겠어. 각오하라고……!"

"Amazing! 좋은 눈빛이군요. 소년! 최고의 라이브로 만듭시다, 쇼처럼 멋진 비즈니스는 없답니다……☆"

사랑스러운 자기 아이를 끌어안듯 와타루 씨가 만족스러운 듯 팔을 펼쳤다 닫았다 하고 있다. 하지만 안을 순 없다. 서로 적이니까.

대전 상대를 서로 인정하며 반짝임을 내뿜는 두 별이 격돌하려 하고 있다.

(밀리지 마. 이사라. 부장은 라이브에선 절대 봐주지 않아. 그 정도로 만만한 사람이 아니야. 하지만 이렇게 다른 사람 걱정을 하고 있을 때도 아니군.)

마오 군에게 영향을 받은 건지, 와타루 씨의 의욕에 자극을 받은 건지── 호쿠토 군이 더욱 내압을 높여 전의를 고양시키며 자신이 마주해야 할 적을 찾고 있다.

순백의 의상을 입은 『fine』 멤버들을 차례로 바라보고 있다.

(내 대전 상대는……?)

그 시선이 한발 물러선 위치에 있는 유즈루 군에게 향했다. 항상 그림자처럼 주인에게── 토리 군 가까이에 있는 그는 정중하게 고개를 숙이고 있다.

"그럼 저와 대결하는 건 히다카 님이겠군요 ♪"

"'님'을 붙여서 부르진 마……. 맥이 빠진다고 해야 할까. 애초에 동갑이잖아?"

가혹한 전장 끝에서 결승전 무대라고는 생각할 수 없을 정도로 편안해 보이는 유즈루 군을── 호쿠토 군이 바라본다.

(후시미인가. 수수한 녀석이지만 『fine』에 걸맞은 실력을 갖고 있을 거야. 나도 『fine』의 연습에 참가했지만 마지막까지 실력을

보이지 않았지⋯⋯? 그 학생회장이 신뢰하는 우등생이야. 2학년 중에선 최강의 실력자일지도 몰라.)

왠지 요리교실이라도 다니기 시작한 젊은 부인처럼 유즈루 군은 온화하고 즐거워 보인다. 방심하는 건 아닐 거고 남 일처럼 생각하는 것도 아닌 것 같지만. 뭘까. 이 독특한 맥 빠진 모습은.

(조금 헐렁하다고 할까, 정중한 언동 탓에 긴장감이 없지만.)

하지만 유즈루 군은 부드러운 미소 속에 심상치 않은 박력을 갖고 있다. 그는 아마 웃는 얼굴로―― 필요하다고 판단된다면 사람을 죽이든 뭐든 간단히 할 수 있다. 그렇게 생각하게 만드는 위압감이 있었다.

『Trickstar』와 동갑일 텐데도 이 차분함은 평범하지 않다. 오히려 무서울 정도다. 흐트러져 불안해 보이면 좋을 텐데.

(게다가 난 배신한 직후라 『fine』와 싸우기에 마음이 편하지 않아. 역시 조금은 죄악감이 있어. 그것이 내 목소리와 손발을 묶을지도 몰라.)

유즈루 군의 기묘한 분위기를 떨쳐내듯 호쿠토 군은 아주 잠깐 눈을 감고―― 가슴께에 손을 올린다. 자신의 심장 고동을 느끼고 그 위에서 빛나는 『Trickstar』의 목걸이를 쥔다. 무언가를 맹세하듯.

(하지만 지금은 그걸 참자. 어떻게 해서든 승리한다. 그러기 위해 『Trickstar』 곁으로 돌아온 거야. 도움이 되지 않는다면 모두를 휘두르기만 한 것이니 내가 존재할 가치가 없어져. 반드시 승리하자. 이 목숨을 걸고서라도.)

"후후. 히다카 님. 저는 당신의 선택을 높이 평가합니다. 참 잘했습니다. 만점을 드리도록 하지요♪"

호쿠토 군을 흉내 내듯 유즈루 군이 가슴께에 손을 올린다. 그 손끝을 굽혀 어머니나 선생님처럼 사랑스럽다고도 할 수 있는 OK 마크를 만든다. 몸짓 하나하나에 왠지 색기가 있다고 해야 할까—— 신비한 매력이 있다.

복잡한 표정을 지으며 호쿠토 군이 어딘가 도발적으로 말했다.

"의외로군. 집사인 척하는 성실한 너라면 내 배신 행위를 혐오하고 경멸할 거라 생각했는데?"

"누구를 주인으로 모실지에 달렸다는 것이죠. 당신의 주인은 회장님도 다른 누구도 아닌 당신 자신의 마음이었다는 뜻……♪"

아직 심장 근처에 놓인 호쿠토 군의 손을 유즈루 군은 시선으로 가리킨다. 어딘가 부러운 듯, 동시에 공감한다는 것처럼—— 친밀감을 담아 이야기한다.

"자기 자신을 주인으로 모시며 봉사하고 충성을 맹세한다. 주인은 다르지만 저와 같겠지요. 까닭에 평가하며 칭찬합니다! 아아, 훌륭한 충성심입니다!"

소리가 들리지 않을 정도로 박수까지 하며 유즈루 군은 호쿠토 군을 매우 칭찬한다. 어디까지나 상냥한 미소로 살짝 호쿠토 군에게 다가가 귓가에서 속삭였다.

"하지만 제게도 양보할 수 없는 것이 있습니다. 회장님을 위해, 도련님을 위해, 『fine』를 위해—— 이 한 몸을 바쳐 당신을 막겠습니다. 주인님이 마음껏 활약하시는 데 방해되는 것은…… 제가 책임지고 깨끗이 배제하도록 하지요 ♪"

아름다운 문장을 선택했지만 직역하면 죽여 주겠다는 의미로 들린다. 어디까지나 우아하게 집사처럼, 그는 자신의 적에게 선전포고 했다.

"시험해 보지요. 이 대결에서. 누구의 충성심이 더욱 강한지."

"그래 좋아. 나도, 지금까지 방치했던 내 주인에게, 내 마음에게…… 힘껏 봉사하지. 하고 싶은 것에 전력을 다하겠어."

둔감한 건지, 호쿠토 군은 살의까지 받고 있는데 솔직하게 유즈루 군의 말에 납득한 듯──미소로 답했다. 조금 눈을 동그랗게 뜨며 유즈루 군이 물러선다.

그것을 쫓듯 얼굴을 가까이 하며 물고 늘어지는 것처럼 호쿠토 군도 말을 펼친다.

"절대로 지지 않겠다. 너도 관객들도 모두 즐기게 해 주겠어. 그게 내가 하고 싶은 일이야. 해야 할 일이야! 내 마음에 바치는 최대의 봉사야!"

"네. 좋습니다, 마음껏 보여주십시오 ♪"

프러포즈라도 하듯 말을 주고받은 끝에, 그들도 피로 물든 결투에 임한다.

"이봐 노예~. 들러리 주제에 눈에 띄지 말라고?"

조금 쓸쓸한 듯 유즈루 군을 보던 토리 군이 자신만만하게 몸을

젖혔다.

에헴 하고 가슴을 펴며 자기주장을 시작한다. 모두에 비해 그는 한층 몸집이 작아 사랑스러워 보인다. 하지만 이 자리에 어울리지 않는 건 아니다―― 그도 또한 제왕의 풍격이 있다. 선천적으로 가진 것일까, 군림하는 자 특유의 기품과 위엄이 싹텄다.

아직 완전히 피지 않은 꽃봉오리처럼, 동료들은 물론이고 적인 나나 『Trickstar』 멤버들까지 흐뭇하게 성장을 지켜보고 싶어지는 분위기가 있다. 모두에게 사랑받는 작은 왕후귀족. *이름처럼 공주님 같다.

"넌 물러나 있어. 내가 회장이 나설 필요도 없을 만큼 압도적으로 이 녀석들을 날려버려 줄게☆"

그는 유즈루 군을 밀어내듯 앞으로 나와 메~롱 하고 혀를 내밀었다.

"회장은 천천히 쉬고 계세요~. 회장의 적은 나의 적! 회장의 것은 나의 것! 회장의 영광과 절정을 위해 죽어랏. 문제아들~! 꺄하하하☆"

빈틈없이 에이치 씨에게도 윙크하며 귀엽게 어필하고는 지루하다는 듯 불만스러운 표정으로 완전히 바뀌어―― 조금 다른 멤버 뒤에 숨는 것 같은 위치에 선 마코토 군을 노려본다.

"하지만 내 대전 상대는 『Trickstar』에서 가장 약해 빠진 녀석인가~?"

거침없이 오히려 시원시원할 정도로 솔직하게 심한 말을 한다.

---

* '히메미야 토리'의 이름에서 히메(姬)는 공주를 의미하기도 한다.

"잔챙이 중의 잔챙이잖아. 송사리가……. 이런 녀석 쓰러트려 도 전혀 회장한테 자랑할 수가 없는데?"

"뭐, 뭔가 심한 말을 듣고 있는데?! 확실히 난 『Trickstar』에서 노래도 춤도 가장 못하지만……!"

역시 욱했는지, 단순히 싫은 이야기를 들어 반발한 건지—— 마코토 군이 낚이듯 발언한다. 가는 말이 고와야 오는 말이 곱다고 하지만 결과적으로 그도 정면에서 토리 군과 마주하게 됐다.

자신의 적과 대치해 다른 누구에게도 의지하는 일 없이—— 일 대일로 싸울 마음가짐을 얻은 모양이다.

(하지만 솔직히 다행이야♪ 『fine』의 다른 멤버나 이즈미 씨나 오오가미 군에 비하면 조금도 무섭지 않아! 귀엽고 작은 아이가 대전 상대라 정말 다행이야……!)

안도감에 가슴을 쓸어내리며, 마코토 군은 상당히 실례되는 생 각을 마코토 군은 하고 있다.

(이거라면 나도 주눅 들지 않고 전력을 다할 수 있어!)

조금 한심한 느낌이지만, 그래도 그는 정면에서 적과 맞서 싸운 다. 마코토 군에 대해선 운명이 도왔다고 할까—— 우리에게 유 리한 대진이 됐다. 무서운 상대가 확 밀어붙이면 압박에 약한 마 코토 군은 자신을 전부 내보이지 못하고 몸을 빼고 마는 경향이 있다. 하지만 역시 토리 군의 외모는 전혀 무섭지 않다.

태도는 건방지고 고압적이지만 아기 고양이가 위협하고 있는 거나 다름없다. 냉정하게 마주하면 두려워할 필요는 어디에도 없 다.

주저하거나 물러나지만 않는다면 마코토 군은 자신의 강점을 충분히 발휘할 수 있다. 『Trickstar』의 다른 멤버들과 동급 이상으로 찬란한 빛을 낼도 수 있다.

우리는 그가 그렇게 빛나는 걸 줄곧 기다려 왔다.

(두고 보라고, 꼬맹이! 나도 '한다면 한다' 는 걸 보여주겠어. 힘내자~! 어린애한텐 질 수 없지☆)

하지만 사람이 착한 건지, 마음이 약한 건지, 상냥한 건지, 마코토 군은 상대에게 상처를 줄 말은 입에 담지 않는다. 그저 갑자기 의욕이 치솟아 웃으며 토리 군을 내려다볼 뿐이다.

그래도 표정을 통해 뭔가 알아챘는지 토리 군이 '부루퉁' 눈썹을 찌푸렸다.

"너, 뭔가 실례되는 거 생각했지? 진짜 건방져. 묵사발로 만들어 줄 테니 각오해, 이 쓰레기 자식아~!"

"도련님. 무대 위입니다. 상스러운 발언은 자제해 주세요. 관객 여러분께도 들릴 겁니다. 부끄러워요."

"노예 주제에 말이 많네! 기분 좋을 때니까 입 다물고 있어!"

유즈루 군에게 꾸중을 듣고 토리 군이 새빨개진 얼굴로 발을 동동 굴렀다. 하지만 좋은 느낌으로 그런 평소의 대화를 통해 마음이 풀린 건지── 오만하게 뻐긴다. 마코토 군을 가리키며 시건방지게 말을 던졌다.

"하지만 뭐, 있을 수 없는 일이지만 만약에 우리가 진다고 해도 마지막엔 회장이 기다리고 있으니까~? 무슨 일이 있더라도 전부 뒤집어 줄 거야☆"

의외로 주제넘게 나서지 않고 거기서 토리 군이 한 발짝 뒤로 물러섰다. 그리고 동경을 담아 옆에 선 '황제'를── 에이치 씨를 올려다본다. 사랑에 빠진 소녀처럼.

그 두 눈동자가 초롱초롱 빛나고 있다.

"천한 원숭이들은 우리 학생회의 견고한 제국을 결코 뒤집을 수 없어~!"

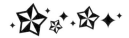

"후후. 맞는 말이야. 귀여운 토리."

순박한 시선을 받아 작은 아이에게 꽃다발을 선물 받은 것처럼 기쁜 듯 미소 짓고는── 에이치 씨가 앞으로 나온다. 『fine』의 다른 멤버들이 아무런 지시도 받지 않았는데도 살짝 후퇴해 뒤에서 대기한다.

자신들의 정점인 군주를 자랑스럽게 온 세상에 내보인다.

에이치 씨도 당연한 듯 아무 언급도 없이 『fine』와는 대조적으로 완전히 옆으로 늘어서 있는 『Trickstar』를 바라본다. 물끄러미, 노골적으로 신기하다는 듯.

낯선 나라를 헤매는 고독한 여행자처럼.

"흠. 이러고 있는 지금도 조금 신기해. 『Trickstar』 제군. 너희와 이렇게 무대에서 마주하고 있다는 게 말이야."

이미 퍼포먼스가 시작된 것처럼 여전히 이야기를 낭송하는 듯한 말투다. 몇 번이고 몇 번이고 반복해 보던 꿈의 줄거리를 외우는 것 같았다.

"우리는 친구가 될 수도 있었는데 어째서 여기까지 와 버렸을까. 같은 학원 학생인데…… 이러는 것도 너무 가식적인가?"

신이 난 어린애처럼 천진난만하게 에이치 씨는 눈에 띄게 기분이 좋은 듯 웃고 있다.

"솔직히 말하자면 언젠간 이런 날이 오지 않을까 생각했었어."

생일 선물 상자를 여는 순간처럼 그 눈동자에 기대와 기쁨의 광채가 깃든다.

"처음 너희를 봤을 때…… 『홍월』과 너희의 대결을 관객석에서 봤을 때 말이야. 너희는 특별해. 그렇기에 이 무대까지 올라올 수 있었던 거야. 나 텐쇼인 에이치가 칭찬할게. 너흰 최고야!"

거침없이 손뼉을 쳐 자신이 있는 곳까지 도달한 도전자들을 성대하게 칭찬한다. 우리가 옥좌 옆까지 진군해 칼을 들이밀고 있는데도 그 태도는 이상하기까지 하다.

"그 꿈과 추진력이 내 손에 들어오면, 난 더 강해질 수 있어……!"

흐르는 침을 닦는 듯한 몸짓을 하며 에이치 씨는 한숨을 흘리고 있었다. 당장에라도 덮쳐들어 우리를 물어뜯을 것 같은 괴물 같다. 이성과 지위가 사슬이 되어 그를 간신히 묶고 있다── 하지만 그 속박은 풀리려 하고 있었다.

"훌륭해! 이 '황제'에게 바치는 최고의 공물이야! 마음껏 음미하도록 할게. 너희의 꿈을…… ♪"

라이브가 시작되면 그는 포크와 나이프로 『Trickstar』를 마음껏 썰어서 맛보겠지. 식탁 위에서 아직 간신히 생명을 유지하고 있는── 신선한 요리인 우리는 그에게 포식당하기 전에 그 숨통을 물고 늘어져 저항해야 한다.

그에게 먹히기 위해 여기까지 올라온 건 아니니까.

"태평하게 있을 수 있는 것도 지금뿐이야~ 학생회장. 우리의 꿈은 당신 같은 사람이 다 집어삼킬 수 없어! 거대하고 무한대니까! 그걸 증명해 주겠어. 이 무대에서!"

역시 스바루 군이 에이치 씨의 어떤 말과 태도에도 주눅 들지 않고 정면에서 받아친다. 모든 악의를, 아픔까지도 장작으로 삼아 불타오른다.

그 방대한 열량은 우주 끝까지 밝게 비출 것이다.

"하극상이야. 아니 혁명이야! 내일부턴 모두가 반짝반짝 웃는 얼굴로 지낼 수 있는 유메노사키 학원이 될 거야☆"

양팔을 펼쳐 스바루 군은 이상을 외친다. 이렇게 가까이서 목소리를 받게 하면 머나먼 높은 옥좌에 있는 '황제'에게도 닿겠지.

난롯불을 쬐고 있는 것처럼 에이치 씨는 그 새하얀 뺨에 살짝 주홍색을 섞어── 죽기 직전의 노인 같은 무거운 한숨을 흘렸다. 무언가를 떠올려 뉘우치고 한탄하는 것처럼.

그리움과 동시에 부럽다는 듯.

"혁명이라. 정치가 무엇인지, 통치가 무엇인지를…… 정점의 고독을 모르는 꼬마가 잘도 그런 말을 하네."

"아하하. 말만 하는 건 공짜잖아☆"

스바루 군은 친근감 있게 누구도 이해하지 못하는 알 수 없고 초월적인 에이치 씨에게 공감하고 있는 것처럼 쾌활하게 웃고 있다. 같은 위치와 높이에서 서로 이야기를 나누고 있다.

두 태양이 나란히 서는 것 같은 비현실적인 광경이었다.

"당신은 확실히 대단해. 천재고 최강의 톱 아이돌이야. 하지만
—— 당신의 빛이 아무리 강해도 지상까지는 닿지 않아!"

스바루 군은 똑바로 단언한다. 호소하거나 열망하지 않고 정면
에서 '황제' 폐하에게 항의한다. 판단하고 부정하여 자신의 이상
을 높이높이 들어 올리고 있다.

"모두가 빛날 수 있게 되면 유메노사키 학원은 더 밝아질 거야!
태양이 떠오른 것처럼 더는 추위에 떨 녀석도 없을 거야!"

그것은 예전의 자신과 비극의 무대에서 눈물을 흘렸던 『Ra*bits』^{라빛츠}
를 이 유메노사키 학원에——이 세상 속에 있는 고독한 영혼을 구
제하기 위한 주장이다.

그 마음속 가장 깊은 곳에서, 현실이라는 외압에 짓눌렸지만 썩
어 사라지는 일 없이 보석처럼 응축되어 빛나는 이상이자 소원 그
자체다.

"나는, 우리는 그런 유메노사키 학원을 만들 거야! 이 라이브에
서! 당신을 이겨서 증명하겠어! 그러기 위해 여기까지 온 거야!"

환하게 웃던 스바루 군은 갑자기 실감이 든 건지—— 몸을 떤다.
공포가 아니다. 환희의 떨림이다. 행복감의 절정에서 그는 온 세
상을 바라봤다.

(그래. 드디어 여기까지 왔어.)

주목하는 관객들도, 가까이에 있는 동료들도, 무대 뒤에 있는
나도——그리고 적인 『fine』도 평등하게 본다. 자신의 인생에 관

여한 모든 것들을 사랑을 담아.

그는 바라보며 웃고 있다.

(호쿠토! 마코토! 마오! 전학생! 우리는 여기까지 왔어! 이젠 노래하고 춤추고 기적을 일으키는 것만 남았어☆)

"좋아. 이제 말은 필요 없겠지. 누구의 이상이 정답인지——누구의 신념이 강한지는 신만이 아실 거야. ……결판을 내자. 『Trickstar』."

에이치 씨도 스바루 군과 같은 움직임을 하고 나서 어딘가 그와 쏙 닮은 미소로 대치해야 할 상대와 다시 마주한다. 말로 얼버무리거나 농락하거나 하지 않고, 권력을 사용하거나 허점을 찔러 함정에 빠트리는 일 없이, 한 인간으로서 직접 주먹을 맞대길 바라고 있다.

고독했던 건 스바루 군만이 아니었던 걸지도 모른다.

옥좌에 달려든 운석을 '황제'는 사랑스러운 듯 끌어안고 있다.

"그럼 시작해 볼까. 우리의 무대를."

생생한 실감을 담아 태어나 첫 울음소리를 내듯 그는 말했다.

"울려 퍼지게 하자. 우리의 앙상블을."

🎤 *Ensemble* ✦✨

"에~ 으흠."

모든 것이 하룻밤 꿈이었던 것처럼——.

같은 일을 몇 번이고 반복하는 옛 SF소설처럼 사가미 진 선생님이 '강당' 무대로 나온다. 【DDD】의 서막을 알릴 때 자신이 했던 행동을 그대로 따라 하는 것처럼 '흐느적흐느적' 술에 취한 사람 같은 몸짓으로 걷고 있다.

하지만 너무 불성실한 태도로 있는 것도 좋지 않다고 생각했는지 스스로 옷깃을 정리해 등을 곧게 폈다. 씩씩한 표정을 만들어 관객들과 마주한다.

경험이 풍푸한 전설의 아이돌이었을 그조차도 다소 긴장한 것 같다. 잠시 기가 죽은 듯 열기에 들뜬 '강당' 안 모든 것을 내려다보고 나서—— 미소 짓는다.

마이크를 한 손에 쥐고 이제부터 한 곡 부르겠다는 것처럼 이야기하기 시작했다.

"【DDD】 결승전. 굉장히 치열한 대결이었습니다만……. 일단 투표 집계를 할 테니 관객 여러분은 자리에서 그대로 기다려 주시면 감사하겠습니다."

온화하게 항상 그가 그렇게 하는 것처럼 마음속에 스며드는 목소리로 고한다.

괜히 자극을 해선 폭동이 일어날 것 같을 정도로 관객석은 혼돈에 빠져 있다. 웅성거림과 성원. 발을 구르는 소리. 앙코르를 원하는 목소리가 울려 퍼지고 있어 소란스럽다. 사가미 선생님의 말도 어디까지 전해지고 있을까. 모두 광란 상태로 흥분하고 있다.

사랑스럽다는 듯 고맙다는 듯 그 모습을 보며── 사가미 선생님은 감탄에 한숨을 쉬었다.

(오오, 굉장한걸. 모두 일어서서 박수갈채를 보내고 있어. 이게 정말 고교생의 라이브냐고……. 나라도 이런 건 좀처럼 본 적 없거든?)

처음 봤다는 건 아니라는 점이 그의 방대하고 기기괴괴한 경험을 말해 주고 있다. 한때 연예계의── 남자 아이돌 업계의 정점에 섰던 사람. 항상 무슨 일에도 흥미 없는 듯 술기운으로 흐려진 것 같은 공허하던 그의 두 눈동자가 열광에 반응해 어린 남자애처럼 빛나고 있다.

그에게까지 그런 표정을 짓게 한 것을 『Trickstar』는 물론──『fine』도 자랑스레 여겨도 괜찮을 거란 생각이 들었다. 그들은 엄청난 일을 해낸 것이다.

(자기 자리가 있는데도 일어서는 것도 모자라 뛰어오르며 크게 기뻐하고 있어.)

거의 운석이 직격해 패닉이 된 것 같은 관객석. 실제로 감각적으로는 비슷하다── 기적이나 대재해와도 같은 임팩트가 이번 라이브를 목격한 모든 사람들을 평등하게 직격했다.

(이건 집계하는 데 고생깨나 하겠는걸. 솔직히 나는 '다들 열심히 했어요'나 '공동우승'이라도 상관없지만 말이야~?)

사가미 선생님은 역시 능숙하다, 말을 자아내 지시를 날려 자연스레 관객들의 감정과 사고를 서서히 유도하고―― 진정시켜 나간다.

정말로 내버려 뒀다간 다치는 사람이라도 나올 것 같은 야단법석이다.

(그래선 꼬맹이들도 납득하지 않겠지. 애들 학예회가 아냐, 이 녀석들은 야생과도 같은 연예계에 발을 들이고 말았어.)

사가미 선생님은 무대 위에 서 있는 『Trickstar』와 『fine』를 슬쩍 돌아본다. 유메노사키 학원의 정점까지 올라 목숨을 걸고 싸웠던 여덟 명을.

(노력만으로 평가받는 어린 시절은 끝. 숫자와 이론과 결과만이 지배하는 어른 사회에 뛰어들었어. 이젠 되돌아갈 수 없어.)

아주 조금만 걱정스러운 듯 어딘가 부러운 듯, 그리고 기대하는 것처럼.

복잡하고 따뜻한 시선으로―― 자신의 제자들에게 사랑스러운 듯 웃음을 보내고 있다.

(그래도 뭐 너희라면…… 나보다 더 높이 날 수 있을 것 같구나.)

아름답게 눈으로 웃으며 옛 톱 아이돌은 아이들을 칭찬했다.

(선생님은 만족했어. 참 잘했습니다. 젊다는 건 좋네♪)

그런 사가미 선생님의 시선도 알아채지 못하고 결승전에서 사력을 다해 싸운 모두는 반응도 하지 못하고 멍하니 서 있다. 가까스로 어떻게든 쓰러지지는 않았지만 극심한 피로로—— 한계 이상으로 한계라 그 점은 아직 미성숙한 고교생답다고 할 수 있다.

일대일로 격돌했던 상대에게 각자 붙어 서로 부축해 주듯 서 있다. 온몸이 부서질 것 같아 다리가 후들거리는 마오 군을, 머리칼이 다소 흐트러져 정돈할 여유도 없는 와타루 씨가 성모처럼 받쳐주고 있다. 호쿠토 군과 유즈루 군은 등을 맞대고 서로 쓰러지지 않도록 버티고 있다. 사이좋은 형제처럼 마코토 군이 토리 군을 뒤에서 끌어안듯 서있고 토리 군은 마코토 군에게 체중을 맡기고 있다.

그런 그들의 중앙에서 전우가 그렇게 하듯 스바루 군과 에이치 씨가 어깨를 잡아주며 서 있다. 숨은 가쁘고 피로는 극에 달했지만 몹시 감격한 것 같은 웃음.

목숨을 걸고 싸운 두 집단이 서로 함께하며 웃고 있다. 잘 보면 신기한 광경이지만—— 모두 어딘가 행복해 보였다.

세세한 인연이나 개인적 감정 모두를 일시적이나마 잊고, 얻기 힘든 같은 청춘을 공유했다는 기쁨을 나누고 있는 것처럼 보였다. 평범한 학교의 선후배처럼.

"진! 멍하니 있지 말고 집계를 도우세요. 그것보다 무대 위에서 똥 싸는 자세로 앉지 마세요. 부끄럽습니다!"

왠지 꿈꾸는 듯한 기분으로 영원히 바라보고 싶어지는 행복한 분위기를 좋은 의미로 망쳐버리는 것처럼 외치며 발소리도 거칠게 쿠누기 선생님이 등장한다.

평소대로의 엄격한 태도를 유지하려 노력하고 있는 것 같은 그는 화풀이하듯 동료를 질책하고 있다.

"유메노사키 학원 교사로서도, 인간으로서도 실격입니다!"

"에~. 그러는 아키양도 '똥'이라느니 방송 금지 단어 팍팍 쓰고 있잖아~?"

어느새 쭈그려 앉아 있던 사가미 선생님이 오히려 흐뭇하다는 듯 그런 그를 보며——손을 팔랑팔랑 흔들었다.

"어차피 기계로 집계하잖아? 우리는 느긋하게 기다리면 돼♪"

"그럴 수도 없습니다. 제대로 사람이 체크를 해야죠! 기계는 오작동이 생기거나 상태가 좋지 않을 때도 있습니다. 마지막에 믿을 수 있는 건 사람입니다!"

다소 히스테릭할 정도로 소리치며 쿠누기 선생님이 관객석을 주시하고 있다.

"이런 결과가 나올 줄은…… 믿을 수 없습니다! 어째서 저런 문제아들이? 납득할 수 없어요. 다시 제대로 세야 해! 하나, 둘, 셋!"

"어, 왜 그래? 설마 『Trickstar』가 이겨버렸어?"

"그, 그럴 리가요! 두 '유닛'에 최고 득점을 준 관객 비율이 거의 같아 굉장히 접전입니다! 조금이라도 잘못 세면 결과가 역전되어 버릴 정도로요!"

이를 갈며 부모에게 조르는 아이처럼 쿠누기 선생님이 사가미 선생님의 어깨를 잡아 흔들고 있다. 평소와 똑같아 보이지만, 쿠누기 선생님 또한 어딘가 평소답지 않다. 결승전의 여운이 소용돌이치는 '강당'의 열량과 분위기에 다소 압도되어 있다.

"그러니 진. 당신도 투표를 집계하세요! 모든 데이터를 대조해 정확한 숫자를 산출할 겁니다!"

"음~. 아키양은 신경질이네. 대머리 된다?"

"이쯤 되면 모욕이군요. 명예훼손으로 고소할 겁니다?!"

기어이 사가미 선생님의 뒤통수를 팍팍 때리기 시작하고, 쿠누기 선생님은 어딘가 오기가 생겨 관객 한 사람 한 사람을 보며 그들이 들고 있는 야광봉 색과 숫자를 꼼꼼하게 확인하고 있다.

그런 그를 방해하지 않고 사가미 선생님은 어딘가 그리운 듯 미소 지으며──느긋하게 담배를 피우는 휴일의 아버지처럼 쭈그려 앉은 채 도움도 방해도 하지 않는다.

✦✧✦✧

【DDD】의 한 승부는 굉장히 짧다. 각 '유닛'에게 주어지는 시간은 한 번에 약 5분 × 두 번씩 해서 총 10분. 그것이 딱 다섯 번뿐……. 한 시간도 채 지나지 않는 사이에 승부가 나고 만다.

물론 연장전이 되면 더 길어지지만. 일단은 한차례──마오 군과 와타루 씨, 호쿠토 군과 유즈루 군, 마코토 군과 토리 군, 스바루 군과 에이치 씨의 대결과 전원의 격돌이 끝났다.

지금은 그 결과를 정하기 위한 집계시간이다. 그동안 퍼포먼스를 하면 감점 대상이 되기에 『Trickstar』도 『fine』도 움직일 수 없다. 본래라면 리더 외에는 무대 뒤로 들어가야 하지만 움직일 여력도 없어 보인다.

선생님들도 그들에 대해선 일단 방치하고 투표 집계에 집중하고 있다. 그들의 청춘을 전부 부딪친 결전의 결과를 정하는 것이다. 만일에라도 실수가 있어선 안 된다. 기계와 선생님들 등 여러 시점과 방법으로 자세히 조사한다.

(초조해 보이네. 뭐 본래 있을 수 없는 사태였으니까. 아키양은 현역 아이돌 시절부터 그런 걸 거북해 했었고 말이지~?)

신경질을 내며 손톱을 깨물고 있는 쿠누기 선생님을 보며 사가미 선생님이 쓴웃음을 짓는다.

(설마 그 바보 녀석들이――『Trickstar』가 유메노사키 학원 최고의 아이돌 집단인 『fine』와 이렇게까지 박빙의 승부를 펼칠 줄은. 이게 경마라면 지금쯤 마권이 휴지 조각이 됐을걸 ♪)

통속적인 비유를 하고 자신도 일단 수동으로 득점 계산을 하면서―― 사가미 선생님이 잡담처럼 말한다.

"접전이 됐다는 소리는, 연장전에 돌입할 가능성이 있을지도 모르겠는걸~?"

"그건 그렇지만 텐쇼인 군에겐 연장전을 버텨낼 체력이 없습니다. 즉 연장전이 되면 자동으로 『fine』의 패배……. 하지만 그런 건 이상합니다! 납득할 수 없어요!"

있을 수 있을지도 모르는 미래를 입에 담으며 쿠누기 선생님의 얼굴이 새파래진다.

혼란하면서도 제대로 투표 계산을 소화하고 있다는 점에선 그 또한 초일류―― 감정을 무시하고 해야 할 일을 할 수 있는 사람이다. 훌륭한 어른이자 우수한 인물이다.

"아아, 그래서 전 처음부터 반대했던 겁니다! 가혹한 연전으로 구성된 【DDD】 같은 건 병약한 텐쇼인 군에겐 너무도 무모하다고! 교사로서, 학생의 건강을 고려해야 하는 몸으로서 완강히 말렸어야 했어요!"

"학생이 하고 싶단 걸 하게 해 주는 것도 교사의 본분이잖아."

갑자기 무서울 정도로 진지한 표정이 되어 사가미 선생님은 긍지 높게 고한다.

"텐쇼인에게도 아무리 괴롭고 고통스럽더라도 이렇게 해야 할 이유가 있었던 거잖아? 그 점을 존중해 주라고. 결과가 어떻든 받아들이겠지."

공감과 사랑을 담아.

"자기 스스로 선택한 길이니까."

뒤돌아보며 격전을 넘은 아이들에게도 화살을 향한다.

"……그렇지? 야, 너희. 선생님이 좋은 얘기 하는데 전혀 안 듣고 있지~? 그나저나 무대 위에서 약해진 모습 보이지 마. 지친 건 알겠지만 말이야~?"

"……시끄러~. 사가미 쨩."

에이치 씨와 붙어있는 채, 스바루 군이 죽을 것 같은 목소리로 투덜거렸다. 사가미 선생님의 말은 주로 에이치 씨에게 향한 것 같았지만 가까이에 있던 그에게도 닿은 것이다. 그리고 악을 쓰는 것처럼 반응했다.

(저, 전부 쏟아냈어~! 결과는 어떻게 될지 모르겠지만 전력 이상의 힘으로 라이브를 마쳤어! 충실감이 굉장해~☆)

방심하면 의식이 끊길 정도로—— 한계다. 간당간당한 모습으로 스바루 군은 '강당' 의 높은 천장을 올려다본다.

웬일로, 이젠 웃고 있을 여유도 없이 멍하니 이완되어 있었다.

(그렇지만 지쳤어! 우리조차 이런데, 안 그래도 대미지가 누적된 학생회장은……?)

"다들, 사가미 선생님 말씀대로야."

늦게 반응하며 에이치 씨가 태연한 분위기를 가장하며—— 미소 지었다.

후배들에게 추태를 보이고 싶지 않다고 어떤 의미로는 몹시도 아이다운 고집을 부리고 있는 것 같았다. 단두대에 올라가도 '황제' 는 마지막까지 위엄을 지킨다. 자신에게 맡겨진 역할을 꼴사납게 던져버리는 일 없이 마지막까지 연기한다.

그것이 그의 긍지인 걸까. 이제는 저주나 벌의 영역이지만. 그것이 그 자신이 결정하고 선택해 쟁취한 자리다. 오히려 기쁨을 담아 그는 모든 고통을 받아들이며—— 오연히 서 있다.

"무대에 막이 내리기 전까진 우아하게 행동하렴."

"어, 의외로 여유롭네? 개운한 표정 짓기는~?"

"아니, 땀이 밎을 정도로 피곤해. 긴장을 풀면 기절하겠지. 역시 나도 좀 지쳤네. 라이브가 끝나면 다시 입원하게 될지도 모르겠어 ♪"

거리낌 없이 말을 거는 스바루 군에게 에이치 씨도 생긋 웃으며 대답한다. 아까까지 피투성이가 되어 서로 죽고 죽이려 했다고는 생각할 수 없다. 서로를 깊이 이해하고 친근한 감정이 생긴 것 같았다. 주먹을 맞대고 나면 친구가 되는 식의 옛날 소년 만화처럼 간단하진 않겠지만.

끌어안고 있던 짐을 드디어 내려놓은 것 같은 상쾌한 미소로 그는 이야기한다.

"하지만 그건 모든 게 끝난 뒤에 생각해야 할 일이지. 결과가 나와 무대를 내려가기 전까진 난 '황제' 야. 관객이 불안해질 일은 혀를 깨물어서라도 하지 않을 거야."

"호오, 굉장한 자부심이네~. 조금 존경할 것 같아☆"

스바루 군이 솔직하게 감탄하며 에이치 씨가 자신에게서 멀어져 혼자 서려는 걸 제지한다. 다소 억지로 존경하는 선배를 부축하고 있었다.

"좀 더 나한테 기대. 나도 기대고 있을 테니까. 좋잖아? 왠~지 서로 건투를 칭찬하고 있다는 느낌이라~ ♪"

동물처럼 서로 붙으며 스바루 군은 최대이자 흉악한 적의 체온을 느끼고 있다. 그것을 통해 공포의 대상일 수밖에 없었던 '황제' 속에서 처음으로 인간미를 발견한 모양이었다. 이해할 수 없는 괴물도 초월적인 우주인도 아무것도 아닌 그도 또한 울고 웃고 화내며 살고 있는 한 인간이라고.

같은 고등학교의 선배라고.

(우와. 이 사람 가냘프게 보이면서 의외로 탄탄하잖아. 입원 중

에도 운동하면서 아슬아슬 한계까지 단련하고 있었겠지?)

왠지 신기하다는 듯 스바루 군은 가까이서 에이치 씨를 바라보고 있다.

('어떻게 그렇게까지……?' 라고 묻는 건 실례겠지. 이 사람도 우리와 같아. 최선을 다하고 있어. 아이돌로서.)

맞닿는 것으로 이해할 수 있는 것도 있다.

(우와아, 왠지 감동적인데~…… ♪)

얻기 힘든 일체감 속에서 스바루 군은 행복한 듯 에이치 씨에게 볼을 가져간다. 따르고 어리광부리는 것처럼. 아첨을 부려 온정에 매달리려는 건 아니다. 그런 관계도 아니다── 하지만 그런 게 자연스레 떠오른 거겠지.

본능적으로. 자신의 인생에서 소중하고 중요한 존재라 상대를 인정하고 결코 손에서 놓지 않기 위해 잡아둔다. 서로 체온을 교환하여 녹아 섞여든다. 인생을 합류시킨다.

이전에 고독함 속에 있었던 그는 그렇게 어디에나 있는 인생을 얻는다.

(이 사람에게 이길 수 있다면 난 이제 죽어도 좋아!)

"만족스럽단 얼굴이네. 결과는 아직 모른다고?"

신기하다는 듯 에이치 씨가 스바루 군의 머리를 어색하게 쓰다듬는다. 고독했던 건 그도 마찬가지다── 체온이 닿을 정도로 가까이 와 준 상대를 설령 적이라도 귀여워한다.

"하지만 어째서일까……. 너희에게 기묘한 우정마저 느껴."

마치 꿈꾸는 것처럼 그는 그 보석 같은 눈동자에 무수한 색을 깃들게 한다. 야광봉의 반짝임을 반사해—— 행복한 광경을 눈 속에 새긴다.

그들 옆에서 똑같이 붙어있는 동료들과 적들에게도 시선을 향한다. 왠지 에이치 씨는 멍하니 있었다—— 줄곧 지루한 현실을 살고 있었는데 갑자기 이세계로 이어지는 문으로 끌려들어가 모르는 새 거기를 걷고 있었다는 걸 뒤늦게 알아챘다는 것처럼.

신기하다는 듯 청춘의 무대를 바라보고 있다.

"같은 무대에서 생명을 불태워 끝까지 싸웠어. 같은 청춘을 공유한 동포 같은 거니까."

자신의 감정에 그렇게 이론을 설정하고 매듭을 지은 걸까. 에이치 씨는 어딘가 떼를 쓰듯—— 스바루 군을 멀리한다.

"하지만 지금은 서로 적이야. 너무 친한 척하지 말아 줬으면 좋겠는걸. 어깨를 빌려준다느니 건방지다고? 난 혼자서도 설 수 있어. 계속 그렇게 살아왔어."

자기 발로 제대로 선다.

누군가에게 부축 받을 권리 같은 건 자신에겐 없다는 것처럼.

"너는…… 새삼스럽긴 하지만 왜 【DDD】를 개최한 거야?"

조금 섭섭한 듯하면서도 그 마음을 존중한 건지. 스바루 군은 아주 조금 떨어진 채 에이치 씨와 다시 마주한다. 똑바로 움츠리지도 않고.

분명 누구나 한 번쯤은 뇌리에 떠올렸을 당연한 의문을 입에 담으며.

"가만히 있으면 너는 『SS』 대표가 될 수 있었잖아. 그런데 왜 그

권리를 포기하고 이렇게 무리하면서 우리에게 기회를 준 거야?"

"후후. 왜일까……?"

자기 자신을 해석하고 있는지 에이치 씨는 먼 곳을 바라본다.

솔직하고 확실하게 제시된 후배의 질문에—— 성의를 담아 대답해 준다.

"난 보고 싶었던 걸지도 몰라. 기적을. 어찌할 수 없는 운명도 뒤집는 너희의 반짝임과 무한한 가능성을."

그 소원은 이뤄졌을까. 그는 만족스러운 듯 미소 짓고 있다.

"난 병약한 몸으로 태어나 몇 번이고 신을 저주했어. 하지만 만약 이 세상에 기적이 있다면……. 희망이, 꿈이, 사랑이 있다면."

그가 이때 입에 담은 말이 거짓인지 진실인진 알 수 없다. 우리는 계속 그 진의를—— 의향을 생각하고 해석하게 된다. 중대하고 흔한 근원적인 것. 유메노사키 학원에서 아이돌로서 살아가는 한 피할 수 없는 명제를.

"나도 이 세상을 내 운명을 사랑할 수 있을까……. 그렇게 생각한 것뿐일지도 몰라. 사랑만으로는 아이돌이 될 수 없어. 하지만 사랑이 없으면 아이돌이 될 자격이 없지."

이때 그는 우리에게도 맡겨 주었다.

줄곧 혼자서 끌어안고 있었을 무거운 짐의 한 부분을.

아니. 고귀하게 반짝이는 소원의 별을.

"난 말이야, 그저 단순히……. 아이돌이 되고 싶었어."

'황제'라 불린 그는 작은 남자애처럼 그렇게 말했다.

"그렇구나. 잘은 모르겠지만 왠지 알 것 같은 기분이 들어."

장난치고 있는 것 같은 말을 하고 있지만 스바루 군은 꽹장히 진지하다. 성심성의껏 그 모든 말을 받아들이고── 얼굴 가득 웃음을 띤다.

짓눌리는 일 없이 떡하니 버티고 서서, 공감해서 기쁘다. 적과 아군. '황제'와 혁명아── 입장은 정반대지만 그들은 줄곧 같은 전장에 있었던 것이다.

하나의 이상을 추구하며, 때로는 서로를 속이고 상처 입히며 죽이고 하지만 같은 인간으로서── 유메노사키 학원 학생으로서 거친 땅을 갈아 길을 만들어 달려 나갔다.

"나도 진정한 의미의 아이돌이 되고 싶어. 유메노사키 학원 아이돌과에 있는 누구나가 그래. 너를 이해할 수 없는 초월자나 먼 곳에 있는 사람이라 느꼈었지만. 지금은 가깝게 느껴. 너도 우리랑 똑같잖아 ♪"

"그런가. 그럴지도 모르겠는걸……?"

에이치 씨가 처음으로 가까이에 스바루 군이 있는 것을 알아챈 것처럼── 눈을 동그랗게 뜨며 그를 본다. 그 말의 모든 것을 소중한 듯 곱씹는다.

그 눈가에, 잘못 본 걸지도 모르겠지만── 눈물이 떠올랐다.

"그래. 분명 그럴 거야."

"투표 집계가 완료됐습니다. 【DDD】결승전 결과를 발표하겠습니다."

어떤 의미로 잔혹한 타이밍에서── 쿠누기 선생님이 쉽사리 고한다.

꿈꾸는 아이들에게 무자비한 현실을 들이댄다.

"결과는 물론, 당연하지만……『fine』의 승리입니다!"

"어……?"

긴 침묵 끝에, 마코토 군이 신음했다.

얼굴에서 웃음이고 뭐고 다 사라져 이 세상의 종말을 눈앞에서 본 것처럼 공허한 표정이 된다. 멍하니 가냘프게 떨고 있었다. 믿을 수 없다는 것처럼 오른쪽을 보고 왼쪽을 보고 그리고 움직이지 않게 됐다.

죽어버린 것처럼.

"우, 우리. 져 버렸어……?"

"거짓말! 못 믿겠어. 우리는 전력을 다했다고! 그 이상의 힘을 냈는데, 그런데도……?!"

반대로 폭발하는 것처럼 날뛰기 시작한 것은 스바루 군이다. 세상 모든 것을 잡아 찢듯 양손을 휘두르며 통곡하고 있다. 그런 그가 휘두르는 손끝이 동료나 자기 자신까지 상처 입힐 것 같다 생각한 건지 마오 군이 필사적으로 제지했다.

무슨 일이 있더라도 침착하게 행동하던 그까지도 머리를 쥐어뜯으며 흐트러져 있다.

"결국 우리에겐 불가능한 소원이었단 거냐고. 젠장, 분해! 내가 흔들리지 말고 좀 더 열심히 『Trickstar』를 위해 노력했었더라면……!"

"이제 와서 말해도 늦었어. 나도 같은 마음이다만."

호쿠토 군이 담담하게 말했다. 무감정으로 프로그램을 표시하는 기계처럼. 하지만 아무것도 느끼지 않은 것도 아니다── 그 손바닥은 자신의 가슴과 목을 세게 쥐고 있다. 미워서 참을 수 없다. 죽여 주고 싶다는 것처럼 자기 자신을 질식사시키려 하고 있다.

"『fine』의 벽은 우리가 뒤집기엔 너무 높고 두꺼웠던 거야."

덕분에 닳아 없어져 알아들을 수 없을 정도의 작은 목소리로 신음하고 있다.

이를 갈며 눈물을 글썽이며.

"그게 결과야. 받아들일 수밖에 없어. ……이런 빌어먹을!"

"힉, 항상 쿨한 히다카 군이 험한 말을 썼어! 그건 그렇고 벽을 주먹으로 치면 안 돼. 다친다고!"

마코토 군이 눈이 뒤집혀 표정이 바뀌는 어린애 취향의 인형처럼 급히 평소 같은 태도를 보이고는 허탈하게 웃었다. 그 말대로 무대 벽에 화풀이를 하고 있는 호쿠토 군을 필사적으로── 어딘가 당황해하며 제지하고 있다.

자기 내부의 감정을 소화할 수 없는지 자꾸 고개를 갸웃거리며 외쳤다.

"으으으~ 그렇지만 나도 분해! 나도 울부짖고 싶어!"

"크으. 관객들이 보고 있잖아. 적어도 꼴사나운 태도는 보이면 안 돼. 크아악~ 어째서야! 왜 이렇게 되는 거야?!"

패닉을 일으킨 건지 울거나 웃거나 화내거나, 짧은 시간마다 표정을 바꾸는 마코토 군을—— 스바루 군이 끌어안으며 고개를 숙인다. 시범을 보이는 것처럼 눈물을 펑펑 쏟아내고 있다. 허식도 무엇도 모두 씻겨 내려가고 벗겨 떨어져, 상처받기 쉬운 남자애들이 남았다.

그런 그들을 비웃는 목소리가 있다.

"꺄하하하☆ 봤지? 이게 현실이야! 우리와 너희의 실력 차이라고~. 조마조마하게 하고 말이야!"

토리 군이다. 결과 발표가 날 때까지 유즈루 군에게 매달려 불안해하고 있었지만—— 승리가 확정되어 안도한 건지 평소보다 배는 신나게 떠든다.

천진난만하게 뛰어오르며 목을 베는 시늉을 하며 혀까지 내밀고 있다.

"하지만 이제 끝! 유감이네~. 하극상 따윈 있을 수 없다고☆"

"도련님. 매정한 발언은 삼가야 합니다. 우아하지 않아요."

왠지 애처로워하는 것처럼 유즈루 군이 그런 토리 군을 뒤에서 끌어안는다. 새까만 슬픔이나 분노, 노여움이나 초조함, 굴욕이나 패배감—— 그런 어둡고 일그러져 부서진 부분이 가득한 감정을 흩뿌리는 『Trickstar』로부터 순진한 토리 군을 멀리 떼어놓는 것처럼.

그마저도 어두운 감정에 오염되어 버리지 않도록.

그런 유즈루 군을 성가시다는 듯 무아지경으로 떼어내고 토리 군은 불안을 얼버무리는 듯 몹시도 밝게 떠들어댔다.

"그래도 그래도. 기쁜걸! 룰루. 이제 깨달았어? 『fine』의 힘을! 회장의 힘을⋯⋯! 어차피 이게 너희 쓰레기들의 한계라고 ♪"

"으으~ 분하지만 반박할 수 없어! 그만해. 그 정도면 됐잖아!"

스바루 군이 드물게 진심으로 격노했다. 무대 바닥을 있는 힘껏 짓밟으며── 그 소리와 충격에 토리 군은 "히익!" 하며 뒷걸음 친다. 커다란 눈에 눈물이 가득 차 그는 입속에서 우물우물 뭔가 말하고는 달려서 유즈루 군 곁으로 돌아간다.

그쪽을 보지도 않고 스바루 군이 온몸에서 격정을 내뿜으며 외쳤다.

"미안해, 홋케~ 웃키~ 사리~ 전학생! 이기지 못했어! 으아 앙!"

"아케호시가 미안할 필요는 없어. 패인이 있다고 한다면 우리야. 마지막까지 『Trickstar』를 위해 애쓴 네게 잘못은 없어."

자신을 계속 상처 입히는 친구를 보고 있을 수 없었던 건지── 호쿠토 군은 신중하게 말을 얹는다. 그는 언제나 말이 적지만, 그렇기에 말 하나하나에는 무거움이 있다. 그의 본심인 끝없는 참회의 마음이 담겨 있다.

단정한 얼굴을 엉망으로 일그러뜨리며 호쿠토 군은 깊이깊이 머리를 숙이고 있다.

"미안해. 정말로 어떻게 사과해야 좋을지 모르겠어."

그런 자신의 무게에 짓눌려 블랙홀이라도 되어버릴 것 같은 연극부 후배를── 와타루 씨가 걱정스러운 듯 본다. 다시 가면을 장착하고 긴 한숨을 흘렸다.

그리고 부자연스러울 정도로 과장스럽게 어깨를 으쓱인다.

"이런이런! 상상 이상으로 시시한 결과가 나오고 말았군요?"

"하아?! 뭐가 시시하다는 거야, 긴 머리! 최고의 결과잖아? 그렇죠~? 회장☆"

와타루 씨에게 대들며 토리 군이—— 무구한 눈으로 에이치 씨를 본다. 그를 동경하고 존경하며 전폭적으로 신뢰하고 있는 거겠지. 이겼다, 축하해, 기뻐해도 된다고 그가 보증해 주지 않으면 정답을 알 수 없어 움직일 수 없는 것 같았다.

에이치 씨는 계속 입을 다물고 있었다.

아무런 반응도 나타내지 않는다. 하지만 토리 군이 조심조심 옷깃을 잡아당기자—— 그걸 알아채고, 고집인 것처럼 평소의 여유 있어 보이는 미소를 짓는다. 사랑스러운 후배의 머리를 부드럽게 쓰다듬으며 투표 결과를 발표한 쿠누기 선생님을 향해 몸을 돌린다.

도전하듯. 신사적으로 혐오하고 경멸해야 할 큰 악을 탄핵하는 것처럼.

그것은 놀라울 정도로 고결한 모습이었다. 그는 자신을 동경해 주는 존재 앞에선—— 피투성이 괴물이나 폭군도 아닌 이상적인 아이돌이 될 수 있는 것이다.

"쿠누기 선생님. 주제넘은 참견이지만 장난이 심하시네요."

좋지 않은 것을 보이고 싶지 않다는 것처럼 자신에게 매달리는 토리 군의 얼굴을 자기 품에 묻으며 에이치 씨는 말한다. 냉정하게 내려다보고 무언가 결론을 얻었다.

그는 언제라도 달콤한 꿈이 아닌 제대로 현실을 직시하고 있다.

"저도 나름대로 각 '유닛' 득표수를 계산했습니다……. 선생님께서 저나 학생회를 어여삐 봐 주시는 건 감사하지만 반대로 잔혹하기도 합니다. 제대로 공정하게 결과를 발표해 주시길 부탁드립니다."

"음, 뭐야? 아키야~ 투표 결과에 거짓말 친 거야?"

자기는 모른다는 듯 눈에 띄지 않는 위치에 숨어있던 사가미 선생님이 야유를 날렸다.

"부정은 안 된다고! 여러분~. 여기에 악덕 교사가 있어요! 평소에 내가 담배나 술 하고 있으면 화내는 주제에~ ♪"

"잠깐 조용히 하세요! 특히 진……!"

조금 어린애처럼 홱 고개를 돌리고는 쿠누기 선생님이 초조한 듯 팔짱을 끼며 탄식했다.

"거짓말은 하지 않았습니다! 그저 모든 사실을 설명하기도 전에 다들 멋대로 마구 소란을 피웠지 않습니까……!"

다소 변명하듯 소리치고는 쿠누기 선생님은 심호흡한 후 다시 관객석과 마주한다. 마지못해―― 도리어 보고 있는 이쪽이 통쾌할 정도로. 마치 항복하는 것처럼.

"아~ 실례했습니다. 아까 했던 발언에 보충 설명을 조금 하도록 하죠."

헛기침을 하며 자세를 바로 잡은 후―― 그는 잘 전달되는 목소리로 말한다.

"본래라면【DDD】 결승전의 승자는 마땅하게 『fine』였습니다. 투표 결과가 그걸 증명하고 있습니다. 『fine』의 득표수가 『Trickstar』보다 많습니다."

나도 눈으로 계산하고 있었지만 정확한지는 알 수 없었다. 득표수에 그렇게까지 차이가 없는 느낌이었고 내가 있는 자리에선 '강당'의 모든 곳을 둘러볼 수 없다. 하지만 쿠누기 선생님도 거짓말은 하지 않겠지.

누군가에게 상처만 주는 거짓말은.

"무대 위 스크린에 득표수 데이터……상세 내역 등을 표시할 테니 확인해 주시면 감사하겠습니다. 보시는 대로, 근소한 차이지만 『fine』의 득표수가 많지요?"

쿠누기 선생님이 가볍게 지시를 내리자 스크린에 그래프나 숫자가 표시된다. 그걸 보는 한 확실히―― 『fine』의 득표수가 아주 약간 『Trickstar』보다 높았다.

닿지 못한 것이다.

이제 와서 말하는 것도 늦었지만 충분하지 못했다. 도달하지 못했다. 반성점, 패인은 얼마든지 생각할 수 있다. 뿔뿔이 흩어진 멤버가 다시 모일 때까지 소요된 시간, 팀 연습 부족, 애초에 존재하던 『fine』와의 실력과 고정 팬 차이…….

하지만. 그런 이론은 날려버리고 『Trickstar』라면 기적을 일으켜 줄 거라―― 어딘가 믿어 의심치 않고 있었다. 그래서 이해할 수 없고, 믿을 수가 없어서 나는 서 있을 힘을 잃어 버렸다.

나 자신도 깜짝 놀랄 정도로 온몸의 뼈가 빠진 것처럼 흐물흐물해져 그 자리에 주저앉았다. 쇼크를 받는다는 건 이런 상태를 말하는 거구나 하고 어딘가 다른 사람 일인 것처럼 생각하고 있다. 아아, 현실도피를 하고 있다.

스크린에 늘어선 문자나 숫자, 그래프를 이해할 수 없어 몇 번이고 다시 본다. 하지만 머리에 들어오지 않는다. 『Trickstar』도 같은 움직임을 하고 있었다.

자비도 없는 건가. 너무 무정하다. 너무했다.

쿠누기 선생님은 어딘가 무리해 악역을 자처하고 있는 것처럼 얼굴을 찌푸리며 말을 얹는다.

"당연한 귀결입니다. 『fine』는 우리 학원의 자랑! 학원을 소란스럽게 만드는 문제아들과는 비교할 필요도 없습니다! 기술도 재능도 경험도 모든 것이 뛰어납니다!"

"시끄러워, 안경~! 들어가~! 그나저나 쓸데없는 소리 말고 얼른 '어떻게 된 일인지' 설명하라고~!"

어디에선가 명랑 쾌활한 목소리가 울렸다.

무대 위에 쌓인 나쁜 것을 한꺼번에 날리는 것 같은…… 그 말을 듣고 쿠누기 선생님이 안경을 번쩍 빛내며 관객석을 노려본다.

"지금 관객석에서 야유를 보낸 건 3학년 A반 모리사와 치아키 군요? 제 눈과 귀는 속일 수 없습니다, 나중에 반성실로 오세요!"

"으엑, 쓸데없이 시력이 좋아 저 선생! 이렇게 어둡고 먼데 어떻게 내가 보이는 거야?"

과장스럽게 반응했기에 목소리의 주인이 어디에 있는지 나도 알 수 있었다.

관객석 맨 뒤쪽——출입구 문 옆에 왠지 반가운 정의의 사도 같은 의상을 입은 인물들이 있다. 유달리 눈에 띄는 건『유성대』대장인 치아키 씨다.

좌석 티켓은 구하지 않은 건지 치아키 씨는 서서 관전하고 있다. 당당한 자세다. 저래선 쿠누기 선생님이 아니라도 알 수 있다.

다른『유성대』멤버들은 평범하게 좌석에 있어서 왜 치아키 씨만 서 있는지 알 수 없다. 티켓을 잊은 관객에게 자리를 양보한 걸까.

뭐, 지금은 관계없지만.

"후후후. 쿠누기 선생님의 수업은 굉장히 졸리지만 자면 바로 두드려 깨운다고 하는 고문 같은 것이니 말이오!"

그런 이해할 수 없는 대장을 향해 뒤돌아보며, 좌석에 얌전하게 앉아있던『유성대』멤버 시노부 군이 어딘가 흥분한 것처럼 주먹을 움켜쥐고 있다.

"저분, 닌자의 혈통을 이어받은 걸지도 모르오⋯⋯☆"

아마 전혀 그렇지는 않겠지만, 그가 그렇게 생각한다면 '그렇구나~ 닌자구나~.' 하고 말해 주고 싶어진다. 왠지 마음이 풀려 나는 웃고 말았다.

여전히 있어주는 것만으로 그 자리의 공기가 누그러지고 밝아진다.

기적 같은 집단이다.『유성대』는.

"잡담은 삼가도록! 아~ 으흠! 본론으로 돌아가서!"

쓸데없는 참견이 들어왔기에 중단된 이야기를 쿠누기 선생님이 재개한다.

"우리 학원의 전통행사. 드림 아이돌 페스티벌……통칭 드림페스에는 규정된 원칙이 있습니다. 그중 하나로 '득표수에 규정치 이상의 차이가 없을 경우 연장전을 개최한다'는 게 있다는 건 알고 계실까요?"

가볍게 손뼉을 쳐 자신에게 주목을 돌려놓는다. 이런 건 전직 아이돌이라서 그런지, 선생님이라서 그런지── 쿠누기 선생님은 굉장히 익숙하다. 설명도 다소 까다롭지만 알기 쉽다.

"이번 【DDD】에서도 여러 차례 연장전이 개최됐다는 건 여러분들도 알고 계실 거라 생각합니다."

그건 이 자리에 있는 사람들은 당연히 알고 있겠지. 이 '강당'에서 열린 준결승전──『fine』와 『UNDEAD』의 전대미문의 3연속 연장전을 목격했을 테니까.

첫 시합에서도 『fine』는 『유성대』를 상대로 연장전을 치렀고, 어쩌면 다른 시합에서도 몇 번인가 같은 전개가 있었을지도 모른다. 정말로 전개에 따라선 『fine』는 『Trickstar』의 두세 배 이상의 격전을 헤쳐 나온 셈이 된다.

"나눠드렸던 팸플릿에도 그 규칙은 명확히 적혀 있습니다. 교칙에도요. 여러분 확인해 주십시오."

스크린에 작은 윈도우가 떠올라 교칙이나 규칙이 표시된다. 쿠누기 선생님이 너무도 유려하게 지시를 내리고 있기에 뭔가 마법을 쓰고 있는 것처럼 보였다.

"오늘 결승전에서 『Trickstar』와 『fine』의 차이는…… 애석하게도 정말 한 표 차이만 납니다만, 연장전 개최에 필요한 규정치를 만족하고 있습니다."

하나만 손가락을 세우고 쯧쯧쯧, 하고 쿠누기 선생님은 그것을 유쾌하지 않다는 듯 흔들었다.

거의 푸념처럼 이야기하고 있다.

"누군가 한 명만 더 『Trickstar』가 아닌 『fine』에 투표했더라면…… 연장전 없이 『fine』의 승리가 확정됐을 텐데. 아쉽지만 부정 행위는 할 수 없으니까요. 규칙에 따라 연장전에 돌입할 수밖에 없습니다."

"어디가 아쉽다는 거야~? 두 '유닛' 모두 열심히 노력했기에 얻은 이 근소한 차이잖아?"

짜증을 숨기지도 않는 쿠누기 선생님을 진정시키기 위해서인지 사가미 선생님이 살짝 다가가 스스럼없이 어깨를 두드린다. 건성건성 익숙한 몸짓으로.

"정말 최선을 다했단 느낌이지 ♪"

적당히 손뼉을 치고 사가미 선생님은 날카롭게 에이치 씨를 본다. 과거와 현재의 톱 아이돌의 시선이 한순간 마주쳤다.

"그건 그렇고. 어떻게 할 건데~. 텐쇼인? 네게 달렸어. 연장전, 할 거야?"

에이치 씨는 대답하지 않는다.

무언가를 맹렬하게 사색하고 있다── 그 손끝이 아마 무의식인지 아직까지 안겨든 토리 군의 머리를 쓰다듬고 있다. 어딘가 사랑스러운 듯.

그는 무언가 큰 결단을 하려고 한다.

그건 연장전을 할 수밖에 없을까 같은 그런 차원이 아니다. 더 거대한 선택지다. 유메노사키 학원의 모든 미래가 그의 판단에 따라 새로이 칠해진다. 그런 느낌이 들었다.

웬일로 바로 대답하지 않고 깊이 생각 중인 에이치 씨에게 사가미 선생님은 태평하게 웃어 보인다.

"일단~ 양호 교사로선 정말 죽을 테니 이 이상은 그만두라고 말하고 싶지만. 너희는 어차피 말해도 안 들을 거잖아?"

"아뇨. 제 일은 제가 가장 잘 이해하고 있습니다."

에이치 씨는 긴 침묵 끝에 중얼거렸다. 그 손끝이 아주 조금만 토리 군의 목에── 경동맥에 파고들었다. 마음만 먹으면 간단히 목 졸라 죽일 수 있다.

그 사실을 모르는 것도 아닐 텐데 토리 군은 웃었다. 상냥하게 성녀처럼── 눈을 감고 받아들이려 한다. 그렇게 보였다. 사실은 알 수 없다, 그의 마음도. 나는 아직 『fine』 멤버들과는 거의 교류하지 못했다.

그런 토리 군을 보고 에이치 씨는 곤란한 듯 쓴웃음을 지었다.

"『fine』 멤버들은 지금까지 제 억지를 들어줬어요. 무리하고 혹사당하며 모든 학생들의 증오를 저와 함께 받아주었습니다."

다시 손가락을 토리 군의 목에서 머리로 이동시키고 다시 다정하게 쓰다듬는다.

이번에야말로 분명 사랑을 담아.

"이 이상은 제 자존심이 용서치 않습니다. 그리고 사가미 선생님은 알고 계시겠지만……부끄럽지만 이미 서 있는 것도 어려워요. 여기가 물러설 때인 것 같네요."

그는 무언가를 떠올리는 것처럼, 가극 대사를 암기하듯 말했다.

" '어째서 임금님은 벌거벗었어?' 라고 천진난만한 아이에게 지적받을 때까지 창피를 드러내며 뻔뻔하게 무대에 서 있는 건 너무도 한심하죠."

어느새 눈물을 글썽이던 토리 군의 눈가를 에이치 씨는 왕자님처럼 살짝 닦아주었다. 목숨을 붙잡혀 역시 무서웠던 거겠지── 그래도 기특하게 반항 없이 연약하게 떨고 있는 사랑스러운 아이를 에이치 씨는 소중한 듯 계속 쓰다듬고 있다.

작은 그를 어린 시절의 자기 자신을 끌어안듯.

"앞으로도 전 아이돌로 있고 싶어요. 이번 드림페스에서 진심으로 그렇게 생각했습니다. 그러니 여기서 미래의 모든 희망을 던져버리고 싶진 않아요."

결연히 얼굴을 들고 우리의 학생회장은 명확히 선언했다.

"연장전은 기권하겠습니다."

그것은 사실상의 패배 선언이다.

연장전을 기권하면 득표수는 0이 된다. 『Trickstar』가 아무것도 하지 않아도 기권하지 않고 참전 의사를 표명하면 승리가 확정

된다.

유메노사키 학원 드림페스의 투표 방식은 감점 방식이 아니기 때문이다. 마이너스는 되지 않는다. 라이브를 하면—— 무엇을 해도 플러스가 된다.

아이돌로 계속 남는다면, 반드시 표를 얻을 수 있다.

부정이 아닌, 긍정을.

훼손이 아닌, 칭찬을.

파괴가 아닌, 꽃다발을.

아이돌을 짓뭉개지 않고 그 반짝임을 부정하지 않는 가점 방식. 그토록 자비롭고 아이돌의 존재를 결코 부정하지 않는 드림페스의 기본 이념을 나는 처음으로 깨달았다.

피투성이의 괴물. 악마 같은 '황제'의 진의, 그 일부를.

그것은 유메노사키 학원 학생들을 긍정하는, 의심할 여지가 없는—— 인간 찬가였다.

"그래도 괜찮겠니? 와타루, 토리, 유즈루……."

동료들을 어깨너머로 뒤돌아보며 에이치 씨는 미소 지었다.

"이걸 내가 부리는 마지막 억지로 할게."

누구보다도 아름답게 살아가는, 꿈과 희망에 넘쳐흐르는 반짝이는 인간의 미소다.

"네. 회장님이 그리 원하신다면 저는 따를 뿐입니다."

유즈루 군이 조금 의외라는 듯 아주 잠깐만 눈을 동그랗게 뜨고
는―― 고개를 끄덕였다.

　그리고 에이치 씨에게 살짝 다가가 여전히 찰싹 달라붙어 있던
토리 군을 상당히 억지로 끌어안는다. 질질 끌어 자신의 손안으
로 회수했다.

　만족스러운 듯 숨을 내쉬고는 한껏 쓰다듬어진 탓에 다소 흐트
러져 있던 토리 군의 머리칼을 손으로 빗어 정돈하고 있다. 그들
이 분명 매일 반복하고 있을 일상적인 몸짓. 그것을 느끼고 어딘
가 멍하니 정신이 없었던 것 같은 토리 군의 의식도 현실로 돌아
온다.

　"도련님도 괜찮으시지요?"

　"괘, 괜찮지 않아! 에에에에?! 무슨 소리야 회장. 그건 즉 결국
어어……?"

　핫 하고 정신을 차리고 토리 군이 몹시 당황해한다. 유즈루 군을
방해된다는 듯 차버리려는 듯한 움직임을 하며 부모와 떨어진 미
아처럼 에이치 씨에게 손을 뻗었다.

　하지만 그런 그의 앞을 가르듯 뛰어 들어온 키 큰 인물이 있다.

　와타루 씨다. 신비한 '삼기인'은 어째선지 쓸데없이 크게 뛰어
올라 에이치 씨 옆에 착지. 하늘에서 내려앉은 천사가 지상을 안
내하는 것처럼 그의 손을 살짝 잡았다.

　에이치 씨는 부끄러운 듯 웃으며 작게 인사하고 있었다.

　그들의 몸짓의 의미는 아직 잘 모르겠지만. 어떤 종류의 숭고한
의식 같았다. 에이치 씨의 손등에 가볍게 입맞춤을 하고서 와타

루 씨는 다시 얼굴을 든다.

어느 한 구석도 부족함이 없는, 얼굴 가득한 웃음이다.

그는 쓰고 있던 가면을 다시 벗고는 크게 웃는다. 걸작 희극을 감상한 것처럼―― 조금 믿을 수 없을 정도의 큰 목소리로 드높이 말했다.

"Amazing! 축하합니다, 당신들의…… 『Trickstar』의 승리로 군요!"

"어……?"

그 말을 들은 『Trickstar』 멤버들은 얼떨떨했다. 왠지 아무리 어린 아이라도 믿을 수 없는 어이없는 농담을 들은 것 같은 얼굴과 반응이다.

현실감이 들지 않는지 스바루 군이 자기 볼을 꼬집으며 고개를 갸웃거린다.

"에, 어? 왜, 왜 그렇게 되는 거야? 누가 설명 좀 해 줘!"

"들은 그대로야. 설명할 필요도 없어. 우리가 이긴 거야. 나도 아직 꿈을 꾸는 것 같아서 믿기지 않지만――."

평소엔 의외로 이해가 빠른 스바루 군이 혼란해 아무것도 모르겠는지 안겨든다. 그것을 적당히 달래며 호쿠토 군이 띄엄띄엄 이야기했다.

"『fine』가 연장전을 기권한다면 자동으로 『Trickstar』의 승리가 확정돼. 우리가, 『Trickstar』가, 저 『fine』를 쓰러트린 거야."

"그렇게 되는 거야. 우오오, 소름 돋아! 진짜지 이거? 우리가 해냈어☆"

마오 군이 누구보다도 빨리 현실에 적응해—— 모든 것을 이해하고 환하게 웃었다. 매력적인 미소를 지으며 동료들의 등을 퍽퍽 때리며 신이 나 떠들고 있었다.

나이에 맞는 고교생 그 자체였다.

조금 심할 정도로 세게 맞으며 좌우로 흔들리며, 감탄할 만한 균형 감각으로 스바루 군은 1회전—— 춤추는 것 같은 움직임을 하고 나서 관객석을 본다.

아직 당황해하고 있다.

이미 울려 퍼지기 시작한 박수가 그 의문에 대한 답이지만. 한 번 졌다고 생각해 절망 밑바닥에 떨어졌기 때문인지 간단히는 믿을 수 없는 것 같다.

"……정말이야?"

"거짓말해서 어쩌겠어. 정신 차려. 아케호시. 우리는 해낸 거야. 드디어 유메노사키 학원의 정점에 섰어! 꿈에서까지 보던 순간이야. 더 기뻐해!"

넘쳐흐르는 감정에 참을 수 없게 된 건지 호쿠토 군이 정말로 드물게—— 직접 스바루 군에게 달려들어 끌어안았다. 꼬옥꼬옥, 있는 힘껏. 태양 같은 파트너를 주저 없이 끌어안고 머리칼을 마구 헝클어트리며 빙글빙글 돌고 있다.

나까지 기뻐질 정도로 신이 난 모습이다.

"으, 응……? 정말? 그걸로 괜찮은 거야. 학생회장?"

그대로 받아주며 스바루 군은 적대하고 있었을 '황제'에게까지 매달리듯 확인한다. 왠지 벌에라도 쏘인 것 같은 쓰디쓴 표정으로 에이치 씨가 대답했다.

"응. 물론 나도 분하지만 말이야."

몇 번이고 몇 번이고 자신들이 졌다고 반복하는 건 굴욕이겠지.

하지만 그는 예의를 다한다. 언제라도 우아하게.

친절하고 정중하게 이해가 나쁜 후배를 가르치고 타일러 준다.

"만약 『유성대』나 『UNDEAD』등에게 체력을 빼앗기지 않았더라면, 만약 『Trickstar』를 말끔히 해산시켰더라면, 만약 내가 건강한 몸으로 태어났더라면―― 『만약』의 이야기를 해 봤자 미련스러워 의미가 없지만."

자신의 패인을 하나하나 들어 그 자신도 또한 패배를 납득하려 하는 것 같았다. 아마 이 사람은 태어난 순간부터 지금까지―― 패배 같은 건 경험한 적 없었던 건 아닐까. 승리만을 뒤집어쓰듯 얻어 왔다.

그래서 처음 손에 쥔 것이 어떤 것인지 이해하기 어렵다.

"만약 저 전학생이 없었더라면 말이지."

그런 희비가 교차하는 광경을 그저 방관하던 나를 갑자기 에이치 씨가 언급하는 바람에 깜짝 놀라고 말았다. 심장이 멎는 줄만 알았다.

"단 한 명의 표가 승패를 갈랐어. 우리의 명암을 말이야. 이건 운명으로 생각해. 아니 기적이겠지."

유메노사키 학원의 '황제'는 물리적으로 구석에 있는―― 조역일 수밖에 없는 나를 똑바로 바라보고 있다. 이 사람에게 처음으로 인식된 것 같은 느낌이 들었다.

그것이 왠지 신기하고 기뻤다. 드디어 관여할 수 있었던 것 같은 기분이 든다. 이 압도적인 '황제'가 자아내는 서사시에 이름 없는 단역일지라도.

이야기의 무대에 설 수 있다는 건 두렵지만—— 굉장히 고마운 일이다.

"저 아이를 얕보고 고려하지 않았어. 이건 내 실책이야. 저 사람이 부서져 가던 너희의 인연을 다시 이어 여기까지 이끌었어. 그리고 이렇게 승리를 가져오게 한 거야."

언제나 관객이, 내가 그렇게 하듯 에이치 씨는 박수를 쳤다.

나를 향해.

신비한 광경이었다.

농담 같고, 만화 같고, 너무나도 픽션 같다.

"마음껏 고마워하렴. 특이하고, 기적 같으면서도, 평범한 저 소녀에게."

어떤 표정을 지으면 좋을지 알 수 없지만.

이젠 웃을 수밖에 없었다.

"백만 분의 일도 되지 않는 가능성을 잡았어. 너희는 승리한 거야. 자랑스러워하렴. 적어도 웃는 얼굴로. 그렇지 않으면 난 죽더라도 편히 눈을 감을 수 없어."

죽는다니. 병약하다는 그가 말하면 농담으로 들리지 않지만.

몹시도 악취미한 발언을 하고 어째서인지 장난을 되받아친 어린애처럼 웃고는 에이치 씨는 살짝 뒤로 물러선다. 그리고 『Trickstar』에게 무대 맨 앞을 양보했다.

"이 이상 불쌍한 패자에게 말하게 할 생각이니?"

우아하게 그는 후배들을 에스코트해 주었다.

"너희에게 투표해 준 모든 관객에게, 응원해 준 모든 사람들에게 감사의 말을 전해. 너희는 아이돌이잖니?"

마지막까지 긍지를 가지고 우리의 최대이자 최강의 숙적이── 자상하고 친절하게 화려한 무대로 향하도록 재촉해 준다. 여기서 움직이지 않으면 너무도 한심하다.

스바루 군은 머리부터 발끝까지 번개라도 맞은 것처럼 몹시 감동해 떨고는 최고의 미소를 짓는다. 그리고 뿅뿅 뛰어올랐다.

온몸으로 기쁨을 표현하고 있다.

모든 밝은 감정을 구현한, 눈부시도록 찬란히 빛나는 선한 태양 그 자체다.

"우오오오, 알았어! 마이크 빌려줘, 사가미 쨩. 얼른!"

"아~…… 너도 참 기운이 넘치네? 기쁜 건 알겠지만 조금 더 예의바르게 하라고~? 그리고 '사가미 쨩'이 아니라 '선생님'이라 불러."

일단 교사다운 잔소리 같은 걸 늘어놓고 나서 사가미 선생님은 회춘한 것처럼 장난기 넘치는 미소를 짓고는 손에 들고 있던 마이크를 넘겨준다.

"자, 마이크 받아라 ♪"

"응, 땡큐☆ 어 그게. 아직 머릿속이 복잡해서 말이 잘 안 나오지만! 이것만은 말할게. 고마워!"

무대에서 떨어질 것 같을 정도로 몸을 앞으로 내밀어 스바루 군이 외친다.

기쁨을.

가슴 가득한 사랑을.

"고마워! 모두! 덕분에 승리했어~☆"

아름다운 짐승이 멀리멀리 외치는 것 같은 세상 끝까지라도 닿는 목소리다.

어떤 어둠도 꿰뚫는 승리 선언이다.

"우리가! 『Trickstar』가 이겼어……!"

갈채와 성원과 웃음이 돌아온다. 이전에, 어둠 속에서 고독하게 웅크려 있었다는 그가 몇 번이고 꿈꾸었을── 절정이다.

"응원해 줘서 고마워! 박수를, 성원을 보내줘서 고마워! 유메노사키 학원에 와 줘서, 우리 라이브를 즐겨 줘서 고마워!"

스바루 군의 눈에 눈물이 흘러넘치고 시야가 흐려져 앞이 보이지 않는 게 아쉬운지 몇 번이고 닦지만, 그래도 끝없이 뜨거운 것이 볼을 타고 흐른다.

행복의 절정에서 그는 노래하듯 외쳤다.

"다들 정말 좋아해! 정말 정말. 고마워어어어어어어어~☆"

"후후. 뭐, 지금은 기뻐하고 있어. 잊었을지도 모르겠지만──【DDD】 우승 '유닛'은 연말에 있을 『SS』에 학원 대표로 출전해야 하거든."

왠지 공주님에게 힘든 고생을 시키는 심술궂은 계모나 여왕님처럼 에이치 씨가 작은 목소리로 속삭인다. 악의는 없어 보인다, 찬물을 끼얹는 의도는 느껴지지 않는다.

너무 들뜨지 않도록, 미움받는 역할을 연기하며 못을 박는다.

"전국의 아이돌 양성학교와 연예기획사에서 아마추어와 프로를 막론하고 수많은 강호들이 몰려들 거야. 우리 『fine』조차 귀엽게 보일 것 같은 미지의 강적이 만반의 준비를 하고 너희를 기다리고 있어."

짓궂은 장난 같은 미소를 지우고 진지하게—— 학생회장은 고한다.

"그게 연예계라는 거야. 거대하고 복잡하고 기기괴괴한 악의 소굴이지. 하지만 너희라면 웃는 얼굴로 승리해 나갈 것 같은 기분이 들어."

갓 태어난 아기처럼 상큼하게 웃으면서 그는 박수를 친다. 그리고 반짝이는 무대에 등을 돌리고 승자에게 길을 양보한 후 사라져 간다. 자신의 심복 『fine』를 거느리고——무대를, 그가 지배했던 모든 것을 내주는 것 같았다.

최강의 '황제'까지도 관객으로 만드는 사치를, 『Trickstar』는 맛볼 권리가 있다. 승리했으니까. 꿈을 이뤘으니까. 기적을 일으켰으니까.

격전 끝에 그들이 【DDD】를 제패한 거니까.

"기적 같은 아이들. 『Trickstar』…… 진심으로 축하해."

에이치 씨의 눈가에도 눈물이 빛나고 있다.

아마 패배를 당해서 흘리는 굴욕의 눈물은 아닐 것이다.

기적을 목격한 자가 당연한 것처럼 짓는 감동의 눈물이라고 나는 믿었다.

"잠깐 잠깐!"

스바루 군이 크게 뒤돌아보며 사라져 가는 학생회장에게 손을 뻗었다.

진지하게. 열의와 사랑을 담아.

"학생회장, 멋대로 다 끝났다는 얼굴로 가지 마!"

"음, 아직 내게 하고 싶은 말이 있니?"

조금 놀란 듯 돌아보며 에이치 씨는 살짝 고개를 갸웃거린다. 그리고 다시 짓궂은 표정을 짓고는 굉장히 대답하기 어려운 발언을 한다.

"괜찮아. 후회 없도록 마음껏 욕하렴 ♪"

"그런 게 아냐. 너야말로 잊어버렸지~? 드림페스에서 우승한 '유닛'은 앙코르로 한 곡 더 하는 게 전통이라고 ♪"

스바루 군이 당당히 선언했다. 그러고 보니 그렇다. 혁명의 날이 됐던 『S1』에서도 승리한 『Trickstar』에겐 앙코르를 받을 권리가 주어졌었다. 그날은 그런 걸 생각지도 못했기에 뭘 어떻게 해야 할지 쩔쩔매 현장을 혼란시켰었지만.

소중한 기억이다. 당연히 스바루 군은 잊지 않았다.

그래서 이번엔 누구에게 지적받을 필요 없이 직접 그 사실을 꺼낸 것이다.

그도 성장해. 점점 반짝임을 키우고 있다.

에이치 씨는 눈부신 듯 눈을 가늘게 뜨고는 곤란하다는 표정을 지었다.

"하지만 그건 너희 역할이잖니? 난 솔직히 슬슬 쉬고 싶은데……? 우후후, 스포트라이트가 노랗게 보여 ♪"

"너, 생각보다 훨씬 한계였구나?! 그래도 미안하지만 아직 무대에서 내려보낼 수 없거든~? 너에겐 아직 배우고 싶은 게 잔뜩 있는걸☆"

"흐응. 가차 없네. 하지만 기쁘기도 해. 숙적에게도 솔직하게 가르침을 청하고 손을 내밀 수 있는 것이 너희의 강함이구나…… ♪"

스바루 군이 비틀거리며 쓰러질 뻔하는 에이치 씨에게 달려가 부축한다. 하지만 긍지 높은 '황제'는 언제까지고 의지하는 일 없이—— 정중히 그를 떼어 놓았다.

자기 발로 확실히 서서 후배의 등을 밀었다.

"나도 너희처럼 강해질게."

항상 발언을 미사여구로 장식하는 그치고는 드문 순박한 말.

그렇기에 거기엔 강하게 빛나는 결의가 있다.

"그리고 언젠가 또……. 그땐 몇 번이고 연장전을 해도 좋아. 영혼을 모조리 불태우는 것 같은 승부를 하자."

마지막에 한 번만 스바루 군과 악수를 나누고 에이치 씨는 천사처럼 웃었다.

"진심으로 말할 수 있어, 너희를 만나서 다행이야."

"우리야말로! 이런저런 일이 있었지만 전부 통틀어 감사해☆"

스바루 군은 술 취한 외국인 같은 움직임으로 에이치 씨에게 다시 안겨들어 한껏 볼을 비비고 나서, 동료들이 어이없다는 표정으로 기다리는 무대 맨 앞으로 돌아간다.

뒤돌아보며 에이치 씨에게 윙크.

"우리가 여기까지 올 수 있었던 건…… 전학생을 비롯해 곁에서 지지해 준 사람들이 있었기 때문이야! 너희를 이길 수 있었던 것도 다른 '유닛'이 지원해 준 덕택이지~ ♪"

그렇다. 혼자서 싸운 게 아니다. 그래선 결코 이길 수 없었다.

고독하게 무릎을 끌어안고 있던 스바루 군에게 치아키 씨가 해주었던 말을 떠올린다.

아아, 정말로—— 혼자가 아니었다.

우리가 사는 이 세상에는 수많은 사람이 있다. 싫어하는 사람도, 나쁜 사람도 있다. 하지만 존경해야 하고 사랑받아야 할 사람도 있다. 다양한 사람이 있고 모두가 자기 인생을 필사적으로 살아가고 있어, 부딪히거나 서로 상처를 주는 일도 있지만—— 그렇기에 멋지다.

살아있다는 건, 산다는 건 이 얼마나 근사한 일일까.

"지금껏 대결한 너희 같은 강적도! 우릴 단련하고 성장시켜 줬어! 그래서 이길 수 있었던 거야! 난 그런 모두에게 감사를 전하고 싶어!"

양손을 붕붕 흔들며 스바루 군이 모든 우주에 울릴 것 같은 목소리로 부르짖는다. 응하는 목소리가 무수히 있다. 그 또한 얼마나 기쁜 일일까.

"그러니까 다들~! 무대로 올라와! 다 함께 부르자☆ 앙코르 곡을 다 함께 힘차게!"

바다조차 가른 성자처럼 그의 모든 것이 온 세상을 흔들어 움직이게 한다. 그런 기적과 압도적인 파워가 있었다.

아이돌이란 우상이라는 의미다.

그것은 신앙을 받지 못한다면, 누군가의 마음을 받지 못한다면 단순한 톱밥이나 돌멩이일 수밖에 없다. 하지만 사랑을 받음으로써 어떤 기적이든 일으킬 수 있겠지.

외톨이가 아니니까 항성처럼 빛날 수 있다.

"자, 전학생! 사양하지 말고 얼른 와. 우리가 승리하는 데 가장 도움을 줬으니까! 같이 부르고 싶어. 기쁨을 나누자☆"

또다시 방관자처럼 굴던 나를, 스바루 군은 언제나 손을 잡아 눈부시게 빛나는 곳으로 이끌어 준다. 힘차게 이끌려 나는 헛발을 콩콩 디디며 무대로.

알고 있다. 더는 사양하지 않는다.

옆에 있을게.

언제라도.

곁에 있고 싶으니까.

"모두에게도 소개할게요! 우리 '프로듀서'. 아니 승리의 여신입니다~! 이 아이 덕분에 우리는 여기까지 올 수 있었어☆"

여신이라 부르는 것치곤 난폭하게 스바루 군이 등을 퍽퍽 때린다. 아프다. 하지만 왠지—— 여자애 취급 받는 것보다도 몇백 배는 기쁘다고 생각하는 건 이상한 걸까.

"정말로 고마워! 아무리 감사해도 모자라! 앞으로도 잘 부탁할게? 많이많이 즐거운 시간을 함께 보내자☆"

물론이야.

우리의 청춘 이야기는 이제 막 시작된 거니까.

스스럼없이 스바루 군이 안겨들기에 나도 있는 힘껏 끌어안았다. 언제까지고 당하기만 하는 내가 아니다. 상황에 흘러가기만 하는 그런 다른 많은 사람 중 하나가 아니다.

따뜻하다. 기쁘다. 행복하다.

나는 너희가 정말 좋아!

"자자, 『fine』도 『Knights^{나 이 츠}』도! 『유성대』도 『2wink^{트 윙 크}』도 『UNDEAD』도 『Ra*bits^{라 빗 츠}』도! 앗, 『홍월^{아카츠키}』도 와 있잖아. 어서 와 어서 와! 무대로 올라와!"

스바루 군이 처음 만났던 순간—— 내게 그렇게 해 주었던 것과 같은 움직임을 한다. 모든 것을 받아들이는 이곳은 무한히 넓은 대우주다. 그곳엔 무수한 별들이 반짝이고 열기를 퍼뜨려 굉장히 따뜻하다. 행복한 거처다. 이 세상의 낙원이다.

"유메노사키 학원의 무대야! 아무리 많은 사람과 꿈이 올라와도 끄떡없어☆ 청춘도, 우정도, 희망도 더 들어가지 않을 만큼 가득 채워서! 모두 나란히 손잡고 부르자!"

스바루 군이 모두를 초대하기 위해 내게서 떨어진 것을 기회로 호쿠토 군이, 마오 군이, 마코토 군이 돌진해 왔다—— 끌어안거

나 헹가래를 치거나 하며 마음껏 기쁨을 표현하고 있다. 나와 스바루 군만 사이좋게 있어서 쓸쓸했던 걸까.

아하하. 역시 『Trickstar』는 다 함께 있어야지.

손을 잡고 신이 나 우리는 크게 크게 웃었다.

청춘을 만끽하는 고교생답게.

하지만 그들은 아이돌이기도 하니 사명을 다해 준다. 노래하고 춤추며 더없이 매력적인 퍼포먼스를 몇 번이고 베풀어 준다.

"다들 이젠 많이 들었으니 기억하지? 우리의 최신곡, 비장의 노래! 『ONLY YOUR STARS』……☆"

물론 난 기억하고 있다.

잊지 않을 거다.

여길 졸업해도. 나이가 들어도. 죽어 무덤에 들어간 후에도.

다음 생에서도 분명 이 노래를 기억하고 있을 거다.

이 반짝임을.

그것은, 그들의 청춘 그 자체.

별처럼 빛나길 바라며 꿈꿨던 사랑스러운 남자애들의 찬가다.

"자 노래하자. 마음을 담아! 최고의 미소로!"

정말 좋아하는 그들과 함께 나도 살아간다.

이 인생을.

"온 세상에 울려 퍼지게 하자. 우리의 앙상블을!"

나, 이 세상에 태어나서 정말 다행이야.

후기

안녕하세요. 『앙상블 스타즈!』 시나리오 담당 아키라입니다.

『청춘의 광상곡』『혁명아의 개가』『황제의 귀환』에 이어 이번에 나온 제 4권 『노랫소리여 하늘까지 닿아라』로 메인 시나리오는 드디어 완결입니다. 길었다…….

물론 메인 시나리오는 여기서 대단원의 막을 내리지만, 현재도 앱에선 이벤트나 뽑기(스카우트) 등을 통해 새로운 이야기가 계속 공개되고 있습니다. 이야기로서는 오히려 '지금부터가 시작!'이란 느낌이므로 앞으로도 유메노사키 학원 아이돌들과 청춘을 즐겨 주시면 기쁘겠습니다.

사립 유메노사키 학원은 언제라도 '전학생'의 방문을 기다리고 있답니다.

아무튼.

앱에선 여기서 일단 엔딩 크레디트가 나와서 해피엔드 분위기가 됩니다만, 소설로선 회수하지 못한 요소가 몇 개인가 있었기에……. 보충이라고 해야 할지 사족이란 느낌으로 신규 집필 파트에 그 부분을 다소 적어 보았습니다.

여기까지 완주해 준 '나' 에게 수고했단 의미도 담아 작은 선물을.

감사합니다.

아키라

Crosstalk

　결국, 마지막까지 이야기도 나누지 못했네.

　어쩔 수 없을지도 모른다, 아직 그 타이밍이 아니라고——혹은 나와 그 아이의 길은 이제 영원히 교차할 일이 없는 거라고. 가족은 아니다. 물론 연인도 아니다. 친구도 아니었을지도. 그렇게 말할 자격은 없을지도 몰라.

　아주 짧은 시간. 기적처럼 같은 시간을——청춘을 공유했을 뿐. 어른이 되면 잊어버릴 덧없는 관계였을지도 모른다.

　하지만. 역시 조금 쓸쓸한걸.

　그렇지만 다행이었다. 아주 잠깐만이라도 얼굴을 볼 수 있었다. 그 아이 자신은 모를지도 모르겠지만——굉장히 충실하고 좋은 표정을 하고 있었다. 울고, 웃으며, 귀여운 얼굴을 엉망으로 만들며…… 조용하고 무표정으로 항상 자신을 그다지 드러내지 않던 아이였는데.

　있는 그대로의 맨얼굴을 보이고 있었다.

　있는 힘껏 청춘을 달리고 있었다.

　그렇다면 됐어.

　물론 원망하지도 않는다. 우리를 버리고, 배신하고 혼자만 행복해졌어——라는 생각을 한 번도 안 한 것은 아니지만.

모두가 불행해지는 것보다, 모든 꽃이 짓밟히고 뿌리째 뽑혀 풀 하나 자라지 않는 황야가 되는 것보다—— 그런 구제할 길이 없는 결말보다도.

너만이라도 행복해졌다면 분명 좋은 일인걸.

그 아이가 왜 전학을 가고 말았는지……. 우리 앞에서 아무 말 없이 모습을 감췄는지. 그 이유는 아직 모른다. 들을 수 있었으면 좋았을 텐데 하고 생각했지만 꿈같은 광경 한복판에 서 있는 그 아이와 그 인생에 찬물을 끼얹어선 안 되겠다 싶었다.

물바다로 만들어버리면 꽃은 피지 않으니 말이야.

"저기 저기. 괜찮은 거야~?"

유메노사키 학원 '강당' 바로 밖. 티켓을 확인하거나 굿즈를 팔 거나 하는 부스 옆에서, 나는 조금 난처해 "으음~?" 하고 고개를 갸웃거린다.

몇 번이고 몇 번이고 앙코르를 받아 언제까지고 노랫소리가 울려 퍼지고 있다. 『Trickstar』라고 하는 것 같다. 그 아이가 소중한 인연을 맺은 모양인 남자애들이—— 열창하고 있다.

그 멜로디가 완전히 귀에 착 달라붙었다.

그 아이가 이 유메노사키 학원에서 찾아낸 앙상블. 나는 관여할 권리가 없을 뜬 이세계 이야기의 일부분을 아주 살짝 만질 수 있었다.

 그 아이가 여기서 웃고 있다고 확인할 수 있었다.

 그걸 성과로 하고 오늘은 이만 집에 가서 잠들어버리고 싶지만.

 "무슨 일 있어? 빈혈인가~……?"

 판매부스 안 철제 의자에 앉은 채── 한 남자애가 줄이 끊긴 마리오네트처럼 축 늘어져 있다. 아무래도 기절한 것 같다. 느긋하게 졸고 있는 것뿐이라면 내버려 둬도 좋았다, 오히려 기분 좋게 자고 있는데 방해하면 좋지 않다 생각했지만……. 뭔가 위험한 느낌이 들었으니까.

 자는 게 아니라 졸도한 상태다.

 갑자기 뚝 의식이 끊기고 만 거겠지. 남자애가 쓰러진 충격으로 책상이 넘어지고 굿즈가 바닥에 널브러져── 절도범에게 습격 당한 것처럼 되어 있다. 실제로 그런 걸지도 모른다. 사건의 냄새가 난다. 그다지 관여하고 싶진 않지만.

 내버려 둘 수도 없다.

 "저기~? 살아 있어~?"

 나는 쭈그려 앉아 남자애를 흔든다. 이성을 만지는 데 저항은 없지만── 역시 조금 오랜만이라 이상한 느낌이다. 남자애란 이런 느낌이었던가? 왠지 매우 야위어 보인다고 해야 할지 밥을 제대로 먹지 않은 것 같은 느낌으로 비쩍 말라 있다.

 젖은 까마귀의 날개처럼 진한 검정 머리칼. 이곳저곳 헤진 유메노사키 학원 교복.

 예쁜 남자애다. 이 아이도 아이돌일까. 유메노사키 학원은 남자 아이돌 육성에 특화된 양성학교——라고 하니 말이야. 우리 학교 근처지만 특히 아이돌과는 경비가 엄중하다고 해야 할지 그다지 가까이 다가갈 수 없는 느낌이라 잘 모른다.

가깝지만 멀다. 그래서 그 아이가 이렇게 가까이에 있었다는 걸 알아채지 못했다. 그 아이는 아무 말 없이 전학을 가고 말았다. 더는 두 번 다시 손이 닿지 않는 어딘가 먼 곳으로 가 버렸다고 생각했었다.

오늘도 그 아이를 본 건 우연이다. 그 아이가 있었던 시절 사이가 좋았던 친구와는 조금 소원해지고 말았지만—— 굉장히 슬픈 일이 있었으니까. 하지만 나는 주변에 아무도 없으면 쓸쓸해지기에 지인은 많다.

친구도 많다. 그중에 아이돌을 정말 좋아하는 애가 있고 공연을 보러 유메노사키 학원에 자주 다니고 있어서—— 화제로 올랐던 자리에서의 분위기와 기세를 타고 생각 없이 동행했다. 많은 지인이나 친구를 데리고 즐겁게 신나게 놀기 위해 왔다.

그런 건 좋아한다. 즐거움으로 우스울 정도의 북적거림으로 덧칠하지 않으면 우리가 경험한 무거운 아픔은 얼버무릴 수 없을 것 같은 느낌이 들었으니까.

도피하는 것처럼 나는 넓고 얕게 사귄다. 모두의 몫까지 웃고 행복해져 인생이란 멋진 거라고 믿든 뭐든 좋으니 계속 주장한다.

더는 두 번 다시, 웃지 못하게 되어버린 것 같은 아이도 있는데.

있잖아, 그러니까 나도 배신자야.

더는 친구라고 말할 수 없겠지.

하지만. 조금이라도 도움이 되고 싶었어. 네가 웃게 도움을 주고 싶었어. 그러니까 계속 응원했어. 복면을 쓰고 노래하고 춤추는 너를. 또 자신을 지우는 것처럼 배역이나 배경처럼 행동하면서도 누군가를 돕고 있는 너를.

조금이라도 받쳐 주고 싶다고. 응원하고 싶다고 생각했으니까.

결과는 그럭저럭 좋았던 모양이라 다행이야. 물론 언제라도 나 같은 건 아주 조금밖에 도움이 못됐겠지만. 아무것도 하지 않고 있는 것보단 훨씬 나았다고 믿고 싶어. 알아주지 못하더라도, 보답 받지 못하더라도 괜찮아.

너를 사랑했었어. 소중한 친구였어.

아니. 우리 사이에도 분명 있었을 우정이나 청춘은——결코 없었던 게 되진 않으니까. 너와 보냈던 찬란히 빛나던 나날이 소중했다고 생각하니까. 그 은혜를 갚았다. 우정을 증명했다는 척하고 도움을 줬다.

그런 자기만족 같은 기분에 잠기고, 나는 내가 있을 곳으로 돌아갈 테니까.

"거기서 뭘 하고 있지?"

갑자기 파이프 오르간 같은 중저음이 울렸다.

놀라 올려다보니, 어느새——바로 가까이에 누군가가 서 있다. 내 시선에서 보면 상당히 어른스러운 느낌. 키도 크고 유메노사키 학원 바다색 교복을 입고 있지 않으면 동년배라고는 생각할 수 없었을지도.

　*다카라즈카에서 남자 역할을 맡는 배우처럼 굉장히 요염하고 갸름하게 생긴 두 눈. 짧게 깎은 고급스러운 깃털 같은 머리칼. 몸이 긴데도 위압감은 없으며 오히려 어딘가 섬세해 보이며 안아주고 싶은 느낌. 한 손엔 어째서인지 사랑스러운 앤티크 인형을 들고 있다.

　남자인데 인형을 안고 있으니 신기한 느낌이 들지만── 오늘 유메노사키 학원은 축제 기분이기에 이상한 가장을 한 사람이나 아이돌 의상을 입은 사람들이 돌아다니고 있었으니……. 특별히 이상하다곤 생각하지 않았다.

　신기한 그 남자는 나를 상당히 흉악한 눈빛으로 아무 말 없이 노려본다. 왠지 견딜 수 없다는 느낌이 들면서도 나는 그를 올려다보며 미소 짓는다.

　아무리 무서워 보이는 사람이라도 같은 인간이라면 웃으며 붙임성 있게 말을 걸면 의외로 반응해 준다. 누구라도 순진무구한 아기를 지면에 내던질 순 없다.

　그렇게 살아왔다. 헤실헤실 웃고, 아첨하고, 동정에 매달리며.

　귀여운 척하지 말라며 반감을 사는 일도 있었다. 심한 일을 당한 적도── 하지만 이것이 거의 아무것도 하지 못하는 내가 유일하게 장착한 무기다.

　이 세상에서 살아가기 위해.

---

*다카라즈카: 다카라즈카 가극단. 소속 배우 전원이 여자이며, 남자 역할도 여자가 맡고 있다.

"아, 안녕. 혹시 얘랑 아는 사이야? 지나가다 보니까 여기에 쓰러져 있었어! 무슨 일 있는 건가. 괜찮은 건가? 걱정돼서!"

"후후. 괜찮아. 단순한 빈혈일 테니까. 미카 쨩…… 이 아이 말인데, 잘 먹질 않아. 오늘도 계속 아르바이트를 하고 있었던 것 같고── 피로와 영양실조로 쓰러진 거겠지. 정말 곤란하게 만든다니깐♪"

으음? 지금 남자가 입을 움직이지 않은 채 묘하게 새된 목소리로 말한 것 같은데?

뭐야 이거, 복화술……?

물끄러미 키 큰 남자를 보고 있으니 그는 '미카 쨩'이란 이름인 모양인(남자애치고는 사랑스러운 이름이지만 별명이려나?)남자애를 의외로 가볍게 한 손으로 안아 올린다. 옆구리에 끼우고 어딘가로 걸어가고 만다.

잠들어 버린 자기 아이를 업고 돌아가는 상냥한 아버지 같았다.

"저기, 드는 거 도울까요?"

무심코 존댓말로 뒷모습에 말을 거니── 남자는 이쪽을 돌아본다.

그리고 불쾌하다는 듯 내뱉었다.

"나 혼자서도 들 수 있으니 걱정할 필요는 없어. ……너도 어차피 라이브를 보러 온 거잖아? 예술성은 눈곱만큼도 없는 저 저속한 코미디를? 그렇다면 우리 같은 사람에게 신경 쓰지 말고──'강당'으로 돌아가. 수고를 끼치게 해서 미안해."

"음~. 전혀 수고롭진 않았어. 쓰러져 있는 사람이 있으면 걱정하는 건 당연하잖아……. 이만 집에 가려고 했었고 난 집이 멀어서 신칸센으로 통학하거나 하다 보니── 이 시간 전철을 놓쳐버리면 집에 못 갈 거 같거든."

아직 4월. 연도가 바뀐 참이라 주변 일도 이리저리 정신이 없다. 함께 온 친구는 아직 라이브를 보고 있는 것 같지만 양해를 구하고 나만 먼저 귀가하게 됐다. 될 수 있다면 그 아이가 관여하고 있는 『Trickstar』라는 아이들의 노랫소리를 좀 더 만끽하고 싶었지만.

왠지 슬퍼지고……. 같이 온 친구들도 늘 함께 있을 정도의 사이는 아니다── 그런 건 지금은 됐어.

너무 깊이 관여하면, 헤어졌을 때 치명상을 입는다.

나는 약하니까. 더는 두 번 다시 버틸 수 없다.

"저기, 판매 부스지? 비워도 괜찮은 거야? 계산대 같은 것도 있잖아. 누가 돈이라도 훔쳐 가면 어떡해?"

교문으로 향하는 남자를 쫓듯 따라 걸으며 물었다. 남자는 귀찮다는 듯 돌아보지도 않고 무뚝뚝하게 속삭였다.

"몰라. 돌아다니고 있는 학생회 사람이 금방 알고 대처하겠지. 애초에 판매 담당도 카게히라 말고 여럿 있었을 텐데 사람이 없었다는 건── 다른 녀석들이 직무를 포기하고 '강당'에서 열리는 라이브를 구경하러 갔기 때문이겠지. 그런 녀석을 몫까지 내 카게히라만 일하게 만드는 건 참을 수 없어. 속물들 주제에 건방지다고."

"음~……. 잘 모르겠지만, 그 아이가 소중한 거구나~ ♪"

"흥. 멋대로 진흙탕에 뛰어들려는 인형이 있다면 목덜미를 잡아서 회수하는 게 주인의 의무잖아?"

"인형? 그 인형 귀엽네! 이름이 뭐야?"

"마드모아젤이야. 그래그래, 귀엽지."

왠지 의외로 평범하게 대화를 나누고 있었더니 의식을 잃고 있던 '미카 쨩'이 '응아~……?' 하고, 까마귀가 우는 것 같은 독특한 소리를 내며 눈을 깜빡였다.

"응아, 어라? 스승님, 왜 여기 있나……?"

그 눈을 보고 조금 놀랐다. 좌우 색이 다른 눈동자. 이런 걸 오드 아이라고 하던가──사람일 때는 다르게 부르는 명칭이 있었던가.

내 소중한 친구 중에도 같은 눈을 가진 아이가 있다. 지금은 우울해져 틀어박히는 일이 많아 얼굴을 보는 일도 상당히 줄었지만. 꽤 진기한 것이기도 하고, 그 아이 말고 그런 사람이 또 있을 줄은 몰라서 물끄러미 보고 말았다.

그런 내 시선을 느끼고 스승님이라 불린 사람이 낮은 목소리로 말을 걸어왔다.

"너무 빤히 들여다보지 말아 줘. 카게히라가 싫어할 거고, 무서워할 거다."

"아, 응. 내 친구 중에도 비슷한 눈을 가진 애가 있어. 그 아이도 말이야~. 눈을 바라보면 싫어해. 예쁜데 말이야. 스승님도 그렇게 생각하지 않아?"

"네게 스승님이라 불릴 이유는 없다만. 그나저나 왜 따라오는 거지? 라이브는 안 봐도 되는 건가?"

"나도 슬슬 갈까 싶어서. 만나고 싶은 애도 있었지만── 오늘은 좀 많이 바쁘니까 힘들 거 같아서. 그러니까 괜찮아."

시무룩해하며 말하는 내게 스승님이 무언가를 말하려던——
그 순간이었다.

큰 목소리가, 등을 세게 쳤다.

깜짝 놀라 나는 뒤돌아봤다.

조금 멀어진 '강당' 입구. 라이브 중엔 닫혀 있는 커다란 문을
살짝 열고 그 아이가 얼굴을 보이고 있었다. 내 친구였던 그 아이
가.

놀라고 말아서 이름을 부르지도 못하고 그 자리에 멈춰 서고 말
았다. 그사이에 스승님과 미카 쨩—— 신비한 2인조는 밤의 어둠
에 녹아들어 사라지고 말았다. 상당히 흥미로운 사람들이고 더
이야기를 나누고 싶었지만 지금은 그것보다도.

숨을 헐떡이며 달려와 주는 그 아이에게 나는 미소 지어 보인다.

"저, 오랜만이네~? 라고 할 정도도 아닌가?"

그 아이는 말없이 달려오던 기세 그대로 내게 안겨들었다.

우와앗—— 쓰러질 뻔해 서둘러 옆에 있던 수은등에 매달려 버
렸다. 여전히 의외로 행동이 펑키한 아이란 말이야. 귀여워.

그리웠고 반갑게 생각하며 보고 있는 사이에 그 아이는 펑펑 울
기 시작했다. 숨이 차면서도 여러 이야기를 하려 하지만 말할 수
없어서 입을 여닫고 있다. 말하는 거 서툴렀었지.

하지만. 그런 네가 소중한 동료를 위해── 유메노사키 학원에서 찾아낸 친구를 위해 많은 관중들 앞에서 춤추고 있었다. 복면을 쓰고, 피에로처럼 보이더라도.

상당히 허세를 부리는 경향이 있는 이 아이가. 그건 멋진 일이지 않을까 싶어서.

그녀는 흐느껴 울며 두서없이 한가득 이야기했다.

내가 친구와 함께 응원하러 온 것에 감사의 뜻을 전하며. 면목이 없다고 생각했는데도, 그래도 욕을 듣거나 맞거나 하는 걸 각오하고 만나러 와 줬구나.

나를 필사적으로 찾아다니고, 마지막에 겨우 잡아서, 한가득 사죄하고 있었다.

미안해, 미안해 라며……. 나 같은 사람에게 사과하지 않아도 되는데. 오늘은 아마, 축하할 날이잖아?

웃어 줬으면 좋겠어── 나는 네가 웃는 얼굴이 정말 좋아.

그렇게 생각하며 머리를 쓰다듬는다. 끌어안아 체온을 주고받는다.

그래도. 사죄하는 걸로 마음이 편해지고 싶다는 어리광은 아닌 것 같다── 자신을 상처 입히기 위해 칼로 푹푹 찌르고 있는 것 같다. 자벌, 자상이다. 그건 보고 있을 수 없으니 나는 바보처럼 있는 힘껏 외쳤다.

"오늘은 즐거웠어! 라이브, 굉장히 감동했어!"

그렇게 고하고 마지막으로 한 번만 끌어안은 후 그걸로 이별.

과거 같은 건 이제 놓아두고 앞으로 나아가길 바랐다.

"고마워."

그렇게 말하고 조금 불쌍하지만 그 아이를 놓아두고── 멀어진다. 등을 돌려 교문으로 향한다. 나는 내가 돌아가야 할 곳으로 향한다.

너도.

"또 연락할게. 혹시 전화번호는 그대로야?"

일단 확인 차 물으니 그 아이는 내가 도리어 미안해질 정도로 몇 번이고 고개를 끄덕였다.

좀 더 의기양양하게 있으면 될 텐데. 뭔지 잘 모르겠지만 '프로듀서'가 됐잖아? 아이돌을 지키고, 지탱해 주고, 이끌어 주는 그런 존재가…….

그럼 더는 울지 말고, 터프하게 강하고 아름답게── 너답게 웃는 얼굴로.

힘내. 아니, 청춘을 즐겨. 나도 그렇게 할 테니까.

"또 봐."

손을 흔들고 헤어졌다. 가깝고도 먼 각자가 있을 곳으로 돌아가야지.

우연히 오늘처럼, 또 어딘가 교차점에서 만나게 된다면──.

가끔 만나 이야기를 나누고 서로 웃을 수 있다면 만만세야.

그렇게 생각하며 더는 뒤돌아보지 않고 걷는다. 이별은 언제라도, 고통스럽고 괴로워 참을 수 없다. 하지만 살아 있으면 분명 또 만날 수 있을 테니까. 그렇게 믿고 있으니까.

그러니 말이야. 분명 아무것도 전혀 걱정할 필요 없어.

마지막으로 한 번만 뒤돌아 웃었다.
그 아이도 필사적으로 눈가를 쓱쓱 비비고 무리해 웃어 주었다.

그럼 안녕.
또 만나.
고마워.

〈끝〉

앙상블 스타즈! 노랫소리여 하늘까지 닿아라

2019년 08월 25일 제1판 인쇄
2023년 05월 04일 제5쇄 발행

지음 아키라 | **원작 · 일러스트** Happy Elements 주식회사

옮김 이미지

발행 영상출판미디어(주)
등록번호 제 2002-000003호
주소 07551 서울특별시 강서구 양천로 570 NH서울타워 19층
대표전화 032-505-2973

ISBN 979-11-6466-429-0
ISBN 979-11-319-8605-9 (세트)

ENSEMBLE STARS! Volume4:UTAGOE YO TENMADE TODOKE
ⓒAKIRA 2016
ⓒ2014 Happy Elements K.K
First published in Japan in 2016 by KADOKAWA CORPORATION, Tokyo.
Korean translation rights arranged with KADOKAWA CORPORATION, Tokyo

구매 시 파손된 도서는 구매처에서 교환하실 수 있습니다.
기타 불편사항, 문의사항이 있으신 독자님께서는 노블엔진 홈페이지
[http://novelengine.com] 에서 Q&A 게시판을 이용해 주시기 바랍니다.

노블엔진(NOVEL ENGINE)은 영상출판미디어(주)의 라이트노벨 및 관련서적 브랜드입니다.